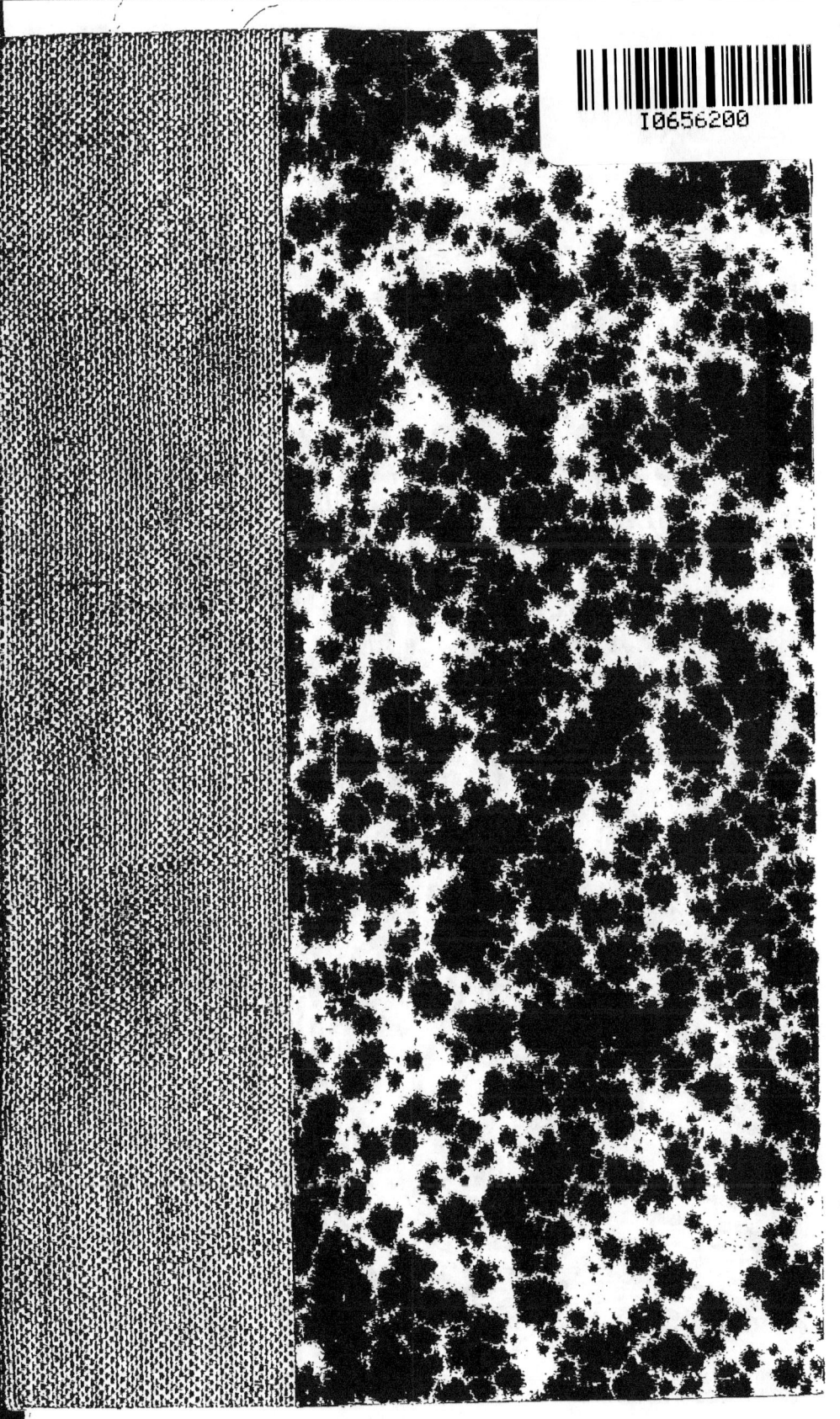

I0656200

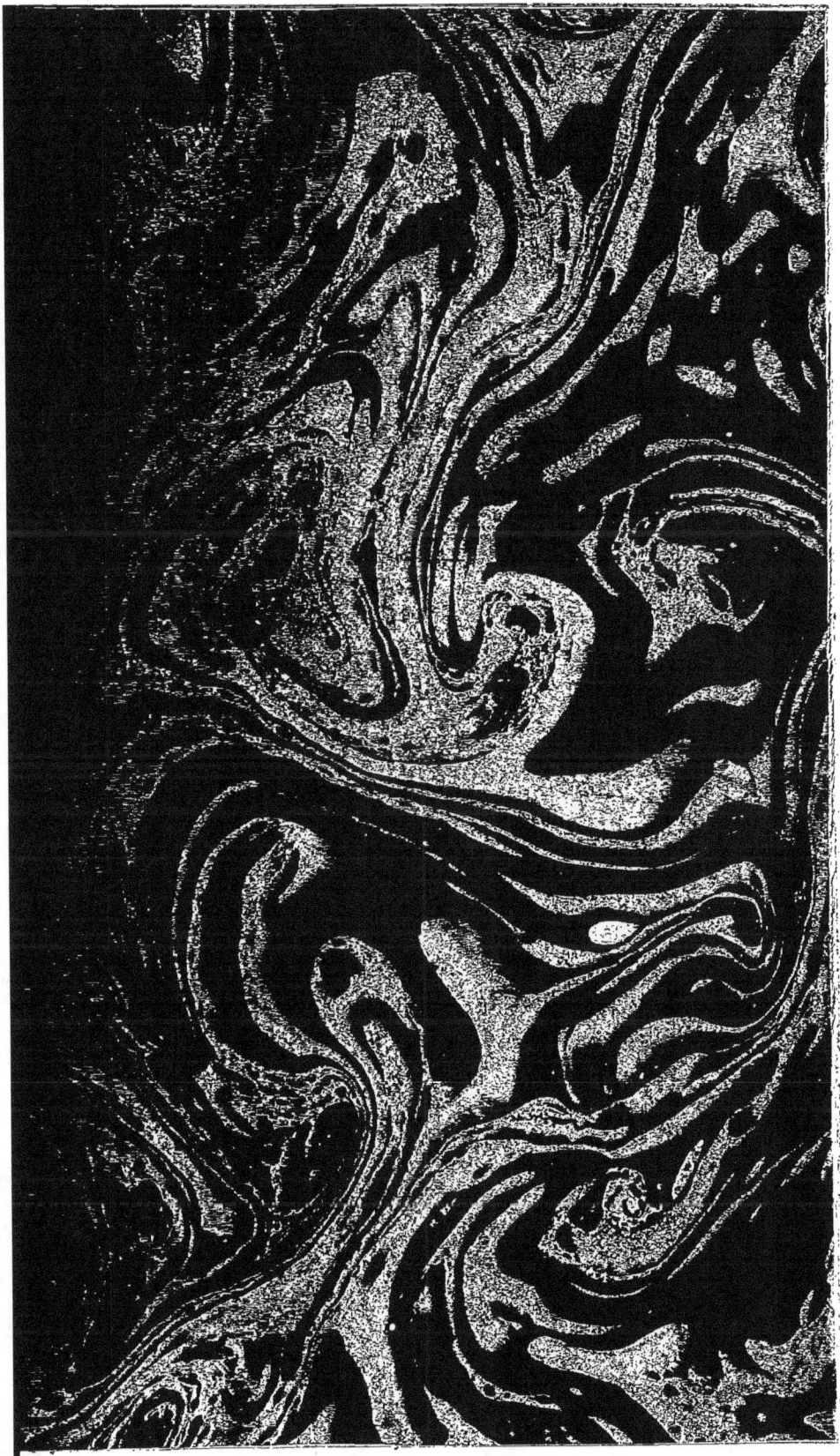

PHILIPPE-MONSIEUR

OUVRAGES DU MÊME AUTEUR

Le Crime de Maltaverne . . . . . . 3 fr.
La Dame Noire de Myans . . . . . . 2 fr.
Guerres de Religion. — Les Gentilshommes
   de la Cuiller . . . . 2 fr. 50
Le Capitaine Gueule d'acier . . . . . 2 fr.
L'Hôtellerie du Prêtre Jean . . . . . 2 fr.

SOUS PRESSE :

Le Maréchal de Montmayeur, seconde partie de Philippe-
Monsieur.

212. — Abbeville. — Typ. et stér. Gustave Retaux

PHILIPPE-MONSIEUR

— 1462 —

PAR

CHARLES BUET

PARIS

THÉODORE OLMER, LIBRAIRE-ÉDITEUR

53, RUE BONAPARTE, 53

A

M. PAUL FÉVAL

Paris, 15 août 1876

ÉPIGRAPHE

Ami lecteur,

J'étais fort tenté d'écrire une préface, morceau littéraire qu'on ne lit jamais et qui pourtant est souvent le meilleur du livre, mais j'ai trouvé dans l'Introduction d'un roman de Walter Scott, les *Aventures de Nigel*, quelques lignes qui diront mieux que moi ce que je voulais dire. Je copie donc :

« *Supposons que... j'écrivisse d'une manière*
« *spirituelle et piquante quelques scènes sans suite*
« *ni liaison, mais qui eussent en elles-mêmes assez*
« *d'intérêt pour faire oublier un moment les souf-*
« *frances du corps, distraire les peines de l'esprit,*
« *dérider un front sillonné par les fatigues d'un*
« *travail journalier, ou du moins prendre la*
« *place de mauvaises pensées, en suggérer peut-*
« *être de meilleures, ou même encore inspirer à un*
« *oisif le désir d'étudier l'histoire de son pays ;*
« *enfin, dont la lecture, sans nuire à l'accomplisse-*

« *ment d'aucun devoir sérieux, pût procurer un*
« *amusement innocent..... L'auteur d'un tel ou-*
« *vrage, avec quelque peu d'art qu'il fût exécuté, ne*
« *pourrait-il pas, pour faire pardonner ses erreurs*
« *et ses négligences, se servir de la même excuse*
« *que cet esclave qui, sur le point d'être puni pour*
« *avoir répandu le faux bruit d'une victoire,*
« *s'écria :* O ATHÉNIENS SUIS-JE DONC BLAMABLE
« DE VOUS AVOIR PROCURÉ UN JOUR HEUREUX? »

C. B.

Paris. — Janvier-Avril 1873.

PHILIPPE-MONSIEUR

PREMIÈRE PARTIE

L'AURORE D'UN RÈGNE

I

Comment le roi Louis XI prétendait exercer l'hospitalité.

C'était vers la fin de février 1462....

Nous ouvrons ici une courte parenthèse. Nous avions dessein de consacrer ce premier chapitre à rechercher de compte à demi avec notre bienveillant lecteur une manière originale de commencer notre récit, mais nous avons craint d'aborder ce trop vaste sujet.

En effet, s'il existe, au dire des habiles gastronomes, cinquante-deux manières d'apprêter une pièce de gibier, un auteur est souvent obligé de se creuser le cerveau, durant plusieurs veilles, pour trouver une introduction à son récit.

Nos maîtres en roman, parfois embarrassés de tourner cette difficulté, ont bien abandonné le naïf *Il y avait une fois* de nos pères, mais ils ont adopté le fameux *Par*

un beau jour de printemps, d'été ou *d'automne*, et c'est
une façon d'établir sans conteste et sans circonlocutions
la date de l'histoire, quelquefois d'indiquer le canevas
de la fiction.

Donc nous nous reportons aux derniers jours de
février 1462, sous le pontificat du pape Pie II, l'empereur Frédéric III régnant, et le roi de France Louis XI
venant de monter sur le trône depuis moins d'une
année.

Après avoir été sacré à Reims, Louis qui, au moment
de la mort de son père, était à Genappe, dans les
Flandres, avait fait, le 31 août de l'année précédente,
son entrée dans la ville de Paris. Puis, guidé par cette
étrange aversion de ses prédécesseurs pour la capitale
du royaume, il était revenu sur les bords de la Loire
où vingt ans plus tard il devait mourir. Il habitait en ce
moment Chinon, ville devenue célèbre par ce seul
fait que Jeanne d'Arc y eut sa première entrevue avec
Charles VII, et que ce fut de là que l'héroïque Lorraine
partit pour chasser les Anglais du sol français.

Un peu avant le coucher du soleil, c'est-à-dire vers
quatre heures après-midi, un cavalier, suivi d'un seul
valet, monté sur une mule, cheminait sur la route allant
de l'abbaye de Bourgueil à Chinon. Son équipement
annonçait un étranger, comme la poussière et la boue
qui souillaient ses habits décelaient un long voyage.
Son cheval marchait tête basse, au pas, et, quoiqu'il
appartînt à la vaillante race des percherons, il semblait
accablé par la fatigue.

Le cavalier, homme d'un âge mûr, paraissait plongé
dans une méditation profonde. Son aspect était fort modeste. Une toque à rebords de peau de chat couvrait ses
cheveux grisonnants ; une cape de grosse futaine cachait
ses vêtements, et des bottes en cuir commun protégeaient
ses jambes.

On le devinait maigre et d'une taille élevée.

Son nez busqué se recourbait sur une bouche aux lèvres minces, surmontées de moustaches peu fournies dont les pointes se confondaient avec les poils roides et durs d'une barbe noire, tigrée de nombreux fils d'argent. Ses yeux, ternes, caves, entourés d'un cercle violacé, et surmontés de gros sourcils, ne donnaient à sa physionomie aucune expression. Pourtant il s'en échappait, à certains intervalles, des regards qui démentaient l'apparence débonnaire de ce voyageur. Alors ce visage insignifiant s'animait, et l'observateur qui l'eut attentivement contemplé eut pu lire une intelligence peu ordinaire, une force de volonté rare, une astuce diabolique, sur ces traits irréguliers et sans beauté.

Ce n'était point un soldat, on le voyait à sa main petite, blanche, dépourvue de ces callosités que produit le maniement des armes.

Ce n'était pas davantage un prêtre, son attitude excluant toute humilité et toute modestie. Un marchand eut voulu des habits plus élégants, des fourrures moins ordinaires.

Il n'accordait au paysage qu'un regard distrait, comme s'il eut été rassasié de contempler l'admirable nature de cette belle France que Dieu venait de châtier si rudement.

Sans doute il lui tardait d'arriver au but, car il interrogeait fréquemment l'horizon et fronçait le sourcil en voyant s'allonger devant lui le ruban étroit et blanc de la route, bordé des mêmes hêtres et des mêmes noyers partout, derrière lesquels s'étendaient champs et prairies.

Bientôt enfin, il vit se dresser dans le ciel, d'un bleu de turquoise, dominant les cimes desséchées des arbres, les tours trois fois séculaires de l'église Saint-Mesme et la flèche pointue de Saint-Maurice.

Il se trouvait alors à un quart de lieue de Chinon, ainsi que l'indiquait une buée nuageuse qui se balançait dans les airs, suivant les sinuosités de la Vienne.

Le valet maugréait de tout son cœur contre cette ville qui semblait s'éloigner au fur et à mesure qu'on en approchait, et lui prodiguait des épithètes malsonnantes.

A quelque cent pas de la ville, au tournant du chemin, les voyageurs rencontrèrent deux hommes qui se promenaient à pied et qui, en les voyant, leur jetèrent des regards soupçonneux.

Le plus jeune touchait certainement à sa quarantième année. De taille médiocre, large de carrure, bien membré, il avait une tournure commune, sans grâce ni dignité. Son visage offrait des traits aussi accentués qu'irréguliers : un nez droit et long, aux narines mobiles ; une bouche large, à lèvres étroites, décolorées ; des joues maigres, à pommettes saillantes ; un front haut, carré, chauve sur les tempes, un peu fuyant ; un menton osseux et soigneusement rasé. L'expression habituelle de cette figure était cauteleuse et rusée. L'œil, d'une couleur inappréciable, dardait un regard scrutateur, aigu, pénétrant, hypocrite et faux, qui inspirait à la fois la répulsion et l'effroi. Les rides empreintes sur le front dénotaient un penseur, comme le sourire, sardonique et cruel, une méchanceté innée.

Ce personnage portait une garnache ou robe longue taillée dans un drap gris de fer, à demi usé, et que des queues de renard bordaient. Ses bas de chausses, de couleur lie de vin, disparaissaient à la cheville dans de grosses chaussures liées par des lanières de cuir. On ne voyait à sa ceinture aucune arme, pas même la dague à poignée de fer que les petits bourgeois, malgré les édits, s'arrogeaient le droit d'y suspendre.

Son compagnon, vieillard fort et robuste, présentait cet admirable type militaire de l'époque intermédiaire entre du Guesclin et Bayard : un front bas, déprimé, couvert d'une épaisse toison de cheveux roux coupés ras ; une barbe fauve taillée en pointe ; un nez aquilin en forme de bec d'aigle ; des yeux gris, brillants et vifs. Tel était cet homme, dont un étroit justaucorps de velours vert faisait valoir les proportions herculéennes, tandis que les muscles de ses jambes saillaient sous la soie noire de ses grègues étroites. Il appuyait sa main droite sur le pommeau d'un large poignard suspendu par une double chaînette à son ceinturon, et de la gauche, il jouait avec les maillons ciselés d'un collier d'argent qui faisait trois fois le tour de son cou.

Le voyageur s'arrêta court en apercevant ces deux inconnus qui, de leur côté, prirent le milieu de la chaussée, comme s'ils eussent eu le dessein de lui barrer le chemin. Il les salua poliment, et les fixant avec une attention continue, il adressa la parole au plus âgé d'une voix ferme et bien timbrée :

— Je vous donne la bonne vesprée, messire ! c'est bien la ville de Chinon que je vois là, au bout de l'avenue ?

Ce fut le plus jeune des promeneurs qui lui répondit, sans que cette façon d'agir parût choquer le premier :

— Oui, sans doute, mon compagnon, c'est Chinon. Vous venez de loin, continua-t-il avec l'accent de la curiosité, car vous parlez autrement que les gens de France et me paraissez connaître peu ce pays ?

— Oui-dà ! mon maître, j'ai fait deux cents lieues en vingt jours et mon pauvre cheval Rustaud commence à trouver que je suis lourd. Mais si vous voulez bien me laisser chemin libre, je poursuivrai ma route, car j'ai hâte d'arriver au terme de mon voyage.

1.

— Cela se conçoit, reprit l'individu à la mine de
furet, sans néanmoins se déranger. Seulement, bénissez
le ciel de vous avoir donné l'occasion de nous rencontrer, car vous me semblez ignorer que l'on n'entre pas
à Chinon comme dans un hameau. Qui êtes-vous,
d'abord?

— Eh! s'écria l'autre d'un ton étonné, que voilà une
singulière question, maître! Est-ce que l'on met ainsi
les bourgeois tourangeaux en sentinelles avancées, sur
les passages? Peu m'importe, d'ailleurs! je n'ai rien à
cacher.

— Parlez donc, car on vous demandera votre nom
dix fois encore avant de vous permettre de franchir les
barrières.

— Je suis Guy de Fésigny, légiste au service de monseigneur le duc de Savoie.

Le vieillard au pourpoint de velours vert laissa échapper un geste de stupéfaction. Il s'avança vivement et
ouvrait la bouche pour parler à son tour, lorsque son
compagnon lui dit avec une rudesse qui parut choquante
à M. de Fésigny :

— Paix! paix! compère... voilà bien du bruit pour
un méchant montagnard qui vient montrer par ici ses
braies puantes.

Ces propos mirent au comble l'irritation du légiste que
ces longues explications impatientaient. Il poussa donc
son cheval en avant, et s'écria d'une voix où vibrait
l'indignation :

— Livrez-moi passage, mon homme, sinon je vous
ferai sentir le poids de ma houssine. Vous devriez avoir
honte de manquer au respect dû aux cheveux gris, et
je vous souhaite qu'il ne vous arrive jamais d'entendre
l'injure que l'on est obligé de dédaigner.

Le bourgeois proféra quelques excuses inintelligibles.
Il saisit la bride de Rustaud et fit signe au voyageur

qu'il lui voulait parler encore, mais celui-ci fit sentir l'éperon à sa monture, se dégagea, et s'éloigna au petit trot, en ne répondant que par un mouvement d'épaules méprisant aux derniers mots de son interlocuteur.

Son valet, furieux du retard apporté à son repos, le suivit, avec l'intention de faire envoyer une double ruade par sa mule aux deux promeneurs.

Mais ceux-ci s'étaient mis prudemment hors de portée, et d'ailleurs le maintien résolu du soldat suffit à ramener le serviteur de Fésigny à des sentiments plus pacifiques. Il se borna donc à leur décocher un regard de colère et à leur crier :

— Nous nous reverrons !... Monsieur de Bresse tirera lui-même vengeance de l'insulte faite à son ami.

Cette menace fit une impression singulière sur le bourgeois à la garnache. Il échangea aussitôt avec celui qu'il nommait son compère un signe d'intelligence. Puis, quittant brusquement la grand'route, ils entrèrent dans un petit bois de bouleaux qui s'étendait jusqu'à la rivière.

Le soleil inondait l'horizon d'une chaude lumière orangée et zébrait de stries dorées les nuages grisâtres qui s'amoncelaient au zénith. Les perles blanches du givre scintillaient sur l'écorce moussue des branches desséchées. Des milliers de moineaux gazouillaient en se poursuivant dans l'air. Il faisait un froid sec.

Fésigny, préoccupé de l'incident bizarre qui marquait la fin de son voyage, avait repris son allure tranquille. Il touchait aux premières maisons éparses, en deçà des remparts, lorsque cinq ou six pertuisaniers, commandés par un sergent, vinrent à sa rencontre :

— Qui vive? cria ce dernier.

— Ami, se hâta de répondre le cavalier. Je suis M. de Fésigny et je viens rejoindre mon seigneur, le comte de Bresse.

— Avez-vous le mot d'ordre ?

— Non, certes, puisque j'arrive de la duché de Savoie.

— C'est bien, passez.

Les pertuisaniers se rangèrent en haie ; puis quand Fésigny et son valet les eurent dépassés, ils se formèrent en peloton et les accompagnèrent au pas militaire, comme des prisonniers que l'on garde à vue.

La porte de la ville était percée dans une courtine qui séparait deux grosses tours trapues.

Au moment où M. de Fésigny s'y présenta, le son du cor se fit entendre. Aussitôt les mâchicoulis se garnirent d'archers qui bandèrent leurs arcs et tirèrent leurs carreaux du carquois ; le portier, quelques miliciens bourgeois, un hallebardier s'alignèrent sur le tablier du pont-levis.

— Peste ! se dit Fésigny, qui ne put s'empêcher de sourire, le roi de France est bien gardé ! La voie du Paradis est fort étroite, semée de ronces, bordée de précipices, à ce que m'assure le révérend abbé de Caramagne, mais les voies françaises, outre ces différents avantages, ont encore celui d'être fréquentées par les armées du roi...

Ce monologue fut interrompu par un officier qui vint, avec une extrême politesse, mais aussi avec la patience et la minutie d'un juge, interroger Fésigny. Celui-ci dut décliner ses noms et qualités, dire de quel endroit il venait, où il allait, quel but avait son voyage, de quelle personne connue il pourrait se recommander. Il répondit à toutes ces questions si naturellement et si franchement que tout soupçon s'évanouit. Cependant l'officier insista de nouveau :

— C'est donc Bochesel, fourrier de monsieur de Bresse, que vous désirez voir ? reprit-il.

— Oui, messire. Le connaissez-vous ?

— J'ai cet honneur. Nous soupâmes ensemble, hier au soir, chez Luzarches, l'écuyer de monsieur de Mont-mayeur. Holà ! quelqu'un de bonne volonté pour con-duire ce gentilhomme au château. Je vous donne cette escorte, ajouta-t-il en répondant à un sourire significatif de Fésigny, pour vous faciliter l'accès de la résidence royale. Notre consigne nous défend de laisser entrer ici marchands, bateleurs, prêtres ou soldats, s'ils ne sont munis d'un sauf-conduit signé du maréchal de Dauphiné. Mais puisque vous êtes l'ami de Bochesel...

Déjà les ombres du crépuscule succédaient peu à peu aux derniers rayonnements solaires. Les rues étroites et tortueuses de la cité de Charles VII commençaient à être envahies par l'obscurité. Çà et là des lanternes fu-meuses s'allumaient, répandant une lueur rouge et terne. Les pieds des chevaux clapotaient dans un infect mélange de paille et de boue. Les marchands fermaient leurs boutiques ; les passants étaient rares. Quelques soldats chantaient dans les tavernes ; les écoliers ren-traient à la maison paternelle en rasant les murailles.

— Monsieur, dit à Fésigny le milicien qui le condui-sait à travers ce dédale, il convient que vous laissiez vos bêtes et votre écuyer dans une hôtellerie. Voyez, là, à l'angle de la place, cette maison qui jette feu et flammes par ses croisées, c'est l'auberge du beau-frère de mon cousin, à l'enseigne du *Bon La Hire*. Vous y trouverez gîte agréable.

— Eh bien ! allons, murmura Fésigny, découragé par cette singulière façon d'exercer l'hospitalité qu'adoptait et mettait en pratique le roi Louis.

Après avoir confié son valet à l'hôtesse accorte du *Bon La Hire* dont il dédaigna d'écouter les cordiales sa-lutations, il se dirigea vers le château.

Cette résidence, commencée au onzième siècle et ache-vée seulement au quinzième par Charles VII qui l'affectionnait, se composait d'un grand nombre de bâtiments irrégulièrement disposés dans une vaste enceinte flanquée de tours à chacun de ses angles. Cette lourde masse, qui s'élevait sur la rive droite de la Vienne, était alors sombre et noire ; aucune clarté ne filtrait à travers les étroites et rares fenêtres qui trouaient sa façade.

Fésigny, toujours suivi du hallebardier qui ne le perdait pas de vue, s'engagea sur le pont-levis encore baissé et se trouva bientôt sous la haute voûte ogivale du porche, au milieu d'une foule bruyante de soldats et de pages.

Un garde écossais reçut le visiteur qui le pria de le mener sans plus de retard auprès de M. de Bochesel.

Comme il prononçait ce nom, un gentilhomme de fière mine, élégamment vêtu, accourut et lui tendit la main. C'était Bochesel lui-même.

— Ah ! monsieur de Fésigny, s'écria-t-il, c'est vous !.. Comment êtes-vous venu ? Quelles nouvelles de Savoie ? Monseigneur va être bien heureux de vous voir : venez vite. Mon camarade, ajouta-t-il en s'adressant à l'Écossais, je réponds de monsieur sur ma tête.

Fésigny reçut avec une bienveillance mêlée d'un peu de mélancolie ces compliments affectueux :

— Bochesel, dit-il d'un ton moqueur, s'il est aussi facile de sortir d'ici que d'y entrer, nous ne reverrons pas de sitôt la dent de Nivolet !

II

A quoi le roi Louis XI prétendait consacrer son règne.

La rivière coulait à pleins bords ; ses eaux fangeuses, moirées d'écume blanche, roulaient avec un gronde-ment sourd, entre deux berges escarpées, talus tapissés d'un frais gazon durant l'été, mais pierreux et désolés alors que le bonhomme hiver secouait ses frimas sur la nature. Des rangées de saules et d'aulnes, refuge des nymphes printanières, miraient dans les flots les rameaux grêles qui jaillissaient en gerbe épanouie de la cime de leurs troncs noueux.

Çà et là, d'un bouquet de genévriers aux feuilles jau-nâtres, s'élevait la tige svelte d'un haut peuplier contre lequel le vent se heurtait en poussant une note plain-tive.

Sur la cime opposée à celle que protégeait un petit bois de bouleaux, la Vienne baignait un moulin que l'on eut dit abandonné. La grande roue, en effet, restait immobile, présentant son disque énorme de bois brun, diapré de mousses et de lichens parasites. La chute d'eau semblait s'être congelée tout à coup, une large nappe de glace limpide et transparente s'épanchait de l'orifice du canal et s'unissait dans les bannes à des blocs aux formes bizarres. Des aiguilles diamantées, effilées, frangeaient le toit de chaume que marbraient des plaques de neige durcie.

Au dernier plan, des collines aux contours nettement accusés découpaient leurs silhouettes sur le ciel, enca-drant ce délicieux paysage d'hiver.

Les deux hommes qui, tout à l'heure, avaient arrêté si maladroitement sur la grand'route monsieur de Fésigny, suivaient, au moment où nous les retrouvons, un petit sentier qui serpentait entre deux haies sur la rive gauche de la rivière.

Ils contemplaient silencieusement la campagne déserte. Depuis longtemps ni l'un ni l'autre ne prononçait une parole. Mais tandis que l'homme vêtu de si mesquine façon rêvait de choses sérieuses, ce qui se voyait à son air grave et presque sombre, son compagnon feignait une insouciance trop étudiée pour être sincère.

Notre lecteur est trop perspicace pour n'avoir point déjà deviné que le premier n'était autre que le roi Louis XI, lequel affectait, comme chacun sait, une mise modeste moins encore que négligée, même dès les commencements de son règne. Nous aurons plus tard l'occasion de parler du comte Jacques de Montmayeur, favori du jour, qui jouissait en cet instant du privilége d'accompagner le roi.

Tout à coup celui-ci s'arrêta, fixa un regard singulier sur Montmayeur, et s'écria d'une voix mordante :

— Eh bien ! monsieur ?... vos montagnards émigrent en masse, à ce qu'il me paraît ? Que viennent-ils traîner leurs chausses chez nous ? Serait-ce que mon noble beau-père veut se débarrasser des mauvaises têtes qui font rage dans ses États, et me les envoyer pour que je les corrige ? Pasques Dieu ! nous avions déjà son fils de Bresse, Bochesel et tant d'autres !... Qu'est-ce que ce Fésigny ? Ah ! ma police est bien mal faite !

Un personnage de l'importance de ce Fésigny ne devrait pas franchir ma frontière, que je n'en fusse aussitôt prévenu. Dieu aidant, nous mettrons ordre à cela. Vous avez entendu ce bélître de valet, Montmayeur ? Il nous a menacés de la vengeance de monsieur de Bresse ! Il faut donc que celui-là soit considéré comme bien puissant chez moi, puisque son nom sert d'épouvantail à bourgeois ?

Le roi ne parlait ainsi longuement que pour mieux observer le visage de son interlocuteur qui l'écoutait avec une déférence profonde, en s'étudiant néanmoins à céler les sentiments qui l'agitaient.

Ce n'était point, du reste, sans intention que le roi venait de laisser échapper une allusion blessante au séjour que plusieurs seigneurs de Savoie faisaient à sa cour.

Montmayeur, exilé par le duc Louis Ier, était de ceux-là. Il ressentit vivement le reproche, mais il garda son air quasi indifférent, sachant qu'il ne fallait point se jouer des colères de son terrible hôte.

— Connaissez-vous ce Fésigny ? reprit le roi d'un ton brutal.

— Fort peu, sire, se hâta de répondre Montmayeur en s'inclinant, je crois qu'il est mon vassal pour un petit bien qu'il a jouxte mes terres d'Apremont. Il est bon jurisconsulte, et Son Altesse le veut mettre du sénat qu'elle est en désir de créer à Chambéry sur le modèle de celui de Turin.

— Je n'aime pas ces gens de loi qui courent par vaux et chemins. Ils ont toujours des plans de conspiration dans leurs grimoires. Quelque jour nous rendrons un bon édit pour définir leurs attributions, et qu'ils s'y tiennent, Pasques Dieu ! sinon je les enverrai sur la sellette, s'il me déplaît qu'ils se prélassent sur le banc des justiciers.

Montmayeur ne put réprimer un mouvement de surprise, tant l'accent du roi, en proférant ces paroles, fut durement accentué. Le roi fit quelques pas en silence, puis il poursuivit :

— Il est nécessaire que je décide quelque chose au sujet de monsieur de Bresse, comte. J'ai besoin de vous.

— Votre Majesté sait que je lui suis dévoué.

— Bien ! bien ! je sais quel fond je dois faire sur votre
fidélité. Ce n'est pas un conseil que je vous demande,
et vous ne saurez rien de ce que je veux faire, parce
que si mon bonnet connaissait mes desseins, je le jette-
rais au feu. Voilà : préparez-vous à repartir pour
Chambéry. Du Bouchage écrira de ma part au duc que
je veux qu'il vous rende le titre de maréchal dont la
duchesse vous a dépouillé au profit de Seyssel.

— Et qu'il mette à néant, interrompit Montmayeur
d'un ton emporté, tandis qu'une flamme ardente s'allumait dans ses yeux, et qu'il mette à néant l'ordre de
m'arrêter partout, excepté dans les lieux sacrés, rendu
le 28 janvier de l'an dernier... Et qu'ensuite on me fasse
remise de l'amende de cent marcs d'or prononcée par la
sentence du conseil... Et qu'enfin l'on me restitue mon
château de Cusy, injustement confisqué.

— J'allais vous le dire, comte, reprit Louis avec bonhomie. Quand vous serez en Savoie, vous vous arran-
gerez pour me débarrasser des Cypriotes, et j'entends
par ceux-là tous les diseurs de sornettes, les damerets,
les favoris, les conseillers, Saint-Sorlin, Seyssel, Valpergue et le reste...

— Par quels moyens? demanda Montmayeur, redevenu sérieux et hautain.

Le roi, haussant les épaules, le regarda d'un air moqueur et répliqua de sa voix railleuse :

— Beau cousin, c'est affaire à vous. Il y a votre manoir de Charmaix qui se délabre, m'avez-vous dit; passez chez du Bouchage, il vous délivrera de quoi payer
les maçons.

— Alors c'est que Votre Majesté me veut acheter ?
proféra Montmayeur avec un accent indéfinissable.

— Je vous ferai duc.

— N'en déplaise à Votre Majesté, le duc Amédée,
craignant mon père, le fit comte pour l'amoindrir.

Nous sommes Montmayeur, c'est un nom qui se passe de titre. Les Montmorency, premiers barons chrétiens, sont-ils ducs? Du reste, se hâta d'ajouter le seigneur en fléchissant à demi le genou, j'ai le droit pour moi, et vengeant Votre Majesté des injures de ces muguets de cour, je vengerai mes injures personnelles. Il sera fait justice. Quand dois-je partir?

Le roi réfléchit un instant, non sans jeter encore plusieurs regards à la dérobée sur celui qui se faisait si volontiers son complice.

— Nous verrons.... attendons de savoir ce que Fésigny vient faire à Chinon, répondit-il évasivement; il sera temps demain de prendre une décision.

Il y eut un nouveau silence. Puis Louis, accentuant lentement ses paroles de façon à les graver dans la mémoire de son auditeur, d'un ton qui passa successivement par toutes les nuances de la bonhomie, de l'irritation, de la câlinerie, avec une franchise qui, certes, n'était point dans ses habitudes, Louis, disons-nous, reprit:

— Voyez-vous, Montmayeur, il faut que je défasse tout ce que le roi défunt, mon père, a fait! Je puis vous dire cela, à vous qui m'avez si bien servi quand je guerroyais contre ses mauvais conseillers; à vous, qui tour à tour ministre de votre souverain, exilé, proscrit, tantôt baron puissant et riche, tantôt capitaine d'aventures sans sou ni maille, avez partagé ma fortune.....Vous souvenez-vous de nos excursions dans les montagnes de Noyaray, de ces paysans matois à qui nous faisions des contes sous les grands châtaigniers de Saint-Marcellin? Jeunesse!... jeunesse!... Eh bien! Montmayeur, il y a deux choses qui sont les plaies de ce royaume de France et le dévorent: il y a l'insolence de nos grands feudataires; il y a l'ambition de mon cousin de Charolais qui nous voudra tous mettre à feu et à sang.... Je veux

être le maître chez moi. Il faut que tous ces ducs et ces
comtes, connétables et sénéchaux, aient leurs têtes au
niveau de mes genoux, sinon je ferai tomber les têtes et
donnerai de la besogne aux successeurs de Caboche. Le
roi !... ils croient que je suis roi pour me parer de
leurs manteaux de drap d'or et trôner au milieu d'eux,
couronne au front, sceptre à la main !... ils se trompent.
Être roi, c'est régner et Pasque Dieu ! ces gens-là me
gênent...

— Ah ! Majesté, le peuple a parfois de terribles colères, si vous décapitez vos seigneurs qui vous protégera
contre le peuple ?

— Mon peuple lui-même. En attendant, mes vassaux
plieront, eussent-ils des écus d'armoiries à en couvrir
toutes les façades de toutes les maisons de Paris. Qu'ils
se rebellent, j'irai les enfumer dans leurs tanières, je
brûlerai leurs donjons, j'effacerai leur écusson. Si mon
peuple veut qu'il y ait une noblesse pour le rançonner,
j'anoblirai mes gardes, n'eussent-ils d'autre fief que
la rouillarde accrochée à leur baudrier... Pour commencer j'ai destitué l'amiral et le chancelier de France,
le grand sénéchal de Normandie, le prévôt de Paris...
Ce n'est pas assez. Je veux rogner les ongles à mes
parlements : il n'existe que deux cours de justice, j'en
veux dix.

— Sire, en les multipliant, vous les affaiblirez.

— Leur influence politique sera diminuée, leur puissance judiciaire sera augmentée. C'est un double résul-
tat excellent. Les évêques n'entreront point au conseil
sans le congé des chambres. Les gens d'église devront
me donner déclaration de leurs biens, avec les preuves
d'acquisition.

Montmayeur n'en pouvait croire ses oreilles. De tels
projets lui semblaient monstrueux et il commençait à
ressentir une sorte de crainte superstitieuse.

— Mais, objecta-t-il timidement au roi, le pape vous excommuniera, sire !

— Non ! il sait que ce que je ferai, en cet ordre, sera pour le bien de l'Église. Du reste, je supprimerai la Pragmatique Sanction instituée par feu mon père, et le pape me confirmera le titre de roi très-chrétien. Vous ne savez pas cela, vous, Montmayeur : il faut donner d'une main et reprendre de l'autre. C'est la maxime de Sforza, de Milan. Elle est bonne, j'en fait mon profit.... Je ne veux plus de guerres privées : nous ne sommes pas des barbares. On perd infiniment de sang et d'argent à soutenir des querelles les armes à la main. Or le sang et l'argent sont au roi. Avec quoi conquerrai-je les treize provinces qui manquent à la France, laquelle n'en compte que quatorze ? avec le sang et l'argent que j'aurai forcé mes vassaux à économiser. Vous parliez du peuple tout à l'heure ? Il me donnera les écus qu'il faut pour acheter ce qu'on ne voudra pas me donner. Rien ne résiste à cette arme-là, Satan n'en put inventer de plus meurtrière. En un mot, la vieille monarchie qui n'a pour chef que le premier parmi ses pairs croulera...

— Que restera-t-il ? balbutia Montmayeur, effrayé de ces confidences par trop dangereuses, terrifié par la pensée que le roi pourrait un jour se repentir de les avoir laissé tomber dans son oreille.

— Moi !... Quant à mon cousin Charolais, il a de bons conseils de mon compère Bische. Que j'aie Péronne et je serai content. Je vais le brouiller avec le duc de Savoie, avec les Suisses, avec l'empereur. Il est fou de batailles : j'aime à occuper les gens suivant leurs goûts. Pendant qu'il gagnera des victoires, j'imposerai la paix chez moi, et plus tard s'il me plaît de guerroyer à mon tour, je vous appellerai, cousin Montmayeur. Pasques Dieu ! mon père a été nommé *le Bien servi*, moi je

porte tout mon conseil dans ma tête, et l'histoire dira
qui des deux aura fait meilleure besogne.

Il est facile de comprendre que Montmayeur avait
hâte de voir cet entretien terminé. S'interrogeant mentalement, il cherchait la cause de cette expansion inac-
coutumée. Le roi voulait-il qu'il sût tous ces projets
pour l'attacher davantage à sa personne ? Éprouvait-il
sa discrétion ou lui tendait-il un piége.? Il crut prudent
de n'en rien faire paraître et de conserver l'attitude
ennuyée, indifférente, d'un courtisan inhabile à apprécier cette politique raffinée.

Louis ne fut pas dupe de cette incapacité prétendue.
Son regard observateur ne quittait pas le comte et suivait sur les traits de celui-ci l'expression des sentiments
qui l'agitaient.

Son but, il l'eut à peine défini lui-même. Il cédait à
un irrésistible désir d'épanchement, à un irrésistible
besoin d'approbation, en même temps qu'il essayait, par
la profondeur de son ambition, d'enchaîner à ses projets
un homme qui pouvait les servir. Il traçait encore à
Montmayeur, qu'il venait de charger d'une mission
difficile, le rôle qu'il devrait jouer à la cour de Savoie,
l'avertissant aussi de ne rien faire qui pût compromettre ses desseins.

Le comte songeait à ce formidable complot dirigé
contre l'ordre de choses établi et qui sapait par toutes
ses bases l'organisation politique de la féodalité.

Il envisageait avec terreur la révolution que le roi
rêvait, que sa volonté tenace réaliserait, révolution qui,
succédant aux réformes politiques de 1357, aux réformes administratives de 1413, transformerait la vieille
monarchie française, pondérée par les attributions des
États généraux, des parlements, des corporations, par
les priviléges de l'Église, par la puissance militaire
des seigneurs, en une sorte d'autocratie absolue que

dominerait le violent arbitraire d'un esprit audacieux.

Louis, silencieux, laissait Montmayeur se livrer à ses
réflexions. Après avoir prononcé les derniers mots
rapportés plus haut, ils avaient rebroussé chemin et se
dirigeaient maintenant vers les portes de la ville.

C'était à cet instant précis que M. de Fésigny rencontrait Bochesel sous le porche de la résidence royale.

Depuis près d'une heure, l'obscurité indécise du crépuscule avait succédé aux clartés éblouissantes du jour.
Aucun bruit ne retentissait dans la campagne. Le
tintement des cloches sonnant l'Angelus et les rumeurs
affaiblies de la cité arrivaient, confus, aux promeneurs attardés.

Ils parvinrent bientôt en vue des remparts. Aussitôt
qu'on les aperçut, un gros de pertuisaniers se détacha
du poste de la porte et s'approcha. Le roi se fit reconnaître, imposant d'un coup d'œil le silence et la discrétion aux soldats.

Avant de rentrer au château, Louis parcourut les rues
étroites de Chinon. Il saluait affablement les bourgeois
qui, le reconnaissant à sa cape grise, à son bonnet orné
de médailles, le saluaient. Ayant heurté, par mégarde,
une vieille femme qui portait un broc de cervoise dont
le contenu arrosa le sol, il tira de son escarcelle
deux écus et les lui donna, quoiqu'il ne fût point prodigue.

Montmayeur avait bonne envie de hausser les épaules.
Il n'osa.

Aussitôt que le roi et son compagnon eurent franchi le
pont-levis du château, la herse fut baissée, les hallebardiers se massèrent sous la voûte ogivale, des vigies
furent placées sur chaque tour, des sentinelles, dans
chaque corridor.

Louis ne voulut pas que Montmayeur le quittât. Il

l'emmena dans sa chambre où il se mit à lire l'office de
la sainte Vierge, en attendant que, l'heure du souper
sonnant, les pages annonçassent la viande du roi.

III

Les questions de Philippe-Monsieur.

Guy de Fésigny conduit par Bochesel pénétra, avons-
nous dit, dans le vieux manoir où jadis la pucelle d'Orléans avait trouvé Charles VII, dînant d'un maigre
poulet et d'une queue de mouton, en la compagnie du
sire de la Hire et de Poton de Xaintrailles.

Ils traversèrent d'abord une cour de forme irrégulière sur laquelle s'ouvrait une tourelle percée à jour
qui contenait un étroit escalier tournant en spirale où
ils s'engagèrent l'un après l'autre. Au premier étage
ils entrèrent dans un long corridor qui les conduisit
par maints détours à l'appartement occupé par le comte
de Bresse.

Chemin faisant, ils causaient, mais Fésigny, impres-
sionné par le morne silence qui régnait entre ces antiques murailles, et par leur aspect sombre et mélancolique, n'osait parler qu'à voix basse.

Ils s'entretenaient des amis de là-bas, des gais amis
qui chassaient dans les grands bois, dans les gorges profondes des montagnes, sur le bord des torrents écumeux
ou des lacs bleus comme l'azur des saphirs ; des
nobles châtelaines qui dansaient la farandole sur la
mosaïque éclatante des vastes salles du château ducal,
sous le feu de mille torches ardentes, aux sons des musiciens venus du golfe de Sorrente pour égayer la
joyeuse vieillesse de monseigneur le duc Louis, le-

quel se consolait plus facilement de la perte d'une province que de l'absence d'un joueur de flûte.

— Nous avons ici, dit Bochesel, comme ils passaient entre les deux rangées d'armures de la salle d'armes, la belle veuve de Miolans, nièce de monsieur de Montmayeur. La connaissez-vous ?

— Je ne l'ai jamais vue, répondit Fésigny, mais toute la cour de là-bas gémit de son exil. Est-ce vraiment une merveille ?

— Le roi lui-même en est féru !.. Mais son oncle la garde avec un soin jaloux. Songez qu'elle apportera à son mari toute la Combe de Savoie, de Chamousset à Montmélian, cinq lieues de pays, quatre bourgs, trente villages.

— Elle est jeune ? demanda Fésigny, d'un ton fort indifférent, et dans le seul but de ne point entendre l'écho de ses pas que lui renvoyaient les voûtes sonores.

— Trente ans. C'est la fleur épanouie dans toute sa splendeur. Si le roi Louis accueillait autant de poëtes que de moines, on composerait une librairie avec les vers qu'elle aurait inspirés.

— Dieu la bénisse ! une telle femme doit être un brandon de discorde, reprit Fésigny avec un accent tant soit peu dédaigneux.

— Aussi le roi serait-il bien aise de la voir partir, mais il faudrait que le seigneur de Montmayeur partît avec elle, et le roi tient à celui-ci qui l'a assisté durant son séjour en Dauphiné. Ah ! Fésigny, voici l'appartement du prince et c'est un Savoyard, Nicod Passim, qui monte la garde devant la porte. Nicod, poursuivit-il en s'adressant à la sentinelle, voici monsieur de Fésigny que monseigneur attend.

Les deux compagnons pénétrèrent sans conteste dans l'antichambre, vaste pièce carrée, meublée de boiseries

2

de vieux poirier dans lesquelles un imagier naïf avait
taillé de grotesques figurines. Des banquettes recou-
vertes de cuir s'alignaient le long des parois. Une fenêtre à arceaux gothiques s'ouvrait sur un large balcon.

— Ah ! dit Bochesel en voyant se promener de long
en large dans cette pièce, un homme vêtu d'une simarre de velours noir et coiffé d'un mortier à retroussis
de martre, monsieur du Bouchage attend ici ; c'est que
probablement le prince est en audience. Du Bouchage,
recevez nos compliments.

La présentation et les saluts se firent avec les céré-
monies minutieuses qu'exigeait l'étiquette de cette
époque et les trois hommes continuèrent à causer
de choses et d'autres, en s'observant mutuellement.

Imbert de Bastarnay, seigneur du Bouchage, le même
qui devint plus tard chancelier de France, était à la
fois le conseiller de Louis XI et le favori du comte de
Bresse qu'il servait auprès de son maître, sans néanmoins jamais léser les intérêts de celui-ci. Jurisconsulte
éminent, magistrat intègre, honnête et bienveillant, il
savait ménager avec un tact infini l'un et l'autre, prenant toujours le parti de celui qui avait raison, excu-
sant les violences du prince, les faiblesses calculées du
roi, rétablissant l'accord entre les deux beaux-frères,
profondément dévoué à tous les deux.

Il accueillit Fésigny comme un confrère dont le nom
lui était connu et qu'il appréciait à sa valeur, et en
même temps comme un ami dont il ne jalousait nullement la faveur. Pendant qu'ils s'entretenaient, Bochesel
disparut.

Philippe de Savoie, comte de Bresse, que ses courtisans nommaient Philippe-Monsieur, et ses ennemis
Philippe sans Terre, nonchalamment étendu sur une
sorte de lit de repos chargé de coussins de soie empilés

et de riches tapis turcs, se reposait des fatigues d'une journée de chasse.

Il avait alors vingt-quatre ans. Très-beau de visage, d'une taille élevée, il produisait, disait-on, une impression profonde sur la fille du grand chambrier de France, Marguerite de Bourbon, qu'il épousa, en effet, neuf ans plus tard.

Ses cheveux blonds, enroulés en boucles soyeuses, encadraient ses traits nobles et purs sur lesquels on lisait une remarquable force de volonté, unie à une mâle vaillance. Le regard brillant et mobile de ses yeux bleus indiquait la violence de son caractère. Bien qu'il fût sans apanage, partant peu riche, il menait train de prince, car il se vantait d'être libéral, voire prodigue, et quoiqu'il ne fût point césar, il devait déjà la rançon d'un souverain. Ses équipages de chasse, meutes, gerfauts et faucons, ses écuries, étaient renommés. Sa maison ne comportait que deux écuyers et six pages, mais il choisissait ceux-là parmi les capitaines, ceux-ci parmi les fils de comtes.

Un feu vif flambait dans la cheminée de granit rouge, armée de chenets colossaux en fer forgé, et jetait de rouges lueurs sur les lourdes tentures de tapisseries à grandes efflorescences vertes sur fond orangé, sur les meubles de bois noir sculptés, et les peaux d'ours bruns amoncelées sur les dalles. Une lampe de cuivre poli ajoutait ses clartés blanches à la vive lumière que répandait le foyer. Sur une table d'ébène se voyaient un amas de papiers épars, un encrier, un volume richement enluminé de miniatures peintes avec cet art exquis des artistes ignorés du moyen âge. C'est que Philippe, prince instruit, étudiait avec ardeur les sciences que l'on enseignait alors, la théologie et la philosophie, mères de tout savoir.

Enfin dans chacun des angles de cette pièce, aux

côtés du lit qui disparaissait sous d'épaisses courtines,
reluisaient des armes de toutes sortes disposées en élé-
gantes panoplies, qui contrastaient avec un luth et un
rebec suspendus à la muraille, un prie-Dieu dressé sous
un crucifix et quelques rares tableaux de sainteté dont
les cadres dorés ressortaient sur les gaufrures sombres
du cuir de Cordoue.

Cette habitation décelait des goûts bizarrement oppo-
sés. Philippe était un prince artiste et politique, poëte
et savant, efféminé et soldat, vaillant à la guerre, ardent
aux plaisirs, ennuyé de son inaction forcée, cherchant
sa voie, qui voulait être grand, sans savoir par quel
moyen le devenir.

La portière, se soulevant, livra passage à Bochesel :

— Tiens ! dit Philippe en s'étayant d'une pile de
carreaux, c'est toi Bochesel? Quel beau sanglier nous
avons forcé dans les bois de l'île Bouchard! Il a mis
Ragot sur les dents et ma pauvre chienne Mouche est
éventrée... Ah ! que le ciel de France me pèse, Bochesel!... Qui sait ce que fait mon joueur de viole, que j'attends depuis une heure ?

Bochesel s'inclina, sourit, fit quelques pas en avant
et dit, en essayant de prendre l'air austère et grave d'un
confident de tragédie :

— Monseigneur, il ne s'agit mie de votre joueur de
viole !

— Hein !... s'écria le prince en faisant un haut-le-
corps significatif. Est-ce que mon frère Amédée t'a fait
charger par monsieur de Montmayeur de me donner des
leçons de morale ? Ou bien me viens-tu porter pareil
message de la part de ce grossier Louis de Valois...

— Monseigneur !... interrompit Bochesel effrayé, l'o-
reille du roi est partout... Il y a peut-être un espion
derrière ces draperies. Voilà un mot qui vous peut coûter la tête...

— Enfin que me veux-tu ? demanda Philippe en adoucissant les éclats de sa voix.

— Monseigneur, devinez quel messager nous arrive de Savoie !

D'un geste, Philippe éparpilla coussins et tapis ; d'un seul bond, il fut debout. Sans prendre la peine d'interroger son fourrier, il s'élança vers la porte, écarta les rideaux d'une main impatiente et, pâle, haletant, curieux, il apparut sur le seuil aux yeux de du Bouchage et de Fésigny.

Celui-ci, le sourire aux lèvres, vint à la rencontre du prince qui, le saisissant par le bras, l'entraîna avec lui en s'écriant :

— Fésigny, Fésigny, c'est vous ! Oh ! suis-je heureux de vous voir !...

Un instant après, ils étaient en présence et se regardaient, émus et muets. Philippe attendait que les battements de son cœur cessassent de retentir, sourds et précipités. Il s'assit.

— Eh bien ? interrogea-t-il d'une voix anxieuse.

Fésigny, dominant son émotion, le contemplait avec l'attention spéciale d'un observateur, intéressé par quelque phénomène physiologique.

Il ne se départait ni de sa présence d'esprit, ni de ce sang-froid merveilleux, cher aux diplomates, et qui fait la moitié de leur force.

Il répondit en s'inclinant :

— Interrogez, monseigneur. Quand votre légitime désir de savoir sera satisfait, j'aurai l'honneur de vous apprendre le but de mon long voyage. Il importe que, pour m'écouter et me comprendre, vous n'ayez aucune préoccupation étrangère aux motifs qui m'amènent ici. Vous aurez à prendre une détermination grave. L'heure est solennelle, pour l'enfant qui doit plonger le scalpel dans le sein qui l'a nourri, pour le médecin qui doit creuser une blessure afin de guérir son malade... Monseigneur, daignez m'interroger.

Le temps qu'il mit à prononcer ces mots suffit à Philippe pour dompter les sentiments indéfinissables qui palpitaient en lui.

Évitant de s'arrêter aux dernières paroles du magistrat, paroles dont le sens mystérieux lui échappait évidemment, il commença, non sans qu'une nuance d'amertume se fît sentir dans l'intonation de sa voix :

— Mon père est toujours heureux, sans doute? Il voit autour de lui des fêtes somptueuses ? Il a ses baladins, ses musiciens, ses tailleurs de pierre ?

— Son Altesse, en effet, répondit Fésigny avec une imperceptible raillerie, jouit d'une vieillesse heureuse, honorée...

— Madame la duchesse ?

— Les astres planent dans le ciel, monseigneur, bien loin de la vue des humbles mortels, et nous n'osons point élever nos regards à ces hauteurs qui nous sont inaccessibles. Cependant, je sais du couturier de la cour, que notre gracieuse souveraine s'est acheté une robe de satin pers, pour la doublure de laquelle il a fallu employer sept cents nappes de menu vair. Un secrétaire de monsieur de Valpergue, répétant un très-habile calcul de son illustre patron, m'a dit encore que sept cents nappes de menu vair à trois écus la nappe donnaient un total de deux mille cent écus, sans compter le satin pers. Enfin, mademoiselle de Crans a fait observer que c'était beaucoup d'argent pour une robe, et qu'avec la somme on eût équipé deux compagnies d'arquebusiers.

— Oui, s'écria Philippe amèrement, mais on eût enlevé au marquis de Saint-Sorlin l'occasion de tourner un galant compliment. Ceci compense bien cela, Fésigny ! Allez demander à la reine Charlotte, ma sœur, que mon cher beau-frère, le roi Louis, relègue à Amboise, quels magnifiques ajustements elle a dans ses coffres ! Dieu pardonne à qui gaspille la fortune publique, alors que les pauvres gens mangent du pain de seigle, et volent du bois pour le cuire !... Et mon frère Amédée ? Il se livre, sans doute, aux controverses les plus subtiles avec le moine Jean Fausson ? Il dispute sur les cas de conscience ? Il étudie les mystères de la foi ? Pourquoi faut-il que cet homme, d'un si grand et si noble caractère, ait toutes les vertus d'un cénobite et qu'il ne possède aucune de celles qu'un prince, héritier d'un nom illustre, d'une tâche difficile, doit mettre en œuvre pour régner ?... Il gagnera le ciel, mais rendra-t-il son peuple heureux ? Je ne m'inquiète ni de mes frères Faucigny et Romont, ni de mes sœurs. Janus et Jacques ont l'appui de leur mère..., la duchesse de Milan subit son martyre là-bas, comme la reine de France ici. Nous sommes une heureuse famille, en vérité !

Deux grosses larmes perlèrent sous ses paupières, une ardente rougeur envahit son visage. Il souffrait et ne le cachait point. Cet homme que l'on prétendait étourdi, vain, colère, savait donc encore pleurer ! Sans transition il reprit la parole avec le même accent railleur et triste :

— Mais il y a mon frère Louis, roi de Chypre ! Voilà cinq ans qu'il fait la guerre à l'usurpateur Lusignan. Cypriens et Cypriennes ont dévoré le duché de Savoie. Les filles de Lusignan sont fatales à notre maison. Où est-il, lui ? Peut-être erre-t-il, de village en village, demandant le pain de l'aumône, tandis que sa femme va, de ville en ville, implorer à deux genoux, de nos amis comme de nos ennemis, des soldats et de l'argent. Peut-être, affamé, torturé, insulté, gît-il dans un cachot ; mieux vaudrait la mort en pleine bataille que cette atroce destinée ! Dites-moi, Fésigny, savez-vous quelque chose du sort du roi de Chypre ?

— Monseigneur, la reine Charlotte est à Chambéry,
et l'on parle d'une cession de ses droits à Son Altesse.

— Bah ! la duchesse Anne veut une couronne fermée?
serait-ce qu'elle estime trop mesquins les fleurons de la
sienne? Oh ! que je sois obligé de parler ainsi de ma
mère !...

— Tout espoir n'est pas perdu, monsieur de Langins
vient de se jeter avec huit cents Savoyards dans la
place de Chérines...

— Ah! mon père n'a jamais su faire à propos ni la
guerre, ni la paix. Pour courir à de vaines conquêtes,
il a vendu la baronnie de Gex à mon beau-frère Dunois,
le pays de Dombes au duc de Bourbon. Que ne garde-t-il
ses armées pour se défendre chez lui?

Sur ces mots, il tomba dans un morne accablement.

Fésigny fixait toujours sur lui son regard acéré, profondément intelligent. Il voyait combien était vraie cette
douleur, combien sincère cette humiliation, et il ressentait une part des angoisses qui étreignaient le cœur de
son maître. Il se réjouissait néanmoins, dans son for
intérieur, de cette indignation, de cette colère si fortement exprimées, car il poursuivait un but et il espérait
que de tels sentiments l'aideraient puissamment à l'atteindre. Il venait, lui, pour exciter dans l'âme du prince
l'ardent amour qu'il portait à son pays, pour attiser la
haine qui l'animait contre des favoris indignes, des conseillers perfides, et voilà que cet amour et cette haine,
inextinguibles, exaltés, se réveillaient en se grandissant
l'un par l'autre.

Il entrait dans ses desseins d'opérer une diversion, ne
fût-elle que momentanée. Profitant d'un geste de lassitude qui échappa au comte de Bresse, il reprit l'entretien sur un ton moins passionné :

— Le roi Louis doit être d'un abord difficile, dit-il,
car j'ai éprouvé de la peine à parvenir jusqu'à vous.

Cette ville de bourgeois riches et fainéants est gardée comme une forteresse.

Philippe leva sur lui son œil atone :

— Hélas ! dit-il, c'est mieux qu'une forteresse, mon ami, c'est une prison.

— Qui ne ressemble en rien aux *plombs* et aux *puits* de la sérénissime république de Venise, dit en riant Fésigny qui montra de la main les magnificences de cet appartement.

— Une prison, continua Philippe, où l'on nous garde avec un soin jaloux, où chacun de nos pas est suivi, le moindre de nos mouvements épié, nos rires et nos pleurs, écoutés. Qu'importe à l'oiseau que les barreaux de sa cage soient d'or ? L'oiseau préfère la petite branche d'un buisson, épines et fleurs, lianes embaumées, ronces qui enguirlandent les rochers... Il est libre, il vole, il aime, il chante... Et quand il meurt, nul ne convoite son héritage...; le sang ne coule pas sur sa tombe... Qui sait où les oiseaux vont mourir ?

— Quel intérêt peut avoir le roi à vous retenir prisonnier ?

— Le roi ? Il nous voudrait tous au diable, dit Philippe en se promenant avec agitation de la fenêtre à la cheminée, du lit à la fenêtre. Il nous garde afin de pouvoir dire bien haut: « Voyez ces fils qui se rebellent contre leurs pères, ces seigneurs qui se révoltent contre leurs suzerains : je les réduis à l'impuissance. Remerciez-moi. Et vous, proscrits, exilés, chevaliers errants, ne venez pas à ma cour, je vous crains et je vous emprisonne ! » Alors, mon ami, les exilés et les proscrits, qui sont gens embarrassants, qui gênent un roi décidé à sacrifier sa générosité à son intérêt, vont ailleurs, et ne portent pas ombrage. Quant à nous, si nous pouvions nous enfuir tous tant que nous sommes, moi, vous, mes serviteurs, Montmayeur et sa nièce, la reine Char-

lotte même, sans bruit, sans fracas, le roi feindrait la
fureur, mais il se frotterait les mains et rirait de tout
son cœur, dans son retrait, huis clos !

— Savez-vous, dit Fésigny, rêveur, que voilà une
politique qui changera la face du monde !

IV

Comment Philippe-Monsieur, ayant suffisamment questionné, tint conseil avec ses amis, et ce qui fut résolu.

— Et si vous voulez savoir, poursuivit Philippe, quels
avantages le roi tirerait de notre absence ?... D'abord
nous lui coûtons fort cher, et il a besoin de ses écus
pour acheter ses ennemis... En second lieu nous sommes
des témoins importuns, des proscrits qui n'ont rien à
perdre et qui ont tout à gaguer, dans une émeute, une
révolte, une révolution... Mais je présume que ce n'est
pas pour me faire dire ce que je pense du roi Louis,
que vous êtes venu me trouver, Fésigny ? Voilà une
heure que vous écoutez mes doléances et vous êtes couvert de poussière, hâve, hâlé, brisé de fatigue !

Fésigny fit un geste insouciant :

— Combien avez-vous mis de jours à faire ce long
voyage, Fésigny ?

— Neuf, monseigneur.

— Plus de quinze lieues par jour !

— Vingt, monseigneur. Mais à Cluny je suis tombé
de cheval et les religieux m'ont soigné durant trente
heures. J'ai rattrapé le temps perdu en allant d'une
traite de Cluny à Saint-Pierre-le-Moutier. Là, mon valet s'est pris de querelle avec des maréchaux ferrants et

j'ai failli aller en prison. C'est que le roi Louis ne veut pas que l'on moleste son peuple !...

— Vingt lieues par jour, à cet âge, murmura Philippe, c'est d'un beau dévouement. Qui donc assurait que les vieillards sont égoïstes ? Vous avez bien cinquante-cinq ans, Fésigny ?

— Soixante-deux, monseigneur. Seulement je ne bois que de l'eau, et je ne me connais d'autre passion que l'ambition, d'autre vice que l'orgueil. Le vin, le jeu, les plaisirs sont des poisons qui dévorent l'âme et le corps.

— Je vous admire, en vérité !

— Croyez-vous, dit le magistrat en souriant, que je sois venu pour me faire complimenter ?

— Nous causerons quand vous aurez mangé et dormi, s'écria le prince en se mettant aussitôt sur la défensive et en prenant subitement des allures pleines de réserve.

Guy comprit que la partie serait perdue s'il abandonnait l'occasion. Il s'arma de courage, décidé à soutenir une lutte pénible, confiant en ses forces que neuf jours de souffrances et de fatigues n'avaient pu abattre. Avec une habilité consommée, il appela sur ses traits l'expression d'une indifférence parfaitement simulée et répliqua froidement :

— Comme le voudra Votre Seigneurie...Ainsi la reine Charlotte est à Amboise? triste séjour pour une jeune femme. Le roi s'expose à laisser tomber la couronne de France en quenouille. M. Duplastre, qui sait beaucoup, m'apprenait que la reine Marguerite, en mourant, était lasse de la vie. Quelle princesse conseillerez-vous au roi d'épouser, quand il sera veuf de votre sœur, monsieur ?

Philippe de Savoie bondit sous l'aiguillon dont il venait de sentir la piqûre. Ses yeux s'enflammèrent, ses joues pâlirent, il fit un pas en avant, impérieux, dominateur.

— Monsieur, dit-il d'un ton bref et dur, vous me

rappelez à mon devoir. Parlez, je le veux... je l'ordonne :
je vous en prie !

L'orgueil du triomphe rayonna sur le front de Fésigny. Alors, avec une éloquence vive, passionnée, en-
thousiaste, avec une sûreté de mémoire, un choix d'expressions sages, mesurées, prudentes, il fit au prince,
attentif, un exposé rapide et succinct de la situation de
la Savoie, un tableau de l'étrange conflit d'ambitions qui
ruinait à la fois le pays et la famille qui le gouvernait.

C'est autour de ces faits, enveloppés dans l'histoire
d'un voile mystérieux que l'on a cru devoir ne point
soulever, que gravite notre récit. Nous les avons pris pour
canevas, ne donnant presque rien à la fiction, puisque
tous nos personnages sont historiques, ainsi que les péripéties d'un puissant intérêt dramatique que nous
allons développer peu à peu. Il est donc nécessaire que
nous suivions Guy de Fésigny dans sa narration et nous
nous substituerons à lui pour éviter des digressions qui
pourraient fatiguer notre lecteur, si comme il est assez
ordinaire en ce temps-ci, il s'effraie de trop apprendre.

Louis 1er, duc de Savoie, était fils de celui que Vol-
taire nomma « le bizarre Amédée », qui fut comte d'a-
bord, créé duc par l'empereur Sigismond, puis élu pape
sous le nom de Félix V, et qui, ayant abdiqué le pontificat, se réfugia dans la solitude de Ripaille. Louis avait
épousé Anne de Lusignan, fille de Janus, roi de Chypre
et d'Arménie, la plus belle princesse de son siècle, mais
aussi la plus prodigue et la plus frivole, altière, imprudente, audacieuse. Sa merveilleuse beauté subjugua son
faible époux ; elle épuisa, dit Ænéas-Sylvius Piccolomini,
tous les caprices que peut se permettre une reine.

Après avoir vu deux de ses ministres succomber
sous une coalition de la noblesse de Savoie soulevée
contre eux, elle les avait remplacés par Jean de Varax,
chevalier de Rhodes, qu'elle fit marquis de Saint-Sorlin,

maître d'hôtel, intendant général de Savoie. Afin de le sauvegarder, elle l'entoura d'une cour puissante, et s'acquit des créatures qu'elle mit à l'abri d'une attaque. Elle fit du comte de Valpergue, un chancelier de Savoie; l'abbé de Caramagne, Thomas de Sur, fut nommé archevêque de Tarentaise; elle donna l'épée de maréchal à Jean de Seyssel, des charges dans sa maison à Hector et Pierre d'Antioche. Elle eut donc un parti puissant que dirigeaient ses deux fils préférés, le comte de Romont et le baron de Faucigny. Rien ne put mettre un frein à l'insolence des favoris, quand ils se virent soutenus par des princes qui risquaient de devenir des compétiteurs au trône. La licence, le faste le plus scandaleux régnèrent à la cour de Savoie; ce n'étaient que fêtes, bals et chasses, conseils tenus pour augmenter la splendeur des vêtements, réunions de trouvères et de musiciens, tournois poétiques, voyages. Des sommes énormes furent ainsi dépensées; les ministres n'imposaient aucune borne à leur ambition, à leur cupidité. Le peuple, pressuré, murmurait. La noblesse, insultée, attendait l'instant propice pour se révolter. Le clergé, la magistrature essayaient vainement de faire parvenir jusqu'au trône leurs respectueuses remontrances. Le prestige du souverain s'affaiblissait et Louis, qui pleurait de rage en voyant son pays devenu la proie de ces étrangers affamés d'or et d'honneurs, se sentait incapable d'arrêter ces dilapidations, de sévir contre les coupables. ·

Mari débonnaire, il tremblait devant sa femme; souverain timoré, il supportait le joug de ces arrogants favoris.

Anne de Chypre détestait son fils Philippe, que jalousaient ses frères à cause de son esprit élevé. Elle s'était aperçue qu'il méprisait Valpergue et Saint-Sorlin. Elle l'envoya donc à la cour de Charles VII, le priva d'apanage, le traita comme un fils rebelle, excita la colère du duc contre lui. Si bien qu'à vingt-deux ans, il ne possédait rien que des dettes, et que le roi Louis, dont il avait été le confident et l'ami, dût exiger qu'on le pourvut aussi bien que ses frères. On lui donna trois petites seigneuries et le titre de comte de Baugé, qu'il changea contre celui de comte de Bresse.

Fésigny exposa avec calme les faits que nous venons de résumer. Et il conclut en ces termes :

— Les sujets de Son Altesse sont las de subir des vexations continuelles. Ils ne veulent plus payer le drap d'or et l'écarlate dans lesquels messieurs les favoris se font tailler des pourpoints. Le comte de Valpergue s'est vanté de vous faire porter des chausses trouées au genou, monseigneur... Le marquis de Saint-Sorlin a dit qu'il vous baillerait avec plaisir le verre d'eau dont il est parlé dans l'Évangile... Monsieur l'archevêque de Tarentaise a fait préparer votre cellule à Tamié... Louise Babin, femme du comte de Varembon et fille du chancelier de Chypre, a commandé au taillandier Roche, du faubourg Maché, à Chambéry, une paire de ciseaux d'argent pour vous tondre... Monseigneur, choisissez entre le cloître et l'échafaud.

— Ou le sceptre, rugit Philippe d'une voix éclatante.

Fésigny répondit en s'inclinant :

— Ou le sceptre, monseigneur.

Le comte de Bresse baissa la tête et pensa. Quand il eut assez écouté les voix de la conscience et de l'ambition qui lui dictaient son devoir, il alla ouvrir la porte et appela Bochesel.

Le fourrier s'élança, empressé, prompt, presque obséquieux :

— Bochesel, dit le prince, appelez du Bouchage et Duplastre. Nous allons tenir conseil. Fésigny, vous vous reposerez demain, vous mangerez tout à l'heure... Ah !

monsieur de Valpergue me veut faire porter des grègues
trouées aux genoux !... Je le trouerai lui-même, et bien
habile sera le couturier qui raccommodera sa peau !... La
noblesse de Savoie n'a donc plus de courage ? Où sont
ceux qui assaillirent Compey, ceux qui noyèrent Bolomier et condamnèrent un cousin de Savoie à la mort ?
Ils n'ont donc laissé que des fils dégénérés ! Leurs os
doivent s'entrechoquer dans leurs tombes... Maudits
soient les lâches qui n'osent porter secours à la Croix
blanche en péril... Ma mère, ma mère ! cria-t-il en grin-
çant des dents, vous aurez un terrible compte à rendre
pour avoir forcé votre fils à manquer au respect qui
vous est dû...

Il retomba sur son lit de repos, accablé, après cet élan
de fureur qui le transformait en bête fauve, mordant
avec rage les barreaux de sa cage, et tournant sur elle-
même, ivre, féroce, prête à dévorer toute proie qui tomberait sous ses griffes.

Ce paroxysme de colère, Fésigny s'applaudissait de
l'avoir provoqué. Il en suivait les phases d'un œil
curieux, attentif. D'un seul mot, il sut calmer cette
irritation devenue trop expansive, et par là même
dangereuse :

— Monseigneur, dit-il, souvenez-vous que vous êtes,
non pas un vengeur, mais un justicier !

Bientôt les amis de Philippe-Monsieur furent rassem-
blés dans l'appartement. Nous connaissons déjà Bastarnay du Bouchage et Bochesel. Il y avait encore Antoine
Duplastre, ancien secrétaire du duc Louis et qui devint
plus tard contrôleur général des finances, après que
Philippe lui eût fait épouser une fille noble de Bresse,
Louise de Longecombe, qui lui apporta la seigneurie
de Vieuget.

En quelques mots, Guy de Fésigny mit les nouveaux
venus au courant de la mission qu'il s'était donnée,

résultant de la situation critique dans laquelle plaçait la Savoie l'arrogance des ministres d'Anne de Chypre. Ensuite, on délibéra.

— Mes amis, dit Philippe, vous savez maintenant ce que j'attends de vous : vos conseils, votre appui. Cela dure depuis assez longtemps. Je ne veux pas que l'écu de ma maison soit plus longtemps profané ; Dieu m'a donné cette terrible tâche de sauvegarder l'honneur des miens ; j'accomplirai cette tâche, dussé-je déchirer le cœur de ma mère. Il faut donc que nous partions. Fésigny, vous avez mis neuf jours à venir de Chambéry à Chinon, nous en mettrons vingt : nous serons patients, parce que nous sommes sûrs. Vous m'accompagnerez, messieurs.

— La cour, dit Fésigny, doit passer tout le mois d'avril à Thonon. C'est là que justice sera faite.

— S'il plaît à Dieu ! ajouta Philippe d'une voix sombre. Mais pour tuer des seigneurs comme Saint-Sorlin, Valpergue et Seyssel, il faut être gentilhomme. Vous êtes des hommes de conseil, mes amis, vous ne pouvez être des hommes d'action. Comment distribuerons-nous les rôles ? Chaque chose doit être combinée de façon à réussir, sinon je suis perdu. Ni mon père, ni la duchesse ne me pardonneront même le succès, quoique mon père haïsse les ministres de... sa femme.

Fésigny remarqua enfin que Philippe affectait de ne jamais appeler Anne de Chypre, sa mère. Cette répugnance contre nature lui donna la mesure des sentiments qu'il nourrissait contre elle. Il résolut d'en faire son profit.

— J'ai vu quelques personnages, reprit-il, qui sont las des airs hautains de Jean de Varax. Il y a messieurs de Chalant, auxquels il a pris la seigneurie de Fenis, Pierre de la Frasse, Guillaume de la Baume qu'il a faussement accusé de malversation.

— Bien, dit Philippe, mais Valpergue ?

— Le neveu de Montmayeur, Anthelme de Miolans, lui doit six cents florins d'or. Il voudrait acquitter sa dette sans bourse délier, d'autant qu'il prétend à la succession de la Chambre, et que Seyssel veut faire valoir ses droits.

— Seyssel a raison.

— S'il meurt, il aura tort, dit froidement Fésigny. Ses enfants sont en bas-âge ; que vous importe le nom de celui qui écartèlera son écusson des fleurs de lys de la Chambre ? Vous jugerez quand vous n'aurez plus besoin de Miolans et quand Seyssel sera mort.

— C'est trop peu de monde, objecta Philippe en secouant la tête. Soyons nombreux, très-nombreux : les crimes collectifs n'engagent personne.

Cette réflexion, dite avec un calme parfait, avec une insouciance dédaigneuse, produisit une singulière impression sur ceux qui l'entendirent. Bochesel se piqua de prouver quelque zèle.

Le zèle est la plaie qui gangrène les serviteurs des princes.

— Je partirai le premier, dit-il, non sans circonspection. Philibert de Compey, seigneur de Thorens, cherche à se venger de Seyssel qui fut le chef de ceux qui frappèrent son parent Jean, il y a trente ans. C'est un tigre sanguinaire qui voit rouge, quand il est ivre : nous l'enivrerons avec mon meilleur vin de malvoisie.

— Le comte de Gruyères a pris le parti des Malatesta contre les frères d'Antioche, reprit Fésigny. Les d'Antioche ont incendié ses métairies, pillé son castel de Rolle, massacré ses vassaux. Il est allé se mettre à genoux devant la duchesse Anne, requérant justice.

— Et la duchesse Anne, interrompit Antoine Duplastre qui n'avait pas encore parlé, lui a répondu par un coup d'éventail sur la joue, ajoutant à cette injure

que, puisqu'il possède vingt châteaux et quinze villages,
c'était bien le moins qu'il permît aux seigneurs d'Antioche de se divertir à piller le plus petit de ceux-là, à
brûler le plus pauvre de ceux-ci.

— Et que répondit François, comte de Gruyères?
demanda Philippe-Monsieur qui se mordit la lèvre et
fronça le sourcil.

— Il frappa sur le pommeau de son flamard en disant : « Voilà désormais le seul juge que je requerrai ;
ce juge deviendra bourreau quand l'heure en sonnera. »

— Je crois que l'heure a sonné, s'écria Philippe.
Bochesel, continua-t-il, tu partiras cette nuit pour la
Savoie et tu feras diligence. Que le premier jour de
mars prochain les deux Chalant, Gruyères, Miolans,
Compey, la Baume, Pierre de la Frasse et mon page
Pierre de Chissé soient assemblés à l'hôtellerie de
l'*Homme sans tête,* rue de Verdaine, à Genève. L'hôte,
Philippe Maubuisson, est mon filleul et mon vassal.
Nous prendrons là nos dernières dispositions. Et vous,
du Bouchage, et vous Duplastre, ne ferez-vous rien pour
nous?

Le magistrat, qui avait assisté à cette scène avec une
impassibilité qui dénotait en lui une profonde connaissance du cœur humain aussi bien qu'une inflexible
fermeté de caractère, fit un salut respectueux et repartit :

— S'il plaît à Votre Grâce, je me charge d'obtenir du
roi qu'il accueille dans ses États ceux qui auraient
survécu à la bataille, en cas d'insuccès. Le roi sera
furieux, en apparence, du meurtre de Valpergue qui
s'est vanté de lui subjuguer la Savoie, mais il sera
charmé que vous lui donniez un prétexte de protéger ce
pays qu'il convoite, sachant bien que Valpergue ne peut
seconder ses desseins. Ce sera affaire à vous de vous
garder du roi, si vous êtes le maître.

— C'est bien, dit Philippe.

— Monsieur du Bouchage, s'écria Fésigny en riant, sait concilier son devoir avec ses affections. Je lui prédis un grand avenir, s'il conserve une telle facilité à servir...

— Un ami, dit sèchement Bastarnay.

— Pour moi, répliqua Duplastre à son tour, je vais me rendre auprès de monseigneur le duc. Si nous obtenions l'assentiment tacite de Son Altesse...

Philippe l'interrompit et lui jeta un regard soupçonneux.

— Bochesel part demain, vous partirez jeudi, Antoine Duplastre... Messieurs, le jour où je serai à ma place, vous acquerrez la preuve que je n'oublie pas les services rendus. Maintenant, sur la relique sacrée du Saint Suaire de Notre-Seigneur, jurez-vous de garder secrète la délibération que nous venons de tenir et dont le mobile n'est autre, j'en prends Dieu à témoin, que l'amour que je porte à mon père et à ma patrie ?

— Nous le jurons, s'écrièrent-ils tous d'un commun accord.

A ce moment la vibration d'un timbre retentissant fendit les airs. Huit heures sonnaient. Aussitôt un pas leste et hardi résonna sur les dalles ; le lourd battant de chêne qui fermait la porte de l'antichambre roula pesamment sur ses gonds. Bientôt un page à la livrée de France souleva la courtine de brocart. Un autre page, vêtu comme lui d'un tabart de velours bleu fleurdelisé et de chausses mi-parti rouges et blanches apparut sur le seuil.

— Le roi se met à table, dit-il avec respect, on attend monseigneur au couvert du roi.

— Allons ! messieurs, s'écria Philippe en faisant disparaître avec la rapidité de l'éclair l'expression soucieuse répandue sur ses traits, nous compléterons demain la nouvelle coupe de la jaquette et nous continuerons la discussion sur les couleurs du chaperon... A table, chez le roi.

Il prit le pas, précédé des deux pages qui portaient deux flambeaux de cire, et suivi de ses quatre complices, déguisés en courtisans.

Au tournant du corridor, ce petit cortége en croisa un autre composé de deux pages, de deux caméristes et d'un écuyer qui escortaient une dame, de haut parage, sans doute, car elle était d'une radieuse beauté que faisait valoir une somptueuse robe de toile d'argent frisé, brodée d'or, ouverte sur une cotte de velours couleur de feu.

Le prince Philippe accourut à elle et la salua galamment :

— Ah! madame de Miolans, dit-il d'un ton courtois, n'en déplaise à votre oncle Montmayeur, je vous supplie d'accepter mon bras jusqu'à la salle du roi. Ce me sera bien doux guerdon.

V

De quelle façon le roi Très-Chrétien soupait.

La salle où mangeait le roi était de dimensions colossales ; elle occupait tout un corps de bâtiments et s'élevait du rez-de-chaussée jusqu'au faîte. Une galerie supportée par un double rang de colonnettes légères et bordée d'une élégante balustrade découpée en trèfle dans la pierre en faisait le tour ; un semis d'étoiles d'or sur un fond d'azur ornait les voûtes, coupées en ogives par d'épaisses nervures au point d'intersection desquelles se suspendait un pendentif fouillé à jour.

Une moitié de la salle, surélevée de quelques pieds dominait l'autre moitié et le plancher de cette partie, réservée au roi et aux officiers de la cour était couvert de tapisseries. La table royale se dressait au centre. Une nappe en toile de Flandre la recouvrait; on y voyait la nef de vermeil, contenant le sel et les épices, le cadenas qui renfermait la fourchette et la cuiller d'or, un magnifique hanap d'orfévrerie.

Le roi, vêtu du même costume qu'il portait durant sa promenade en forêt avec Montmayeur, était assis sur un fauteuil de chêne ouvragé, sommé d'un dais aux armes de France.

Il mangeait vite sans cesser de porter son regard sur la foule qui l'entourait. Son frère, le jeune duc de Guyenne, le duc d'Alençon, le duc de Nemours, le comte de Comminges, Philippe de Bresse, Montmayeur se tenaient debout derrière lui.

Plusieurs dames occupaient des escabeaux rangés en demi cercle à la droite du roi. A gauche, le panetier, l'échanson, le chambellan, le sénéchal, revêtus des insignes de leurs offices, remplissaient leur charge avec la solennelle gravité qu'exigeait l'étiquette. Enfin, dans la partie basse de la salle, les seigneurs moins avancés dans les bonnes grâces de Louis contemplaient ce spectacle, en gardant un respectueux silence. De nombreux gardes circulaient dans les galeries supérieures, veillant à ce que rien ne vînt troubler le repas.

Fésigny, placé un peu en arrière de Philippe, regardait à son aise madame de Miolans qu'il n'avait entrevue qu'à peine un instant auparavant. Sa beauté le fascinait. Il oubliait tout, ses fatigues, sa mission, son maître, le roi. Il admirait ses traits délicats : le front lisse et blanc, ceint d'un quintuple diadème de tresses blondes parsemées de grains de corail dont le pourpre vif ressortait sur ces liens de couleur fauve semblables

3.

à de l'or bruni ; la bouche, souriante, spirituelle et parfois sardonique ; les joues fermes et polies, d'une pâleur mate, nuancées d'un chaud coloris ; les yeux, d'un bleu violet tigré de fibrilles jaunes, fulgurants comme ceux de la panthère, mobiles, avec un regard ardent, malicieux, souvent méchant.

Le port d'une reine, le maintien majestueux, l'air altier, hautain, sévère, cette femme inspirait une répulsion instinctive, en même temps qu'elle forçait l'admiration. On eut pensé à la puissance fascinatrice du serpent. Elle dédaignait de laisser errer son regard sur la foule ; elle le fixait sur Philippe de Savoie qui, lui, se détournait, irrité de cette préférence trop marquée. Quelquefois Louis XI, après un coup d'œil lancé sur elle à la dérobée, reportait sa vue sur Philippe et un sourire malicieux contractait ses lèvres minces.

Soudain le roi se tourna vers Julien de Rivol, son maître d'hôtel et lui dit d'un ton mécontent :

— Ça, monsieur, feu mon père entretenait un maître-queux pour lui raffiner sa viande, et il en faisait à son plaisir !... J'ai renvoyé Taillevent dont les inventions sont bonnes pour les gens qui se préoccupent du harnois de gueule. Moi, je veux vivre comme un bon bourgeois, entendez-vous ? Qu'ai-je à faire de ces viandes blanches, s'il vous plait ? Foin des sauces, des condiments... Vaines recherches ! Que l'on m'aille quérir un quartier de venaison bien rôti. Et vous, monsieur le sénéchal, vous veillerez à ce que l'on fasse chez moi moindre dépense. S'il faut des lois somptuaires, j'en ferai.

Cet étrange discours fut écouté avec stupéfaction. L'on s'accoutumait difficilement à l'extrême parcimonie du fils de Charles VII, si libéral et si prodigue. Cette affectation de simplicité, se manifestant dans les détails les plus mesquins, choquait les habitudes fastueuses de ces chevaliers. Cependant aucun ne se permît la moindre marque de désapprobation. Ils savaient· que Louis supportait avec impatience la discussion.

— Sénéchal, poursuivit le roi en fronçant le sourcil, mon cousin Montmayeur vient de m'apprendre que ces mutins de Paris font crier par leurs geais et leurs pies des injures contre notre personne. Expédiez un courrier au prévôt, avec ordre de faire décapiter ces oiseaux. Et que l'on double le nombre des gibets; le pilori et la hart pour les oiseliers, s'il y a récidive.

Décidément Sa Majesté, ce soir-là, était de fort mauvaise humeur. Elle tendit son hanap à l'échanson qui mit un genou en terre et le remplit après avoir fait l'essai du vin. Mais sa main tremblante laissa échapper quelques gouttes du rouge breuvage et la nappe fut maculée.

— Maladroit !... gronda le roi. Sénéchal, poursuivit-il après avoir bu quelques gorgées, je vous prie que vous remontriez à monsieur de Saint-André que je veux être servi à mon profit, tant que la guerre dure. Pas de quartiers pour les rebelles. S'il ne le veut de gré, faites-le lui faire par force. Qu'ils me tuent une autre fois tout, et qu'ils ne prennent plus ni prisonniers, ni chevaux, ni bagages.

Quelque grands que fussent le respect et la crainte des seigneurs français, un frémissement courut dans la salle, à ces paroles. Cet ordre concernait un maréchal de France, et les prérogatives de cette dignité étaient telles que la noblesse eut crié de les voir méconnues. Louis leva la tête : ses sourcils se rapprochèrent l'un de l'autre de façon à s'unir en une seule ligne qui lui coupait le front et cachait à demi ses yeux. Il se contint néanmoins et poursuivit d'un ton bref et dur:

— Sénéchal, vous irez porter vous-même cette commission à monsieur de Saint-André, et s'il bronche, vous lui mettrez votre main sur l'épaule, en mon nom, et me l'amènerez, mort ou vif!... Sénéchal, mort... ou vif!... insista-t-il en appuyant sur chaque mot.

— Sire, mon frère, dit le petit duc de Guyenne en haussant les épaules, tandis que le sénéchal sortait aussitôt, voilà que vous allez laisser se refroidir cet excellent ragoût de volaille...

Un regard terrible lui imposa silence.

Un sourd murmure, mêlé de quelques éclats de rire étouffés, s'éleva, vibra, s'éteignit sous les voûtes sonores.

— Pasques-Dieu! cria le roi.

Tous les fronts se courbèrent. Le vieux matois riait sous cape de ces velléités de révolte qu'il réprimait d'un geste ou d'un éclat de voix. Il comprenait que sa tâche serait facile avec des hommes disposés si bien à subir le joug, pourvu qu'on le doublât d'un coussin de velours. Peu à peu son visage reprit une expression de sournoise bienveillance ; un sourire faux éclaira ses yeux gris et fit grimacer sa bouche. Il mangea de fort bon appétit d'un ou deux mets placés devant lui, but une gorgée de vin et reprit la parole, s'amusant à jouer avec l'effroi de ses courtisans.

— Monsieur d'Armagnac ! appela-t-il.

Le bâtard d'Armagnac, maréchal de Dauphiné fit quelques pas en avant, les épaules courbées, sa toque empanachée à la main :

— Voici les ordres, monsieur d'Armagnac. Les gens de Loches m'ont envoyé demander la permission de faire enlever de leur église le sépulcre de feu l'Agnès Soreau, dame de Beauté, qui fut l'amie du roi, mon défunt père et seigneur. Ils s'imaginent me flatter en repoussant le cadavre de cette pauvre femme qui fit, en vérité, couler de précieuses larmes des yeux de ma mère. Un roi très-chrétien sait pardonner. Vous direz

aux gens de Loches que je les autorise à faire ce qu'ils
voudront, s'ils consentent à restituer les biens que leur
a légués la dame de Beauté.

L'assemblée tout entière éclata de rire, à cette ironie
fine et mordante. Elle applaudissait et la bonne action,
et la gauloise repartie. Les traits du roi se déridèrent
de plus en plus : il aimait à provoquer ces rires, se piquant d'esprit délié. Ce fut donc sur un ton mi-plai-
sant, mi-sérieux qu'il continua, en s'adressant à un
vieillard qui se tenait auprès de lui, un bâton fleurde-
lysé à la main :

— Sire de Montaigu, vous donnerez un écu à cette
pauvre femme dont mon chien Muguet a étranglé l'oie,
un écu à ce paysan dont mes chiens ont gâté le blé, et
un écu à l'archer Alexandre Barry qui m'a prévenu
des plaintes de ces gens. Il faudra que je veille à mettre
des baillis partout, afin d'empêcher que l'on ne vexe les
bêtes de mes sujets.

De nouvelles acclamations saluèrent ces charités calculées qui faisaient contraste avec les manières d'agir
moins équitables de la plupart des seigneurs. Le roi atteignait, en les faisant ostensiblement, un double but. Il
se créait une popularité parmi les classes inférieures,
très-sensibles à des procédés de cette nature, et ra-
baissait l'orgueil des nobles qui ne se faisaient faute de
prétendre au droit de destruction sur les terres des cor-
véables. Il préparait ainsi les fameux règlements qu'il
édicta sur la chasse et qui faillirent compromettre, dans
l'origine, son autorité sur ses grands vassaux.

Se renversant ensuite sur le dossier de son fauteuil,
il s'écria gaîment.

— Je vous ai gardé une bonne nouvelle, messieurs.
Ce n'est pas en vain que mon feu père a dit de moi
quand j'allai chez mon cousin de Bourgogne : « Le
vieux duc nourrit un renard qui lui mangera ses

poules. » Je viens d'acquérir, moyennant vingt mille
écus, la ville de Calais qui est l'échelle qui servait aux
Anglais pour descendre en France. C'est la reine d'Angleterre, notre cousine Marguerite d'Anjou, qui m'a
consenti cette belle vente. On voit bien qu'elle est la
fille d'un roi qui diminue l'impôt quand la tramon-
tane souffle en Provence!...

Un éclat de rire universel accueillit cette facétie, et
dès lors la glace fut rompue. Chacun désormais avait
le droit de s'entretenir avec son voisin, de commenter
la nouvelle, d'interpréter la façon dont elle était an-
noncée, de rire, de causer, de remuer, de marcher.
Garder le silence eut été une offense à la majesté
royale. On profita largement de la permission. Des
groupes se formèrent ; les dames rapprochèrent leurs
tabourets ; les pages se glissèrent en dedans des portes.

Le roi dégustait un pot de cotignac. Fésigny, qui
plus d'une fois avait tressailli en entendant sa voix sarcastique avança la tête pour le voir.

Quelle ne fut pas sa stupeur lorsqu'il reconnut en lui
ce bourgeois à mine de furet, qu'il rencontrait naguères à peu de distance de la ville et qu'il avait mal-
mené ! Il éprouva une vive terreur, surtout quand il
reconnut l'homme au pourpoint de velours vert, qui
s'appuyait familièrement sur le siége royal. Il tira le
comte de Bresse par sa manche et lui demanda, en dominant son émotion qui il était.

— C'est Jacques de Montmayeur, maréchal de Savoie,
répondit Philippe en riant. Est-il possible que vous ne
l'ayez jamais vu...

Il s'interrompit brusquement. Le roi l'appelait à lui,
de la main.

— Beau-frère, amenez-nous donc ce vieux bonhomme qui se cache derrière vos manches maheutres.
Je crois reconnaître... Eh oui ! Certes... Bonsoir,

bonsoir, maître Guy de Fésigny, légiste, dit-il à Fésigny qui s'inclinait humblement, fort troublé en apparence, mais déjà sûr de lui-même. Vous êtes vous
plaint à notre frère de Bresse de ces deux marauds qui
voulaient vous empêcher d'entrer à Chinon ?... Hein !
Bien ! bien ! Monsieur de Bresse vous dira que je suis
doux et bon, et sans rancune. Vous arrivez de Savoie ?
Et comment va ma sœur Yolande ?

— Elle est digne de son auguste frère, Sire; nos montagnards l'aiment et la vénèrent, répliqua Fésigny d'une
voix timide.

— J'en suis aise, vraiment. Il y a toujours du grabuge par delà les monts?

— Sire, dit Philippe-Monsieur en rougissant, Fésigny me vient informer que le duc envoie des secours
à mon frère de Chypre et qu'il me mande pour les
commander. Vous plaît-il me donner congé de partir ?

Le roi fut étonné de cette brusque demande. Il darda
son regard scrutateur sur le prince, toisa Fésigny d'un
air soupçonneux, poussa un soupir et répondit enfin
d'un ton chagrin :

— Allez-vous m'abandonner tous, à présent ? Oh !
l'on ne m'aime pas, je le sais bien... l'on voudrait ici
passe-d'armes, tournois et joûtes. Comme si nous
étions assez riches pour nous passer ces fantaisies ! Voilà
que Montmayeur s'en va... Eh bien ! nous causerons
demain de ceci, beau frère. Je veux retenir ici quelque
temps monsieur de Fésigny et m'éclairer de ses lumières
au sujet des offices de judicatures que je veux rendre
permanents et seulement amovibles aux cas de mort, de
résignation ou de forfaiture.

— C'est un noble projet ! s'écria hardiment Fésigny.

— Oui-dà ? Ce n'est pas l'avis de mes parlements.
Allez, monsieur de Bresse, et me venez voir un peu

dans la journée. Si tant est que vous partiez, je vous
veux munir de conseils.

— Ils me seront précieux, Sire. Veuillez Votre Majesté considérer, insista Philippe, que ma présence en
Savoie devient nécessaire à cause des empiètements..

Il s'interrompt sentant qu'il se fourvoyait, Louis
pinça les lèvres :

— Vous partirez lundi, monsieur.

Et se penchant à l'oreille de Montmayeur, il lui dit à
voix basse :

— Vous partirez samedi.. Laissez agir Philippe et le
surveillez étroitement. Il se tirera de la bagarre et me
fera la besogne, sans qu'il m'en coûte un duché, ni
un denier, Montmayeur..

Madame de Miolans entendit ces mots si bas qu'ils
eussent été prononcés. Elle tourna la tête nonchalamment, agita son éventail de plumes de paon, se leva et
vint droit au groupe formé par le roi, Philippe-Monsieur, Montmayeur et Fésigny.

— Ah ! dit Louis, voici la belle des belles.

— Sire, je crois qu'on s'occupe ici d'affaires de famille, dit la comtesse en souriant, c'est bien le moins
que j'y prenne part.

La voix de cette femme, harmonieuse et bien timbrée,
avait des notes aiguës, sifflantes. Fésigny, ému, fut
saisi de stupeur. Il cherchait vainement à s'expliquer
ce qui se passait en lui. Il essayait vainement d'analyser
ce sentiment qui le bouleversait. Quelque haine effroyable germait-elle au fond de son cœur? La voix
mystérieuse qui nous parle aux heures solennelles de la
vie lui criait que cette créature lui serait fatale, mais il
la regardait avec un suprême dédain, exhalant en lui-
même un cri de rage et de défi.

— Messire de Fésigny, reprit le roi, savez-vous que
le pape vient d'envoyer la pourpre au fils du marquis

de Montferrat. Le cardinal Théodore Paléologue ¡élève des prétentions sur Chypre. Il y aura un cardinal de plus parmi les ennemis de Savoie.

Fésigny riposta du ton le plus calme :

— Que l'on nous garde de nos amis, sire, nous saurons nous garder nous-mêmes de nos ennemis.

— Bien dit : j'inscrirai cette maxime dans mon code secret... Nous causions de votre prochain départ, comtesse, continua le roi en se tournant vers madame de Miolans. Figurez-vous que votre oncle souffre de son exil et qu'il lui presse de revoir les rocs et les torrents fangeux de ses domaines. Grâce à l'amitié que nous professons pour lui, il fera sa paix avec monseigneur de Savoie. Vous pâlissez, ma cousine ?

Une flamme sombre illuminait les yeux de la comtesse.

— Vous nous chassez, dit-elle, en contenant à peine une explosion de dépit.

— Eh non ! qui perd plus que nous ? vous étiez un des plus beaux joyaux de cette cour qui n'en compte guère... Ai-je le droit de vous ravir à l'affection des vôtres ? C'est moi qui suis à plaindre ! Voyez, tout le monde s'en va, Montmayeur, vous, le sieur de Fésigny qui ne vient que d'arriver, et mon cher frère, acheva d'un ton malicieux Louis, mon cher frère de Bresse qui...

— Ah ! s'écria vivement la comtesse, redevenue radieuse, monseigneur vient en Savoie ?

Louis sourit méchamment. Il se leva, repoussant du pied son tabouret, fit le signe de la croix, et murmura une action de grâce en latin. Après quoi, il se couvrit.

Aussitôt un silence profond s'établit, les conversations cessèrent, les courtisans se rangèrent sur deux haies, ouvrant passage au roi. Celui-ci dit quelques mots à l'oreille du comte de Bresse, fit un signe particulier à Montmayeur, et reprit ensuite fort haut :

— Messieurs, nous chasserons demain dans les bois de l'île-Bouchard. Nous partirons à neuf heures et nous irons dîner à mon château de Loches. Bonsoir, messieurs, je vais me coucher. Monsieur de Saintré venez me lire quelques pages de votre roman les dames des belles cousines. A journée joyeuse, il faut un beau soir.

Il traversa lentement la salle, donnant sa main à baiser aux plus grands seigneurs, disant à chacun une parole agréable, se montrant enfin courtois, affable, gai, insouciant, comme s'il eut eu vingt ans et qu'il n'eut eu ni regret du passé ni craintes pour l'avenir.

VI

Le petit coucher du roi Louis XI.

La chambre royale ressemblait assez à cette pièce du vieux Louvre que l'on appelait *le retrait où dit ses heures monsieur Louis de France.* Elle ne se faisait remarquer d'ailleurs que par une extrême simplicité. Une vieille tenture de cuir cordouan dédoré couvrait les murailles, des lambeaux de tapisserie flottaient devant la fenêtre et autour du lit. Un crucifix, des reliquaires garnissaient l'alcôve et contrastaient avec un manuscrit plein d'images licencieuses ouvert sur un pupitre debout devant le fauteuil du roi.

L'aspect de ce lieu était triste. On y devinait le superstitieux Louis XI, qui déjà, bien qu'il eut à peine franchi la dernière marche du trône, redoutait les fantômes et les embûches du malin esprit. Hypocrite, quoiqu'il fût un esprit supérieur, il s'épouvantait du monde surnaturel auquel peut-être il ne croyait pas, car il était fort sceptique. Il aimait à se parer du masque de la religion, et nul ne peut ignorer cependant qu'il n'avait rien de la foi naïve et sublime propre à son époque. Il n'aimait ni ne respectait le clergé dont il voulait se faire un instrument politique et qui lui résistait. Il donnait au pape d'une main ce qu'il lui prenait de l'autre. D'une réserve et d'une prudence excessives il n'eut point permis à son confesseur de le conseiller et de le diriger dans ses affaires spirituelles, de crainte qu'il ne s'ingérât dans ses secrets et qu'il ne prit trop d'influence et d'ascendant sur lui.

Personne n'était dupe de sa feinte piété, comme personne n'eût été dupe d'une impiété qu'il aurait voulu feindre. Bien qu'il fut mal compris des esprits grossiers qui l'entouraient, on le connaissait néanmoins assez pour savoir qu'un homme de son génie ne se méprenait aucunement sur l'utilité morale et sociale de la religion.

Libre-penseur, Louis XI serait amoindri : il ne serait pas complet. Il cherchait à se tromper lui-même, à s'affirmer une incrédulité qui n'existait pas chez lui, et s'il pratiquait en public un culte dont il faisait bon marché dans l'intimité, il écoutait souvent sa conscience, qui l'accusait de sacrilége et d'hypocrisie.

Les images licencieuses du manuscrit dont nous avons parlé révélaient un autre côté du caractère de Louis XI. Jovial et gai, avant que les soucis politiques eussent ridé son front et flétri son esprit, il se divertissait à conter des fables graveleuses, point poétiques, dont le mérite consistait en un grossier bon sens bourgeois. On sait qu'il a été fait un recueil de ces historiettes qui, vraiment, ne valent pas la réputation qu'on leur a rendue.

Le roi était assis dans son fauteuil, la tête appuyée
sur sa main. Un valet de chambre, agenouillé devant
lui, le déchaussait, un second camérier bassinait le lit
royal, un troisième chauffait au feu de la cheminée une
épaisse robe de drap bleu doublée de fourrures. Ce dernier avait un visage cauteleux et sournois ; il remplissait
plus ordinairement les fonctions de barbier et devait,
quelques années plus tard, devenir célèbre sous le nom
d'Olivier le Daim.

Quelques seigneurs, debout à l'autre bout du foyer,
assistaient seuls au coucher de Sa Majesté. Nous eus-
sions reconnu là Philippe-Monsieur, comte de Bresse,
Jacques de Montmayeur, Jehan de Saintré, et M. d'Armagnac.

Lorsque le valet eut remplacé les bottes fortes du roi
par de chaudes pantoufles à semelles de feutre, il le
dépouilla de sa cape grise et lui passa la robe fourrée.

— Voire ! dit Louis en riant , si chacun de mes
sujets s'enveloppait à cette heure d'un semblable vêtement, il y aurait moins de tumulte dans nos villes.
Olivier, mon ami, tu es ambitieux puisque tu me sers
si bien : je ferai de toi quelque jour un premier ministre.

— On me l'a prédit, répliqua le valet gravement et
d'un ton familier.

— Et si je te faisais pendre ? dit le roi qui se divertit
à continuer la plaisanterie.

— Votre Majesté se priverait d'un serviteur, au seul
profit du bourreau, lequel encore ne gagnerait guère à
s'emparer de mes hardes, usées jusqu'à la corde... au
service du roi.

— Le drôle se mêle, je crois, d'avoir de l'esprit !
Qu'en dites-vous, Saintré ?

Le gentilhomme fit une moue hautaine:

— Mort-diable ! je suis un piètre juge, sire. Si mon

cousin Bouciquault était là, il éclaircirait le cas. Votre
Majesté sait le proverbe :

Assez mieulx vaut en ung assault
Saintré que ne faict Bouciquault.
Assez mieulx vaut en un traité
Bouciquault que ne faict Saintré.

Le roi haussa les épaules. Il trouvait cette fierté dé-
placée.

— D'Armagnac, dit-il au maréchal de Dauphiné qu'il
affectionnait à sa manière, contez-nous une de ces
bonnes histoires qui faisaient pâmer la dame Aliénor
de Disemieu, quand nous écoutions le vent siffler dans
les Alpes, de notre cachette du manoir de Monteynard ?
Te souvient-il, Jacques, de cette chevauchée qui nous
porta de Voreppe à Genappe, en passant par Bourg et la
Suisse, quand on nous envoya quérir pour nous faire
tâter de la Bastille... Traître Dammartin !... mon cousin
Sforza m'a écrit de certaines cages de fer, commodes à
renfermer les félons de son espèce. D'Armagnac, tu
m'en commanderas une au serrurier Jeannin, de la rue
de la Mortellerie, quand nous aurons le temps de songer
à Dammartin.

Sur ces mots il alla s'agenouiller à son prie-Dieu, joignit dévotement les mains et commença ses oraisons.
Les seigneurs se retirèrent discrètement dans un angle
de la chambre. Lorsque Louis eut achevé sa prière, il
poussa lui-même son fauteuil au coin du feu, et, appe-
lant Montmayeur, il le fit asseoir à côté de lui, sur un
tabouret. Le comte s'attendait à de nouvelles confidences. L'entretien fut entamé à voix basse, si bien que
personne de ceux qui étaient là ne purent entendre ce
que le roi disait si mystérieusement au maréchal.

— Mon ami, dit le roi avec lenteur et d'un ton d'indicible cautèle, j'ai bavardé, ce soir, comme une pie

borgne. Je parierais que vous avez pris au sérieux tout
ce que je vous ai dit à propos de messieurs de Seyssel,
de Valpergue et de Saint-Sorlin...

— Sire... balbutia Montmayeur, surpris et embar-
rassé.

— Que cela ne vous étonne pas, continua le rusé
monarque, la langue me fourche souvent. On est mala-
visé d'écouter de basses médisances... et l'on s'expose
à devenir maladroit.

— Bon ! murmura le comte avec sa rude liberté de
soldat que jusqu'alors il avait un peu négligée pour
prendre les formes insinuantes du courtisan, bon ! s'il
en est ainsi, mettons que vous n'ayez rien dit !... Pour
moi, je vous puis assurer que ce qui m'est entré par une
oreille est sorti par l'autre.

— Non, non, insista Louis qui posa sa main sèche et
nerveuse sur le genou du maréchal. Par malheur, j'ai
parlé. Je veux au contraire que vous vous souveniez de
tout ce que je vous ai dit, Montmayeur... Afin de me
désobéir de point en point.

— Comment ! Votre Majesté veut...

— Que vous fassiez tout le contraire de ce qu'elle vous
commandait tantôt.

— J'y suis soumis d'avance, puisque tel est votre
plaisir. Alors vous ne vous souciez plus de vous débarrasser de Saint-Sorlin, d'envoyer Seyssel *ad patres* et
d'expédier le vieux Valpergue à son patron Lucifer ? Le
grand diable d'enfer m'emporte si j'y comprends goutte !
mais il ne tombera pas un cheveu de leur tête par mon
fait.

— Seulement... dit le roi en levant le doigt en l'air.

— Seulement ?

— Si mon cher frère de Bresse juge à propos de
prendre l'affaire à son compte, ne vous en occupez d'aucune manière. J'y gagnerai que l'on ne me reprochera

pas d'avoir mis la zizanie dans ma famille et j'aurai le loisir de me mettre du côté de celui qui réussira. Est-ce habile que de brouiller les cartes, poursuivit le roi avec une effroyable naïveté de geste et d'intonation, quand il y en a qui s'en font un jeu ? Autre chose est de profiter d'une mauvaise action, autre chose est de l'ordonner. Mon confesseur, qui est scrupuleux, ne verrait pas là le moindre cas de conscience.

Montmayeur s'inclina. Sa franchise lui dicta une réponse que ses lèvres n'eurent pas le courage d'articuler.

— Vous partirez demain, reprit le roi. J'ai chargé Montaigu de préparer les relais sur votre route. Je me charge d'expliquer ce départ précipité.

— De quelle commission me charge Votre Majesté pour Son Altesse ?

— Inutile !... monsieur de Bresse... Au fait, voyez donc quels sentiments on nourrit à notre égard dans vos contrées. Voyez-vous, comte, il nous manque un chemin pour aller en Italie. Ce chemin, c'est le duché de Savoie. Le roi de France qui conquerra cette proie aura accompli un grand acte. Moi, je suis trop vieux pour songer à de semblables entreprises... Comte ! dit-il d'un ton qui fit tressaillir Montmayeur, porteriez-vous volontiers l'épée de connétable ?... Eh bien ! vous seriez connétable, si vous me veniez dire un jour que vous m'avez gagné la Savoie ; et dans le cas où Valpergue, Seyssel et Saint-Sorlin, qui font par là la pluie et le beau temps, vous y avaient aidé, je leur donnerais à choisir les trois plus belles charges de la couronne. Au cas où vous auriez besoin d'argent...

— Sire, interrompit Montmayeur que la brutale proposition de Louis effraya d'abord et réjouit ensuite, une ligne de votre main obtiendrait plus que cent mille paroles de votre serviteur.

— Pasques Dieu ! répliqua froidement le roi, je n'écris jamais : les paroles s'envolent... quand on retrouve du papier noirci, on n'est même plus libre de faire couper le cou à ceux qui vous ont sottement compromis.

Montmayeur se leva pour prendre congé :

— Ah ! mon ami, veillez sur votre nièce, elle est jeune et vous l'aimez. Que ne l'épousez-vous sans retard ? Il y a des loups qui rôdent autour de la bergerie. Qu'est-ce que j'apprends, messieurs ? ajouta Louis en s'adressant aux autres seigneurs. Que notre cousin Montmayeur est obligé pour des raisons majeures de rentrer dans ses terres. Je vous autorise à lui faire vos adieux. Bon voyage, comte, et revenez bientôt. Cher frère de Bresse, venez çà, qu'on vous parle.

Il tendit sa main à Montmayeur qui s'agenouilla pour la baiser. Philippe-Monsieur s'approcha, surpris de cette incroyable activité dont le roi faisait preuve. Il était, en effet, près de minuit et tout dormait dans le château.

Levé dès l'aube, Louis avait chassé toute la matinée et travaillé l'après-midi avec du Bouchage et les secrétaires d'État. Il prenait ensuite sur son sommeil pour nouer les intrigues dans lesquelles il se complaisait et qui formaient le fond de sa politique, et dans lesquelles il avait occasion de déployer son astuce et son habileté copiée sur celle des tyrans italiens.

— Mon cher frère, dit-il à Philippe-Monsieur en lui jetant un regard pénétrant et d'un ton de cajolerie singulière, jouons cartes sur tables, voulez-vous ? Qu'allez-vous faire en Savoie ?

— Je l'ai dit à Votre Majesté, se hâta de répondre Philippe.

— Le prétexte, oui. La vérité, non.

— Je n'ai rien à révéler, sire.

— Vous trouverez en moi un auditeur complaisant, dit le roi, dont l'insatiable curiosité était piquée au vif. Je saurai vous comprendre. Hé! moi aussi, je haïssais les favoris et les favorites de mon père! Que de fois j'eusse mutilé à coups de poing le gros nez de dame Sorel et souffleté la face rougeaude de Villequier... Eh bien! cher enfant, quand vous conspireriez un peu contre les favoris...

— Dans ma famille, sire, s'écria le comte de Bresse fort pâle, ce mot là n'est jamais prononcé.

— Tes père et mère honoreras, afin de vivre longuement ! riposta moqueusement Louis, qui reprit avec un formidable accent d'autorité :

— Le mot ne signifie rien, si la chose existe. Quel nom donnerez-vous à Jean de Varax, marquis de Saint-Sorlin ? Il s'agit de l'honneur de votre maison, plus encore, de la prospérité du peuple de Savoie ; laisserez-vous l'un et l'autre en proie à un vil courtisan qui se fait grassement payer son dévouement et sa fidélité, et qui vit de rapines, de concussions, gorgeant ses complices, chef d'un parti qui vous tient pour son ennemi le plus redoutable ? Alors, Philippe, j'aurais mal auguré de vous et je penserais que vous avez eu tort de ne pas tourner votre ambition sur un seul but : celui de devenir abbé de quelque monastère.

Le prince devint plus pâle encore ; un imperceptible tremblement l'agita, ses mains se crispèrent, mais il resta impassible. Il faudrait pouvoir rendre les intonations de la voix de Louis, tour à tour persuasive, railleuse, digne, insinuante, calme et passionnée, notées comme une page de musique, et peindre la mobilité de ses traits qui revêtaient les expressions les plus diverses, ainsi que son geste vif, majestueux ou compassé.

Louis attendit un instant et, comme Philippe gardait

4

le silence, il se décida à employer le moyen qu'il croyait infaillible, c'est-à-dire que, pour provoquer un aveu, il lui révéla ses propres desseins, cédant ainsi à la soif de savoir qui était sa plus ardente passion. Il risquait de se compromettre. Il le savait, et s'en vengeait en faisant payer chèrement à ceux qu'il honorait de ses dangereuses confidences, l'honneur de les avoir reçues.

— Je vous approuverai dans ce que vous jugerez utile de faire pour le bon service de votre pays. Voulez-vous que je vous dise ? J'avais chargé Montmayeur de tendre un piège à ces insolents Cypriotes, que nous détestons, vous et moi : on met à ces vauriens une pierre au cou et les eaux du lac se referment sur leur cadavre... Si vous étiez duc de Savoie, à la place de votre père, un niais, de votre frère, un épileptique, — Philippe, nous ferions de grandes choses à nous deux !

. — Sire, je proteste que je n'ai aucun dessein contre qui que ce soit, répondit enfin monsieur de Bresse. Votre Majesté n'a pas compris mes intentions. Puis-je me retirer ?

Louis éclata de rire et lui tendit la main :

— Allons ! murmura-t-il, je vois que vous résistez à à toutes les épreuves. Bonsoir, Philippe, messieurs de Valpergue et consorts peuvent dormir sur les deux oreilles, s'ils n'ont en ce monde de pires ennemis que vous et moi.

Sur ces mots il congédia Philippe. Élevant la voix, il dit ensuite :

— Je vous souhaite la bonne nuit, messieurs.

Les quatre seigneurs firent une profonde révérence et sortirent, le comte de Bresse le premier, Montmayeur après lui, d'Armagnac et Saintré ensemble pour bien marquer qu'ils étaient égaux. Il ne resta dans la chambre du roi que Louis et Olivier le Daim qu'il n'appelait pas encore son compère, quoique de tous les valets, il fût le préféré. Sa Majesté ne se coucha point. Elle s'étendit dans son fauteuil, posa les pieds sur les chênets, regarda fixement Olivier, poussa un grand éclat de rire, et s'écria :

— Eh ! eh ! eh ! trouves-tu que j'ai bien joué mon petit rôle ? Tous ces gens-là se croient très-forts et ils ne s'aperçoivent pas que je me moque d'eux. Bonne journée, Olivier le Daim ou le Diable.

— Sire, votre lit est prêt.

— Suis-je une femmelette ? Il faut que j'aie le cœur net au sujet de monsieur de Bresse : il me veut tenir tête celui-là. Pasques Dieu ! s'il grandit ce sera un rude compagnon.

— S'il grandit... répéta le valet, tressaillant de la façon dont le roi venait d'accentuer ces mots.

— Eh oui ! chaque homme a, dans sa vie, un accident inévitable qui l'attend. On se promène la nuit, sans penser à mal : un ribaud vous ouvre le ventre, au coin d'une rue : l'accident ! On boit un verre de vin et il se trouve que l'échanson s'est trompé de bouteille, si bien que l'on meurt sans qu'on sache pourquoi... Ces sortes d'accidents là se multiplient étrangement en ce siècle-ci et j'use ma vie à tâcher de m'en préserver.

Le comte de Bresse rentra chez lui, fatigué de sa discussion avec Louis. Il se sentait dans les mains de ce tyran et s'effrayait de sa souplesse, de son habileté, de sa profondeur de vue. Il rêvait à ces chances d'arriver au trône qu'on lui avait laissé entrevoir et se disait que, prince régnant, il aimerait à lutter avec un politique de la taille du Valois. Du choc de ces deux sublimes intelligences jailliraient de ces événements dont l'histoire s'illustre. Ils seraient grands l'un par l'autre, vainqueur et vaincu, car l'une de ces ambitions dominerait l'autre nécessairement.

Il trouva Fésigny assis à l'angle de la cheminée et réfléchissant aussi. Le premier mot du magistrat, à l'entrée de Philippe, fut celui-ci :

— Nous sommes perdus, si nous restons ici.

Philippe lui conta ce qui s'était passé, sans épargner le plus mince détail, et termina ainsi :

— Vous devez être brisé de fatigue, mon ami ! Dix jours de voyage, en cette saison, à votre âge, et pour vous reposer en arrivant ici, un combat plus acharné qu'une bataille entre Sarrasins et croisés ! il y a de quoi tuer un homme robuste.

— Non, dit Fésigny, j'ai toute ma lucidité d'esprit. La fièvre brûle mon sang et il me semble que mon cerveau va éclater. Madame de Miolans est belle ? Oh ! cette lutte sourde, ces trames, dans l'ombre ourdies, ces conjurations qui sapent les trônes, en sauvant les nations, voilà ma vie ! Cet homme est trop grand... Cette femme est une sirène, capable d'inspirer les plus noires trahisons !... Saint Yves me pardonne ! je déraisonne, monseigneur : il faut que j'aille dormir.

Il s'élança comme un fou hors de l'appartement laissant Philippe-Monsieur ébahi, découragé, presque désespéré.

VII

Quels points de ressemblance il existait entre Madame la comtesse de Miolans et l'épouse d'un ministre du Pharaon d'Égypte.

Nous l'avons dit, tout dormait dans le manoir où Charles VII reçut la bergère de Domremy, conseillé, non par la triste et languissante Agnès Sorel, ainsi que le veut une tradition niaise autant que fausse, mais par la reine Marie d'Anjou..

A cette heure, fantômes et farfadets avaient plein droit de traîner leurs chaînes sur les dalles, d'apparaître au tournant des corridors et de gémir lamentablement pour le plus grand effroi des faibles d'esprit. Nul n'aurait osé troubler leur sabbat ou leur contester les priviléges que leur faisaient les traditions antiques. Tel capitaine, hardi au point de combattre cent Maures, se fût évanoui de frayeur à la seule pensée de parcourir, à cette heure, les salles immenses du château.

En sortant de chez le comte de Bresse, Fésigny se trouva dans un corridor très-vaste et d'une longueur qui lui parut interminable. Les parois, percées de rares portes basses, à panneaux chargés de clous et de ferrures s'alignaient à perte de vue. Tout au fond une verrière, étroite et haute, se découpait sur l'obscurité, éclatante et blafarde, éclairée qu'elle était par un rayon de lune.

Fésigny marcha rapidement de ce côté là et se vit à un carrefour où se croisaient passages et couloirs. A sa droite béait la cage d'un énorme escalier plongé dans une obscurité profonde; à sa gauche des degrés tournaient en spirale autour d'un pilier de pierre, dans une lenterne découpée à jour.

Alors seulement il se souvint qu'il n'avait pas de chambre; du moins il ignorait où M. de Bochesel demeurait et que, là seulement il pourrait se loger. Il songea bien à frapper à l'une des portes voisines, mais il craignit d'éveiller l'attention des sentinelles qui voudraient connaître le motif de sa présence en cet endroit, au milieu de la nuit. Avec un maître soupçonneux comme Louis XI, avec un prévôt expéditif comme le sire Tristan l'Hermite de Solliers, il n'en fallait pas davantage pour être pendu haut et court, ou jeté dans un cul-de-basse-fosse.

4.

Après un peu d'hésitation, il se résolut à retourner à l'appartement de Philippe-Monsieur, dans l'antichambre duquel un page veillait constamment, et ce page lui improviserait un lit pour la nuit. C'était le seul parti raisonnable à prendre.

Comme il revenait sur ses pas, il lui sembla entendre un pas léger effleurer les marches du grand escalier. Quoiqu'il fût harassé de fatigue et que son cerveau même ne fonctionnât plus que machinalement, il eut l'intuition qu'un mystère nouveau allait se dévoiler à lui. Il se pencha sur la balustrade pour essayer de voir qui errait ainsi, et faillit pousser un cri d'épouvante, la vue d'une forme blanche qui montait les degrés avec lenteur.

Il ne tarda pas à reconnaître dans cette apparition, qu'il crut d'abord surnaturelle, une femme enveloppée d'un manteau traînant d'étoffe grise, et tenant une lampe à la main. Il se blottit aussitôt dans une niche, derrière un pilastre.

Lorsque cette femme passa devant lui, il eut comme un éblouissement.

C'était madame de Miolans.

Où allait-elle ? Quoi ! seule, en un moment où Bayard lui-même eut peut-être refusé de s'aventurer seul dans ces lieux pleins de ténèbres et que hantaient les démons ? Sans être accompagnée d'un page ou d'une chambrière ?

Fésigny poussa un profond soupir.

Elle se retourna, surprise, mais calme :

— Est-ce qu'il y a là quelqu'un ? demanda-t-elle d'une voix ferme, avec un accent de hauteur dédaigneuse, comme si elle eut pensé qu'on l'avait suivie.

L'envoyé des conspirateurs savoyards sortit de l'ombre du pilier qui le masquait et s'avança, humblement incliné. Un feu ardent brûlait dans ses yeux.

— Madame, balbutia-t-il, dois-je rendre grâce au hasard qui me met, ainsi, à l'improviste, en votre présence... J'étais là, ne sachant si c'était un ange ou une fée qui se manifestait à moi... Je vous ai vue et je suis éperdu... Ce n'est qu'une femme, ce n'est, me suis-je dit, que la plus belle des créatures mortelles.

— Et qui êtes-vous, Monsieur, vous qui me parlez ainsi ? interrogea madame de Miolans du même ton hautain.

La voix de Fésigny se fit douce et presque harmonieuse, son accent devint caressant et mélancolique :

— Madame, je suis comme vous un enfant de la noble Savoie... Guy de Fésigny, obscur et pauvre savant qui radotait...

— Vous êtes bien hardi de me barrer le passage !

La comtesse souriait avec perfidie et se moquait de l'attitude humble et embarassée du vieillard.

Elle ressentait un secret dépit d'avoir été rencontrée ainsi à l'improviste, et se résolut à frapper un grand coup, voulant forcer Fésigny au silence. Elle lui dit d'un ton sec, impérieux :

— Laissez-moi passer, le roi m'attend.

Il saisit la manche flottante de son manteau : la soie épaisse craqua :

— Madame ! s'écria-t-il, hors de lui, trahissez-vous donc la cause sacrée de votre patrie et vous êtes-vous faite l'espionne de ce Valois maudit qui flétrit tout ce qui l'approche ? Quoi ! c'est à ce métier que vous gagnez de conserver les domaines qu'un loyal preux de Savoie vous a légués ? Ah ! prenez garde, madame, à votre seul aspect j'ai senti la haine germer dans mon cœur, et quand je hais, je frappe !

La comtessse leva sa main droite, armée d'une cravache dont le pommeau d'acier jetait, par mille facettes, des reflets bleuâtres.

— Ah ! s'écria-t-elle, en voilà trop !

La mince lanière déchira l'air et s'abattit sur le visage de Fésigny qui poussa un sourd gémissement, porta ses mains à son front sanglant, et tomba sur les genoux, écrasé par cette horrible insulte.

Quand il ouvrit les yeux, il vit, au loin, madame de Miolans frapper à coups précipités à la porte de l'anti-chambre de Philippe-Monsieur. Un voile de sang l'aveugla ; il se redressa, chancela, voulut s'appuyer à la muraille, puis, broyé par une douleur atroce, il s'affaissa et resta étendu sans mouvement sur les dalles.

Pendant ce temps, le page Valromey introduisait madame de Miolans auprès du comte de Bresse qui veillait encore.

— Ah ! Madame, s'écria le prince extrêmement sur-pris, c'est vous ? Vous, à cette heure... et... chez moi ?

— Chez vous, monseigneur, oui... Nous partons ; demain, jeudi, je ne sais quand enfin, à l'improviste... comme cela ! C'est le roi qui le veut ainsi ; il faut obéir au roi. Mais j'ai voulu vous voir, il faut que je vous parle, que je vous dise... tout, puisque vous ne com-prenez point un silence qui me pesait durement, je vous le jure !

Philippe, de plus en plus étonné, la regarda mieux. L'animation prêtait à ses traits une beauté nouvelle. Une fièvre étrange donnait à ses yeux les chatoyantes lueurs de la topaze brésilienne et chargeait d'une teinte purpurine ses joues. Elle tremblait un peu, se forçant néanmoins à l'assurance, portant haut la tête et gardant sur ses lèvres, qui frémissaient, un sourire fier, dédai-gneux et presque railleur. Sa robe de lourde soie de damas flottait en plis roides autour d'elle. Elle prit déli-bérément un siége et s'assit.

— Monseigneur, commença-t-elle, cela ne vous émeut-il pas que je quitte la cour de France !

Philippe, circonspect, fronça le sourcil et répondit froidement :

— Le comte de Montmayeur, sans doute, m'est très-cher.

— Ce n'est pas de mon oncle qu'il s'agit. Dès que l'on me reverra en Savoie, les prétendants vont m'entourer en foule. Qui me conseillez-vous d'épouser, dit-elle avec coquetterie : La Chambre, Viry, Menthon ou La Baume de Montrevel ?

— Menthon est marié, Montrevel est mésallié, Viry se veut faire moine. Hé ! Madame, vous êtes jeune, belle, noble, riche et veuve... Que ne vous décidez-vous à faire le bonheur du premier gentilhomme venu ? On s'étonne, et non sans raison, de votre veuvage trop prolongé : ce n'est pas, certes, que cet excellent Miolans n'ait droit à vos meilleurs souvenirs, mais une femme comme vous ne s'enterre pas éternellement sous les crêpes !...

La comtesse arrangea les plis de sa robe, réfléchit un instant, tandis que Philippe, très-impatient, suivait de l'œil ce manége et reprit :

— Il y a une raison à cela, c'est que....

— Voyons ! ne rougissez point ainsi, vous n'êtes pas une bachelette en cours de tendre aveu, pas plus que je ne suis un écolier timide...

— Monseigneur, interrompit-elle, j'aime quelqu'un.

— Voilà un heureux mortel ! parlons-en, comtesse, reprit Philippe de Savoie d'un air passablement ennuyé.

— Vous ne devinez pas qui ce peut être ?

Il feignit de méditer, bien qu'il sut parfaitement à quoi tendaient ces circonlocutions et ces réticences inspirées par la politique féminine, toujours mesquine et maniérée, si énergique que soit le caractère du diplomate en jupon.

— Eh bien ! reprit-il en souriant, non, sur ma foi, je

ne devine pas. Blonay, peut-être ? ou monsieur d'Armagnac ? Ou, qui sait ? le connétable ?

— Si j'étais homme, je vous répondrais par la devise de Rohan : « Prince ne daigne. »

— Vous visez haut ! le comte de Charolais ?

— Monseigneur, j'aime un prince issu de la plus antique race du monde, valeureux plus qu'aucun chevalier, aventureux comme Amadis des Gaules, chevaleresque autant que Galaor... A ce prince, qui n'a rien, si ce n'est quelques maisons délabrées qu'entourent des huttes misérables et des chenils à paysans, je puis donner deux comtés et dix baronnies... De ce prince, qui n'est rien, je puis faire un redoutable seigneur, puissant, chef de nombreux gens d'armes... Votre Altesse, maintenant, doit me comprendre.

Philippe, de plus en plus contraint, sérieux et froid, secoua la tête.

— Non, répliqua-t-il sèchement.

— Alors, je vais m'expliquer davantage, reprit madame de Miolans, à la fois confuse et irritée.

Monsieur de Bresse se leva, la regarda bien en face, et avec un geste impérieux et noble qui commandait l'attention il lui dit :

— C'est inutile et je vous prie d'en rester là. Sachez, madame, que nous autres princes, n'avons aucun droit, alors que Dieu nous a, au contraire, imposé des devoirs. En épousant une femme au-dessous de sa condition, un gentilhomme se mésallie : un prince déchoit. S'ils la séduisent, au lieu de l'épouser, l'un et l'autre s'avilissent. Celui que vous aimez est pauvre ? Il doit conquérir un apanage au moyen de son épée.. Il ne possède ni soldats, ni clients, ni pouvoir, ni crédit ? Soyez persuadée qu'il acquerra ceux-là par sa valeur morale, par la persévérance, et que son talent, bien employé, lui vaudra ceux-ci.

Un sourire intelligent ponctua ces paroles énergiquement prononcées.

— Monsieur, murmura-t-elle, soucieuse, mais d'un ton altier, si vous saviez de qui je veux parler.....

— Je ne veux pas le connaître. Est-ce un conseil que vous êtes venue quérir céans ? Il sera court : bannissez de votre esprit des pensées trop ambitieuses, des espérances qui ne pourront jamais se réaliser.. Le peuple nous croit encore d'une essence supérieure à la sienne. Que si nous lui montrons nos faiblesses, nos passions, nos vices, nos appétits brutaux, nos convoitises, il verra sous le roi, sous le prince, l'homme, sous le seigneur, l'enrichi, le soldat parvenu. Quel respect, alors, nous portera-t-il ? Il importe que les races ne se mêlent point, afin que les castes restent pures de tout alliage étranger... Que diriez-vous d'un comte qui ferait sa compagne de la plus humble de ses vassales ? Peut-être serait-il plus heureux, lui, et son cœur plus satisfait !.. Mais il a son devoir tracé : il doit l'accomplir, dût-il en souffrir jusqu'au moment de la mort.

La comtesse ne l'écoutait plus :

— Vous voyez, continua-t-il, je fais de la philosophie... bien malgré moi, je vous l'assure.

— Eh ! s'écria-t-elle d'un ton sarcastique, mettant de côté toute retenue, que ne la mettez-vous en pratique ! Teniez-vous de tels discours à Renée de Crans, durant les longues heures que vous passiez auprès d'elle ?

— Madame !... s'écria Philippe, courroucé. Vous avez tort, poursuivit-il en s'efforçant de contenir les éclats de sa voix. Il n'est rien, dans mon affection pour mademoiselle de Crans, que je ne puisse avouer hautement devant la plus jeune de mes sœurs. Oui, c'est une grande amitié que j'ai vouée à cette noble fille, et si j'avais le bonheur d'être un simple baron, elle serait déjà châtelaine de quelques manoirs délabrés, de huttes misérables, de quelques chenils à paysans.

Il proféra ces derniers mots avec une intention marquée, fort ironique. Elle souffrit de cette réminiscence maligne et laissa échapper un douloureux soupir.

— Il ne me reste donc, ajouta Philippe-Monsieur, qu'à vous souhaiter le plus heureux des voyages et à former des vœux pour que je vous revoie bientôt aussi belle et plus joyeuse.

D'un bond, elle fut debout devant lui, pâle, frémissante comme le myrthe sous l'effort de la brise, et, d'une voix étrange, altérée, qui sifflait en passant à travers ses dents serrées, avec un accent d'indignation profonde et de colère inexprimable, elle s'écria :

— Ainsi, c'est tout ce que vous avez à me dire ! Vous foulez tout aux pieds, amour, orgueil, dévouement !.. Ah ! vous broyez un cœur, vous humiliez, vous méprisez... Ah ! vous dissertez, en rhéteur, en savant, en lettré, alors que je crie, que je souffre, que je pleure!... Vous êtes bien le digne fils de votre mère.

Effrayé de cet éclat, dont il redoutait l'explosion, Philippe fixa un regard imposant sur la comtesse. Il vit son visage inondé de larmes, sa bouche crispée, son front plissé. Elle reprit avec véhémence :

— Eh bien ! oui, ce masque me pèse, me brûle, je l'arrache ! C'est vous, c'est toi, Philippe....

— Madame, interrompit le comte de Bresse, impitoyable, je crois que vous allez me manquer de respect.

Elle se jeta à ses pieds, sanglotante, éplorée :

— Monseigneur... je souffre. Je supporterai tout, hors votre mépris !

— Relevez-vous, relevez-vous, s'écria-t-il en la repoussant, vous oubliez votre nom, madame!

— Eh ! que m'importe ce nom....

— Vous souillez d'une boue infâme le blason de votre mari, mort pour vous ! Ayez donc le courage de fuir ; je vous promets, oui, je vous promets de taire vos aveux, et je vous assure que je ne puis faire plus.

Elle bondit sous ce nouvel outrage et se retrouva en face de Philippe, haletante, les yeux secs et brûlants :

— C'en est trop ! dit-elle en martelant chacun de ses mots, d'une voix oppressée mais calme. Prenez garde, Monsieur, que je ne vous haïsse trop après vous avoir trop aimé ! On ne rebute pas vainement la veuve de Miolans, et je vous ferai sentir bec et ongles, si vous m'y forcez... Écoutez ; supposez que je ne sois qu'une vile ambitieuse. Épousez-moi, prenez tout, mes terres, mes palais, mes serfs, mes pierreries : délaissez-moi, enfermez-moi dans la plus humble métairie, y fussé-je vachère... Pourvu que j'aie l'espoir, si fugitif et si lointain soit-il, de voir un jour mon dévouement récompensé !..

Ces fougueux emportements, cette passion sincère ou feinte, qui s'exprimait avec tant d'énergie, impressionnaient vivement Philippe de Savoie.

Il s'attendrit et dit avec une douce mélancolie :

— Pardonnez-moi, madame, comme je vous pardonne. Accordez-moi quelque répit. Je suis malheureux d'avoir inspiré un sentiment que je ne puis partager... Attendez !... L'avenir s'ouvre pour tous deux... Qui peut prévoir les destinées des hommes... Partez ! et si vous trouvez un plus digne que moi...

— Je couperai ma main plutôt que de la mettre dans une autre main que la vôtre !

— Comtesse, par pitié !

— Quelle compassion vous inspiré-je, moi ? Mais quel homme inflexible êtes-vous donc ? Est-ce de l'eau, et non du sang, qui coule dans vos veines ?..

— Ah ! Madame, à votre tour ne lassez point ma pa-

5

tience et ne m'obligez pas à vous dire que je veux être libre et seul, chez moi.

Elle se tordit les mains avec désespoir : de rauques gémissements soulevaient sa poitrine, des éclairs sombres jaillissaient de ses yeux :

— Ah ! rugit-elle soudain, ivre de rage, vous me chassez : vous êtes lâche, fils de louve !

Exaspéré, Philippe-Monsieur s'élança vers la comtesse, elle-même épouvantée de ce qu'elle venait de dire. Il leva le bras avec un geste terrible, comme s'il allait la frapper. Puis, honteux de ce premier mouvement, il s'arrêta et, du doigt, lui montra la porte, silencieux et sombre.

Les portières s'écartèrent tout à coup, et Louis XI apparut sur le seuil.

Une expression de naïf étonnement se peignait sur son visage :

— Oh ! oh ! dit-il avec une bonhomie trop accusée pour être réelle, j'arrive en un mauvais moment, ce me semble ? Une querelle ?... Vous ne m'aviez pas laissé deviner, cher beau-frère, que vous admissiez la belle veuve de Miolans dans le secret de vos combinaisons politiques.

Cette cruelle ironie écrasa Gilberte.

— Sire, vous vous méprenez; répondit méchamment Philippe, je contais à madame l'histoire de Joseph et de la femme de Putiphar, ministre de Pharaon d'Égypte.

Éperdue, la comtesse passa devant le roi sans le saluer, et s'enfuit en jetant un cri de désespoir qui provoqua un sourire significatif de Louis et un dédaigneux signe de tête de Philippe. On entendit la porte battre avec fracas sur le chambranle ; le bruit gronda, longuement répercuté sous les voûtes, puis ce fut un profond silence.

VIII

Comme quoi le comte de Bresse entendait n'avoir pour geôlier qu'un prince de sang royal.

Il y avait grand tapage dans l'appartement de Philippe-Monsieur, comte de Bresse. Le fourrier Bochesel, le secrétaire Duplastre, le page Valromey, l'écuyer Jacob étaient réunis dans l'antichambre, et discutaient d'une façon fort animée avec sept ou huit officiers des gardes écossaises, armés de hallebardes, tandis que plusieurs pertuisaniers gardaient toutes les issues. Le prince, debout sur le seuil, considérait cette scène avec beaucoup de calme.

Bochesel disait très-haut que l'on n'agissait point ainsi avec un fils de Savoie, que c'étaient là manières de barbares, et que les usages d'une cour policée n'existaient nullement dans celle du roi Louis. Il invoquait à l'appui de son dire *Cérémoniaux* et traités d'art héraldique, sans compter la multitude innombrable des romans de chevalerie, lesquels, en pareille matière, avaient force de loi.

Maître Duplastre criait à son tour que suspicion, même légitime, ne saurait équivaloir à crime, et que des ordres comme ceux que les gens d'armes de Sa Majesté prétendaient mettre à exécution devaient être écrits, sans quoi nul n'était tenu d'y obéir.

Le page Valromey, lui, se bornait à entasser injures sur exclamations, quolibets sur apostrophes, le tout à l'adresse de messieurs les gardes, qu'il traitait purement et simplement de sbires, d'espions, de fournisseurs de potence, de plats valets, de ribauds et de truands. A quoi sire Jacob ajoutait, sans rire, qu'il pour-

fendrait le premier audacieux qui ferait un pas de
plus en avant.

— Au diable ! s'écria soudain et d'une voix tonnante
qui fit taire les plus exaltés, le chef de la petite troupe :
nous avons une consigne, Bochesel, et vous, qui êtes
soldat, savez bien que nous obéissons sans discuter.

— Holà ? s'écria un nouvel arrivant, que se passe-t-il
ici ?

Tout le monde regarda celui qui venait de parler, et
ce fut un mouvement général de terreur quand on
reconnut m essire Tristan l'Hermite de Solliers, revêtu
des insignes de sa charge de grand-prévôt.

— Ah ça ! dit alors Philippe de Savoie en s'avançant
avec lenteur vers ce personnage, me direz-vous, Tristan,
ce que cela signifie ? Je sommeillais après une bien
mauvaise nuit — et pour cause ! — lorsque ces
messieurs sont entrés céans, ont occupé les portes et
n'ont répondu que par leur affreux baragouin de Calé-
donie à l'ordre que je leur donnais de déguerpir incontinent. Charbonnier est maître chez soi ! dit le proverbe.
Cette querelle m'ennuie, faites-y mettre fin.

Sur ces mots, il tourna le dos et se disposa à rentrer
dans sa chambre.

Le prévôt l'arrêta d'un geste respectueux, mais
ferme

— Que voulez-vous ? interrogea Philippe.

— Monseigneur, souffrez que je vous accompagne,
j'ai une mission à remplir, et vaut mieux que nous
soyons seul à seul.

Philippe eut un sourire indéfinissable.

— Parlez ici, dit-il, je n'ai rien que mes serviteurs ne
puissent entendre, et je connais trop votre maître pour
ignorer à quel propos il m'inflige votre présence ici.

Le comte de Solliers ne s'attendait aucunement à ce
calme, à ce dédain.

Ce fut avec une emphase qui dissimulait mal son dépit qu'il répliqua, donnant cette fois au comte de Bresse le titre que portaient seuls les simples gentils-hommes :

— Au nom du roi, monsieur, je vous arrête et vous somme de me suivre.

Un cri d'indignation, poussé par Bochesel, Duplastre, le page et l'écuyer, fit comprendre à Tristan qu'il s'était chargé d'une mission difficile à remplir et que peut-être il rencontrerait une résistance acharnée là où sa présomption et sa renommée de cruauté lui faisaient espérer une soumission servile. D'un signe, Philippe imposa silence à ses gens :

— Allons donc ! Messieurs, s'écria-t-il railleusement, ne riez-vous pas de l'outrecuidance de ce bonhomme de prévôt ? Ne voilà-t-il pas quelque chose de bien plaisant ? Par la Croix-Blanche ! sire Tristan, il ne me reste plus, je pense, qu'à vous tendre les mains si vous me les voulez enchaîner ?

— Monseigneur, est-ce rébellion ?

— Rébellion ?... Peste ! voyez-vous Philippe de Savoie, petit-fils du pape Félix, frère du roi de Chypre, se révoltant contre les volontés du prévôt Tristan ?... Belle affaire, sur ma foi !...

— Ordre du roi, monseigneur !

— Parfait ! Montrez-moi la griffe royale et... nous verrons à nous conformer aux lois de la nécessité. Va dire au roi, Tristan, que je ne puis être arrêté ni jugé que par mes pairs. Je reste ici, chez moi !

Tristan l'Hermite, honteux et confus du mépris que lui témoignait l'orgueilleux seigneur, sortit en lui lançant un regard vipérin. Bochesel et ses amis pressèrent Philippe de profiter de son absence pour essayer de se jeter hors du château. Il secoua la tête sans répondre autrement. Un instant plus tard le prévôt

revint, accompagné du maréchal de Dauphiné, Jacques
d'Armagnac.

Celui-ci, le visage renfrogné, gêné évidemment par la
présence de son compagnon, s'approcha du prince, auquel
il dit brusquement :

— Je viens vous confirmer que j'ai entendu le roi
donner l'ordre au sire prévôt de vous appréhender
au corps, monsieur mon cousin.

— Bon ! riposta Philippe avec flegme, depuis quand
faites-vous métier de goujat, mon cousin d'Armagnac ?
Et depuis quand le premier soudard venu met-il la main
sur un fils de Savoie ?

— Je vous jure que vous vous perdez en essayant de
discuter. Le roi veut que vous soyez conduit à Loches,
de gré ou de force.

— De force !... *Fortitudo ejus regem tenuit !* Si les
épées reluisent au grand jour, il y aura du sang versé
en ce lieu, Jacques, et ni vous ni moi n'en serons responsables, mais le roi seul. Il sait bien, lui, pourquoi...
Enfin ! le dernier mot que je vous puisse dire, c'est que
vivant, nul ne me prendra, si ce n'est un de mes pairs,
et j'entends par là quelqu'un issu, comme moi, de sang
royal. Par toutes les reliques de Rome ! si le roi est
maître chez lui, je le suis chez moi, et s'il me prend
fantaisie de vous couper la gorge et de jeter par la croi-
sée Tristan que voilà, qui oserait y trouver à redire
quand j'aurai payé l'amende ?

Peu à peu, en prononçant ces paroles, M. de Bresse
s'anima et s'exalta ; sa véhémence devint de la violence,
et son ironie, de la colère. Si bien qu'Armagnac et
Tristan, subissant à leur insu l'influence de cette indomptable fierté, de cette énergie que rien n'abattait,
pas même la crainte des vengeances royales, reculèrent
tous les deux. L'attitude résolue de Bochesel, du petit
Valromey, du scribe et de l'écuyer, l'indécision des

gardes, qui ne comprenaient rien à ce dialogue, contribuèrent pour une large part à leur défaite.

— Ma foi ! grommela le maréchal de son ton rude et grondeur, je suis tenté de croire que vous avez presque raison, beau cousin. Tristan, nous nous sommes fourvoyés.

— N'en soyez pas marri, dit à son tour Philippe en lui tendant la main. Je veux simplement constater nos prérogatives que Sa Majesté Louis le onzième tend à battre en brèche trop ouvertement. Libre à ses vassaux français d'accepter humiliations et affronts. Jamais je ne m'y soumettrai, moi, si adverse que se montre la fortune à mon égard.

Il eut en disant ces paroles un accent de suprême dignité.

Jacques d'Armagnac sortit pour aller transmettre au terrible monarque le détail de ce qui venait de se passer, non sans trembler un peu, car il se savait exposé au courroux du roi qui ne pardonnait point une entreprise mal réussie. Aussi fut-il étonné de la bonne humeur que lui marqua Louis, qui se borna à dire, en riant de son mauvais rire, que si M. de Bresse faisait de nouvelles façons il irait l'arrêter lui-même, et qu'à moins d'exiger l'empereur et le roi de Castille pour geôliers, l'indiscipliné seigneur serait bien forcé d'obéir.

A son tour le maréchal de Dauphiné revint, précédant Monsieur, duc de Guyenne, frère du roi, que suivaient trente ou quarante chevaliers, accompagnés eux-mêmes de valetons et d'écuyers, ce qui fit que le vaste corridor fut encombré d'une foule bruyante.

Le petit duc entra chez Philippe en riant aux éclats :

— Mon auguste frère me la baille belle ! s'écria-t-il d'un air évaporé. Philippe, je succède à Tristan dans la charge prévôtale. Il paraît que vous y mettez des façons ?

— Gardons chacun notre rang, Monsieur, répliqua Philippe très-froidement.

— Allons ! quittez cette moue qui vous enlaidit... C'est un caprice et demain nous vous ramènerons en triomphe.

— Que non pas ! je veux des juges. Est-ce que nos personnes et nos vies sont à la discrétion de votre frère, Monsieur ? Sommes-nous vile engeance, nous qui nous asseyons sur les marches du trône ? Et c'est là l'exemple qu'on veut donner !

Étonné et froissé de ce ton, le duc de Guyenne redevint sérieux.

— Je proteste, poursuivit M. de Bresse avec la même violence, je proteste à la face de tous les bons et loyaux gentilshommes qui m'entendent, comme je protesterai à la face de l'Europe entière, quand vos tribunaux m'auront renvoyé sauf et absous. Eh bien ! Monsieur, marchez devant, je vous suis ; et vous, messieurs, veuillez me faire cortége, ajouta-t-il en s'adressant aux seigneurs : le cas est nouveau et mérite la peine d'être examiné : un frère de roi traînant à sa remorque un fils de duc régnant. Par la croix ! on verra quelque jour un peuple traînant son roi au gibet....

Ce langage, extraordinaire à une époque où la royauté était encore dans tout son prestige, où l'on considérait son représentant comme une sorte d'émanation divine, où nul n'osait parler du roi que comme il aurait parlé de Dieu, inspira une superstitieuse terreur à ceux qui l'entendirent. On comprenait mal l'étendue et la profondeur des pensées de Philippe et plus d'un l'accusait de rébellion, ne concevant point qu'il eût résisté seulement pour constater de quelle barrière de priviléges, de droits, de prérogatives, de respects, il fallait entourer le trône, afin d'empêcher que l'on ne s'aperçut de sa fragilité.

Si plus tard, Louis XI put accomplir son œuvre, abattre la féodalité, triompher des grands vassaux, réduire à l'état de courtisans les plus fiers d'entr'eux, c'est que personne ne sut profiter de la leçon donnée par Philippe de Savoie, et qu'il ne se trouva aucun caractère assez puissamment trempé pour suivre son exemple.

Le duc de Guyenne, seul, pénétra le mystère de cette conduite, inexplicable pour les esprits vulgaires. Un vague pressentiment lui dit qu'agir ainsi, c'était être à la fois habile et honnête. Il n'eut point le courage d'en témoigner. Il prit donc le pas et se dirigea vers les appartements royaux, précédant Philippe-Monsieur, qui marchait isolé, tête haute, mine insouciante, d'un pas alerte, suivi de la foule des gentilshommes. Derrière ceux-ci venaient les gens de sa maison, gardés à vue par Tristan l'Hermite et ses pertuisaniers.

Tandis que cette scène se passait chez le comte de Bresse, Bastarnay du Bouchage pénétrait dans un cabinet dépendant de son appartement et où dormait d'un sommeil fiévreux et lourd Guy de Fésigny, qu'une ronde de nuit avait trouvé gisant, évanoui sur les marches du grand escalier et conduit chez le magistrat.

Le teint plombé, les yeux cerclés de bistre, les traits douloureusement tirés, Fésigny, étendu sur ce lit, tout habillé, ressemblait à un cadavre plutôt qu'à une créature animée. Cette prostration, due à des fatigues inouïes, à la surexcitation qui l'aidait à les supporter, durait depuis l'instant où, frappé au visage par la comtesse de Miolans, il s'était affaissé, ivre, presque fou.

Du Bouchage le regarda avec compassion, puis il le toucha à l'épaule. Fésigny exhala un gémissement strident et rauque, balbutiant des paroles inarticulées. Il s'éveilla, promena sur ce qui l'entourait un regard atone qui vint enfin s'arrêter sur le magistrat. Ce fut comme

5.

une commotion soudaine. Sa tête se renversa en arrière, ses paupières battirent, et il proféra lentement ces mots :

— Ah ! mon ami, j'ai bien souffert !

— Que vous est-il arrivé, maître Guy ? votre front est ensanglanté.

— Rien... oh ! rien !... un étourdissement... la lassitude... mais qu'avez-vous, monsieur de Bastarnay, vous voilà morose et songeur ?

La faculté d'observation se réveillait en lui, et cet esprit inquiet et vigoureux oubliait déjà les souffrances passées, les angoisses du cœur, les blessures du corps, dominé qu'il était par une implacable volonté. Pourtant, cet homme respirait péniblement, des meurtrissures marbraient tous ses membres, ses forces l'abandonnaient, la fièvre le brûlait. Un enfant l'eut renversé d'un souffle.

— Mon ami, reprit du Bouchage d'un ton plein de douce persuasion, j'ai une mauvaise nouvelle à vous apprendre. Si vous m'en croyez, que ceci se passe à petit bruit, sans scandale. Le roi m'ordonne de vous conduire en prison.

— Ah ! cria Fésigny, avec un cri de douleur, elle a parlé !... Je suis perdu...

— Elle ?... qui ?... poursuivit Bastarnay surpris. Non, non, mon ami : c'est la chose du monde la plus simple. Sa Majesté m'a fait appeler ce matin dans son cabinet : « J'ai besoin, m'a-t-elle dit, que maître Fésigny ne puisse, de quelques jours, communiquer avec monseigneur de Bresse. » Tant il y a que je dois vous conduire près d'ici, à la chambre jaune, où vous serez bien installé, où vous aurez le meilleur lit, un valet à votre obéissance, où l'on vous servira de bons repas. Seulement, si par geste, par signe, ou par lettre, vous correspondiez avec Philippe-Monsieur..., ce serait un cachot à Loches, en attendant la Bastille Saint-Antoine. Réfléchissez et résignez-vous.

— Philippe aura tout dévoilé, se dit Fésigny non sans amertume. Confiez donc, à des enfants écervelés, des secrets d'État !

Accoutumé, par une singulière intuition, aux façons d'agir du roi très-chrétien, il ne fit aucune observation. Il fallut que du Bouchage lui prêtât secours pour se vêtir. Chaque mouvement lui arrachait un soupir douloureux. Mais il lui fut impossible de marcher. Un robuste camérier le prit entre ses bras, le porta dans la cellule qui lui devait servir de prison, et le déposa sur le lit. Aussitôt Fésigny ferma les yeux et, vaincu, s'endormit. Il ne put donc entendre le bruit que fit, quelques instants plus tard, une multitude de gens qui causaient, effarés, dans les corridors. La porte de la chambre voisine de la sienne fut ouverte.

C'était Philippe que l'on enfermait dans la chambre rouge, ainsi nommée à cause de la couleur de ses tentures incarnadines, et qui, à peine enfermé, se donna la distraction de tout briser, faïences, aiguières, buires, hanaps, vidrecomes, vitraux. La solidité des meubles les sauva de la destruction.

Quatre gardes, que le prévôt relevait toutes les heures, s'installèrent, sentinelles vigilantes, dans le couloir.

Le même jour, Bochesel et tous les gens qui faisaient partie de la maison de Philippe-Monsieur, à quelque titre que ce fût, partirent escortés de vingt soldats qui les accompagnaient jusqu'à la frontière, en passant par Bourges, Nevers et Lyon, et cheminant à petites journées.

Que s'était-il donc passé entre Louis et le comte de Bresse ?

Nous le saurons probablement plus tard. Sans doute, poursuivant sa politique astucieuse et cherchant à étayer ses vastes desseins de petits moyens, Louis avait-il proposé quelque action à Philippe, que celui-ci refusait d'accomplir.

Peut-être celui-ci, trop intelligent au gré de celui-là, devenait-il un obstacle qu'il importait d'écarter.

Peut-être qu'entre ce prince que l'on insultait et dont l'on insultait la mère, et ce politique impatient d'arriver à ses fins *per fas et nefas,* il s'était déroulé une de ces mystérieuses scènes que l'histoire tait, que la postérité devine, dont certains résultats sont la conséquence, et que le chercheur patient rétablirait tout ainsi qu'avec un fragment d'os, Cuvier reconstruisit le mastodonte.

Quoiqu'il en soit, l'arrestation du comte de Bresse et celle d'un personnage arrivé de la veille et inconnu à toute la cour, firent le sujet de toutes les conversations et donna lieu à des commentaires ingénieux. Louis fut, ce jour-là, de la plus charmante humeur, causa beaucoup avec ses favoris, complimenta les dames, envoya une chasuble de velours cramoisi ornée d'orfrois magnifiques aux chanoines de Loches, générosité qui mit le comble à l'étonnement général.

En se couchant le soir, avec le même cérémonial que nous avons décrit, il dit à son valet Olivier :

— Compère ! Dieu me donne souvent des journées comme celle d'hier et celle d'aujourd'hui !... M'est avis que l'on gagne plus de batailles avec la langue qu'avec l'épée !... Mais c'est égal, Guyenne est plus retors que je me le serais imaginé. Il y faudra veiller, Pasques-Dieu !

IX

Dans lequel il est démontré que le roi Louis XI eut été un digne élève de messer Niccolo Machiavelli, le florentin.

Le comte de Bresse, on le pense bien, n'était point d'un caractère à se laisser mettre sous clé sans manifester, autrement que par un silence dédaigneux, sa légitime colère. Il commença bien par briser en mille pièces tout ce qu'il trouva d'objets fragiles à sa portée. Il essaya, en second lieu, de démolir les meubles, dont les ais, de pesant poirier fouillé à plein bois, lui résistèrent et qu'il ne put entamer. Enfin il pensa à incendier le château, mais réfléchissant qu'il serait la première victime du fléau, que cette vengeance risquait de lui coûter la vie, il fut conduit à méditer profondément sur la situation que lui faisaient les événements, et il estima que mieux valait se résigner et attendre, ainsi que le conseille la sagesse des nations.

Pour se livrer à son aise aux joies et aux consolations de la rêverie, la position horizontale est de rigueur. Il s'étendit sur un amas de coussins, moins luxueux, sans doute, et moins moelleux que ceux qui jonchaient le parquet de son logement, et dont une main prévoyante avait encombré les meubles d'alentour. Il repassa dans son esprit les événements de cette journée et de la précédente, échafauda plan sur plan, combina les plus audacieux desseins, forma des projets qu'il repoussait l'un après l'autre, espérant sans cesse découvrir le meilleur ; et comme ainsi soit qu'on se lasse de tout, même de rêver, il bâilla, s'étira, inclina la tête sur son bras replié et finit par s'endormir paisiblement.

Il fut éveillé par un page qui lui annonça qu'on venait de servir son dîner. Fort défiant, ainsi qu'il appartient à un prisonnier d'État, il refusa de toucher à rien, que son chambellan n'eut préalablement, en sa présence, fait l'essai loyal de chaque mets.

Voyant alors que de ces appétissantes friandises aucune ne recélait une simple parcelle de poison, il mangea beaucoup et de fort bon appétit, ce qui est une manière aussi profitable qu'agréable d'occuper ses loisirs.

Ayant terminé son repas en buvant une large rasade d'un vin capiteux des côtes du Rhône, il demanda qu'on lui apportât son luth et un livre. Ce à quoi le page obtempéra si gracieusement que Philippe ne put s'empêcher de dire qu'il aurait été plus simple de mettre un piquet de hallebardiers à la porte de son ancien logement et de l'y laisser. Il y aurait eu profit pour lui et pour les autres ; ceux-ci n'auraient point eu le désagrément de déménager une chambre pour meubler l'autre.

Quand il eut une heure durant pincé les cordes de son instrument, il fut las de musique et prit le livre. Il se trouva que c'était un recueil de poésies du feu duc Charles d'Orléans. Rien ne porte à la mélancolie comme les vers, surtout quand ce sont vers de prince, et d'un prince exilé, circonstance aggravante. Cinq minutes de lecture suffirent à provoquer des bâillements répétés.

Il appela donc un de ses gardiens, lui dit qu'il serait bien aise de voir une figure humaine, fût-ce celle qu'il exécrait le plus. On lui répondit qu'il ne communiquerait avec personne.

— Mais le roi ? dit-il, je veux voir le roi.

— Sa Majesté chasse.

Il se trouva très-malheureux d'être enfermé entre quatre murs, alors que la neige tombait à gros flocons et que le roi, mouillé, transi, harassé, se divertissait à courre le cerf. Il oubliait que la veille, il ne trouvait pas d'expressions assez amères pour maudire la malencontreuse habitude qu'ont les monarques d'enchaîner à leur plaisir tous leurs hôtes, quelle que soit l'inclémence du ciel.

Il se désespérait, solitaire, mourant d'ennui, lorsqu'on vint lui dire que madame de Miolans sollicitait la faveur d'une audience. Il allait ordonner que cette femme fût chassée, lorsqu'elle entra dans l'appartement d'un pas dégagé ; elle était très-calme, rieuse, sourire aux lèvres, vêtue d'une magnifique robe de velours garnie de franges d'or et bordée de fourrures.

— Ah ! s'écria Philippe, en riant d'un rire un peu contraint, vous êtes la dernière personne que je m'attendisse à voir aujourd'hui, madame ! Vous ignorez donc ce que c'est que la rancune ? Vous avez donc le temps de songer aux malheureux qui gémissent sur la paille humide des cachots ?

Gilberte de Miolans se mit à rire très-franchement, sans rougir ni pâlir.

— Mon prince, la charité me dicte mon devoir, répliqua-t-elle avec un enjouement factice, je viens savoir si vous avez réfléchi. On assure que la nuit porte conseil.

— C'est vrai. Je me repens...

— De m'avoir repoussée ? s'écria Gilberte dans les yeux de qui brillèrent des éclairs.

— Non pas, chère belle : de vous avoir écoutée si longtemps.

— Ainsi, rien ne peut vous toucher, monseigneur ? Ni l'amour, ni le dévouement, ni l'ambition ?

— Chimère, illusion, vice : une infernale trinité, madame !...

— Il y en a qui tiendraient au moins aux seigneu-

riés, et qui, par affection pour les terres, épouseraient la
châtelaine.

— Je ne suis pas de ceux-là. De tous mes titres, je
me pare le plus glorieusement de celui de Philippe-
sans-Terre. Et que l'empereur me donne une de ses
filles, n'eût-elle qu'une chemise déchirée pour trousseau,
et qu'un denier pour dot, vous verrez!...

— C'est moins que de l'orgueil, c'est une vanité de
bourgeois en quête d'un blason ! Eh bien ! soit ! Mais
que Votre Altesse veuille bien réfléchir qu'il s'agit, pour
l'instant, de liberté. Elle est dans une prison qui a fort
bon air, où rien ne manque. Demain, elle sera logée en
un cachot sans feu ni lumière, où vin d'Espagne n'a
jamais pénétré, où le grabat du plus misérable attaché à
la glèbe remplace les coussins de soie, où l'on vit de
pain noir et d'eau limpide. Il serait facile à Votre Altesse de s'éviter l'ennui de périr là.

— Bah ! le roi me traitera-t-il en maltôtier, en voleur
de grand chemin ?

— Vous savez bien que Louis a la manie de l'égalité.
Je vous demande un peu en quoi un fils de Savoie dif-
fère d'un truand, alors qu'il gît en une fosse, loin de
tout regard, de tout souvenir. Dites oui. Un soldat gagné
par moi vous ouvrira la porte.

— Bien. Où irai-je ?

— Chez moi, où j'ai le droit de recevoir mon fiancé.
Nous partons, vous endossez ma livrée et me voilà avec
un charmant page de plus.

— Bien. Mais les soldats, quand ils ont assez d'or et
que la peur les prend à la gorge, se laissent difficilement
séduire. Le roi choisit fort bien les geôliers.

— Ah! dit-elle avec un accent intraduisible, j'ai la
clé qui ouvre toute porte !

Philippe-Monsieur baissa la tête et se replongea dans
ses réflexions. Il ne savait pas dissimuler. Il avait jugé

sans rémission la comtesse. Il essaya de se donner le change et n'y put parvenir : cette femme lui inspirait de l'horreur.

Il se leva résolument, comme un homme qui, rencontrant sur son chemin une vipère, se dépêche de l'écraser afin qu'elle ne puisse nuire désormais à personne. Gilberte fut effrayée de ce qu'elle lut dans ses yeux. Il s'approcha d'elle, en apparence très-calme.

— De bonne foi, madame, commença-t-il, vous jouez ici une farce dont il est nécessaire de hâter le dénouement. Jeune suis-je, sans pourtant être naïf à la façon d'un jouvenceau qui jamais n'est sorti de sa gentilhommière. On dirait, par la Croix Blanche! que vous ne fréquentâtes jamais que marchands ou écoliers! Je vous l'ai dit, je vous le répète, je vous le crie, je vous le chanterai, s'il le faut, poursuivit-il avec une animation croissante, non-seulement je ne vous aime pas : je vous hais ! Je fais plus que de vous haïr : je vous méprise ! Est-ce que je suis fait pour servir de pivot à vos ambitions, moi ? Est-ce que je vends mon nom, moi ? Folle !

Elle tenta vainement de répliquer ; sa langue restait collée à son palais. Malgré le fard, on voyait ses joues blémir.

Il fit un pas encore, l'écrasant d'un regard sublime.

— Allons ! dit-il, sortez !

Elle obéit. Au moment où elle posait la main sur le loquet de la porte, elle se retourna, effrayante à voir, Gorgone plutôt que Junon.

— C'est la guerre, monsieur ! une guerre implacable, un duel à outrance. Vous n'avez que votre épée : je suis femme, et vous serez vaincu.

Philippe éclata de rire.

Il ne put arracher de sa pensée l'accent ni les paroles de la veuve de Miolans. Jusqu'au soir, il entendit celles-ci tinter à ses oreilles, et malgré lui, s'épuisa à analyser celui-là. Puis, ce qui le préoccupait davantage, c'était l'outrage, l'accusation portée contre Anne de Chypre.

C'était donc chose connue, publiée, que les fautes, les prodigalités, les erreurs politiques, les injustices de sa mère, et l'on avait donc le droit de le crier bien haut !... Alors de sombres idées l'assaillaient et il se rappelait le verset des livres sacrés où il est dit : « Tu seras puni jusque dans la quatrième génération. »

A la tombée de la nuit, monsieur de Bresse entendit de nouveau la porte rouler sur ses gonds, et bientôt il vit devant lui, humblement incliné, Bastarnay du Bouchage.

Il l'accueillit joyeusement, heureux de se soustraire un moment à ses lugubres pensées.

Le magistrat lui raconta ce qui s'était passé, l'arrestation de Fésigny, les conjectures de la cour, la bonne humeur du roi. Il le réconforta par de bons conseils, de prudents avis.

— En somme, demanda Philippe, que pensez-vous de ceci ?

— Monseigneur, quel intérêt le roi a-t-il eu à vous faire arrêter en si grand appareil ? On est plus circonspect quand on veut ... supprimer ... un obstacle réel.

— Ah ! Ah ! c'est donc ici que le bât blesse ?

— A ce qu'il paraît. Seriez-vous aise de prendre la clef des champs ?

— Belle question ! Interrogez l'oiseau en cage, il vous dira que mieux vaut picorer le millet sur le fumier que manger des biscuits en passant le bec à travers des barreaux d'or.

— Bien ! nous en reparlerons quand il sera l'heure. En attendant, monseigneur, pincez les cordes de votre luth, chantez, lisez, égayez-vous, mangez en gourmet, dormez en paresseux, et ne vous inquiétez point de l'avenir.

— Oh ! voilà une promesse ?

— Avant qu'il soit huit jours, vous chevaucherez sur la route de Savoie.

En quittant Philippe de Savoie, M. du Bouchage se rendit chez Fésigny qu'il trouva redevenu lui-même, c'est-à-dire un homme pensant et observant, ne se plaignant de rien, impassible dans la mauvaise fortune, sans inquiétude.

Le sommeil et le repos avaient entièrement réparé ses forces.

Avec cette faculté d'analyse qu'il possédait au suprême degré, il cherchait la cause des événements du jour, les examinant sur toutes leurs faces.

Aussi dit-il, en voyant apparaître du Bouchage :

— C'est un madré compère, allez !

— De qui parlez-vous ?

— Eh ! du roi. Voulez-vous parier que je devine le motif de votre visite, ami ? Défense de nous laisser communiquer avec qui que ce soit. Pourquoi cette exception en faveur de monsieur du Bouchage, que l'on sait au mieux avec monsieur de Fésigny, et très-dévoué à monsieur de Bresse ? C'est que monsieur du Bouchage est chargé de soumettre aux deux prisonniers...

— Quoi ? méchante langue !

— Un petit plan d'évasion. Là, est-ce faux ?

— Je ne dis pas le contraire, mais au moyen de quoi déduisez-vous cette apparence de vérité ?

Fésigny sourit, non sans orgueil.

— Jugez-moi autrement, reprit-il, écoutez : Le roi avait besoin que certaine chose se fît. Il pensait à charger monsieur de Montmayeur de l'affaire. Monsieur de Montmayeur accepta. Sur ces entrefaites, il se trouve que j'arrive, conduit par le désir d'obtenir de mon-

sieur de Bresse qu'il fasse ce que le roi veut faire faire par
monsieur de Montmayeur. Le roi l'apprend. Il est enchanté
que ses souhaits se réalisent, sans qu'il ait la peine de
donner un ordre, sans qu'il lui incombe aucune responsabilité... Suivez mon raisonnement. Si la chose en
question réussit, tout est pour le mieux. Si elle ne
réussit pas ?... Alors le roi ne veut pas être compromis,
parce qu'il est résolu à n'approuver que le succès.

— C'est très-intéressant, murmura du Bouchage, continuez.

— Il faut donc prévoir l'insuccès, poursuivit Fésigny ;
aussi l'on arrête avec grand éclat monsieur de Bresse et
ce pauvre Fésigny, afin de pouvoir dire cas échéant :
« Il n'a pas dépendu de moi que rien ne se fît. Sur un
simple soupçon, j'ai fait saisir au collet ces gens-là, je
les ai chargés de chaînes, j'ai fermé sur eux une porte
close d'un triple verrou et j'ai placé, devant cette porte,
autant de gardes que l'on en mit à Gaza, autour de
Samson. »

— C'est la vérité.

— Oui ! Seulement, le roi veut que l'on tente la chose
qui lui tient tant à cœur. Alors il charge monsieur du
Bouchage, un beau soir, d'enivrer les dix gardes avec
du vin de Beaugency..

— Avec du vin d'Anjou, rectifia du Bouchage.

— Il s'arrange pour que les verrous soient limés....

— Ou qu'on oublie tout simplement de les pousser
dans leurs gâches.

— C'est ce que j'allais dire. Le hasard veut que monsieur de Bresse ait sous la main un déguisement de
paysan...

— De reître suisse, afin de conserver à chacun son
caractère.

— Que monsieur de Fésigny trouve au pied de son
lit une souquenille de maître d'école.

— Un froc de moine cistercien.

— Parfait ! Un ami, du Bouchage par exemple, guide les fuyards dans le château, où, par hasard on ne rencontre pas un chat. La petite poterne est ouverte, par hasard... Un écuyer, par hasard, fait justement à cette heure-là — entre minuit et une heure — promener deux bons et forts chevaux percherons.....

— Limousins, c'est la race que choisit la garde écossaise.

— Et toujours par hasard, il est distrait à tel point, que les prisonniers enfourchent ses deux bêtes, piquent des deux et disparaissent, avant qu'il ait songé à crier à l'aide. La prévôté se met aux trousses des fuyards. On les poursuit au nord, à l'ouest, au sud, et l'on ne se souvient qu'ils ont probablement dû se diriger vers l'est, que lorsqu'ils ont quarante lieues d'avance.

— Et comme on leur donne les moyens de réussir, ajouta Bastarnay du Bouchage en riant, on se prévaut auprès d'eux de ce service rendu.

— Eh bien ? demanda Fésigny, pour quand sera-ce ?

— Demain, après demain peut-être, aussitôt le comte de Montmayeur parti.

— Vous voyez donc, mon cher, conclut le légiste, que j'ai deviné à quelques détails près l'objet de votre visite. Allez donc voir le roi et dites lui que j'aurai plaisir à servir un tel maître : il est retors comme un Normand, perfide comme un Vénitien, fin, rusé, habile. Il fera de très-grandes choses.

Mais du Bouchage voulait de plus amples explications. Il ignorait ce que l'on attendait de l'association de Philippe-Monsieur et du conseiller ducal. Il le voulait savoir.

Nous ne savons qui a dit que la curiosité est un vice féminin ; c'est une erreur de moraliste, peut-être une erreur volontaire. La femme est moins curieuse que l'homme. Elle avoue tout crûment son désir de savoir, ce qui est le moyen de ne rien apprendre. Fésigny déjoua les manœuvres de son interlocuteur et garda son secret.

Trop pressé, il eut recours à ce qu'on nomme, en stratégie, une diversion. Il était préoccupé de sa rencontre avec madame de Miolans, de la visite nocturne qu'elle avait faite au comte de Bresse. Et délivré désormais du souci de songer à la liberté, il revenait volontiers aux sentiments et aux sensations qui, depuis la veille, l'agitaient. Il interrogea donc habilement du Bouchage, en prenant force biais afin de n'être pas suspecté.

Il mit l'entretien sur la cour, sur les médisances en voie de circulation, sur les propos légers, les rumeurs, les intrigues, les menues machinations, les conspirations à l'eau de rose. Il fut léger, frivole, étourdi, à scandaliser son respectable collègue.

Il provoqua des confidences. Il en vint ensuite à l'existence que menait à Chinon le comte de Bresse.

— On s'inquiète en Savoie, dit-il ; on assure que monseigneur, oubliant sa naissance, et mû par des considérations indignes de son rang, ne songe point aux royales alliances auxquelles il pourrait aspirer et qu'il recherche la main d'une dame de la cour.

— Calomnie, mon ami !

— On nomme cette dame ; c'est la nièce de Montmayeur, termina tranquillement Fésigny.

— Non. Le vieux maréchal veut épouser la veuve de Miolans, et soyez assuré qu'il la garde bien.

— Je l'ai rencontrée hier dans le corridor du premier étage.

— Vous eûtes la berlue !

— Je la vis frapper à la porte de monseigneur.

— Fadaise ! Il la déteste et depuis un an qu'elle est

ici, il lui a fait déjà cent affronts. Ainsi, à la chasse, il prend la droite, si elle passe à gauche ; à table, il s'écarte d'elle. Il lui répond à peine si elle lui adresse la parole. Fadaise ! Fadaise !... Elle est marraine du petit Valromey ; sans doute elle avait quelque message à lui remettre.

— Après minuit ?

— Bah ! Dites aux gens de Savoie que monseigneur de Bresse n'a pour seule passion que l'ambition : la plus dévorante, la plus remuante, la plus terrible, la plus difficile à assouvir, la plus inextinguible des ambitions. Et si jamais il se marie, savez-vous ce qu'il épousera ?

— Une dot ?

— Mieux encore : un trône !

X

Autopsie d'un cœur de femme.

Il est temps que nous parlions davantage de l'héroïne de ce livre.

Belle de cette beauté étrange qui n'est classée nulle part et n'appartient ni à l'admirable statue grecque, au profil délicat, aux formes pures, aux proportions magistrales, ni aux vierges suaves que peignit Raphaël, créatures surhumaines, anges plutôt que déesses, ni enfin aux robustes matrones qu'affectionna le pinceau du flamand Rubens, en Gilberte de Miolans, rien ne décelait ces vertus admirables de la femme, la pudeur et la pureté ; rien non plus n'accusait le vice. On ne pouvait dire, en la voyant : « C'est Minerve. » On ne pouvait dire davantage : « C'est Phryné. » Elle charmait, en même temps qu'elle repoussait. On ressentait, à la

voir, un sentiment où se mêlaient et l'admiration et la
crainte. Elle n'eut point inspiré l'amour chevaleresque
et pur des grands siècles.

Ce qu'il eut été impossible de nier, c'était son évi-
dente supériorité. L'être humain est fait de limon ; il
semble que Dieu ait mis en réserve quelque monceau
de boue d'une espèce particulière dont il pétrit quand il
lui plaît certains êtres exceptionnels.

Gilberte avait atteint cet âge qui est l'épanouisse-
ment de la femme dans tout son éclat : trente ans.

Deux vices rongeaient son cœur, ce cœur qui n'aurait
dû s'ouvrir qu'aux émotions douces et nobles : un orgueil sans bornes, une ambition sans frein. Elle se
croyait d'une autre essence que le vulgaire, et volontiers
aurait certifié que le Créateur, voulant distinguer le
noble du roturier, mettait du sang rouge dans les veines
de celui-ci, du sang bleu dans les veines de celui-là.

Personne, pour elle, n'existait, sauf qui se prévalait
d'un écusson largement écartelé : paysans et bourgeois
équivalaient à peine aux chiens de ses meutes, aux
chevaux de son écurie. Elle planait sur la foule, regardant en pitié qui ne possédait ni blason ni titre, ne
respectant que ses égaux et n'admettant comme ses
égaux que ceux dont la généalogie comptait au moins
vingt degrés.

Cette folie superbe n'a rien de grandiose vraiment,
elle dépare notre héroïne et la rabaisse, car c'est un
vice vulgaire, inaccessible aux grandes âmes, dignes du
cerveau étroit, de la sottise du parvenu, mesquine et
vile.

Son ambition, du reste, ne ressemblait point à celle
qui veut lutter et triompher de mille obstacles. Gilberte
aspirait, non pas à remuer le monde, à gouverner les
peuples, à jongler avec des couronnes, à conquérir des
royaumes, à léguer à la postérité un nom entouré d'une

auréole de gloire, à devenir une des lumières de son siècle, un personnage remarquable dans l'histoire, mais tout simplement à contenter sa vanité presque puérile.

Elle voulait devenir princesse, escalader une marche du trône, fût-ce la plus basse ; dominer ses rivales par la sonorité de son titre, briller parmi les plus enviées, toucher, comme les Sylva imaginés par Victor Hugo dans *Hernani* :

Du pied à tous les ducs ; du front à tous les rois.

En vérité, c'est une passion misérable que celle que l'on assouvit en timbrant son écu d'un diadème à quatre rais, en étalant des priviléges honorifiques n'ayant qu'une valeur de convention, en plaçant un dais sur son dressoir, une balustrade autour de son lit.

Les querelles des ducs, sous Louis XIV, nous ont appris quelle importance on attachait à ces misères, et il faudrait lire les mémoires de Sainte Palaye et le *livre des honneurs* d'Aliénor de Poitiers, pour comprendre à quel point le Français a horreur de l'égalité.

Madame de Miolans savait qu'elle aurait des obstacles à franchir, des préjugés à renverser, des susceptibilités à vaincre : elle voulait ! Le triomphe ne lui paraissait qu'une question de temps. Elle eut usé sa vie à ce jeu terrible, eut compromis toute son existence et son honneur, elle fut devenue criminelle ; plus encore, méprisable pour atteindre ce but tant désiré. Princesse ? à quoi bon, lorsque l'on est issue d'une race illustre et que l'on porte un nom immaculé ?

Peut-être voyait-elle autre chose dans l'avenir ? Peut-être ne prenait-elle ce titre que pour un marche-pied qui l'aiderait à escalader d'autres hauteurs ? Peut-être enfin, dans l'ombre, au loin, reluisaient à ses yeux le

6

bandeau royal et les broderies d'or qui diaprent le manteau des reines ?

Mais alors pourquoi rechercher un prince comme Philippe-Monsieur, pauvrement apanagé, sans terres, sans
héritage, cinquième fils, et séparé du trône par quatre
branches florissantes qui, selon toute apparence, ne
pouvaient s'éteindre avant lui ? L'ambition, parfois, est
prophétesse ; elle inspire de secrètes espérances, elle fait
naître une sorte de faculté devineresse. Gilberte *savait*
que Philippe de Savoie règnerait un jour.

Alors quelle joie d'appeler les reines : « Ma sœur ! »
Quel enivrement ! Quelle puissance !

Née dans les montagnes de l'Auvergne, Gilberte
appartenait à l'ancienne maison de Chalençon, substituée
en 1385 à celle des premiers vicomtes de Polignac, et
qui devint célèbre sous le règne de Louis XVI et à
une époque encore plus rapprochée de nous.

Élevée à la cour de Savoie, avec les filles de la duchesse Anne, elle n'y eut pourtant qu'une humble condition. Elle grandit, en enviant la destinée de celles
qui, protégées par une famille puissante, s'alliaient aux
plus grands seigneurs. Elle ne possédait rien. Son père
était mort quelque temps après le supplice de Jeanne
d'Arc, et ses frères oubliaient qu'elle existât.

Isolée, sans appui, dédaignée par ses compagnes,
plus riches et plus entourées, elle se jura qu'un jour
elle les verrait à ses pieds.

Elle eut soif d'argent et d'or, parce que même alors,
on ne se mariait pas sans dot ; ses écrins contenaient seulement quelques bagues et un collier qu'elle devait à la
générosité facile de la duchesse : une simple camérière en
avait davantage. Elle souffrait d'être obligée à mille ar-
tifices pour ne point montrer toujours la même robe et
le même surcot. On riait de cette misère aigrement supportée ; on raillait ces prétentions à un luxe qu'elle ne

pouvait soutenir : nul ne se doutait de la haine et de la rage qui s'amassaient en elle ; nul n'entendait ses imprécations, ses serments de vengeance.

Un jour elle battit la demoiselle Alix de Compey, qui lui reprochait son denûment, et se moquait de son manteau de velours miroité et de son justaucorps sans garnitures.

— Cette fille-là, dit la duchesse, est le diable en jupons. J'ai fort envie de lui faire endosser une casaque de page. Elle gagnerait promptement de quoi y mettre du galon.

Ce propos fut colporté sans pitié et toute la cour s'en égaya. Le bon duc Louis fit à la jeune fille une remontrance paternelle et ordonna au couturier de sa femme de l'habiller de pied en cap, afin qu'il ne fût pas dit qu'une demoiselle de noble extraction fût plus mal vêtue qu'une suivante.

Gilberte pleura de honte en recevant cette aumône, mais elle l'accepta.

Parmi les seigneurs qui faisaient partie de la maison ducale se trouvait un cadet de la maison de Miolans, neveu du comte Jacques de Montmayeur, et qui ayant hérité de ses aînés le titre de comte et une fortune considérable, songea à faire souche.

Il touchait à sa soixantième année. L'on vantait sa libéralité, ses habitudes fastueuses, et surtout sa vaillance et l'élévation de ses sentiments. Ses vassaux le vénéraient et l'aimaient. Nul n'aurait osé lui parler, sinon avec le respect et la déférence que l'on accorde à un roi. Il représentait cette noblesse féodale, active, puissante, formidable, qui ne voyait dans le suzerain que le premier parmi ses pairs et qui observait, dans toute leur étendue, les lois de la chevalerie.

Guerrier renommé, conseiller sage, sévère, juste, intègre, Anthelme de Miolans honorait Dieu, servait son

maître, aimait son pays, protégeait le faible contre le
fort.

Des vingt-sept familles historiques de Savoie, qui
presque toutes ont disparu, la sienne était l'une des
plus illustres. Ses origines remontaient si haut que
saint Bernard de Menthon, qui devint plus tard l'apôtre
des Alpes fut fiancé vers le milieu du X° siècle à Marguerite de Miolans, dont la famille se targuait déjà
d'ancienneté. Cependant le premier Miolans, Nautel-
lure, qualifié *Vir illustrissimus* apparaît dans l'acte de
fondation du monastère de Bellevaux en Bauges, en 1090.

Un Geoffroy de Miolans suivit Amédée III dans sa
croisade, en qualité de banneret. Or, pour être banneret, il fallait posséder au moins vingt-cinq vassaux
nobles, dont un fût investi de l'omnimode juridiction.
C'est ce Geoffroy qui rapporta de Palestine trois des
saintes Épines de la couronne du Rédempteur, précieuses reliques, aujourd'hui conservées dans l'église
paroissiale de Saint-Pierre d'Albigny.

Enfin, s'il faut en croire les mémoires de Lutheranus,
cette noble maison donna un pape à la chrétienté :
« Messire Gerard, né à Chevron est de l'ancienne famille de Miolans ; il fut nommé évêque de Florence et
ensuite pape le 9 décembre 1058, sous le nom de Nicolas II, sacré le 31 janvier suivant. Il régna deux ans,
quatre mois et vingt-six jours, convoqua le concile de
Latran en 1059, où il publia le fameux décret, que l'on
trouve dans Gratien, D. XXIII, sur l'élection du souverain pontife, et où il obligea Béranger, archidiacre
d'Angers, chef des sacramentaires, et condamné pour la
troisième fois, à se rétracter. » (1)

1. Cartons de M. Montréal, 2ᵐᵉ brouillard des *Mém. de
Lautheranus.* Observations du P. Mabillon touchant les dif-
férentes condamnations de Béranger. Baronius, *Annal. Cul.*
Dupin, *Bibl. des auteurs ecel. au* XIᵉ *siècle.* La vie de Nicolas II

Deux évêques de Maurienne, Aymon Iᵉʳ en 1276, Aymon IV en 1308; trois dignitaires ecclésiastiques de la même église, Nantelme en 1188, Gui en 1247, Jean, en 1297, appartenaient également à la maison de Miolans (1).

On comprendra facilement que les personnages issus d'une telle race eussent à cœur d'en conserver l'intégrité et d'en augmenter la grandeur. Ils avaient toutes les gloires ; ils accaparaient tous les honneurs, il n'était aucune dignité à laquelle ils ne pussent prétendre. Mais Anthelme de Miolans, fier et redouté, s'attira la disgrâce d'Anne de Chypre, en refusant de se plier devant elle, de subir ses caprices. D'un âge déjà avancé, puisqu'il touchait à sa soixantième année, il ne remplissait aucunes fonctions, aucune charge publique et ne possédait même pas un de ces offices de cour dont on honore les favoris.

Il fut donc fort étonné le jour où un page vint le prévenir que madame la duchesse le mandait auprès d'elle. Il suivit le messager, un peu inquiet.

— Monsieur, lui dit Anne, qui se trouvait seule avec Gilberte de Polignac, debout auprès d'elle, monsieur, j'ai l'estime la plus profonde pour vous, et je serais désespérée que votre maison s'éteignît. G'ai donc pensé à vous chercher une épouse.

Le comte fit un brusque haut-le corps. Il ne s'attendait nullement à une ouverture de ce genre.

— Après avoir bien regardé autour de moi, poursuivit la souveraine, je n'ai trouvé personne qui vous convint davantage que mademoiselle de Polignac ; elle est

se trouve dans le t. III, p. 309. des *Rer. Ital. Scrip.* de Muratori, p. 37, et *in Nova Concil. Collect.*, par le cardinal Passionnei, tom. XIX.

1. *Des origines féodales dans les Alpes occidentales*, par Léon Menubrea. Chap. XVI, p. 553. Turin, imprimerie Royale.

jeune, belle, de noble extraction, mais sans fortune. Je
la doterai.

Miolans leva les yeux sur Gilberte, qui écoutait ces
paroles sans rougir ni trembler, comme s'il se fût agi
d'une autre. Il demeura ébloui. Cette beauté splendide,
qu'il n'avait jamais remarquée, trop hautain pour abaisser
ses regards sur la foule, excita dans le cœur de ce vieillard des sentiments qu'il ignorait.

Cependant sa froide raison lui disait qu'on lui tendait
un piége : proposer à Miolans, qui valait Montmorency,
et marchait de pair avec Savoie et Bourbon, une fille
élevée par charité, c'était lui manquer de respect. Anne
mariait ses enfants à des princes sur lesquels Miolans
prétendait le pas.

— Madame, répondit-il en s'inclinant, Votre Altesse
me comble...

— Vous acceptez ?

— Je refuse ?

Gilberte pâlit.

Anne de Chypre se leva, et montrant du doigt la
porte au comte Anthelme, elle reprit avec son accent
impérieux :

— Je dirai donc partout que monsieur de Miolans est
un avaricieux qui veut épouser, non une femme, mais
une dot. Je ne vous retiens plus, monsieur, et vous invite à chercher en Italie ou en France, les quelques mille
écus auxquels vous accorderez l'honneur de votre alliance.

Trois mois plus tard, on célébrait au château de Chambéry les noces du comte de Miolans et de Gilberte de
Polignac. Subjugué par les vertus apparentes, et surtout
par la merveilleuse beauté de l'ambitieuse demoiselle,
Anthelme avait cédé. Le duc et la duchesse signèrent
au contrat, qui stipulait un immense douaire en faveur
de la mariée, si elle devenait veuve, et lui reconnaissait
une dot princière.

Gilberte fut ardemment enviée. Ses rivales d'autrefois briguèrent l'honneur de devenir ses amies. On lui fit une cour. Elle brilla, elle régna, elle fut ingrate.

Son faste éclipsait le faste des plus orgueilleuses dames. Elle faisait venir à grands frais les brocarts de Venise, les velours de Gênes, les tissus orientaux qui semblent être l'œuvre des fées, les fourrures du nord,

Elle occupait à elle seule un couturier, un pelletier, un fourreur. Elle commanda à la mode, divinité moins capricieuse alors qu'aujourd'hui. La duchesse, frivole et coquette, qui voulait être la première partout et se ruinait en ajustements et parures, jalousa lès prodigalités folles de son ancienne protégée.

Madame de Miolans eut des appartements plus somptueux que ceux du palais. Elle eut deux écuyers et des pages, un chambellan, une vénérie complète, les plus belles haquenées, les plus beaux palefrois.

Et le comte Anthelme, pour soutenir ce luxe qui absorbait presque tous ses revenus, réduisait, lui, son train et ses équipages, s'effaçait derrière sa femme, et passait huit mois de l'année dans son manoir de la vallée de l'Isère, à vivre des redevances en nature que lui apportaient ses vassaux.

Gilberte respecta néanmoins le nom sans tache qu'elle tenait d'une coupable faiblesse. Elle sut résister à certains entraînements, à certains exemples. Elle resta fidèle à son mari, n'accueillant les hommages de la foule de soupirants qui l'entouraient, que comme les statues de Cérès et de Pallas recevaient à Rome ou à Athènes, les offrandes, les sacrifices, les prières de leurs adorateurs. Sa vertu fut inattaquable, on ne put lui reprocher la moindre faute ; elle ne fut même pas soupçonnée.

Cette union dura sept ans. Les deux époux étaient séparés l'un de l'autre durant les deux tiers de l'année. Ils se voyaient peu, ils se connaissaient mal.

Ni l'un ni l'autre ne furent heureux. Anthelme souffrait de voir son amour méconnu. Gilberte s'aperçut bientôt que les satisfactions de la vanité ne sont ni durables ni complètes. Elle voulut mieux. Elle se fatigua de trouver toujours à accomplir ses fantaisies. Elle se rassasia de ces fêtes continuelles, de ce luxe raffiné, de ces triomphes trop faciles. Elle voyait tant de gens au-dessus d'elle !

On commençait à critiquer ses allures, ses habitudes. Les princesses, vêtues de simple velours, parées sans recherche, l'écrasaient de leurs dédains et feignaient de n'accorder aucune attention aux étoffes lamées d'or et ornées de perles, qu'elle portait insouciamment. Elle voyait les seigneurs, fort galants du reste avec elle, l'abandonner aussitôt qu'une fille de Savoie, fût-elle petite cousine du duc, apparaissait dans les galeries du château, courir à elle avec empressement et la saluer jusqu'à terre.

Un jour elle entendit Agnès de Savoie, femme de Dunois d'Orléans, dire à Miolans, en lui donnant sa main à baiser :

— Bonjour, mon cousin.

Elle vint lui faire une grande révérence, espérant un accueil aimable :

— Ah ! c'est vous, petite, ajouta la princesse en faisant la moue. Je ne vous aurais pas reconnue sous ce déguisement. Vous souvenez-vous que je vous prêtai un jour mon vertugadin pour aller souper chez la vieille Crescherel? Est-ce avec cette robe de damas cramoisi que vous eussiez balayé ma chambre, naguères ?

Gilberte, foudroyée par cette injure, qui fut publique, s'évanouit.

Quand elle revint à elle, elle se vit entre les bras du comte Anthelme, qui pleurait.

— Ah ! rugit-elle, vous me vengerez, vous.

— C'est fait, répliqua le vieux seigneur, blême, et qui lui montra une large tache de sang qui allait s'élargissant sur son pourpoint. Monsieur de Dunois a la cuisse cassée, monseigneur le duc renvoie sa fille en France. Moi, je meurs, mon sang lavera cette tache.

Le soir, un prêtre vint donner à Miolans qui expirait, les suprêmes consolations que la religion accorde aux mourants. Il se souleva ensuite sur sa couche funèbre, et, jetant sur sa femme éperdue un dernier regard d'amour, il lui dit :

— Vous avez gardé pur, intact, le nom que je vous ai donné, madame. Je vous en sais gré, je vous en remercie. Vous serez la digne veuve de Miolans. Si vous rencontrez un honnête homme, épousez-le. Je ne vous ai pas rendue heureuse et je le regrette...

Un spasme l'interrompit :

— J'ai un frère que j'aimais bien, reprit-il, il se nomme Guy...

Sa tête se renversa sur l'oreiller, un souffle s'exhala de ses lèvres.

Le vaillant baron avait vécu.

Gilberte le pleura. Elle lui devait tout, elle avait trop d'orgueil pour être ingrate. Elle porta le deuil deux ans, vécut tout ce temps dans la retraite, isolée. Puis quand elle jugea que la chrysalide pouvait devenir papillon, elle rentra à la cour et arriva juste au moment où l'on exilait son oncle Montmayeur.

XI

D'ou il s'ensuit qu'avec de la bonne volonté, on vient à bout de tout.

La captivité du comte de Bresse et de Fésigny durait depuis dix jours.

Ce dernier, fort tranquille, assuré qu'il était que cette affaire aurait une issue favorable à ses desseins, ne s'inquiétait nullement et profitait de ces loisirs pour se reposer. Il savourait en fin connaisseur les mets délicats et variés que lui faisait servir le majordome de Sa Majesté, dégustait paisiblement les meilleurs vins de France , passait l'après-midi à causer avec M. du Bouchage, ou plutôt à le faire causer, et dormait huit heures, en songeant que le duc Louis l'envoyait en ambassade auprès du roi très-chrétien, du duc de Milan, de la Magnifique Seigneurie de Florence, et qu'il dupait tour à tour Valois, Sforza, le gonfalonier Soderini.

Quant à Philippe-Monsieur, il eut, comme nous l'avons dit, un accès de rage le premier jour. Le second jour, il tomba dans une profonde mélancolie. Le troisième, il tua le temps, en maudissant du matin au soir son auguste suzerain, et le lendemain, du lever au coucher du soleil, il ne fit que rire.

Et voyant que rien n'était moins divertissant que de maugréer, de rire, de pleurer et de rêver, il fit prier le roi de lui envoyer le livre des *Cent nouvelles Nouvelles*, ce à quoi le roi, flatté dans son amour-propre d'auteur, acquiesça volontiers.

Chaque jour d'ailleurs madame de Miolans demandait audience au prisonnier. Il refusa de la voir.

Dans les premiers jours de mars, monsieur de Bastarnay du Bouchage entra chez monsieur de Fésigny au moment où celui-ci achevait son dîner par un verre de la liqueur des moines de Bourgueil. Guy paraissait ennuyé :

— Holà, mon ami, dit Bastarnay en riant, quelle figure de carême !

— Ah ! c'est que je m'ennuie prodigieusement, répondit Fésigny d'un ton mélancolique. Vous n'avez pas idée de la négligence de ces gens du roi, mon cher. La poularde était trop cuite de deux degrés au moins... L'on m'a servi une carpe assaisonnée aussi détestablement qu'il se peut... Le vin aigrit, cette liqueur est âpre, les gâteaux sont gras... Fi de cette hospitalité malsaine !

— Bon ! et que direz-vous quand vous saurez...

— Le malheur, c'est que je sais, interrompit Fésigny qui haussa les épaules. On va nous transférer à Loches, n'est-ce pas ? Pourquoi pas à la Bastille, dont les fidèles Parisiens ont fait une forteresse contre leur vénéré seigneur ? Bien ! C'est pour ce soir ?

— Justement ?

— Alors il faudra que nous sortions d'ici. Nous évader en rase campagne, c'est dangereux. Ou l'on met trop de monde dans la confidence, ou l'on n'en met pas assez. Dans le premier cas, le secret est éventé. Dans le second, on nous arquebuse, et si mal que l'on soit logé chez le roi de France, on y est toujours mieux qu'entre les six planches d'un cercueil.

Les traits de Bastarnay offraient une si étrange expression d'étonnement et d'embarras, que le savoyard termina son petit discours par un éclat de rire.

Tout compte fait, Guy devinait parfaitement les intentions secrètes du roi et les perplexités de M. du Bouchage venaient de ce qu'il était menacé de partager la captivité de ses amis, s'il arrivait que ceux-ci

apprissent la part prise par Louis à leur délivrance. On
faisait de cette évasion une affaire d'État.

Guy rassura donc Bastarnay et lui promit de garder le
secret vis-à-vis du comte de Bresse. Ils s'occupèrent
ensuite ensemble des moyens à prendre pour s'enfuir.

Le matin même, Jacques de Montmayeur, son écuyer
Luzarches, son camérier Verdier, la comtesse de Miolans et leur suite étaient partis pour Tours d'où ils devaient gagner Orléans, redescendre sur Lyon et rentrer
enfin en Savoie par Bourg et Seyssel.

Ni le maréchal ni sa nièce ne savaient rien des
projets de Louis XI.

Tous les deux croyaient que Philippe et celui qu'ils
appelaient son complice ne seraient jamais rendus à la
liberté. Ce qui les confirma dans cette pensée, ce furent
ces mots que Louis adressa à Montmayeur en le quittant :

— Vous ferez savoir à mon bien-aimé beau-père et
cousin que, si je détiens monsieur son fils et l'un de
ses conseillers, c'est que j'ai été averti qu'ils nourrissent
de mauvais desseins contre lui. Dites à la duchesse que
je lui baise les mains, à monsieur de Saint-Sorlin qu'il
dorme sur les deux oreilles, à monsieur de Valpergue
qu'il me restitue l'argent qu'il me doit, à monsieur de
Seyssel, que je lui donnerai un jour ou l'autre le commandement de mes gardes.

— Ne nous rendrez-vous jamais Philippe sans Terre,
sire ? demanda la comtesse, un peu émue.

— Pasques Dieu ! répondit avec bonhomie le roi, il y
a assez de papillons qui vont se brûler à vos yeux !...
Causez-en avec mon beau-père, il vous donnera conseil
et vous m'écrirez.

Sur quoi il donna l'accolade à Montmayeur et se retira chez lui où il fit appeler monsieur de Saintré et le
sénéchal de Saint-Pierre.

— Vous prendrez, demain matin, deux compagnies d'archers, leur dit-il, et vous conduirez les prisonniers à Loches.

— Quels ordres ? demanda laconiquement Saintré à qui la mission ne convenait point.

— Monsieur de Bresse traité selon son rang. L'autre, au cachot. Et qu'on ne m'en parle plus. De Loches vous partirez derrière monsieur de Montmayeur, Saintré. Vous le rattraperez et le suivrez en ayant soin de lui laisser dix lieues d'avance sur vous. J'expédie un courrier à mon bailli de Moulins qui vous remettra vos instructions à votre passage. Vous exécuterez ponctuellement ces ordres, sous peine de finir tristement. Vous m'entendez ?

— Sire !... Je ferai tout, hormis...

— Pas un mot de plus, Saintré. Il y a une loi de mon aïeul saint Louis qui n'a jamais été abrogée et qui ordonne de percer d'un fer rouge la langue des blasphémateurs. Demain au point du jour, vous partirez.

Quand il fut seul dans son retrait, il siffla son valet Olivier et lui conta par le menu, avec toutes sortes de réticences, de coquetteries de langage, ce qui venait de se passer, lui développa son plan et lui demanda conseil. Olivier se mit à rire d'un air narquois :

— Votre Majesté fait trop bien la besogne, dit-il, pour qu'un lourdaud se mêle de l'y aider. Vous voilà délivré de tous les Savoyards. Les serviteurs de monsieur de Bresse doivent être arrivés, à cette heure. Monsieur de Montmayeur est parti ce matin... Les autres... C'est bien joué, par la morgoy ! Que le duc des marmottes s'arrange : il aura bientôt besoin de nous.

On le voit, dans ce valet, il y avait l'étoffe d'un homme d'État.

Le soir venu, Louis se coucha de bonne heure.

Il faisait au dehors un temps affreux. La pluie tombait à torrents, crépitant sur les toits de plomb.

Le ciel, couvert d'un voile de nuages opaques, semblait peser lourdement sur la terre. Des raffales de vent, épouvantables, se heurtaient aux angles de l'édifice avec un mugissement solennel.

Un froid pénétrant glaçait les sentinelles postées sur les créneaux. Pas une lanterne devant les portes ; pas une clarté filtrant à travers les vitraux. Les cloches de l'Angelus sonnèrent, sans vibration, à coups sourds, dominées par le fracas de la tempête.

Nous savons que Philippe-Monsieur et Fésigny étaient logés dans deux chambres contigües, ouvrant sur le corridor qui s'étendait au rez-de-chaussée du corps de logis situé au fond de la cour du château.

L'appartement de Bastarnay du Bouchage, de Saintré, du sénéchal et de Jacques d'Armagnac avoisinait ce vaste couloir. Quatre gardes veillaient sur les prisonniers. La nuit, on leur apportait un falot qu'ils suspendaient à une potence de fer scellée dans le mur et deux banquettes sur lesquelles ils dormaient à tour de rôle. Un râtelier appliqué à la muraille renfermait leurs espontons, leurs baudriers et leurs poignards.

Il se trouva que l'un d'eux eut soif, ce qui altéra subitement les trois autres. Le hasard fit encore que le sommelier eut déposé, devant chez monsieur du Bouchage, dix bouteilles de vin d'Anjou, dans une manne.

— Si nous en buvions une, qui s'en apercevrait, dit le plus sobre ? Du reste, monsieur du Bouchage serait le premier à nous en faire la galanterie !

— Bon ! une seule, ajouta le chef du poste : il ne faut point abuser des meilleures choses. Bien d'autrui ne profite guère.

Ces deux axiomes eurent leur effet. On but quatre bouteilles.

C'était dépasser la mesure : il devenait urgent de
faire disparaître les traces du larcin. On disputa sur les
voies et moyens. La majorité déclara que le plus expédient serait de supprimer le corps du délit. Les soldats
apportèrent le panier derrière leurs banquettes.

A dix heures les flacons ne renfermaient que de
l'air, et les respectables pertuisaniers de Sa Majesté dormaient du sommeil profond que Bacchus accorde à ses
sectateurs.

Bientôt une ombre noire, vivement éclairée dans sa
partie inférieure par la clarté d'une lanterne qui se
balançait à deux pieds du sol, apparut au bout du corridor.

Elle glissait légèrement sur les carreaux de pierre et
si l'une des sentinelles se fût éveillée, elle n'eut pas
tardé à reconnaître Imbert de Bastarnay, seigneur
du Bouchage, sous le costume de cavalier dont il s'était
affublé.

Le magistrat sourit avec l'honnête satisfaction de
l'homme rusé qui voit sa ruse réussir ; il enjamba, non
sans précautions, les jambes des dormeurs, qui lui
barraient le passage, et ouvrit doucement la porte de
Fésigny.

Celui-ci l'attendait.

Du Bouchage se débarrassa d'un paquet assez gros
qu'il tenait sous le bras.

Sans perdre une minute en paroles inutiles, Fésigny
s'en empara, le défit et en tira une robe de moine, une
coulle, un froc et un capuchon, qu'il revêtit aussitôt
avec prestesse.

Une fois transformé en fils de saint François, il mit
une bourse dans sa poche, cacha une dague sous son
manteau, rabattit le capuce sur son front, passa une besace en bandoulière, s'arma d'un lourd bâton. Il suivit
alors du Bouchage.

Comme ils franchissaient le seuil, un des gardes fit un mouvement, se frotta les yeux, puis se dressant tout à coup, s'écria :

— Qui vive !

— Chut ! répondit Bastarnay, je suis le juge Lointier. Ne voyez-vous pas que je ramène un confesseur de chez votre prisonnier, qui est en danger de mort ?

Le soldat en comprit plus que le prétendu juge n'en voulait dire. Il rit, du rire bête de l'ivresse, et s'étendit tout de son long sur le plancher.

Quand ils pénétrèrent tous deux chez Philippe-Monsieur, le prince lisait. Il ne reconnut d'abord ni l'un ni l'autre de ses visiteurs. Effrayé de la présence de ce religieux, qui pouvait avoir une terrible signification, il pâlit et se leva.

— Quoi, c'est vous, du Bouchage, s'écria-t-il. Que venez-vous faire ici ?

Fésigny rabattit son capuchon. Son visage apparut en pleine lumière, exprimant une telle gaîté railleuse, que Philippe en ressentit un choc nerveux qui lui donna un accès d'hilarité stridente.

— M'expliquerez-vous cette mascarade ?... Oh ! Fésigny, suis-je content de te voir !.. Que se passe-t-il ?... Pourquoi ce froc ?

— Monseigneur, estimez-vous que ce logis vaille votre petit castel de Baugé ? demanda Guy.

— Non ! il est trop mal habité.

— Serait-ce que vous préférez les mets savants que prépare le maître-queux de Sa Majesté, aux *farçons* et aux *matefaims* que cuisine Dodon ?

— L'eau m'en vient à la bouche !

— Et les vins français vous ont-ils fait oublier le Marestel mousseux, le piquant Aïse, le parfumé Côte-Rouge, le chaud Monterminod.

— Voire ma piquette de Gex !... Pour un verre, ami,

je donnerais une futaille de vin d'Anjou. Mais à quoi
bon parler de ce qu'on ne peut avoir ? Nous sommes
sous clef, Guy, et à moins d'emprunter leurs ailes
aux chauves-souris qui voltigent dans ces vieilles
chambres...

Fésigny saisit un second paquet que monsieur du Bouchage dissimulait sous les plis de sa cape, et l'ouvrit :

— Monseigneur, dit-il d'un ton narquois, voici les
ailes.

En un clin d'œil, Philippe fut dépouillé de son surcot
et de ses chausses.

Tandis que ses deux camériers improvisés lui passaient les diverses pièces de son déguisement, il fut si
stupéfait qu'il ne put dire un seul mot. Quand il se vit
déguisé en routier, moitié soldat, moitié bandit, qu'il
regarda ses chausses trouées, d'une couleur sang de
bœuf tournée au jaune crasseux, rapiécées de chiffons
multicolores, sa casaque de vieux drap à pans tailladés,
à crevés sales ressortant sur un fond brun, miroité,
souillé de taches, maculé de graisse et de vin, son
manteau effiloqué, vraie guenille sordide, à ganse de soie
pourrie ; quand il fut chaussé de bottes, celle de droite
à entonnoir, en cuir fauve, celle de gauche, à créneaux
découpés, en maroquin rouge, presque neuf ; quand il
fut coiffé d'un heaume bosselé, orné d'un fragment de
plumet, et dont un morceau de ficelle rattachait la visière,
il fut tout ébahi et resta coi.

Pendant que du Bouchage achevait de draper ces hail-
lons sur les épaules du prince, Guy de Fésigny faisait
main basse sur les bijoux, les joyaux, les papiers et
jetait le tout dans les profondeurs de sa besace qui fut
bientôt gonflée comme celle d'un frère quêteur rentrant
au couvent.

Il prit ensuite dans un coin une gigantesque rapière
à poignée de fer, appendue à un ceinturon de mailles,

oubliée là par quelque homme d'armes, et la présenta à
Philippe.

— Décidément, si je comprends bien, murmura celui-
ci d'une voix étranglée par l'émotion, c'est un départ...
une évasion.

— Mieux que cela : une fuite, rectifia le légiste.

— Comme cela, à l'improviste ? Et ma garde-robe,
et mes livres, et mes tableaux ? Je me soucie peu d'en
faire présent au Valois... Me montrer ainsi dépenaillé ?
Fi !... Cela m'écœure.

— Seriez-vous plus beau, monseigneur, si vous aviez
au dos les ailes de chauve-souris dont vous parliez tout à
l'heure ? Le Valois vous renverra vos hardes. Il n'en a
que faire. Quand sa cape est usée, il emprunte celle de
son valet Olivier, voilà tout.

— Eh bien ! soit, s'écria Philippe. Apollon s'est déguisé en berger...

Il s'arrêta, songeur, et regarda fixement du Bouchage.

— Est-ce que vous venez avec nous, Bastarnay ?
demanda-t-il d'un ton sérieux. Je ne veux pas qu'il vous
arrive malheur à cause de moi.

— Si nous restons, Bastarnay est perdu, s'écria vivement Fésigny. Ne cherchez pas à comprendre, c'est la
chose du monde la plus inutile. Il importe de ne jamais
rechercher les effets et les causes : on serait arrêté trop
souvent. Supposez que le Valois nous mette à la porte...
Du Bouchage nous accompagne à l'île Bouchard, qui
est à cinq petites lieues d'ici. Nous y trouvons deux
bons chevaux. Nous allons tout d'une traite à Loches,
où nous soupons. De là à Châtillon où nous couchons.
Puis, nous gagnons Bourg, par Issoudun, Bourges,
Nevers, Moulins, Bourbon-Lancy et Cluny, où des
relais nous attendent. En quinze jours nous serons hors
de France.

— Mais Louis se vengera sur ceux qui nous auront aidés à fuir.

— Bah ?... N'ayez crainte : il voudrait nous savoir déjà loin.

Un sourire significatif donna leur valeur propre, leur acception particulière à ces paroles.

Philippe dès lors n'opposa plus aucune résistance. Il ouvrit quelques meubles, glana les objets oubliés par Fésigny, prit à une panoplie un magnifique yatagan arabe, présent qui lui venait de son frère, le roi de Chypre, et déclara qu'il était prêt à partir.

Ils traversèrent l'immense corridor sans rencontrer personne, longèrent les bâtiments affectés au logement de la garnison et se trouvèrent dans la cour. Une seule fenêtre se découpait, lumineuse, sur la façade noire du château, et derrière les vitraux colorés ils aperçurent une ombre.

— Le roi ! dit laconiquement Fésigny.

Philippe eut un frisson.

Du Bouchage les conduisit vers un porte secrète, cachée entre deux tourelles et que gardait un seul archer. Le même hasard qui avait enivré les sentinelles du corridor, avait écarté de son poste l'archer ; présentement occupé à souper avec l'étuviste de sa majesté, Bibian Rioux, si bien que le passage était libre. Les panneaux grincèrent sur leurs gonds, puis se refermèrent avec un clappement sec.

— Oh ! dit Philippe, que c'est bon, le grand air.

La pluie ruisselait sur ses misérables nippes, le vent lui fouettait le visage. Il ne voyait pas à dix pas devant lui ; ses pieds s'enfonçaient dans une boue gluante. Que lui importait ? Il se savait libre.

Fésigny, moins accessible à des émotions de cette nature, maugréait contre les giboulées qui surviennent si mal à propos, quand des prisonniers s'échappent. Il s'embarrassait dans les plis de sa soutane; il en retroussa bravement les pans et les assujetit à son cordon. Du Bouchage fut le plus raisonnable : il se tut.

Ils traversèrent Chinon sans encombre. Bourgeois et manants se livraient aux charmes du sommeil. A la porte de la ville, du Bouchage exhiba aux miliciens un saufconduit pour le père Bruno, qui se rendait, accompagné d'un pauvre soldat malade, à l'abbaye de Bourgueil. On ne fit aucune observation. A cent pas de là, deux chevaux, tenus en main par un page, piétinaient la route, changée en fondrière :

— Tiens ! dit à du Bouchage, Fésigny qui se mit à rire, le roi ne veut pas que nous nous enrhumions, à courir les champs avec le coche de saint Crépin.

XII

Comment un moine et un mendiant peuvent devenir, en moins d'un quart d'heure, et moyennant cinq livres, deux honnêtes marchands, ce qui ne veut pas dire deux marchands honnêtes.

Les fugitifs firent gaiement leurs adieux à du Bouchage.

— Allons ! dit celui-ci, un bon mouvement : avouez que le roi est moins méchant qu'il n'en a l'air !

— Qu'à cela ne tienne, riposta Fésigny. Seulement, je l'aime mieux courroucé que débonnaire. Dites-lui, Bastarnay, que s'il continue à avoir autant d'esprit, il laissera trace de son nom dans l'histoire. Adieu et merci.

Il enfourcha sa monture, en cavalier consommé. Déjà Philippe était en selle.

— Que je sois pendu si nous arrivons sans nous

égarer ! grommela Fésigny. Le bon Dieu a oublié d'allumer ses lanternes.

Ils piquèrent des deux et s'éloignèrent au galop dans la direction de l'île Bouchard où ils arrivèrent à l'aube.

Ils se gardèrent bien de s'arrêter là et continuèrent leur chemin du côté de Loches, situé à dix lieues de là.

Chemin faisant, ne pouvant causer, ils rêvaient. Chose étrange, leur rêve à tous deux prenait la même forme : une pensée haineuse, triste et sombre absorbait le jeune homme, comme le vieillard, pensée importune, incessante, et que ni l'un ni l'autre ne pouvait chasser. Cœur d'enfant, blasé, las d'aventures ; cœur d'homme, timide, naïf et chaste, recélaient le même sentiment. Guy, le magistrat intègre, l'âme pure, se sentait dévoré par une haine instinctive plus forte que sa volonté. Philippe, le prince opulent, altéré, qui ne se reconnaissait que Dieu pour maître, s'abaissait à s'exciter au mépris. Et tous deux ne pouvaient s'expliquer cette haine, quoique tous deux eussent reçu de cette femme une sanglante injure : un mot odieux craché à la face de celui-ci ; un coup de cravache, dont la cicatrice se fermait à peine, sur le front de celui-là.

Fésigny y pensait encore : fureur de femme, colère d'enfant. C'est un sentiment aveugle qui porte à frapper quand même, sans savoir où, pourquoi. Il s'avouait ingénûment qu'il méritait l'affront, lorsque, saisi d'un inexplicable accès de fureur, il avait accusé de trahison, de félonie, une étrangère qu'il ne connaissait point, qui ne l'offensait pas, et qu'il attaquait nuitamment avec un si féroce mépris. Il en appelait à sa raison, à sa conscience, et les obligeait à se taire, quand elles parlaient trop haut. Il tentait de se tromper lui-même, de se chercher une cause de se pardonner un moment d'oubli,

vains efforts. Alors il dépouillait tout scrupule, et se
plongeait dans un flot de pensées amères, de colère et
de vengeance, qu'il repoussait ensuite avec horreur et
dout il rougissait.

Il enfonçait les éperons dans les flancs de son cheval
et courait, ventre à terre, rasant le sol. Il rejetait en
arrière son capuchon de bure, éprouvant une jouissance
maladive à sentir couler sur sa tête les gouttes d'eau
glacée.

Puis, de temps en temps, un rauque éclat de voix :
— Vite ! plus vite !... cours, mon bon cheval !

Philippe s'interrogeait. Était-il possible que madame
de Miolans eut eu l'audace de l'appeler lâche et de lui
reprocher les fautes de sa mère, fautes qu'un homme
d'État pouvait seul apprécier et qui importaient peu à
une femme. Sa mère ? Qui l'accusait ? Tout le monde.
Les rois, qui la trahissaient, les reines, qui la jalousaient ; les peuples, qui l'admiraient et se demandaient
pourquoi il avait plu au Très-Haut de donner un cœur
égoïste, un esprit frivole, à l'épouse d'un souverain
malheureux ; ses sujets, qu'elle laissait fouler et pres-
surer par ses ministres ; ses ministres, dont les appétits
n'étaient jamais rassasiés, les convoitises, jamais assou-
vies, l'orgueil, jamais satisfait. Il se disait que le ciel,
en lui ordonnant de juger sa mère, et peut-être de la
punir, lui imposait une mission surhumaine...

Ils coururent ainsi tout le jour.

Vers le soir ils avaient faim. Ils virent venir à eux,
sur la route, un cavalier monté sur une mule rousse, et
qui marchait au pas. Ralentissant leur course, ils le
laissèrent arriver jusqu'à eux, et reconnurent avec joie
qu'un havresac et une gourde ballotaient deci-delà,
accrochés aux arçons.

— Fésigny, dit le prince, parlez-lui, vous avez l'air
plus respectable que moi.

L'inconnu, grand et robuste, souriait d'un air modeste et bénin. Sa physionomie placide et reposée, malgré le collier de barbe noire qui encadrait le bas du visage, exprimait une indicible humilité, un respect farouche.

— Monsieur, lui dit Fésigny en l'abordant avec un salut aimable, nous ne savons où trouver une auberge, et d'ailleurs depuis hier au soir n'ayant rien mangé, il nous serait impossible d'attendre. Voudriez-vous nous faire la grâce de partager avec nous le pain que vous avez dans votre gibecière, et nous donner une gorgée de ce que contient votre gourde ?

L'homme n'eut besoin que d'un regard pour deviner que celui qui lui parlait n'était pas plus un moine que son compagnon n'était un mauvais routier.

Les gens qui ne se cachent pas vont droit à l'hôtellerie.

Il prit sa bride entre ses dents, tendit d'une main son bidon, et de l'autre un gros pain blanc, fendu au milieu, et recélant entre ses deux croûtes dorées une épaisse tranche de jambon. Fésigny accepta sans se faire prier.

— Monsieur, nous voulons savoir, dit-il, quel généreux ami nous baille si délicate aumône.

L'homme hésita :

— Parlez ! dit Philippe.

L'intonation brève, impérieuse, du prince le fit tressaillir. Il comprit que cette voix, douée d'un accent de commandement impossible à déguiser, appartenait à un grand de la terre.

Il fit un salut obséquieux et répondit :

— Mon gentilhomme, il aurait mieux valu, peut-être, que vous ne sachiez point quelle main vous offre ce pain.

— Votre nom ? répéta le comte de Bresse en fronçant le sourcil.

Le cavalier rassembla les rênes et partit au galop, en leur jetant cette phrase qui les glaça de terreur :

— Je suis Jouenne, bourreau de Caudebec en Normandie, et je voyage pour les soins de ma charge.

Philippe et Fésigny se regardèrent un moment, immobiles et presque effrayés.

Leurs chevaux broutaient quelques herbages, dont se tapissait le revers du fossé. Eux, si affamés qu'ils fussent, n'osaient toucher à leurs provisions. Guy faillit même lancer le tout par dessus la haie voisine ; un geste du prince l'arrêta.

Enfin tous deux se regardèrent :

— Savez-vous, demanda tout à coup Fésigny, ce que disait du bourreau le sire Rodolphe de Hapsbourg, qui fut empereur ?

— Non, mon ami.

— Il disait : « Le bourreau est le dernier des nobles et le premier des bourgeois. » D'où je conclus que nous serions sots de ne point profiter de l'aubaine. Mangeons, Monseigneur, et buvons !

— Ah ! reprit Philippe en recevant sa part qu'il attaqua, sans tarder, à belles dents, qui m'aurait dit que je mendierais un jour sur la route, et que le bourreau me ferait l'aumône ? Les Cypriotes me paieront encore cela !...

Ayant achevé leur frugal repas, ils repartirent. La nuit tombait comme ils arrivaient à Loches.

A vingt pas de la ville, ils trouvèrent un moine qui, assis sur un tas de pierre, méditait profondément. Sitôt qu'il les aperçut, il se leva et vint à eux :

— Messieurs, vos chevaux de rechange sont là dans ce fourré, leur dit-il, vous coucherez à Châtillon-sur-Indre. Bon voyage.

L'échange des montures s'opéra silencieusement. Au lieu d'entrer dans la ville, nos fuyards longèrent les faubourgs et prirent un chemin de traverse.

Au dessus des maisons se dressaient dans les airs les deux tours isolées du fameux donjon, la tour Saint-Antoine, et les clochers romans de la collégiale Saint-Ours.

— C'est pourtant là, dit amèrement Philippe, que le Valois nous voulait enfermer. Adieu, prison ! Tes hôtes futurs te saluent. Savez-vous, mon ami, qu'il y a là des oubliettes profondes de cent pieds ? Un homme gêne, on l'amène sur une trappe qui s'ouvre sans bruit. Tout est fini. Le cadavre est déchiqueté par les lames : Dieu seul, au dernier jugement, en rassemblera les fragments.

— Eh ! que nous importe ? Il suffit que nous soyons hors d'atteinte.

Comme Guy achevait ces mots, deux seigneurs débouchèrent au tournant du chemin. Les fugitifs reconnurent aisément Jacques d'Armagnac et Jehan de Saintré. Hésiter, fuir, c'était risquer de voir de trop près les oubliettes du donjon. Ils résolurent de payer d'audace et continuèrent d'avancer.

— Oh ! dit railleusement Saintré, le plaisant moine ! le ridicule matamore ! Des chevaux pareils à ces bélitres ? A qui les ont-ils volés ?

— Hé ! holà ! cria d'Armagnac, où allez-vous, compagnons ?

— Serviteur, monsieur le maréchal ! répliqua Philippe.

Enlevant son cheval, il lui fit faire un bond, et avant que les deux gentilshommes eussent eu le temps de crier à l'aide, le prince et son compagnon avaient disparu.

Il serait difficile de dépeindre la colère du maréchal de Dauphiné. Par un mouvement instinctif, il tira à demi sa dague du fourreau, en balbutiant des mots inarticulés. Jehan de Saintré le railla de son visage contracté, de ses yeux flamboyants.

— Ce sont eux, ajouta-t-il. J'ai bien reconnu la voix de Philippe sans Terre.

— Ah ! cria le maréchal, au secours ! à moi ! Les traîtres !... Tripes du diable ! Je vais mettre cent cavaliers à leurs trousses. Ils n'en réchapperont pas.

Saintré lui mit la main sur l'épaule et le regarda fixement.

— Si vous m'en croyez, répliqua-t-il avec un accent mystérieux, vous allez rentrer chez vous, chausser vos souliers fourrés, endosser une garnache, demander au sommelier de la collégiale une bottrine de vin de Roussillon et passer votre soirée à boire à tire la Rigault. Si Philippe sans Terre galope sur un bon cheval, c'est qu'il y a des raisons pour le laisser courir. Secret d'État, Armagnac !

— Bien ! bien ! grommela le maréchal, calmé. Louis se sert de nous comme de pantins qu'on fait mouvoir en tirant la ficelle. Quelle politique, mon Dieu !... Il y a quelque chose qui me tracasse....

— Quoi donc, mon digne ami ?

— Je voudrais savoir ce que l'on entend par boire à tire la Rigault. C'est une expression vulgaire que je ne m'attendais pas à...

Le même sourire malicieux se dessina sur les lèvres de Saintré :

— Mon digne ami, dit-il, voici l'explication de ce qui vous préoccupe si fort. La plus grosse cloche de la cathédrale de Rouen lui a été donnée par l'archevêque Odo Rigault, dont elle porte le nom ; or, elle est si pesante que ceux qui la mettent en branle sont autorisés à boire, ce faisant, un gallon de vin du cellier de l'archevêque.

Cette explication parut satisfaire beaucoup le maréchal.

— Et maintenant, poursuivit Saintré, je suppose que

mes chevaux sont prêts. Nous allons donc rentrer et je me mettrai aussitôt en selle, car il ne faut pas plaisanter avec les ordres du roi.

A cent pas du petit bourg de Châtillon-sur-Indre, s'élevait une maisonnette construite en briques revêtues d'un épais enduit de terre glaise. Un toit de chaume à deux pans, dominé par un tuyau de cheminée grêle et très-haut, la couvrait. Un jardin étroit et fermé d'une haie vive l'entourait. A travers le châssis de papier huilé dont la fenêtre était close transparaissait une faible lueur.

Il pleuvait toujours. Le fracas du vent se mêlait au crépitement des gouttes d'eau sur le terrain déjà détrempé.

Quelqu'un veillait pourtant, adossé à la barrière du courtil, et paraissait ne se soucier guère de l'inclémence du temps. Un manteau de bure grossière l'enveloppait. Il essayait de sonder du regard les ténèbres, tendait parfois l'oreille comme pour saisir un bruit prévu. Par intervalles, la porte de la chaumière s'ouvrait, en criant sur ses gonds et une voix rude retentissait :

— Viennent-ils, Huguet ?

— Je n'entends rien encore ! Patience.

— C'est que le souper refroidit.

Un peu après que ce dialogue eût été répété pour la troisième fois, les hennissements d'un cheval traversèrent l'espace ; puis ce fut une sorte de clapotement, et enfin deux ombres apparurent, grandies, informes, sans contours arrêtés.

C'étaient monsieur de Bresse et son compagnon de fuite. Leurs chevaux ayant de la boue jusque par dessus leurs balsanes, n'avançaient qu'avec peine, et les cavaliers, ignorant le chemin, n'osant se hasarder à l'aventure, trouvaient plus commode et plus sûr de s'en remettre à l'instinct des animaux. Tous deux épuisaient

le vocabulaire, si varié, *in illo tempore*, des imprécations
et des jurons.

— Maugrebleu! grondait Philippe, Cornes du diable!..
Horrible temps!... Fait-on évader gens de ma sorte
par une nuit telle que celle-ci!... Et voilà trente heures
que cela dure. J'ai de l'eau dans les veines, sang de
cerf!

Huguet abandonna la barrière et vint à leur rencontre. En voyant cette forme noire qui les approchait
d'un pas décidé, les deux cavaliers s'arrêtèrent indécis :

— Savoie au noble duc! s'écria l'homme, afin de les
rassurer.

Philippe courut en avant, suivi de près par Fésigny.

— Monsieur, poursuivit tranquillement Huguet, c'est
ici que vous avez affaire. Voilà bien deux heures que je
fais le pied de grue, dans le seul but de vous éviter un
désagrément : c'est une faction qui vaut un angelot
d'argent. La maison de mon maître est là, derrière ces
arbres.

— Eh! bélitre, commença le prince d'un ton courroucé.

— Chut! interrompit Fésigny. Du moment que ce
garçon parle ainsi, c'est qu'il a de très-bonnes raisons
pour cela. Suivons-le. Aussi bien le pain de Monsieur de
Caudebec ne pesait pas six onces et je me sens une
envie féroce d'imposer silence à mon estomac.

— Le révérend père est dans le vrai, reprit le guide.
Il y a un excellent souper qui chauffe, deux bons lits
tout prêts, bassinés à la coriandre. Dans l'écurie, deux
coursiers se reposent, qui vous sont destinés.

Ce triple appât, offert sans emphase, décida Philippe
de Savoie et bientôt la maison hospitalière leur ouvrit
sa porte.

Ils reçurent l'accueil empressé de leur hôte avec une cordialité reconnaissante, mangèrent du meilleur appétit, et, le besoin le plus impérieux de l'esprit humain étant d'apprendre, ils s'empressèrent de faire à l'hôte mainte question. Ayant causé quelques instants, ils se couchèrent et pas n'est besoin de dire qu'ils ressentirent un plaisir extrême à entendre, de leur lit chargé de couvertures de laine, tomber la pluie et siffler le vent. Ils dormirent en gens qui prévoient de grandes fatigues.

Le lendemain, au point du jour, Huguet entra dans leur chambre, fit main basse sur les vêtements qui gisaient çà et là, et se disposa à sortir en emportant son butin.

— Mon ami, lui fit doucement observer Fésigny que ce manége intriguait, est-ce que vous avez l'intention de raccommoder nos hardes ?

Huguet répondit avec un accent finaud, et goguenard :

— Que non point, mon révérend, ce serait du fil dépensé en pure perte. Seulement voilà une défroque à ne pas toucher du bout de son bâton, et un habit, poursuivit-il en prenant un ton respectueux, qu'il faut laisser à qui a privilége de le porter.

Une heure plus tard les fuyards cheminaient sur la route d'Issoudun. Ils étaient méconnaissables. Vêtus l'un et l'autre d'un pourpoint et de chausses en drap brun, d'une cape garnie de fourrures, coiffés de casquettes ornées d'un galon de soie, ils ressemblaient à ces marchands florentins ou anglais qui parcouraient alors la France. Derrière la selle de chacun d'eux, un porte-manteau bien garni leur donnait une apparence respectable. Ils se prélassaient sur leurs montures avec une gravité comique, trottant l'amble, en gens qui ne sont ni paresseux ni pressés.

Aucun incident ne marqua cette journée. Ils firent paisiblement en huit heures les douze lieues qui séparent Châtillon d'Issoudun, déjeunèrent dans une auberge de rouliers, vers midi, ne s'inquiétant nullement d'être poursuivis.

Ils couchèrent dans la petite ville et repartirent de bonne heure le lendemain, afin d'arriver à Bourges avant la nuit.

Comme onze heures sonnaient à l'horloge de l'hôtel de ville, ils pénétraient dans la capitale du Berry, évoquant les souvenirs qu'elle rappelle aux voyageurs, le séjour de Charles VII, la fortune fabuleuse et la disgrâce inexplicable de l'argentier du roi, Jacques Cœur.

Fésigny montra au prince les tours de la métropole, semblables aux mâts d'un vaisseau de haut bord, la tour Sourde et la tour de Beurre. Ils passèrent devant une magnifique maison, à la façade fleuronnée, découpée comme une dentelle et sur laquelle on voyait, plusieurs fois répétée cette fière devise : « *A cœur vaillant, rien d'impossible !* »

Philippe admira les clochetons, les arabesques, les sculptures qui ornaient à profusion ce logis :

— C'est pourtant un bourgeois, dit le légiste, qui bâtit cet édifice plus beau que le palais de votre père, mon prince. Hélas ! où est-il maintenant ? Je le vis naguères, passant à Saint-Julien en Maurienne et se rendant en Barbarie, d'où il comptait revenir avec des richesses immenses. Les rois sont des ingrats.

— J'espère bien vous prouver le contraire, dit noblement Philippe.

Fésigny lui jeta un regard mélancolique et secoua la tête, en disant :

— C'est grand pitié quand argent fault à gens qui voudraient volontiers ! Il y a l'entourage, les conseilleus, les marmousets ! Voyez votre père : que peut-il ?

Monsieur de Bresse baissa les yeux et ne répondit pas.

Comme ils arrivaient sur la place de la cathédrale, ils virent beaucoup de monde s'agiter dans cet espace étroit. Bientôt tous ces gens s'agenouillèrent sur le pavé, dévotement, hommes, femmes et enfants. Il y avait là plus d'un bourgeois qui ne craignit point de souiller son vêtement au contact de la boue.

— Qu'est-ce donc ? se demanda Fésigny à voix haute. Est-ce qu'une procession va passer ?

Les sons argentins d'une clochette dominèrent le murmure de la foule. Un enfant de chœur, en surplis, l'agitait d'une main, tandis qu'il soutenait, de l'autre, une lanterne emmanchée à une hampe dorée. Un prêtre, vêtu d'une chasuble de satin blanc à croix d'argent, venait derrière lui portant, sous un voile de lin, le ciboire sacré. Cinquante ou soixante personnes le suivaient, tenant un cierge allumé.

Aussitôt Philippe et Fésigny mirent pied à terre et se prosternèrent. Le prince et le vieillard humiliaient leur orgueil devant le Roi des rois, qui passait.

Le prêtre portait à un malade le saint Viatique.

XIII

Comme quoi le meilleur moyen de se faire des amis est de chercher noise aux individus que l'on rencontre sur les chemins.

Quand le cortège fut loin et la multitude dispersée, Philippe dit à Fésigny :

— Entrons dans l'église, s'il vous plaît.

— Pourquoi ?

— Pour y demander droit d'asile contre la mort.

— C'est une coutume chrétienne, reprit Fésigny, mais
à condition que cela ne devienne pas une superstition.
D'aucuns sont trop enclins à croire aveuglément à ces
sortes de choses. C'est comme si vous ajoutiez foi aux
remèdes des commères : ramasser à terre, pendant le
Sanctus de la messe, des rameaux de buis bénit que l'on
fait infuser dans l'eau, pour guérir la colique ; ou tenir
la bouche ouverte durant la Préface, afin d'être préservé de la morsure des chiens enragés. Nous devons
un respect sous bornes à la divine Eucharistie, mais il
faut pas que ce respect dégénère en coupable terreur.
La chronique de Nuremberg raconte — et c'est un
fait certain — qu'en 1277, des gens qui dansaient sur le
pont d'Utrecht, ne cessèrent point leur jeu quand le
saint Viatique passa. Le pont se rompit et deux cents de
ces païens furent noyés.

— En effet, je me souviens d'avoir entendu citer cette
histoire par le révérend Fausson.

— Il n'est pas moins vrai que l'écuyer de Charle-
magne, Jehan de Temporibus, vécut trois siècles et
demi à cause de la grande vénération qu'il portait à la
céleste Hostie... et que, Théodose, évêque d'Orléans, qui
composa, en 838, l'admirable cantique *Pange lingua,* fut
préservé de tout mal sa vie durant.

Cet entretien les conduisit j'usqu'à l'hôtellerie de
la Brebis, gîte que leur amphytrion d'Issoudun leur
avait indiqué.

Ils y furent très-bien reçus. Fatigués du voyage, ils
résolurent de s'y arrêter un peu plus que d'habitude.
D'ailleurs le lendemain était un dimanche et ils n'eussent point voulu, quelle que fût leur hâte, se mettre en
route ce jour-là.

Ils ne partirent donc que le lundi, avec l'intention
de passer la Loire à Nevers, et de se rendre ensuite tout
d'une traite à Saint-Pierre-le-Moutiers.

Chemin faisant, gais, bien dispos et reposés, ils s'entretinrent du roi Louis XI dont jusqu'alors ils n'avaient point parlé, sérieusement du moins.

Parmi les erreurs historiques les plus accréditées, il en est une que les romans de la fin du siècle dernier et le théâtre contemporain ont popularisée d'une telle façon qu'il est à peu près impossible aujourd'hui de la réfuter victorieusement. On veut prétendre que le seigneur, enfermé dans son château, véritable repaire de brigands, n'en sortait que pour fondre, vautour impitoyable, sur les passants, et les détrousser en véritable voleur de grands chemins.

L'on ne saurait ignorer pourtant que la voirie, au moyen âge, était parfaitement organisée.

« La voirie était l'un des points les plus importants de la police rurale. Il ne faut pas croire, en effet, que le moyen âge se soit exclusivement contenté des voies romaines. Autour des abbayes et des châteaux, s'étaient formées des agglomérations de maisons, souvent même de véritables villes. Il fallut de nouveaux chemins pour les relier les unes aux autres. Philippe de Beaumanoir en distingue cinq espèces. En Normandie la police des chemins variait d'après leur largeur. Les plus larges appartenaient au roi, et étaient sous la surveillance de ses vicomtes, d'autres sous la surveillance des seigneurs dont ils traversaient le fief. A certaines époques, le seigneur faisait parcourir les chemins soumis à sa juridiction pour en vérifier l'état. Cette opération s'appelait tantôt vicomtage, tantôt cheminage. Pour y procéder on réunissait un certain nombre d'hommes, quelquefois vingt-quatre. Ce jury prononçait des amendes contre ceux qui avaient empiété sur la voie, ceux qui n'avaient pas émondé leurs arbres, curé leurs puits et suffisamment entretenu le bout de chemin qui était à leur charge. Le duc ou les seigneurs devaient faire et réparer à leurs frais certains ponts ; d'autres étaient laissés à la charge des parties intéressées (1). »

Il eut été dangereux pour les seigneurs de piller les voyageurs qui passaient sous leurs manoirs, car les lois pénales étaient alors d'une sévérité excessive et appliquées dans toute leur rigueur. Le roi saint Louis avait rendu chaque seigneur responsable de tous les crimes ou délits commis sur les routes de son domaine depuis le lever du soleil jusqu'à son coucher. Le parlement mit un zèle bien compréhensible à exécuter ces prescriptions, comme le prouve l'arrêté du 2 février 1269, et les sentences portées contre le seigneur de Vierzon et le comte de Saint-Pol, condamnés à indemniser des marchands volés sur leurs terres.

Les « *Commentaires sur la coutume d'Anjou* » du fameux jurisconsulte Choppin disent, au livre Ier, art. LIX :

« Les propriétaires des péages dus pour la voiture, les marchandises, sont tenus non-seulement d'entretenir les chemins, mais aussi les tenir sûrs et passables contre les voleurs et brigands. Car le droit de péage a été autrefois établi en faveur de cette sûreté, afin que le marchand pût s'exempter des mains des voleurs et en être garanti, comme dit Isernino, sur les lois de Naples. »

A l'appui de ces paroles, Choppin cite des jugements prononcés contre le comte d'Angoulême en 1263, le comte de Bretagne en 1273, le comte d'Artois en 1287, ordonnant des indemnités en faveur de gens volés dans ces provinces.

Cet article de Choppin sur la police des chemins est très-curieux et dénote une législation équitable et soigneuse des intérêts publics.

---

1. Léop. Delisle; *Études sur la condition des personnes et des terres, en Normandie, au moyen âge.*

Entre Bourges et Nevers, la route serpentait à travers une plaine vaste, coupée çà et là par de légères dépressions de terrains, et semées de rares bouquets d'arbres rabougris. L'œil du voyageur rencontrait souvent des palissades enserrant des clos où paissaient les nombreux troupeaux de moutons, richesse du Berry. En entrant dans le Nivernais, le paysage changeait.

C'étaient d'immenses forêts de haute futaie, succédant à des coteaux plantés de vignes, de grasses métairies, des champs bien cultivés.

Sur les confins des deux provinces, vers la tombée de la nuit, Philippe et Guy virent se dresser, à leur gauche, sur un mamelon, une antique tour délabrée dont les assises inférieures émergeaient d'un monceau de décombres.

Malgré sa vétusté, et quoique le lierre grimpât, manteau verdoyant, sur ses murailles à demi rongées, ce donjon conservait une apparence guerrière. Les créneaux les couronnaient de leurs dents taillées en biseau ; des grilles à pointes aiguës projetées en avant garnissaient les fenêtres, hautes, mais étroites comme des meurtrières. Une herse rouillée défendait le portail, un fossé plein d'eau saumâtre entourait les ruines.

Enfin un gonfanon, *fascé ondé d'argent et de gueules, brisé d'une barre en bande*, flottait orgueilleusement à la cime de la flèche d'une échauguette.

— Je connais ce mauvais manoir, dit Fésigny. On me le montra, lorsque je passai par ici. Il appartient au bâtard de Rochechouart, celui qui porte au doigt une bague d'amethyste, afin de ne jamais s'enivrer, et qui boit dix hanaps de clairette de Die, coup sur coup, plus facilement que vous et moi ne buvons de l'eau claire.

Autour du petit château, c'était une nature désolée : des terrains vagues, stériles, des pentes où ne poussaient que des bruyères, des amoncellements de roches

grises, des saules étêtés, une aulnaie se mirant dans
une marc stagnante.

Un peu plus loin se voyait la lisière d'une forêt, des-
sinée en arc de cercle, et dont les pointes extrêmes se
recourbaient comme les cornes d'un croissant : chênes
et mélèzes touffus, hêtres et trembles, les nains à côté
des géants, des arbustes s'enchevêtrant au pied des
troncs, des lianes inextricables s'enlaçant aux branches,
des amas de feuilles pourries s'étalant sur le gazon, des
pierres moussues au bord du chemin, et, çà et là, une
croix s'inclinant vers le voyageur pour lui rappeler que
Dieu défend les faibles.

On était à cette heure indécise où le ciel devient d'un
bleu pâle, tandis que l'ombre se fait sur la terre, où le
disque lunaire, semblable à un nuage, apparaît sans
forme distincte, où les oiseaux babillent, tandis que les
hommes se recueillent, silencieux, où les animaux effa-
rouchés se mettent en quête d'un gîte. Ce n'est point
l'obscurité, ce n'est plus la lumière. Tout travail cesse,
tout se tait. Les cloches seules tintent la prière du soir.

Par cet instinct dont on se rend difficilement compte
et qui est impérieux, les cavaliers mirent leurs chevaux
au pas en pénétrant sous les arceaux que formaient
sur leurs têtes les branches entrelacées des arbres.
Ceux-ci n'avaient plus de feuilles, mais un réseau serré
de rameaux, des centaines d'énormes futaies mêlées à
des milliers de jeunes pousses rendaient le bois très-
obscur. L'écorce rugueuse, d'un gris noir, revêtant les
troncs difformes, les transformaient en spectres hideux.
Les branches tombées, tortes, noueuses, diaprées d'é-
cailles de mousse jaunies et de lichens verdâtres, ressemblaient à des serpents glissant sur le sol ou lovés
sur eux-mêmes ; des blocs de rochers bizarrement découpés, s'allongeaient, accroupis dans la pénombre,
comme des monstres au repos, et la réverbération de la

lune, piquant une étincelle sur une de leurs arêtes, les douait d'une sorte de regard glauque, effrayant.

Aussi le comte de Bresse ressentait-il une superstitieuse terreur : il était sous l'influence des croyances naïves de son temps, où le monde surnaturel prédominait partout, sous l'âtre et dans la campagne, au centre des villes et dans les solitudes. Fées, lutins, spectres, goules et sorcières se partageaient l'empire de l'univers. Aux unes les champs, aux autres les ruines, l'air, les flots, le feu.

Il se taisait, sondant les ténèbres d'un regard craintif, tressaillant au soupir de la brise, aux craquements du bois sec, au cri des insectes, au hululement du hibou. Cependant il n'eut pas reculé devant un bataillon d'ennemis armés.

Fésigny, savant, un peu sceptique, n'éprouvait nullement les mêmes impressions. Il redoutait surtout les routiers, les mauvais garçons, les truands qui hantaient les lieux inhabités, apparitions moins effrayantes, mais plus dangereuses, moins poétiques, mais plus réelles. Il avançait prudemment, la main sur la poignée du couteau de chasse attaché à sa ceinture ; il tournait fréquemment la tête, observant avec soin les abords de la route.

Ils arrivèrent ainsi à un carrefour auquel aboutissaient plusieurs sentiers. Une croix de pierre, chancelant sur sa base, en ornait le centre. Des saxifrages rouges croissaient dans les interstices du tuf : on l'eut dit revêtu d'un enduit sanglant.

Tout à coup le cheval de Fésigny buta contre un caillou.

Philippe s'arrêta :

— Oh ! oh ! murmura-t-il, voyez donc, mon ami, ces deux yeux qui brillent derrière le piédestal. Est-ce un loup ? Est-ce un homme ?

8

— Ni l'un, ni l'autre, répondit à haute voix Fésigny qui tira son épée : c'est un simple voleur. Lame au vent, mon maître, il y a peut-être une bande aux environs.

Les deux seigneurs s'assurèrent sur leurs étriers et, pleins de courage, se résolurent à prendre l'offensive.

Ils virent bientôt cinq individus rejoindre, en se courbant, celui qui épiait, et dont la prunelle scintillante avait attiré l'attention du prince.

Aussitôt une voix forte s'éleva dans le silence. Elle disait avec un accent méprisant et brutal :

— Arrêtez, bourgeois. Vous êtes cernés, je vous en préviens. Qui êtes-vous ?

— Et vous-même ? riposta Fésigny d'un ton railleur.

— Donatien, de Rochechouart.

— Et moi, Aynard, sire d'Entremont, dit une autre voix, fraîche et juvénile, celle d'un adolescent qui vint se placer auprès de Rochechouart.

Ces deux hommes se complétaient l'un par l'autre.

Le premier, sorte de géant, aux formes herculéennes, au visage farouche, vêtu d'un jacques à mailles rouillées, portant un heaume sans cimier ; le second, jeune homme de vingt ans, à l'œil vif, aux joues roses, grêle et svelte, galamment accoutré d'une soubreveste à galons de soie. Celui-là brandissait un fléau armé de pointes acérées ; celui-ci tenait d'une main une dague emmanchée solidement dans une poignée de bois, de l'autre, un épieu aiguisé au bout. Les trois bandits rangés derrière eux, drapés de guenilles sordides, étaient sans doute des rôdeurs de grands chemins, vagabonds sans foi ni loi.

Avant d'attaquer, on parlementait. Fésigny le remarqua et jugea que ces gens étaient peu endurcis dans le mal et hésitaient encore. Il retint Philippe qui voulait fondre sur eux et les charger sans miséricorde.

— De sorte, reprit-il, que vous êtes des gentilshommes ?

— Aussi nobles que le roi, répondirent fièrement Rochechouart et Entremont.

— Par la morgoy ! s'écria Philippe, je n'en fais pas compliment à la noblesse de France ! Votre mère appartenait donc à la grande truanderie, monsieur de Rochechouart.

— Eh bien ! dit Aynard en accourant vers Philippe, voilà une voix que je connais ! Aussi vrai que j'ai été varlet de Miolans, c'est monseigneur de Bresse !

— Arrière, cria le prince en faisant pirouetter son cheval qui faillit renverser le jeune homme.

— Enfin, que voulez-vous? poursuivit Fésigny, peu disposé à se battre et qui craignait un nouveau piége de Louis XI. Nous sommes de paisibles marchands...

Le géant éclata d'un rire formidable.

— Allons donc ! dit-il, si le petit dit vrai, ma fortune est faite. Je suis sur ma terre et je veux que vous acquittiez le péage. Jetez vos valises, vos bourses, vos bijoux et vos armes, à terre, continua-t-il d'un ton insolent. Nous sommes en nombre, résister serait folie...

Il achevait à peine que Philippe, l'épée haute, arrivait sur lui. Aussitôt deux bandits sautèrent à la bride de son cheval, tandis que le troisième et d'Entremont attaquaient Fésigny. Ce fut alors un cliquetis de fer contre fer, auquel se mêlaient des cris de fureur, le hennissement des chevaux, le bruit des coups donnés et rendus sans relâche. Certes rien de plus inégal que ce combat. Un vieillard, un homme, fatigués, contre cinq

agresseurs valides et robustes, alléchés par l'espoir du
butin, excités par la colère, sachant que la défaite pour
eux serait la mort.

Cependant Fésigny résistait à merveille ; il maniait
vigoureusement son arme. Habile cavalier, il fit cabrer
sa monture, en même temps qu'il plongeait son couteau
dans la poitrine de l'un des assaillants qui tomba foudroyé. Aynard, suspendu au mors de la bête, se laissa
enlever, toucha le sol et bondit, la dague en avant. Il
blessa le cheval qui, de rage, lui saisit le bras avec ses
dents et le mordit si cruellement qu'il le força de lâcher
prise.

Au même instant, le cheval du prince, frappé au
front par la pesante masse du géant s'abattait. Philippe
vida les étriers et se trouva debout. Il profita de la surprise des bandits pour frapper d'estoc et de taille, em-
poignant son arme à deux mains.

Fésigny courut à lui. Il s'était emparé de l'épée
d'Entremont. Ce fut une mêlée terrible. Un cri strident,
un gémissement rauque, vibrèrent dans l'espace. Puis
le dernier survivant des trois vagabonds s'enfuit ;
l'autre gisait, assommé. Philippe, accroupi sur le géant,
lui comprimait le cou de ses deux mains, et Fésigny le
menaçait, appuyant la pointe de son couteau sur sa
gorge.

— Eh ! dit monsieur de Bresse d'un ton sardonique,
vous voyez bien, monsieur de Rochechouart que nous
sommes les plus forts. J'ai bien envie de débarrasser
notre famille d'un parent qui la déshonore. Piquez,
Fésigny ?

— Grâce !... grâce, râla le vaincu. C'est ma première
équipée, monseigneur et je ne recommencerai plus.

— Le jurez-vous? demanda Fésigny d'une voix grave.

— Sur l'ordre de chevalerie que j'ai reçu, sur la mémoire de mon père !

Philippe et Guy se relevèrent le laissant libre, et vinrent auprès d'Aynard qui s'était évanoui et reprenait peu à peu ses sens.

Ils s'occupèrent alors de transporter sur la monture du légiste la valise du prince et décidèrent qu'ils feraient à pied les trois lieues qui les séparaient de Nevers.

Le géant, humble et confus, s'approcha. Il sollicita la faveur de leur donner l'hospitalité pour cette nuit et il mit tant d'insistance, une si franche brusquerie dans son invitation, que Philippe en fut touché. Il ne se méfiait plus de cet homme, sachant qu'il ne se parjurerait point et que son repentir serait sincère.

Ils reprirent donc le chemin du manoir, le prince, entre son compagnon et Rochechouart, Aynard conduisant l'animal qui l'avait si vaillamment vaincu.

Rochechouart s'excusa de les recevoir dans un méchant logis où n'habitaient avec lui que deux serviteurs et une vieille femme. Il trouva pourtant dans ses caves quelques bouteilles d'excellent vin et le souper que la Gothon servit fut abondant et bon.

Il va sans dire que la gaîté se mit de la partie. On sut que Donatien, pauvre et sans état, poussé par de mauvais conseils, avait tenté cette expédition afin de gagner de quoi monter sa maison et aller voir le roi pour lui demander une compagnie.

Philippe fut enchanté de son hôte, et reconnut que s'il était violent, emporté, brutal, entiché de son nom, il possédait aussi plusieurs qualités, une bravoure incontestable, le sentiment de la loyauté, un grand respect pour l'honnêteté.

Il se dit que de cet homme on ferait sans beaucoup de peine un soldat irréprochable.

Quant à Aynard d'Entremont, c'était un enfant étourdi, léger, frivole, inconstant, mais susceptible de fidélité, d'un bon cœur et courageux.

8.

Le lendemain, Rochechouart se présenta à Philippe et lui tint ce langage :

— Monseigneur, vous n'allez pas en Savoie pour faire la cour aux dames. Vous aurez besoin de serviteurs dévoués. Ma main s'est levée sur vous et vous m'avez pardonné. Je suis le loup dompté. Emmenez-nous, Aynard et moi : quand vous aurez besoin qu'un homme meure pour vous, il suffira que vous fassiez un signe. Est-ce dit ?

Philippe accepta. Un regard de Fésigny lui dicta cette résolution. Il devait effectivement accomplir une tâche qui le mettait en péril, et plus il aurait de partisans, plus le succès serait assuré. La destinée accordait au géant un rôle dans la tragédie.

XIV

Qui commence par une badoche et finit par une chanson.

Il y avait sept jours que Philippe et son fidèle ami voyageaient de compagnie. Il leur restait à faire environ soixante-douze lieues. Ils achetèrent à Nevers trois chevaux, un pour remplacer celui que Rochechouart avait assommé, les autres pour leurs nouveaux compagnons. Ils passèrent la Loire le huitième jour, se reposèrent, le neuvième, à Saint-Pierre-le-Moutiers, et le dixième, un peu avant l'heure du dîner ils aperçurent, sur le penchant d'une colline, la tour *Malcoiffée* du palais des ducs de Bourbon.

Ils arrivaient à Moulins.

Que faire en voyageant, si ce n'est deviser de choses variées, afin de moins sentir la fatigue et diminuer, par la distraction la longueur des étapes ?

Durant ces soixante-douze lieues, ils s'entretinrent donc constamment. Fésigny savait choisir un thème qui lui fournit l'occasion d'étudier le caractère de ses recrues. Il les interrogea habilement, les obligea à se dévoiler sans qu'ils s'en doutassent, et ne tarda pas, en un mot, à connaître leur histoire et leurs secrets aussi bien qu'eux.

Le géant, esprit obtus, n'entendait point malice. Aynard plus délié, plus souple, s'amusait parfois à dérouler les observations de Fésigny, quand elles devenaient trop évidentes.

Philippe se montrait gai et content, Fésigny, plus soucieux. Tous deux pensaient encore à Gilberte. Ce nom pourtant ne fut pas une seule fois prononcé entr'eux.

Quand une cavalcade, soulevant des flots de poussière, barrait la route devant eux, ils regardaient avidement : ils espéraient, ils craignaient que ce ne fût le maréchal de Montmayeur et son escorte. Ils s'informaient, chacun de son côté, dans les hôtelleries où l'on faisait halte si l'on avait vu passer une dame accompagnée d'un vieux seigneur et d'un grand équipage. Ils éprouvaient du désappointement et une joie singulière quand on leur repondait négativement.

Dans un petit village de la banlieue de Moulins, Fésigny faillit tomber à la renverse, et trembla de frayeur, un hôtelier leur ayant dit qu'une dame, noble, un gentilhomme et plusieurs hommes de suite les précédaient de quelques heures.

Cependant, renseignements pris, c'était une châtelaine du Bourbonnais qui se rendait avec son mari à la cour du duc de Bourgogne et se nommait la comtesse de Montmarault. Fésigny donna un écu d'or au paysan.

Le paysan prit Fésigny pour un fou, mais il empocha la pièce.

A quelques lambeaux de discours, à quelques phrases
décousues. Aynard d'Entremont, malicieux et futé, en
sa qualité d'ancien page, devina que Philippe-Monsieur
nourrissait de mystérieux projets.

Il se livra à un travail de reconstruction et parvint à
déchiffrer une partie de l'énigme. Plaidant alors le faux
pour apprendre le vrai, sa curiosité fut bientôt satisfaite ;
il importe de dire, à son éloge que, de ce secret surpris,
il n'abusa point.

Rochechouart, lui, ne s'inquiétait nullement des
éventualités prochaines. Il aimait à vivre de l'heure
présente, disant qu'à chaque jour suffit sa peine et que
le lendemain est entre les mains de Dieu. Il mangeait
bien, buvait sec, dormait à poings fermés, parlait peu,
ne se plaignait ni du chaud, ni du froid, ni de la pluie,
ni de la fatigue, soignait son cheval en écuyer expert,
fourbissait ses armes. Très-fier de porter un nom
illustre, malgré le vice de sa naissance, il avait acheté
à Nevers des coupons de velours écarlate et de damas
blanc qu'il tailla en bandes ondées et dont il se fit une
casaque à ses armes.

Il compléta cet ajustement par des grègues de velours
noir, un chaperon semblable et des bottes en cuir d'Espagne.

On admirait partout sa corpulence, ses membres
musculeux, sa taille élevée, son maintien majestueux.
Un seul de ses regards épouvantait servantes et mar-
mitons, ce dont il ne laissait pas de tirer vanité.

En entrant à Moulins par la porte Hermenoise nos
voyageurs remarquèrent dans la ville un tumulte
inusité.

Les bourgeois se pressaient dans les rues avec cet air
de satisfaction, qu'ils prennent alors que le populaire se
livre à l'un de ses amusements favoris : l'émeute ou la
révolution. Leurs épouses, réunies en groupes, caque-

taient d'une façon très-animée, sur le seuil des portes. Nombre d'enfants couraient, bousculant sans pitié les vénérables syndics, marchands et maîtres. Les artisans abandonnaient leurs ateliers, les débitants leurs échoppes, les boutiquiers leur comptoir, pour suivre la foule. Des écoliers vociféraient à tue-tête des chansons de tous les styles.

Aux glapissements, aux cris, aux rires, aux éclats de voix qui formaient un concert cacophonique se mêlaient un tapage assourdissant, claquement de planchettes, grincement de crécelles, aigre fracas de casseroles heurtées avec des clefs, sifflets, miaulements de chats, aboiements de chiens. C'était à rendre sourds tous les habitants de la cité bourbonnaise, à réveiller les morts dans leur tombeau.

Philippe interrogea un apprenti à mine effrontée qui, partagé entre l'envie de prendre part à la fête, et la crainte d'un châtiment exemplaire, s'appuyait sur un banc couvert de pièces d'étoffes roulées.

— Mon ami, lui demanda-t-il, est-ce qu'il y a le feu quelque part ?

— Non, messire.

— Alors c'est qu'on pille le palais de monsieur le duc de Bourbon ?

— Pas davantage. Les hallebardiers de monseigneur font trop bonne garde. On fait badoche, voilà tout.

Un vieillard, dont la robe couleur lie de vin flottait sur des bas en tricot de laine rose, crut devoir intervenir et s'approcha du groupe :

— Quels jolis petits bas ! s'écria Aynard d'Entremont avec une grimace comique.

— Monsieur, dit gravement le jeune garçon, c'est le doyen des vignerons.

Le vieillard expliqua longuement aux voyageurs ce que c'était que la badoche, appelée aussi la chenevalerie,

dont nous avons fait charivari. La foule, ayant pour
chefs les membres de la bazoche et des compagnies de
jeunes gens se rassemblait sous les fenêtres des veufs et
des veuves qui se remariaient et leur donnaient une
discordante aubade. Pour mettre fin au vacarme, dont
les rois des archers, des arbalétriers et des arquebusiers
étaient seuls exempts, il fallait offrir à boire à tous les
gens réunis devant la maison.

Rue de la Cohue du Roy, l'on menait badoche devant
la porte du roi des arbalétriers, maître Jordan des
Emptes, scribe de son état et qui, à vingt-deux ans,
épousait une veuve de soixante, afin de s'enrichir.

Les enfants dansaient une ronde, au milieu de la rue
en hurlant à gorge déployée, le refrain populaire, orné
d'une légère variante :

> Faille, Faillièson !
> Se la Jordane fâ pas de bognettes !
> De boutrê le foua à son cotillon !

Les jeunes filles suspendaient aux volets de la maison de sa joyeuse Majesté, des branchages de saule pleu-
reur, des guirlandes de mauve.

Les bourgeois regardaient.

Le comte de Bresse et sa suite arrivaient au moment
où les confrères de l'arbalète, furieux de l'affront fait à
leur roi, malgré la prérogative traditionnelle qui le dis-
pensait de la badoche, se présentaient en armes sur le
théâtre du tumulte, vociférant :

— Hagay ! sus aux traîtres.

Les deux compagnies de l'arc et de l'arquebuse qui,
jalouses de l'autre, avaient organisée la conspiration et
troublaient les joies nuptiales de maître Jordan se por-
tèrent au-devant de l'ennemi. Aussitôt marchands et
bourgeois gagnèrent au pied, fort peu soucieux d'être

pressés dans la bagarre. Le courage civil est une vertu rarissime.

—Voyez donc comme ces manants décampent, gronda la voix tonnante de Rochechouart. On dirait des corbeaux prenant leur vol !

— J'ai presque envie de me liguer avec ceux de l'arbalète, dit Aynard un peu timidement, ils sont les moins nombreux.

Fésigny lui ordonna de rester neutre. Les quatre cavaliers occupaient toute la largeur de la rue, bien qu'ils ne fussent qu'à deux de front. La multitude en se refluant vers les issues voisines, les entoura. La bataille s'engageait. Elle dura peu de temps. Le nombre l'emporta et la confrérie de l'arbalète fut vaincue.

Le lieutenant de Jordan des Emptes, un adolescent imberbe et chétif, fut poursuivi sans pitié. Vingt bras, armés de couteaux, le menaçaient. Il se précipita dans la boutique d'un boulanger dont la femme, émue par le danger qu'il courait, le fit cacher derrière une huche. Les cruels archers se disposaient à franchir le seuil que défendaient deux mitrons, lorsque Fésigny s'élançant à bas de son cheval, se jeta sous l'auvent et les repoussa d'un geste si plein d'autorité qu'ils s'arrêtèrent, interdits :

— Eh bien ! s'écria le légiste d'une voix vibrante, oubliez-vous que la coutume de Nivernais accorde sauvegarde au coupable qui se réfugie près du boulanger, tant que celui-ci n'a pas besoin de râcloire pour rassembler sa pâte ?

— Au reste, ajouta le Donatien, il n'est point besoin d'en appeler aux coutumiers, lois, et le reste. Moi, Donatien de Rochechouart, j'entends que ce garçon soit mis immédiatement en liberté.

La taille colossale et le visage rude et méchant du géant inspirèrent aux émeutiers une terreur salutaire.

Ils se retirèrent donc, sans oser murmurer trop haut, si bien qu'au bout d'un quart d'heure, la rue de la Cohue du Roy était déserte, et que Jordan des Emptes, accompagné de sa vieille épousée, put s'enfuir hors de la ville.

Au fur et à mesure que les voyageurs se rapprochaient du terme de leur course, ils devenaient moins défiants et moins inquiets. Ils prenaient leur temps, se reposaient quand bon leur semblait. Ils restèrent quelques jours à Moulins où ils étaient sous la protection du duc de Bourbon, hors des atteintes de Louis de Valois. L'échauffourée de la badoche n'eut aucune suite.

On admira le sang-froid et la résolution de Fésigny, mais davantage encore la stature gigantesque et la force incomparable de Rochechouart qui rompait, de ses doigts, une barre de fer d'un pouce de diamètre. Aussi leur séjour dans la maison de Joseph Taillevent, héritier disgracié du cuisinier de Charles VII fut-il un long triomphe. Tout ainsi qu'Annibal à Capoue, ils se plongèrent dans les délices de la table et de la paresse.

Le printemps avançait, les arbres se couvraient de bourgeons, les prés s'émaillaient de violettes, lorsque, s'arrachant à cette vie trop matérielle, ils dirent adieu à leur hôte. On touchait aux derniers jours de mars. Ils ne se souvenaient plus qu'ils eussent été prisonniers du roi. Ils ne pensaient plus aux oubliettes de Loches.

— Eh bien ! dit un jour l'infatigable conseiller ducal, aspirez-vous à devenir, échanson ou panetier de monsieur de Bourbon, monseigneur? Chaque jour que nous passons ici à nous divertir, coûte une larme au duc, votre père, un remords à madame Anne, mille écus au peuple de Savoie.

Le prince fit un geste désespéré et répondit :

— Partons.

Le soir, la chevauchée couchait à Bourbon-Lancy. Le

ndemain, après seize heures de marche, elle atteignait
luny. Quarante-huit heures plus tard, ils arrivaient
ous à Bourg, capitale de l'apanage de monsieur de
resse. Leur voyage durait depuis près d'un mois et ils
taient en retard. Quand on conspire, il faut agir sans
erdre un instant. C'est ce que le bon sens populaire
xprime par cet axiôme : « Battez le fer pendant qu'il
st chaud. »

Après être allé trop doucement, Philippe voulait aller
rop vite. Fésigny fut obligé de le modérer. Il le retint
à Bourg durant les quinze premiers jours de mai, sous
rétexte de prévenir ses amis, de préparer les moyens
l'action, de s'enquérir de ce qui passait.

Aynard d'Entremont fut dépêché aux principaux seigneurs sur l'appui desquels on pouvait compter. L'on
expédia force courriers à droite et à gauche.

Le comte vivait très-retiré, déguisé en scribe, et
passait pour le secrétaire de Fésigny, affublé lui-même
d'un nom d'emprunt. Les Bressans ignoraient donc qu'ils
eussent l'honneur de posséder leur seigneur « dans leurs
murs. » Il s'entourait de précautions extrêmes, ne sortait
que la nuit et ne recevait personne.

Entretemps Rochechouart se livrait à des expériences
œnophiles, joûtait contre des quintaines, cassait force
lances, faussait maint haubergeon, le tout dans le but
de ne point s'ennuyer.

Enfin rendez-vous fut pris à l'hôtellerie de l'Homme-
sans-Tête, rue de Verdonne, à Genève, pour le vingt-un
mai. Le matin de ce même jour, nos quatre amis montèrent à cheval. Onze lieues les séparaient de la ville
épiscopale, où régnait l'évêque Jean-Louis de Savoie,
frère du comte de Bresse, encore enfant.

— Ma foi, monseigneur, dit Rochechouart lorsqu'ils
furent en route, je veux être pendu jusqu'à ce que
mort s'ensuive, si je sais pourquoi nous faisons tout ce

manége. La vie est assez courte, pour que l'on ne l'emploie qu'à festoyer, jouir et se bien divertir! Vous êtes sombre et changé...

— Bien! bien! interrompit impatiemment Fésigny.

— Non, ajouta Philippe, laissez-le parler, Guy. Connaissez-vous les États de mon père? dit-il en s'adressant à Rochechouart.

— Certainement. Je fus de ceux qui chassèrent le fameux Jean de Compey, alors que vous étiez encore dans les limbes. J'ai soupé en joyeuse compagnie au château de Chambéry, couru le sanglier dans la forêt de Bissy, combattu monsieur de Viry aut ournoi de Marcossey, conspiré avec Seyssel et le comte Anthelme de Miolans. Oui, oui, je connais votre père: un bon homme, nonchalant, qui, sauf respect, se laisse mener par madame sa femme, laquelle gouverne l'État et que gouvernent les Cypriens et Cypriennes arrivés derrière elle des pays où le soleil ne se couche jamais.

Philippe écouta ce prolixe discours en faisant signe à Fésigny d'en bien calculer la portée, puis il reprit avec un accent significatif:

— Et pourquoi, Donatien, mon ami, prîtes-vous fait et cause contre Compey? Les Menthon, Barjac, vous payaient, sans doute, l'aide...

Une énergique exclamation lui coupa la parole:

— Sangbleu! Rochechouart ne vend ni son épée ni ses services! Non, monseigneur, si j'ai combattu le beau Compey, c'est que je le detestais. Pourquoi? Parce que!... Voyez-vous! Ces favoris qui montent l'échelle, degré par degré, sournoisement, emplissant aujourd'hui leur sacoche, ajoutant demain un quartier à leur écusson, négociant leurs services, se parant des dépouilles, arrachant concessions sur concessions, s'enrichissant des dépouilles opimes... Ces favoris sont haïssables. Tenez! Vous m'avez rencontré, alors que j'essayais de

me faire coupe-bourse; je vous ai tendu une embuscade...
Hélas ! j'étais un voleur. C'est honteux, n'est-ce pas? un
Rochechouart !.... Eh bien ! j'aimerais mieux vivre de
rapines, attaquer les passants, lâchement, sur la grand'-
route, que de faire de moi un muguet de cour, un damoiseau parfumé, subissant les caprices d'une femme,
oppresseur d'un peuple, comme la duchesse de Savoie
en entretient dix ou douze autour d'elle... Oh ! pardon,
monseigneur, s'écria-t-il humblement en voyant pâlir
Philippe au nom de sa mère.

— Je vois que tu as entendu parler de Saint-
Sorlin, de Valpergüe, de Seyssel, reprit le prince
avec un accent empreint d'une sombre tristesse. Il faut
donc que l'on s'égaie à nos dépens dans toutes les cours
de l'Europe, pour que ces mystères de famille aient re-
tenti jusque dans les repaires des bandits !

— Monseigneur, murmura Fésigny, ces pensées vous
tuent. Qu'importe, puisque vous allez en finir avec ces
larrons d'honneur ?

Un éclair de joie brilla dans les regards de Rochechouart qui s'écria :

— S'agit-il donc de renverser la bande ? J'ai perdu
ma seigneurie de Bons à lutter contre Jean de Compey.
Il ne me reste que ma vieille tour du Nivernais, je la
risque. Hardi ! Monseigneur, sus aux marmousets !

Fésigny considéra Rochechouart avec attention ; il ne
put douter de la sincérité des sentiments qu'exprimait
son langage. Il lui avoua donc la vérité, indiqua le plan
qu'il avait tracé, lui expliqua les moyens d'action qu'ils
mettraient en jeu, lui dit enfin combien l'on comptait
sur son aide. Cette révélation apporta un certain trouble
parmi ces loyaux gentilshommes, qui ne conspiraient
que pour le bien de leur pays. Philippe, soucieux, s'absorbait dans une méditation douloureuse. Le devoir
exigeait de lui un pénible sacrifice, celui de l'amour

filial. Il lui en coûtait de renoncer au bonheur d'honorer sa mère ; il lui en coûtait de se faire son accusateur et son juge.

Il répugnait à verser le sang, à s'ériger en justicier, à descendre au rôle infâme de bourreau. Cependant il le fallait.

Fésigny songeait : Qu'importent les honneurs, la souveraine puissance, la gloire, quand on a l'œil éteint, la main débile et qu'on penche vers le tombeau ? Des pleurs coulaient sur ses joues flétries :

— Qu'avez-vous, Guy ? lui demanda Philippe, étonné. Cette responsabilité vous semble-t-elle trop lourde ?

— Non, monseigneur. Je crois que Dieu nous approuve, que le droit est pour nous... Que le crime, s'il y a crime, retombe sur ma tête !... seulement, je pleure parce que je me dis que je suis parvenu au terme de la vie, et que je ne verrai pas votre gloire... Vous allez être heureux, vous ! Ce monde a été pour moi un désert : je n'en ai connu que les peines. J'ai souffert et je n'ai rien fait, si ce n'est amasser une science inutile, funeste peut-être !

L'accent de Fésigny, empreint d'une inexprimable mélancolie, émut profondément Philippe-Monsieur. Ce jeune homme et ce vieillard se comprirent. Ils s'embrassèrent tendrement, comme un père et son fils.

Rochechouart voulut opérer une diversion et se mit à chanter à pleine voix ce refrain d'une complainte populaire :

> Maître Jehan s'est estranglé :
> Moult perdit en quittant la vie.
> Ce fut ne se sachant aimé
> De Margoton, la gente mie ?
> Le diable serra le licol,
> Dans l'enfer emporta son âme !
> Il faut prendre garde à son col
> Toutes fois qu'on aime une dame.

La moralité fit sourire Fésigny, qui, soudainement, par un mouvement machinal, porta la main à son cou et pâlit.

Genève apparut au loin, avec ses cloches et ses églises, reluisant dans une brume dorée. Le lac, saphir immense, d'un bleu transparent, s'étendait à perte de vue, enchâssé dans une ceinture de collines verdoyantes parsemées de maisons blanches. Un peu en deçà, le Rhône coulait majestueux et limpide, rivière déjà, bientôt fleuve.

XV

L'hôtellerie de l'Homme-sans-Tête.

Genève n'était point encore la ville que l'on a appelée la Rome protestante, le refuge de tous les bannis, une sorte de caravansérail où toutes les races se coudoient, une cité d'auberges et de cabarets.

Cependant l'on y montrait déjà une grande indépendance d'idées ; l'on y murmurait contre la puissance épiscopale, si douce qu'on l'accusait de faiblesse, reproche mérité.

Les Genevois aimaient le trafic, le négoce, l'argent. Ils tenaient de grandes foires où se vendaient les produits de l'Europe entière, auxquelles accouraient les marchands de Gênes, de Florence, d'Allemagne et des Flandres. Las de la houlette pastorale, hostiles à la maison de Savoie, détestant la France, ils eussent volontiers choisi un maître, armé du sabre, parmi les princes de l'empire, Hohenzollern ou Reuss, quelque brutal qui les opprimât durement. On gagne plus d'écus, lorsque la paix règne, et qu'un despote comprime sagement l'effervescence populaire !

Du milieu du quinzième siècle aux premières années
du seizième, cet esprit mercantile devait admirablement
préparer les voies au protestantisme, sorte de révolution
politico-utilitaire qui se masqua sous le voile profana-
teur d'une réforme religieuse.

Sur la rive gauche du Rhône, la vieille ville rampe
le long des quais, embellie aujourd'hui, alors misérable et laide ; puis elle grimpe sur une colline mon-
tueùse que couronnent l'hôtel de ville, la cathédrale,
ces deux monuments qui disent toute la vie du moyen
âge : la commune, l'église.

Parmi les rues tortueuses, pavées de cailloux pointus,
et bordées de hautes maisons superposées comme les
marches d'un gigantesque escalier, qui serpentent sur
cette hauteur, la rue de Verdonne était une des plus
malpropres, des moins aplanies, des plus étroites. En
hiver, on la descendait en traîneau, quitte à se heurter
aux bornes. En été elle se transformait en un ruisseau
de fange exhalant des miasmes délétères.

On y voyait nombre de boutiques : merciers, gantiers,
pelletiers de messieurs les chanoines ; armuriers, chan-
geurs lombards, apothicaires italiens, drapiers flamands.
Vers le milieu de la rue s'élevait une maison que nous
avons décrite dans un précédent roman, ce qui nous
épargne l'ennui d'en faire la peinture au lecteur (1). Di-
sons seulement que cette maison, à deux étages et très-
ornementée, offrait, au-dessus de la porte principale,
une enseigne représentant un homme décapité avec la
légende : « A l'Homme sans Tête. » On se perdait en
conjectures sur l'origine de cette enseigne singulière, et
maître Philippe Maubuisson, qui tenait l'hôtellerie de
son père, lequel l'avait reçu en héritage du sien, l'i-
gnorait lui-même.

1. La Mitre et l'Épée.

Il s'en inquiétait, du reste, médiocrement. Son désir
unique était d'augmenter le nombre de ses chalands,
d'arrondir sa fortune et d'épouser ensuite sa voisine Rose.
Il n'avait d'autre ami que le parrain de cette jeune fille,
Antoine Fribert, menuisier très-estimé dans sa corporation

Ce jour-là, 21 mai, l'hôtellerie était en grand émoi.
Il s'agissait de préparer un dîner magnifique pour cinq
ou six seigneurs arrivés de la veille, et qui occupaient
avec leur suite, tous les appartements.

Servantes et valets ne savaient à quel saint se vouer.
Maubuisson allait et venait de la cuisine à l'office, des
caves au cellier, du garde-manger à la lingerie, donnant des ordres aussi multipliés que contradictoires, et
maugréant de ce qu'il n'eut pas une femme qui le sup-
pléât dans cette besogne difficile.

— Françoise, messire de Chissé réclame des touailles
pour s'essuyer le visage. —Thérèse, portez une aiguière
d'eau rose à monseigneur de la Baume, et s'il n'en reste
plus, courez en chercher à l'étuve de mon cousin Gue-
notte. — Alexis, allez quérir un barbier pour monsieur
le comte de Gruyères, et voyez, en passant, si les pages
du seigneur de la Frasse et du seigneur de Chalant sont
au jeu de paume du Bourg de Four. Quelle journée mes
enfants !

Il supputait déjà le nombre des angelots d'argent qu'il empilerait dans le tiroir de son bahut, le lendemain.

Homère seul décrirait avec charme les préparatifs
culinaires, les mixtions savantes, les combinaisons
délicates, élaborées par le cuisinier de l'*Homme-sans-Tête*.

On eut dit festin de roi, ripaille d'affamés. Venaisons,
gibiers, volailles et poissons, entassés pêle-mêle avec
des corbeilles de fruits et des bouquets de légumes, sur
une table immense, eussent ravi de plaisir le grand
Pantagruel, s'il eût vécu en ce temps-là.

L'allégresse de Maubuisson fut portée à son comble lorsqu'il vit monter le long de la rue sept ou huit cavaliers, dont quatre paraissaient être des gentilshommes de haut parage, à en juger par l'éclat de leur costume. Il s'élança vers la porte, et se tint sur le seuil, le bonnet à la main, humblement incliné pour recevoir ses nouveaux hôtes.

Comme le chef de cette cavalcade mettait pied à terre, messieurs de Chalant, de la Baume, de la Frasse, de Gruyères et de Chissé descendirent de leur appartement et vinrent, avec de grandes démonstrations de respect et de joie, saluer celui en qui l'on a reconnu Philippe de Savoie, comte de Bresse.

Fésigny, Rochechouart et d'Entremont le suivirent dans la salle où la table du festin, chargée de faïences et de verreries, attendait les convives.

Ce fut d'abord un bruit peu harmonieux, car tous parlaient à la fois, s'interrogeaient, se répondaient. Puis un silence relatif s'établit ; enfin l'on s'assit et le festin commença.

On causa de choses indifférentes, de la cour, de Chinon, du roi de France. Il y avait bien longtemps que Philippe, éloigné de sa chère patrie, s'était séparé des amis de son enfance. Il sut leur dire à chacun une parole qui démontrait combien il aimait à se les rappeler. Il fut si gracieux, si doux, si sympathique, se montra si bien disposé, qu'il se gagna tous ces jeunes cœurs.

— A propos, demanda soudain Fésigny, sur les lèvres duquel cette question brûlait depuis une heure, vous avez dû avoir de nos nouvelles par une de nos compatriotes, partie de Chinon un jour avant nous, je crois.

— Qui donc ? interrogea Pierre de la Frasse.

Fésigny rougit et put à peine articuler ce nom :

— Madame de Miolans, nièce du maréchal de Montmayeur.

La voix de Boniface de Chalant, seigneur d'Aymaville, s'éleva.

— Mais elle n'est point arrivée, s'écria-t-il. Je viens de la cour et nul n'est là-bas avisé de son retour. J'ai vu même son cousin, Anthelme de Miolans, qui ne sait rien d'elle.

— Je sais, moi, ajouta François, comte de Gruyères. Elle est à Lyon où la retient Montmayeur, sous prétexte que la Savoie est en danger d'invasion. Il est même probable qu'ils se rendront en Bourgogne, sans doute pour vérifier si la duchesse couche dans une chambre drapée de vert, ou dans une chambre drapée de blanc, à l'instar des reines de France. En tout cas, ce sera pour un motif aussi sérieux. Vous l'avez donc vue, messire de Fésigny? Eh bien! je parie que vous entrez dans la corporation nombreuse des chevaliers qui portent sa bannière! Elle est si riche, que tout le monde veut l'épouser.

Philippe-Monsieur haussa les épaules.

— Croyez-vous, dit-il, que nous ayons eu le loisir de nous occuper à ces vétilles? Comment va la demoiselle de Crans, monsieur de la Baume?... Nous avions à nous divertir des manières câlines, des sourires et des grimaces de l'auguste Valois?... Pensez-vous que Montmayeur soit des nôtres?

Pierre de Chissé prit la parole.

— Si nous réussissons et que vous lui donniez le bâton de Seyssel, oui. Si nous perdons la partie, non. Que lui importe, d'ailleurs? Il prépare les fêtes de ses noces, envoie son chapelain au pape pour obtenir dispense, et bientôt, n'est-ce pas vous qui le disiez, messire de Fésigny? — ah! non, c'est vous, mon cousin Chalant, — madame de Miolans s'appellera madame de Montmayeur.

Le verre que Fésigny, fort troublé, portait à ses lèvres

9.

échappa de ses mains et se brisa en mille pièces sur les dalles.

— Heureux présage ! s'écrièrent les convives en riant. L'on parla d'autre chose.

On buvait mieux qu'on ne mangeait, par habitude, sans déguster les vins. Les têtes commençaient à s'échauffer. Olivier le Daim lui-même, s'il eût assisté invisible à cette fête, eût refusé de croire que ces gentilshommes conspiraient, et que ce repas de Sardanapale masquait un conciliabule. Ils l'oubliaient peut-être et se livraient sans réserve à leur fougue, à leurs plaisirs.

Philippe et Fésigny étaient sobres. Ils pensaient. La même fibre vibrait en eux. Ils interrogeaient l'avenir ; ils jetaient un regard en arrière sur le passé. La peur les étreignait ; ils ressentaient une angoisse inexplicable : ce qu'on appelle avoir le cœur serré. Il leur semblait que l'air leur manquait et qu'ils étouffaient. Une idée tenace les harcelait.

Tout à coup, une voix sonore, vibrante, les arracha à leur torpeur.

François, comte de Gruyères, s'adressait à Rochechouart en ces termes :

— Il me l'a dit à moi, j'en suis sûr, et vous ne doutez pas de ma parole, je pense ? Voilà ses propres expressions : « Je le rendrai le plus pauvre de son lignage et je le forcerai de porter des chausses trouées au genou. »

Philippe écoutait. Il fronçait les sourcils, pressentant que l'on parlait de lui.

Gruyères continua :

— Est-ce qu'un sujet traite si superbement le fils de son maître ? Est-ce là un langage de gentilhomme ? Je lui ai répondu que tout Valpergue qu'il fût, nous le valions bien, et que s'il répétait de pareilles menaces, je lui clouerais la langue dans la gorge, avec son propre poignard.

— Et comment se nomme le prince que monsieur de Valpergue insultait en ta présence, François de Gruyères? interrogea Philippe de Savoie, en baissant les yeux. Ta réponse t'honore, et je t'en remercie.

— Il s'agissait de vous, monseigneur !

Un cri d'indignation s'éleva de tous côtés. Philippe eut aux lèvres un sourire méprisant, haussa les épaules et reprit :

— Fésigny m'a cité ces paroles d'une poète sarrazin : « L'insulte qui vient de trop bas n'arrive point à mon oreille et n'est point entendue. » Il s'agit de choses plus graves. Le chancelier Valpergue a promis au roi très-chrétien de lui livrer les places fortes du duché de Savoie. C'est un crime de haute trahison que toute loi édictée en pays civilisé punit de mort.

— Un gentilhomme ! s'écria Chissé avec l'accent du doute, presque du dégoût; un comte !... c'est impossible.

Monsieur de Bresse se borna à cette réponse :

— Alors, ou le roi ou moi nous mentons. Louis XI m'a dévoilé cette honte.

— Quand on vole, quand on est concussionnaire, fit observer Guillaume de la Baume, on trahit son prince, on vend sa patrie à l'ennemi : sur un habit souillé de boue, que fait une tache de plus?

— Nous assisterons à la ratification du marché ! s'écria Aynard d'Entremont, et nous la scellerons du pommeau de notre épée...

— Sur le front des traîtres ! acheva Rochechouart.

Tandis que l'on enlevait le second service et qu'on le remplaçait par les entremets et le dessert, Philippe Maubuisson vint s'informer si ses illustres hôtes étaient satisfaits. On l'accabla d'éloges et le comte de Bresse, ordonnant à La Baume de remplir un verre de vin de Princens, le lui fit donner.

— Messeigneurs ! s'écria l'honnête bourgeois en élevant la coupe en l'air, à la santé de notre sire le duc! à l'éternelle confusion de ces chiens de Cypriotes !

Une immense acclamation applaudit à ce courageux exposé des opinions politiques du propriétaire de l'*Homme-sans-Tête*. Aynard l'embrassa sur les deux joues, Rochechouart lui serra la main à la lui briser, Philippe, arrachant de son cou une chaîne d'or ciselé, la lui jeta en lui criant :

— Elle me vient de notre Saint-Père le Pape. Tu l'as méritée, portes-la !

Quand le tumulte fut apaisé, Jacques de Chalant reprit la parole :

— Oui, ces Cypriens nous dévorent. Ils s'enrichissent à nos dépens et se moquent de nous. Le marquis de Saint-Sorlin a eu vingt mille livres de courtage pour avoir marié Louise Babin, fille du chancelier de Chypre, à François de la Palud-Varembon, seigneur de vingt-quatre seigneuries. La duchesse Anne lui donne mille livres par mois à titre de cadeau, et sa charge de maître d'hôtel lui vaut annuellement cinq mille florins de bénéfice. Il est plus riche qu'un archevêque...

— Et plus orgueilleux que le soudan d'Égypte, interrompit Chissé. Il prétend le pas sur le duc lui-même qui s'effaça, lundi passé, pour le laisser entrer le premier dans la chapelle. Il ne sort qu'accompagné de gardes en livrée somptueuse, de pages mieux vêtus que les enfants du prince de Piémont. Il s'assied en présence de Son Altesse, lui serre la main au lieu de la baiser. Un jour, au lever, il refusa de donner la chemise, disant qu'il se croyait de trop bonne race pour servir de camérier, fût-ce à l'empereur!..

— Il a écrit, dit à son tour Pierre de la Frasse, aux chevaliers de Rhodes, leur promettant douze commanderies en Savoie s'ils l'élisaient grand-maître à la mort du seigneur Zacosta.

— Et si le roi Louis veut lui donner une duché-pai-
rie en Dauphiné, ajouta Philippe-Monsieur, il promet
d'enlever mon père, de l'enfermer dans un château,
d'arracher à mon frère Amédée un acte de renonciation
en faveur de la maison de Valois. Le maréchal de Seyssel se charge de l'armée, l'abbé de Caramagne du
clergé, messieurs d'Antioche, des bourgeois· urbains.
C'est une conspiration formidable. Le secret a été éventé
par notre digne ami Guy de Fésigny, poursuivit le
prince impatient d'arriver au but. Dès lors, Sa Majesté
n'a plus voulu être complice de ces misérables, sachant
que de façon ou d'autre leur odieux complot avorterait
et qu'elle n'en recueillerait que honte et regret. Louis
les a désavoués. Louis les a condamnés. S'ils venaient à
s'enfuir en France, ils seraient aussitôt conduits au
château de Loches où — demandez à monsieur de Fésigny — il y a des oubliettes de cent pieds de profondeur.

— Il s'agit maintenant de savoir, dit Fésigny, si la
noblesse de Savoie supporte assez volontiers le joug des
étrangers et des traîtres pour ne point oser les punir;
si nous pourrons réunir assez de seigneurs autour de
nous pour tenter un coup de main; si quelques-uns de
ceux qui renversèrent autrefois le beau Compey, dix
fois moins coupable que ceux-ci, ont laissé des fils héri-
tiers de leur vaillance.

— Ah! dit Chalant, en doutez-vous, messire?

Tous se levèrent spontanément, et tirant leurs épées
du fourreau, les brandirent en s'écriant avec enthousiasme:

— Vive Savoie! mort aux félons!

Aussitôt Guy de Fésigny, attisant cette flamme, exposa d'une voix vibrante et forte le plan qu'il avait
conçu, à l'exécution duquel nous assisterons plus tard.
Il fut clair, sec, précis. Il appela les choses par leur nom,

fut calme, sans passion. Il distribua les rôles à chacun des conjurés. Il leur assigna un rendez-vous à quelques jours de là au petit village de Thollon, peu éloigné de la ville de Thonon, où la cour de Savoie résidait en ce moment. Il pria Boniface de Chalant d'y convoquer autant de nobles qu'il s'en trouverait de disposés à prendre part à l'expédition projetée. Rochechouart devait rester à Genève et y embaucher une troupe d'archers allemands, excellents auxiliaires en cas de résistance.

Philippe Maubuisson entra sur ces entrefaites. Il n'avait voulu céder à personne l'honneur de servir sur un vaste plat d'argent, un paon rôti revêtu de son éclatant plumage.

Les chevaliers, suivant la coutume, jurèrent de garder le secret et de tenir leurs promesses.

Fésigny fit remarquer, à ce sujet, que le serment du paon avait pour origine cette croyance que, selon saint Augustin, la chair de cet oiseau étant incorruptible, il participe en quelque sorte de l'immortalité ; que se parjurer serait se vouer à la destruction éternelle.

Toutes résolutions prises, on se prépara au départ. Mais avant de se séparer, l'on but encore le coup de l'étrier. Maubuisson fut largement payé, et garda toute sa vie le souvenir de cette magnifique aubaine.

Monsieur de Rochechouart et son inséparable Aynard d'Entremont, séduits par l'excellence de la table, décidèrent qu'ils demeureraient chez lui durant tout leur séjour à Genève.

Boniface de Chalant partit pour le Chablais.

Les autres, montant une barque qui les attendait sous voile tout près de la Pierre à Niton, regagnèrent Thonon où leur service auprès du duc Louis les retenait.

Enfin Guy de Fésigny, prenant à part son maître chéri, lui annonça, les larmes aux yeux, qu'il le quittait aussi.

— Quoi ! s'écria Philippe, non sans amertume, vous m'abandonnez ? Rentrerai-je seul à Baugé ? Seul !... vous savez bien que je ne puis vivre, ainsi isolé, triste, rongé par une souffrance continuelle. Ah ! Fésigny...

— Monseigneur, j'ai quitté ma maison en laissant croire que j'allais faire un voyage en Dauphiné. Voilà deux mois écoulés. Cette absence a dû provoquer bien des suppositions. Il faut que je ne sois même pas soupçonné, car ma perte serait la vôtre. Laissez-moi partir.

— Que vais-je devenir ? murmura Philippe en soupirant. Celui-là seul m'aimait et il part !... Mon Dieu, quel terrible devoir vous imposez à vos élus !

Il se jeta dans les bras du vieillard et l'embrassa en pleurant. Fésigny s'arracha à cette étreinte. Il voulut parler... sa langue s'embarrassa.

Un effort suprême dompta sa faiblesse. Il prit, entre les siennes, les mains de celui dont il faisait son élève et lui dit :

— Monseigneur, votre voie est tracée devant vous, marchez-y courageusement. Je vous le répète, notre œuvre est sublime. Les hommes peut-être nous flétriront... nous sommes déjà absous de Dieu. Avant le père, avant la mère, il y a la patrie. Montrez-vous digne de régner un jour et sachez accomplir votre sacrifice. Vaincu, vous me retrouverez à vos côtés, partageant avec vous le bannissement, la prison, l'échafaud. Vainqueur, appelez-moi. A nous deux, nous ferons de grandes choses : je serai l'âme, vous le bras. Oubliez le corps : vous n'êtes pas un homme, vous êtes un roi. Les plaisirs, chimère ! Les passions, folie ! Dieu et la patrie : tout est là !

Ils descendirent les degrés raides de l'escalier, appuyés l'un sur l'autre. Le cheval de Fésigny piétinait devant la porte. Le comte de Bresse tremblait, Rochechouart pleurait, Aynard essayait de sourire et ne parvenait qu'à grimacer.

— Adieu ! dit Fésigny, d'une voix à peine distincte ; adieu, mes amis, que le ciel vous bénisse !... Et songez que je ne dormirai plus que lorsque je saurai que nous avons remporté la victoire.

Il se mit en selle, réunit les rênes dans sa main droite, salua de la gauche et s'éloigna à pas lents sans oser retourner la tête.

Philippe-Monsieur fut emporté, évanoui, par Aynard et Donatien.

FIN DE LA PREMIÈRE PARTIE.

DEUXIÈME PARTIE

LES CYPRIOTES

I

**Ce qui se dit et ce qui se fait dans l'antichambre
des princes.**

Dès les premiers jours du printemps, la cour de Savoie
s'était transportée au château de Thonon, sur les bords
du lac Léman, où la duchesse comptait passer une partie
de l'été, car elle affectionnait cette résidence ,admirable-
ment située en face d'un merveilleux panorama, à peu
de distance de Genève et de Lausanne.

Le 29 mai 1462, un grand nombre de seigneurs se
pressaient dans l'antichambre d'honneur qui précédait
les appartements de Son Altesse. Le duc Louis, qui occupait un pavillon bâti du côté de la ville, n'avait, lui,
que de rares courtisans , des vieillards, des prêtres, son
médecin Gaynerio, son médecin Baptiste, son confesseur
Ennemond de Palmier,prieur de Saint-Ruph de la Boisse.

On l'oubliait et il se laissait oublier, tandis que les
jeunes gens entouraient l'astre étincelant, madame Anne
de Chypre, dont ils adulaient les ministres, dont ils
admiraient les caprices.

Il se résignait à cet isolement et le considérait comme
une juste punition de son extrême faiblesse , défaut
qu'il se reconnaissait humblement et qu'il ne pouvait
guérir.

Ses fils étaient dispersés. Le prince et la princesse de

Piémont vivaient à Turin ; les autres, dans leurs domaines apanagers. Les filles avaient suivi leurs maris. Père de seize enfants, il n'en voyait aucun auprès de lui, et la vieillesse lui pesait durement.

Mais les antichambres de la duchesse s'emplissaient chaque jour : on s'y divertissait, on y riait, on y disait beaucoup de mal des absents. Hommes de guerre, hommes d'église s'y coudoyaient ; les ambassadeurs attendaient leur audience ; les conseillers de cour, les sénateurs y montraient leurs amples simarres de velours à épitoges d'hermines.

C'était le marquis de Saint-Sorlin qui, le soir, donnait l'ordre et le mot de passe. Monsieur le maréchal de Seyssel y discutait les affaires de l'État.

On y élaborait les modes nouvelles, un instant après avoir déclaré la guerre ou traité de la paix. Monsieur le chancelier de Savoie, Jacques de Valpergue, y parlait des nouveaux impôts, des tailles, des taxes, des subsides qu'il projetait de lever sur le pauvre peuple, et s'ingéniait à trouver des combinaisons financières pour emplir ses coffres, pour alléger le trésor si obéré déjà.

Ce qui n'empêchait nullement les jouvenceaux de deviser avec les jouvencelles, ni les pages de jouer maint tour malin à leur gouverneur, Hector d'Antioche, cypriote.

Ce jour-là, vingt ou trente gentilshommes, divisés en plusieurs groupes, se préparaient à assister au lever de madame la duchesse. Les filles d'honneur, sous la présidence de la comtesse de Varembon, cypriote, se tenaient à l'un des angles d'une vaste cheminée, dont la cavité profonde recélait une quantité de vases de fleurs. A l'autre angle, le trésorier général, André Damian, Guillaume de Viry, président de la chambre des comptes et le vice-chancelier Romagnan, comte de Pollenzo, s'entretenaient d'un air mystérieux.

Auprès d'une large fenêtre à trois ogives, ouverte sur un balcon suspendu au-dessus du massif de roches abruptes qui supportait les constructions du manoir, trois gentilshommes causaient, jetant à de rares intervalles un regard sur ceux qui se promenaient, s'arrêtaient, se rejoignaient et se quittaient dans la salle.

François de la Palud, comte de Varembon, le premier, était un vieillard d'apparence robuste qui portait avec une mâle aisance l'armure complète des chevaliers, sauf le heaume empanaché de plumes rouges qu'un de ses pages tenait sur ses bras, à quelques pas de là. Ayant eu le nez coupé dans une bataille, il l'avait remplacé par un nez d'argent qui reluisait d'une façon étrange entre sa barbe grise et ses sourcils en broussailles.

Le second, Anthelme de Miolans, cousin et filleul du mari de la comtesse Gilberte, s'appuyait à la balustrade du balcon et contemplait le magnifique paysage qui se déroulait à ses yeux : au premier plan, la grève et ses sables jaunes ; à gauche une pointe chargée de grands arbres verts, cap en miniature, fendant les flots ; à droite les hauteurs de Concise descendant en pente douce jusqu'à Ripaille, dont les tourelles dominaient les cimes touffues d'un bois de châtaigniers ; en face une immense nappe d'eau bleue, frémissante, pailletée de fibrilles d'or, moirée de bandes d'un azur sombre, d'un éclat insoutenable, chatoyant sous les rayons du soleil ; au fond, apparaissant dans une brume lumineuse, les rives enchantées du pays de Vaud, Lausanne et ses tours, Morges ; plus loin, vaguement estompés en gris cendré sur le ciel d'un bleu éblouissant, les sommets des Alpes helvétiques.

Puis des barques glissant, leurs voiles rousses gonflées, sur les flots calmes ; des oiseaux se poursuivant dans les cieux ; des ouvriers qui chantaient sur la berge ; des bûcherons qui travaillaient dans les bois.

Le troisième enfin, jeune homme de vingt-cinq ans, vêtu de chausses collantes en satin blanc, d'une étroite brassière, ouverte par devant, les manches fendues au coude, en soie incarnadine, se nommait Claude de la Baume, comte de Montrevel, vicomte de Ligny, et venait d'épouser récemment Gasparde de Levis.

La salle, décorée et meublée avec un luxe dont, vers la fin du quinzième siècle, les ducs de Bourgogne et de Savoie pouvaient seuls, en deçà des monts, faire étalage, était un vaste rectangle occupant tout le premier étage de l'aile bâti sur le bord de la colline et communiquait avec des bâtiments en retour qui renfermaient la galerie, la chambre et le retrait de la duchesse. Une tour ronde unissait les deux corps de logis, et le cabinet que l'on y avait pratiqué servait de salon d'attente aux pages ducaux. Des tapisseries flamandes, représentant l'histoire de la légion Thébéenne, garnissaient les murailles de cette antichambre. Les cinq fenêtres, découpées en ogive tréflée, coupées de colonnettes contournées, étaient closes de vitraux, reproduisant à profusion la croix potencée de Jérusalem, les lions léopardés de Lusignan, la croix de Savoie en champ de gueules, des chiffres et des attributs, peints en couleurs éclatantes. Les solives du plafond rayaient de nervures d'un pourpre sombre le fond d'or bruni.

Des courtines en drap de Gênes brodées d'une profusion d'arabesques en soie, frangées d'une dentelle d'argent, drapaient les deux portes, aux côtés desquelles, appuyés à d'énormes candélabres en fer forgé, se tenaient deux pages revêtus du jupon de ras jaune et de la blouse de velours noir à galons d'or, décolletée carrément sur les épaules, livrée de la maison de Savoie.

Le parquet disparaissait à demi sous des tapis de Turquie et des couvertures en peaux d'ours brun. A cette même époque, dans nombre de châteaux de

France, on se contentait encore de jonchées de paille fraîche.

Un dressoir surmonté d'un couronnement sculpté à jour, une crédence à cinq pans chargée de ferrures découpées avec art, une armoire à quatre vantaux décorés de fleurs de lis et de rosaces en entrelacs, s'alignaient le long des parois. Enfin quelques escabelles à trois pieds, une table en noyer supportée par deux cariatides reposant sur un large socle, complétaient cet ameublement.

Le murmure discret des voix de toute cette foule résonnait sous la voûte sonore de cette salle.

Ces brillants seigneurs, aux costumes étranges, bizarrement découpés, composés des plus riches étoffes, bigarrés de nuances vives, ces dames, jeunes et jolies pour la plupart, les uns groupés çà et là, les autres qui se promenaient, s'accostaient avec de profonds saluts, des sourires gracieux, formaient un spectacle curieux, bien encadré par les magnificences grandioses de l'appartement.

Au moment où nous nous introduisons en si noble compagnie, le comte de Montrevel observait le singulier manège auquel se livrait madame de Grolée.

Cette jeune femme essayait, au moyen de signes multipliés, d'attirer l'attention de Guillaume de Viry, premier président de la chambre des comptes, lequel, avec son visage consterné, sa contenance humiliée, semblait accablé de douleur et de colère. Mais le vieillard ne s'apercevait nullement de la mimique significative de madame de Grolée, fière personne qui sortait de la maison de Lugny, dont la devise est celle-ci : « *Il n'est oiseau de bon nid qui n'ait plume de Lugny.* » De telle sorte qu'elle fut obligée de sortir du cercle des dames d'honneur, malgré les regards furibonds de leur gouvernante, et les mines effarouchées de ses compagnes, et de venir tout droit au président sur l'épaule duquel elle appuya sa main. Il se retourna.

— Eh bien ? interrogea-t-elle, pourquoi vous morfondez-vous ainsi, honteux et confus, comme un écolier mis en pénitence ?

Il répondit en faisant de grands bras, et d'une voix larmoyante :

— C'est fini, fini, fini ! ma chère, il est nommé à ma place. Me voilà disgracié, ruiné, perdu ! C'est le commencement de la débâcle.

— Qui, nommé ? ce Fésigny !... Vous riez ? Il ferait beau voir qu'un petit clerc, une manière de scribe, le dernier venu dans la basoche, supplantât le premier président de la chambre des comptes !

— Le duc a signé les lettres patentes.

— Il les annulera.

— Le courrier qui les porte est en route depuis hier soir.

— On le rattrapera.

Le magistrat jeta sur la jeune femme un regard stupéfait. Elle poursuivit, en riant de son ébahissement, et d'un ton décidé :

— Si vous êtes maintenu dans votre charge, vous donnez à monsieur de Saint-Sorlin la commanderie de Saint-Bénigne, qui est à votre nomination, cent mille tournois de Vienne au chancelier, et vous me faites gagner le procès que j'ai contre mes cousins Bussy. Je m'y suis engagée vis-à-vis de mon mari et de ces messieurs.

— C'est cher ! murmura monsieur de Viry.

Elle éclata de rire :

— Je paye, dit-elle, plus cher que vous : demandez au marquis de Saint-Sorlin !

Elle s'éloigna, sans ajouter un mot et rejoignit ses compagnes.

Revenons à Montrevel, à Miolans, à François de Varembon au nez d'argent que nous avons laissés, contemplant le tableau merveilleux qu'ils dominaient du balcon. Ils venaient de causer des choses indifférentes, banales par lesquelles on commence toujours une conversation, si spirituel que l'on soit.

Montrevel avança la tête dans la salle et reprit, d'un ton naturel :

— Ah ! voici le maréchal qui fait la cour aux dames.. Quand je vois ce vieux soudard au crâne pelé, qui a plus de rides sur le visage qu'il n'y a de feuilles au grand marronnier du préau, s'approcher d'une jeune fille, je ne puis m'empêcher de songer à ces tableaux de la danse macabre que j'ai vus à Bâle, il y a quelques jours, et où l'on admire la mort dansant la pavane avec une comtesse. On dit que Madame donne au fils de Seyssel la charge de son père en survivance ?

— Ils ont déjà obtenu, grâce à Valpergue et à Viry, d'être mis en possession de tout l'héritage de la Chambre, dit Varembon. Les voilà dix fois comtes et plus grands seigneurs qu'aucun de nous.

— Et quand je pense qu'il était votre chef quand vous chassâtes le beau Compey, s'écria Miolans en ricanant, et que ses châteaux furent confisqués, tout ainsi que les vôtres ! Il exécrait le ministre. Devenu ministre, qu'il comprenne du moins que nous avons aussi le droit de l'exécrer.

Varembon hocha la tête et leur jeta un singulier regard.

— Cependant, nous sommes ici !... reprit-il. S'il plaît à Seyssel de vous faire porter son casque, à monsieur de Valpergue de vous inviter à soutenir la queue de sa simarre, à Saint-Sorlin de vous choisir pour écuyer d'écurie, vous oublierez qui vous êtes et vous obéirez... et moi aussi ! Hé ! je sais bien que c'est honteux, poursuivit François d'un ton à la fois sérieux

et railleur, je sais bien que c'est déroger et que nos
pères en doivent frémir de rage au fond de leurs tom-
beaux... Mais, il vous manque la clef de chambellan à
vous pendre au col, monsieur de Montrevel... Votre
cousine a l'usufruit de vos domaines, Miolans : il faut
vivre, le damas est hors de prix, les aiguillettes coûtent
deux livres et les Juifs gardent vos joyaux... Moi, je
suis vieux et je veux mourir dans la peau d'un homme
heureux, d'autant que la comtesse, ma troisième
femme, est cypriote. Qu'elle perde les bonnes grâces de
Madame, je n'ai plus qu'à vitement aller planter mes
choux. — Ah !... continua-t-il avec un soudain emportement après une courte pause, c'est tout de même
écœurant d'en être réduits là.

La Baume de Montrevel détournait les yeux ; une
vive rougeur empourprait ses traits, un frisson nerveux
agitait ses mains. Il défripa machinalement les basques
tailladées de son étroit justaucorps, tourmenta le pommeau ciselé de sa dague, rattacha ses rubans. Varembon
suivit du regard ce manége, en se mordant les lèvres.

Anthelme de Miolans fit un pas en avant. D'un geste
expressif, il lui montra la noble compagnie, assemblée
dans l'antichambre.

— Voyez-vous là tous nos amis ? lui demanda-t-il.

François examina quelques instants et répondit d'un
ton d'indifférence :

— Hum !... oui je ne sais.. que signifie votre question, beau cousin ?

— C'est que vous disiez tantôt : « Nous sommes ici,
tous ! » Cherchez bien, vous verrez qu'il en manque
beaucoup et peut-être saurez-vous avant la fin de la
journée pourquoi je suis resté, moi, tandis que les
autres s'absentaient.

— Il y a donc un secret ? reprit François en fronçant
le sourcil. Non ?... On ne m'a pas mis dans la con-

fidence, parce que je suis trop vieux, n'est-ce pas ?
Allez ! le vieux lion a les ongles usés, mais solides encore ; et pour une dent branlante, il en a dix bien plantées, poursuivit-il amèrement. — Au fait, non, je ne vois pas mon neveu, le petit Varembon, ni Pierre de la Frasse.

— Ni les deux Chalant, interrompit Montrevel.

— Ni Chissé, ni Philibert de Compey, ni le comte de Gruyères ; ni votre frère Guillaume, monsieur de la Baume, ajouta Miolans.

Les trois seigneurs se regardèrent, sans mot dire, cherchant à se deviner mutuellement.

Claude de Montrevel fut le premier à rompre le silence.

— Ma foi ! s'écria-t-il, si je savais où ils sont, j'irais les rejoindre.

— Moi aussi ! dit Varembon.

Miolans feignit de n'avoir rien entendu. Penché sur la balustrade, il observait le lac.

Bientôt il vit une barque doubler la pointe d'Hermance, en faisant force de rames. Un pavillon flottait à l'arrière de cette embarcation : une croix blanche écartelant un carré d'étoffe verte. Aussitôt, un charpentier qui, sur le sable du rivage, équarissait une longue et grosse poutre, se releva, jeta sa hache sur son épaule et se dirigea vers l'escalier taillé dans le roc qui conduisait à la petite ville de Thonon.

C'était un homme de stature colossale, aux membres énormes. Il sifflait une coraule fribourgeoise, en essuyant avec un mouchoir blanc — luxe inusité — son front couvert de sueur.

Varembon mit le pied sur la dalle du balcon :

— Tiens ! dit-il, il paraît que les manants se permettent de ressembler aux gentilshommes. Si ce n'était pas à faire croire que mon cerveau déménage, je jure-

10

rais que c'est là Donatien de Rochechouart, qui m'endommagea si brutalement la face au combat d'Érya.

Miolans l'entraîna vivement dans la salle. Il paraissait fort contrarié.

— Mon cher, lui dit railleusement le comte de Montrevel, parmi ceux qui ne sont pas ici, vous en avez oublié un.

— Qui donc ?

— Le marquis de Saint-Sorlin. Je gage qu'il ne viendra point aujourd'hui. Par la croix de Saint-André ! je serais curieux de voir la mine que vous feriez si, par hasard, il lui avait pris fantaisie d'aller courre le sanglier dans la forêt de Lompnes, ou se confesser aux chanoines de Ripaille.

Un coup d'œil de Miolans réprima ces paroles imprudentes. Le vieux Varembon n'en tint nul compte et poursuivit :

— Je lui pardonnerais d'avoir pris ce dernier parti, s'il se hâtait de revenir dûment confessé. Ne vous désespérez pas, Miolans, ne froissez pas vos broderies... Ce n'est pas à la vieille bête que l'on donne le change. Il y a complot. Or du moment où il y a complot, j'en suis !

Une fanfare éclatante éveilla les échos de la cour d'honneur. Il se fit aussitôt un grand bruit dans les galeries, l'escalier, les passages. La grande porte s'ouvrit au milieu d'un silence solennel, et Jean de Varax, marquis de Saint-Sorlin, chevalier de Rhodes, maître d'hôtel de la duchesse, entra, précédé de plusieurs pages vêtus de drap d'or, suivi d'une foule de gentilshommes.

— Sang du Pape ! gronda Miolans, les dents serrées, crispant les poings, qui donc est le maître ici, lui ou Monseigneur ? Quel bruit ! quel éclat !.. du drap d'or à ses valetons !... La meilleure noblesse de Savoie pour cortége !...

— Mon ami, lui dit à l'oreille Montrevel, tel qui rit
vendredi pleurera dimanche. Mon frère Guillaume, les
Chalant, Chissé et les autres ne sont pas à sa suite.
Patience!... Allons ! saluez, Miolans : cet auguste seigneur daigne vous sourire.

Frémissant de rage, Anthelme s'inclina, balayant le
sol des plumes de son toquet. Le marquis de Saint-
Sorlin, beau gentilhomme à l'œil vif, à la barbe noire,
svelte, élancé, ressemblait à un archange déchu. Le vice
imprimait ses stigmates flétrissants sur son front blanc
et poli ; ses yeux bruns, ternis par des excès de toute
sorte, dardaient un regard méprisant et cruel ; sa bouche
aux lèvres rouges, avait un sourire dédaigneux. Les
traits distinctifs de cette physionomie étaient l'insolence
assurée de l'impunité, l'orgueil fanfaron, la jalousie
farouche, une audace de démon.

Vêtu avec une simplicité fastueuse, il portait une tunique de damas couleur d'hyacinthe, doublée de soie
orange, semée de bouquets brodés en argent et entourée d'une bordure sur laquelle on lisait, écrite en perles
et en rubis sur des lacs d'amour d'or, la devise : « *Semper Celsiùs !* » Sa main droite s'appuyait sur la coquille
d'une épée de parade, enfermée dans un fourreau d'argent ; de la gauche il tenait un chapeau de castor blanc,
doublé de velours orange, avec des houppes de fils d'argent.

Il s'avançait fièrement, d'un pas lent et majestueux,
entre deux haies de courtisans qui le saluaient avec plus
de respect qu'ils n'en eussent accordé au souverain.

Il se dirigea tout droit vers les appartements de Son
Altesse. Ses pages se rangèrent d'un côté, ses gentilshommes, de l'autre. Il saisit la portière pour l'écarter.

Quelle ne fut pas sa stupéfaction, sa colère, lorsqu'il
vit le chambellan de service, Jacques de Montbel s'é-
lancer et lui fermer le passage, en lui disant que la

duchesse avait ordonné qu'on ne laissât entrer personne.

— Pas même moi ? demanda Saint-Sorlin avec hauteur.

M. de Montbel répondit d'un ton respectueux :

— Pas même vous, monsieur.

Le ministre devint blême. Il se retourna et laissa errer son regard sur l'assemblée. Les groupes s'étaient reformés et les causeries allaient leur train.

Le maréchal de Seyssel, grand vieillard vigoureux et robuste, se tenait un peu en avant des filles d'honneur, entouré de plusieurs officiers. Plus négligé dans sa mise que son rival, il n'avait, par dessus sa cuirasse, qu'une écharpe de soie bleue fleurdelysée, mais le collier en pierreries de l'ordre ducal brillait à son cou, sur son gorgerin d'acier. Lui seul s'était écarté du marquis, au moment où il passait ; il avait tourné le dos, et s'était hâté d'adresser la parole à madame de Varembon.

C'est que les favoris se détestaient ; chaque faveur accordée à l'un, semblait aux autres un préjudice porté à leurs propres intérêts. Ils ne s'unissaient que contre l'ennemi commun.

Seyssel se mit à rire d'un air moqueur, lorsqu'il vit refuser la porte à Saint-Sorlin, comme on l'avait refusée à lui-même ; depuis une heure, tremblant de peur et trépignant d'impatience, il attendait ce moment. Il fut rassuré et devint radieux.

Le marquis parcourut la salle, allant de l'un à l'autre, toujours accueilli par les démonstrations d'une déférence profonde. Il avait repris tout son calme et tout son sang-froid. Il souriait, il se pavanait, il jouissait de sa grandeur et de sa puissance. Un mot de lui rendait un homme heureux ; quand il tendait sa main à quelque seigneur, celui-ci la prenait avec la vénération qu'il eût témoignée au roi. En revanche, qu'il fronçât le sourcil ! le malheureux disgracié se réfugiait dans un coin, pâle, morne, envisageant avec effroi les conséquences de cet affront.

En passant auprès du président de Viry, Saint-Sorlin lui dit quelques mots des craintes qui l'assiégeaient au sujet de sa charge :

— Vous ne serez pas dépossédé, lui dit-il, je vous en assure. — Bonjour, monsieur de Grolée, continua-t-il en s'adressant à un élégant seigneur. Vous m'avez demandé une compagnie pour votre parent, le capitaine de Luys : je lui donne celle des arquebusiers de Faucigny. — Maître Guillaume Fichet, dit-il à un ecclésiastique, modestement caché à l'ombre d'une crédence, j'ai lu vos livres sur la rhétorique : c'est admirable. J'ai prié le trésorier Damian d'ordonnancer pour vous une pension de trente écus. — Ah ! monsieur de Lyobard, voulez-vous me rendre un service ?

— Certainement, monseigneur, répondit un jeune homme qui, joyeux d'être interpellé familièrement par le tout-puissant ministre, accourut au-devant du marquis. Je suis prêt à partir, fût-ce pour aller au bout du monde.

— J'exige moins. Il s'agit de porter à l'amiral Merle de Piossasque une lettre que voici. Il est à Turin : c'est huit jours, avec un bon cheval.

— J'y serai dans six jours, monseigneur, dussé-je crever mes meilleurs coursiers.

— Regardez-bien Piossasque, damoiseau de Lyobard : il est le cinquante-neuvième chevalier de Saint-Jean de Jérusalem, dans sa famille. — Ah ! par ma foi ! s'écria-t-il en s'arrêtant devant un ancien écuyer du comte de Bresse, nommé Claude de Vaugrigneuse, vous êtes bien le dernier que je m'attendisse à rencontrer céans, Dodon ? Votre maître a-t-il fini ses frasques ? Vous envoie-t-il nous demander merci ?

10.

Vaugrigneuse fixa un regard courageux sur l'arrogant seigneur et répliqua, d'un ton si haut et si ferme, que le silence régna aussitôt :

— Monsieur, je sers un prince que j'aime et que personne, en ma présence n'outragera impunément ! Il y en a qui savent mentir avec impudence, mordre la main qui les caresse, bafouer ceux qui les oublient. Ce n'est pas métier de gentilhomme.

— Est-ce pour moi que vous dites cela, monsieur de Vaugrigneuse ? interrogea Jean de Varax, redevenu sérieux.

— Je le dis pour tous ceux que cela peut atteindre, monsieur. Nous ne nous connaissons pas, faites-moi la grâce de m'épargner vos compliments : je ne suis pas assez riche pour les payer.

Une pâleur livide s'étendit sur les traits de Saint-Sorlin. Il considéra un instant le jeune homme, le couvrant d'un regard de feu, puis il s'éloigna lentement, détournant encore la tête à plusieurs reprises.

II

Comme quoi, selon le proverbe, mais au rebours de la vérité, les loups ne se mangent pas entre eux, quoiqu'ils se montrent parfois les dents.

Claude, Anthelme, Varembon écoutaient ce dialogue, et suivaient dans toutes ses phases cette péripétie inattendue. Leurs yeux brillaient de plaisir, ils se pressaient les mains, comme pour se communiquer l'enthousiasme qui les gagnait :

— Voilà un gentil garçon ! dit François de Varembon.

Et fendant la presse, il vint chercher Vaugrigneuse qu'il amena dans l'embrasure de la fenêtre et présenta courtoisement à ses compagnons, qui le félicitèrent chaudement de son courage à braver la toute-puissance du favori.

— Je n'y vois pas grand mérite, répondit naïvement le jeune homme; je le hais de toute la force de mon âme et je crois que je ferais tout aussi bien de partir, car je ne me soucie guère d'être poignardé ou jeté au fond d'un puits.

— Bah ! s'écria Montrevel, restez! J'ai quelque pressentiment que cette journée-ci marquera dans les fastes de votre vie. Peut-être vous repentiriez-vous de nous avoir quittés un peu trop tôt.

Revenant sur ses pas, le marquis de Saint-Sorlin se dirigea vers le maréchal de Seyssel qui, debout et impassible, le toisait avec la morgue brutale de l'homme de guerre envers le dameret.

La foule accourut: on pressentait un conflit et tout le monde voulait en être témoin.

Qu'elle soit composée de princes ou d'artisans, la multitude est toujours curieuse, friande de querelles. Ce sont ses plaisirs: on juge les coups, on commente les paroles, on applaudit le plus fort.

Les deux rivaux, une fois en présence, se saluèrent avec une exquise urbanité :

— Monsieur le maréchal, commença le chevalier de Rhodes, il est vraiment surprenant que l'on fasse faire si longtemps antichambre à des gens de notre rang: c'est heurter, bien mal à propos, nos priviléges.

— Monsieur le marquis, répliqua Seyssel avec un sourire ironique, je dois vous avouer que je ne comprends pas très-bien ce que vous me faites l'honneur de me dire.

— Ah ! sans doute, vous n'avez pas remarqué ceci:

que l'huissier de la porte m'a empêché d'entrer chez Son Altesse et m'a prié d'attendre.

— On m'a traité de la même façon, monsieur. Seulement, nous autres soldats, accoutumés aux consignes, ne nous émouvons jamais de si peu. Nous sommes en bonne compagnie, poursuivit le maréchal avec la même ironie, sachons attendre. Nos dames, nos seigneurs sont enchantés du contre-temps qui leur permet de contempler de plus près l'astre éblouissant de la cour. Ne leur enlevez pas ce bonheur, monsieur, ce serait une cruauté gratuite.

Jean de Saint-Sorlin s'inclina pour cacher la fureur qui l'animait. Un murmure approbatif s'exhala de toutes les bouches. Seyssel, fier de son succès, tendit le jarret et promena un regard triomphant sur l'assemblée.

— C'est que vous êtes merveilleusement accoutré, poursuivit-il du même ton, vous fleurez comme baume. Voilà du velours à cent livres l'aune, et des broderies ouvragées par les fées de nos montagnes.

— Eh! monsieur, s'écria Saint-Sorlin qui ne put retenir un geste d'humeur... Mieux vaux paraître ici en robe de velours qu'affublé d'une cuirasse. L'armure ne fait pas le chevalier. Est-ce la même que vous portiez alors que vous fuyiez en Dauphiné, devant les archers du roi Charles VII?

— C'est possible! riposta Seyssel qui eut assez d'empire sur lui-même pour contenir son courroux. Il est certain qu'elle irait mal à votre taille et vous empêcherait de danser, de jouer au passe-dix, de pincer les cordes de la viole, enfin de divertir vos amis, et ce serait grand dommage pour les couturiers et les fées qui parent à l'envi votre agréable personne.

Cette apostrophe brutale fut accueillie par des sourires. On ne se piquait point alors de délicatesse, et l'on se disait, en causant ainsi, des mots que le plus timide bachelier considèrerait aujourd'hui comme une insulte mortelle.

Anthelme de Miolans et ses deux amis assistaient, placés au premier rang, à cette scène pénible. Ils n'en perdaient pas un détail.

Leur dignité de gentilhomme souffrait de cette vile querelle entre deux égaux se reprochant leurs vices, leurs turpitudes, et dont l'unique ambition était de se desservir mutuellement afin d'accaparer davantage, de s'élever plus haut encore, fallût-il fouler aux pieds les lois de l'honneur.

Ce spectacle scandaleux révoltait la droiture de Varembon, la loyauté de Montrevel, et froissait les sentiments d'ardent patriotisme qui vibraient dans le cœur de Miolans. Ainsi, ces deux hommes, dont la situation n'avait rien de secret pour personne, se disputaient publiquement la faveur du maître, sans craindre de le compromettre, sans respect pour sa couronne !...

— Fi ! murmura Vaugrigneuse. Vîtes-vous jamais sans dégoût, messieurs, un combat de coqs ? C'est à qui déplumera l'autre.

— L'ambition sénile et la vanité puérile sont plus ridicules qu'odieuses, ajouta Montrevel. Je ne saurais comprendre que ces gens-là gouvernent l'État. Madame la duchesse est leur jouet : faudrait-il donc croire aux bruits qui circulent ? J'en ai honte pour elle et pour nous !

François de Varembon lui saisit le bras, l'entraîna à l'écart, et lui dit avec un irrésistible accent d'autorité :

— Montrevel, que dirait ton père s'il t'avait entendu parler ainsi ?... Quelles que soient les fautes de ceux qui nous gouvernent, il est de notre devoir de leur obéir, de les défendre, de les respecter. Leurs faiblesses

doivent les rendre plus sacrés encore. Cham fut maudit
pour s'être moqué de son père qui était coupable, puisqu'il était ivre... Enfant, que deviendra la royauté, si
nous, ses soutiens, ses piliers, renversons le trône dans
la boue. Écoutes-moi : tu as mal agi ! Ce que nous
venons d'écouter est affreux : ce que tu as dit, est indigne de toi ! Mais veux-tu ? Viens, nous irons dévoiler
à madame la duchesse les honteuses rixes de ses
amis. Et si la vérité offense, nous paierons de nos
têtes l'honneur de l'avoir dite. Ce sera un noble
exemple pour ceux qui viendront après nous.

Le généreux langage du vieux capitaine troubla profondément le jeune comte. Il se sentit agité d'une inexprimable émotion ; il leva sur lui un regard où éclatait
cette admiration passionnée que l'on éprouve pour les
héros d'un autre âge. Il saisit la main de François et la
porta à ses lèvres, mû par un instinct irréfléchi.

Miolans et Vaugrigneuse qui les avaient rejoints,
furent saisis, à cette vue, d'un sentiment de sincère
vénération pour ces deux hommes, dont l'un poussait
le culte de la royauté, le dévouement à son principe
jusqu'à excuser des fautes qu'il jugeait sévèrement,
tandis que l'autre, sans fausse honte ni rancune, recevait une de ces leçons que les jeunes gens supportent
impatiemment.

Ils continuèrent ensuite, le sourire du mépris aux
lèvres, le regard impertinent, le maintien provoquant,
à s'entretenir de l'étrange colloque des favoris. Ce fut
un feu roulant de railleries et de menaces déguisées.
Leurs voisins les écoutaient, étonnés, car ils ignoraient
la cause de cette hostilité, jusqu'alors moins apparente.

— Je regrette bien que Son Altesse n'ait pas un fou
en titre d'office, commença Montrevel : Un fou, comme
le nain Folario qui fit les délices de la cour du comte

Rouge, à ce que me contait naguères monsieur mon aïeul.

— Pourquoi ? demanda Vaugrigneuse, prompt à donner la réplique.

— Mais il y en a, s'écria Miolans en accompagnant ces mots d'un regard qui alla chercher Saint-Sorlin et Seyssel, au delà d'une triple rangée de courtisans. J'en connais ici au moins... trois : un jeune, un vieux, un décrépit, également sots.

— Pourquoi ? répéta Montrevel. Parce que nous avons tant de sujets de pleurer, que pour avoir le droit de rire, il faudrait que le fou nous en donnât le prétexte.

— Ceux dont je parle, reprit Miolans, sont très-bouffons : ils mangent à la même écuelle et, pour se divertir, se donnent force coups de dents. Heureusement que les crocs sont émoussés...

— Pourquoi ?

— Éternel questionneur ! Parce qu'ils s'empoisonneraient... Ils sont charmants : ils s'attifent mieux que des femmes, et se contemplent chaque matin deux heures durant dans leur miroir... Ils parlent de guerre et n'ont jamais fait la guerre, d'amitié et n'ont jamais connu l'amitié, des affaires de l'État et des finances qu'ils ne connaissent que pour embrouiller les unes et dilapider les autres. Et comme on rit ! comme on les flatte ! comme on les encense ! Petit, petit, petit ! Oh ! qu'il est beau le petit, joli, joli, mignon... L'on se pâme à chacune de leurs sottises... Ils sont, du reste, payés assez cher pour être fort gais !

Un nouveau regard décoché sur le marquis et le maréchal donna toute sa valeur à ce petit discours.

— Ma foi ! dit à son tour Varembon, je me range à l'avis de Miolans, monsieur de Montrevel, et vos regrets sont hors de raison : nous avons ici plus de fous

qu'il n'en faudrait, sans compter ceux qui s'amusent de
leurs folies.

C'était plus que n'en pouvait supporter l'orgueilleux
Saint-Sorlin aux oreilles duquel parvenait tout ce dialogue, et qui saisissait chacun des gestes et des regards
qui l'assaisonnaient.

Les spectateurs riaient très-haut, se demandant tout
bas avec inquiétude comme cela finirait. Le président,
le trésorier général et le vice-chancelier se rapprochèrent. On s'attendit à un événement lorsque l'on vit
Saint-Sorlin, blême, le visage irrité, s'avancer vers les
agresseurs.

— Messieurs, voici un gros quart d'heure que je vous
écoute parler, dit-il en les abordant; en vérité, vous
avez beaucoup d'esprit.

Anthelme de Miolans salua :

— Monsieur, répondit-il, nous le savons bien.

Cette répartie, et surtout l'aplomb imperturbable
d'Anthelme provoquèrent de la part de François de
Varembon un violent accès d'hilarité :

— Je suis heureux de vous voir si joyeux, mon
cousin La Palud, lui dit le marquis. Cela prouve que
les méchantes langues ont grand tort d'assurer que
vous êtes triste, à porter le diable en terre, depuis vos
troisièmes noces...

— Cousin Varax, interrompit François, en tirant à
demi sa dague du fourreau, si les méchantes langues
bavardent, je les couperai. Vous qui savez à qui dire
cela, ne vous gênez pas pour colporter l'avis. Si je ris,
c'est que — vous l'avez entendu tout à l'heure — il y a
maint bouffon à la cour, et je rirai jusqu'à demain
de votre... de la dernière sottise du plus marquant
d'iceux.

Madame de Grolée quitta de rechef la compagnie des
filles d'honneur et vint rejoindre Saint-Sorlin, appuyée

sur le bras d'Isabelle Babin, veuve de Phœbus de Lusignan.

De sa plus douce voix, elle adressa la parole au marquis, cherchant à lui faire comprendre qu'il se fourvoyait et manquait de prudence. Il n'en tint nul compte, et continua d'un ton rude, qui contrastait avec sa manière de parler habituelle :

— Décidément, c'est une gageure. L'on oublie trop vite, ici, qui je suis... Je veux qu'on s'en souvienne.

— Je vous assure, monsieur, repartit Montrevel, que l'on s'en souvient... trop ! Vous êtes, ce me semble, gentilhomme. A ce titre, nous sommes tous — tous, n'est-ce pas ? — vos égaux, et si nous n'avons pas l'honneur d'appartenir, comme vous, à l'ordre de Saint-Jean de Jérusalem, nous avons gagné nos éperons sur les champs de bataille.

Cette réponse, aussi digne que modérée, mit le comble à l'irritation du maître d'hôtel de la duchesse. Il s'écria avec emportement :

— S'il en est ainsi, pourquoi me raille-t-on ? Pourquoi ces murmures, ces conciliabules mystérieux, ces menaces dissimulées, ces injures qui n'osent pas se produire en face. Mort diable ! monsieur de Montrevel, c'est vous que je prends à partie maintenant. Suivez-moi chez Son Altesse ; elle décidera entre nous.

— Il serait plus simple, fit observer Claude, que nous vidassions cette querelle suivant les us de la chevalerie, et plus sage que nous ne missions personne — personne, monsieur ! — au courant de nos petites affaires. Qu'en pensez-vous, comte de Varembon ?

— C'est mon avis. Le champ-clos....

Un nouveau personnage, qui apparut sur le théâtre de cette misérable discussion, intervint subitement.

C'était un vieillard d'environ soixante-dix ans, d'une taille élevée, d'une maigreur maladive, enveloppé dans

11

les plis somptueux d'une simarre d'écarlate ouverte sur
une toge de damas vénitien. Son visage, aux traits an-
guleux, glabre, était caractérisé par un nez en bec
d'aigle, recourbé sur une bouche aux lèvres minces. Ses
yeux, enfoncés sous une arcade sourcilière proéminente,
distillaient un regard dur, méchant, inflexible. Quoique
ses épaules fussent voûtées, ses cheveux, aussi blancs
que la neige, il se redressait avec effort et conservait
une attitude ferme et vigoureuse. De tous les assistants,
il restait seul couvert d'un mortier de drap d'or à retroussis d'hermine.

A son arrivée, tout le monde s'écarta avec une crainte
manifeste, mêlée de respect.

Sa voix s'éleva, sèche, vibrante, âpre, interrompue à
intervalles réguliers par une toux rauque. Il parla, du
seuil de la porte, sans faire un geste, avec un tel accent
de commandement qu'il fut obéi même avant d'avoir
achevé :

— Qu'est-ce que c'est? dit-il. Méconnaît-on à ce
point les amis, les conseillers, les ministres de Son
Altesse? Quoi! vous êtes là, monsieur le maréchal de
Seyssel, et vous tolérez qu'en votre présence, l'un d'eux,
le plus cher, le meilleur, soit outragé? Quoi! monsieur
de Saint-Sorlin, on vous insulte et vous discutez! C'est
de la bonté, mais vous n'avez pas le droit d'être bon.
Monsieur de Seyssel, je vous ordonne d'arrêter immédiatement ces gentilshommes, poursuivit le terrible
vieillard en désignant du doigt Miolans, Varembon,
Montrevel et Vaugrigneuse. Vous les conduirez dans
une salle basse, et leur donnerez pour gardes vingt
archers de la compagnie d'Antioche. Ce soir ils partiront
pour le château de Morges. Ah! ces rébellions ne sont
donc pas finies?... Le bourreau a mille brasses de cordes
chez lui, et les créneaux de nos tours ne s'usent pas!

Un silence de mort accueillit ces lugubres paroles.

Déjà les quatre seigneurs avaient rendu leurs épées au maréchal, humilié du rôle auquel il se voyait condamné, tandis que Saint-Sorlin jouissait de sa confusion et venait remercier celui dont l'intervention inattendue le délivrait d'un mauvais pas et en qui le lecteur a déjà deviné le chancelier Jacques de Valpergue, comte de Masin.

Anthelme de Miolans, qui savait quels événements marqueraient cette journée, conseilla, d'un signe furtif, à ses compagnons de ne faire aucune résistance.

Ils suivirent donc le maréchal, mais Claude de Montrevel ne put s'empêcher de dire, en passant devant le marquis :

— A vous la première manche ! Nous verrons !...

Quelques instants plus tard, Seyssel rentra dans l'antichambre. Le calme et la paix y régnaient. Chacun s'était hâté d'agir comme si rien d'extraordinaire ne se fût passé ; les groupes se reformaient, on causait avec animation de toutes choses étrangères aux scènes précédentes. Les dames brodaient pour occuper leurs loisirs. Madame de Varembon n'avait même pas détourné la tête lorsque Seyssel arrêta son mari. Cypriote par sa famille, entre ses amis politiques et son époux, elle n'hésitait pas et choisissait les premiers.

Le chancelier prit avec lui Saint-Sorlin, Seyssel, et tous trois se dirigèrent vers la porte devant laquelle se tenait le chambellan Montbel, qui prévit qu'il allait avoir à supporter un assaut. Résolu néanmoins à remplir son devoir, il fit une révérence au chancelier et répéta d'un ton ferme :

— On ne passe pas, monseigneur.

Jacques de Valpergue, sans prononcer un mot, l'écarta, souleva les portières et disparut avec ses deux amis dans le petit cabinet pratiqué dans la tour. Aussitôt, ce fut dans l'antichambre un grand murmure. On était enfin libre de pérorer, de commenter, d'interprêter.

Valpergue, arrivé dans la pièce voisine, laissa éclater son mécontentement.

— Pierre d'Antioche m'est venu prévenir de ce qui se passait : je suis arrivé à temps. Ah ça ! s'écria-t-il en se croisant les bras, croyez-vous donc que nous soyions libres de nous haïr, nous autres ? Nous ne sommes pas des amis, nous sommes des complices ! Cornes du diable ! abhorrez-vous du fond du cœur, si vous le voulez ; moi, je vous défends de le laisser soupçonner à autrui.

— Pourquoi Seyssel me traite-t-il en ennemi ? dit le marquis.

— Pourquoi Saint-Sorlin fait-il étalage de ses prouesses? murmura le maréchal : pourquoi me reproche-t-il mon inaction ?

— Vous m'accusez d'orgueil !

— Vous vous targuez de vaillance !

— Aurez-vous bientôt fini ! cria Valpergue en frappant du pied. Mais vous êtes pires que des garçonnets de vingt ans. Ne comprenez-vous pas que la condition indispensable à la réussite de nos projets, c'est l'union, l'union stricte, complète, absolue, sans arrière-pensée ; l'union de galériens rivés à la même chaîne ?

Il parlait avec une telle conviction que, par un mouvement spontané, les deux rivaux se tendirent la main. Le chancelier sourit, en les examinant avec une compassion dédaigneuse :

— De vrais enfants ! grommela-t-il.

— Il y a quelque chose ! reprit Jean de Varax d'un air soucieux. Montbel nous a refusé la porte. C'est la première fois.

— Tu es un niais, chevalier, répondit Jacques. On n'écoute pas un Montbel quand on est Saint-Sorlin. Une autre fois, renverse le chambellan, et va droit ton chemin. Tout est bien, je le sais, j'en suis sûr. Le courrier qui porte à Fésigny les lettres patentes qui le nomment président de la Chambre des comptes, sera arrêté au village de Thollon. Donc, rien à craindre de ce côté. Nous avons un nouvel auxiliaire : madame de Grolée. Philippe-sans-Terre est au château de Loches, au fond d'un cachot horrible ; monsieur de Saintré me l'écrit de la part du roi ; la comtesse de Miolans, qui est à Lyon, l'a vu en prison et me le mande par un messager que j'ai reçu il y a une heure. Nous sommes donc dans la sécurité la plus complète. Louis vieillit et s'hébête... La duchesse est à notre discrétion. Dans un mois le roi mettra garnison à Genève, à Montmélian, à Chambéry. Nos parts sont faites : je garde les sceaux ; à vous, Seyssel, l'épée de connétable ; à vous, Varax, le bâton de grand maître de France. Le but valait la peine d'être atteint, que je pense !

Les favoris devinrent radieux en entendant ces magnifiques promesses, formulées en phrases courtes, hachées, d'un ton bref qui n'admettait pas de réplique.

— Eh bien ! poursuivit le chancelier, puisque l'ordre est de ne laisser entrer personne, sortons, vous et moi, qui sommes des vieux, Seyssel. Toi, enfant, dit-il au chevalier de Rhodes, tu sauras expliquer éloquemment pourquoi tu as violé cette consigne si sévère. Il y a des crimes de lèse-majesté qu'un ministre peut commettre impunément : si la rumeur publique n'est pas une menteuse, tu as commis beaucoup de ceux-là ! Vas et obtiens de la duchesse qu'elle ne revoie pas le duc, jusqu'à ce que j'aie déchiré les lettres patentes de Fésigny.

III

Où l'auteur se permet de mêler l'histoire au roman, ce qu'il prie son honorable et bienveillant lecteur de lui pardonner.

Madame la duchesse de Savoie, éveillée depuis un instant, se disposait à se lever, et ses camÃ©ristes grecques, Bérénice et Pulchérie, préparaient les vêtements dont elle devait se parer ce jour-là et qu'elles tiraient d'un vaste coffre de bois d'ébène, incrusté d'ivoire et d'étain. La princesse reposait dans un grand lit carré, surmonté d'un baldaquin, entouré de tapisseries d'or et de soie représentant la vie de sainte Anne, mère de la Vierge, décoré de huit panaches de plumes peintes, de torsades, de crépines et de glands d'or.

Un riche cabinet en bois de cèdre, orné de figurines d'argent, occupait une des parois de la chambre. Il contenait les nombreux écrins, coffrets à bijoux, les orfèvreries et les atours précieux qui servaient aux jours de fête.

— Pulchérie, demanda la duchesse d'une voix languissante, fait-il jour ?

— Depuis trois heures, madame. Le soleil est déjà bien haut sur l'horizon. Le ciel est d'une beauté....

— Il n'est venu personne ?

— Monsieur le maréchal, mais le seigneur de Montbel a refusé la porte.

— Le marquis de Saint-Sorlin ?

— Non, madame.

— J'ai fait un vilain rêve, Bérénice, reprit la duchesse. Il me semblait voir devant moi, dans une cha-

pelle, éclairée par mille cierges, ornée de fleurs odo-
rantes, trois cadavres affreusement mutilés. Et je voyais
monsieur de Saint-Sorlin, vêtu d'une tunique de couleur
d'hyacinthe, la poitrine ouverte, perdant son sang par
vingt blessures... *Parthenos Maria* ! ce n'est qu'un songe,
et les esprits faibles seuls croient aux songes ! Pulchérie,
prenez votre psaltérion et chantez-moi la ballade du
croisé de Nicosie, tandis que Bérénice m'habillera. Bérénice, je veux aujourd'hui ma robe de drap d'or frisé,
mon surcot de satin génois et ma cotte rayée de noir et
d'argent. Hélas ! je suis vieille et je vois bien que mes
cheveux blanchissent !

— Madame, dit respectueusement l'une des suivantes,
Monseigneur a fait demander hier au soir si Votre Grâce
passera toute la journée à chasser, comme ces jours
derniers ? Son Altesse...

— C'est bien ! interrompit Anne d'un ton impérieux,
Jean de Varax lui portera ma réponse. Mes bijoux
d'Asie, ma couronne à fleurons, Bérénice.

Un instant plus tard, Anne de Chypre, enveloppée
d'une mante d'étoffe persane, procédait aux soins minu-
tieux de sa toilette.

Elle était merveilleusement belle encore et bien
qu'elle eut plus de cinquante ans, on lui en eut donné
trente à peine, à cause de l'éclat de son teint, de la fraîcheur de ses joues, de la vivacité de son regard. Ses
cheveux, longs et soyeux, d'un blond ardent, doré,
nuancé de reflets fauves, l'enveloppaient comme un
manteau royal. Il n'y avait pas une ride sur son front
brillant et poli comme un marbre. Le feu de la jeunesse
animait ses yeux d'un bleu sombre. Ses lèvres roses
découvraient, quand elle souriait, l'émail nacré de fort
belles dents. Sa main étroite, aux doigts effilés, avait
cette pâleur mate de la cire. Il est fâcheux qu'il ne se
soit trouvé aucun peintre pour léguer à la postérité un

portrait de cette princesse, proclamée par ses contemporains la plus belle de son siècle.

Fille de Janus de Lusignan, roi de Chypre, de Jérusalem et d'Arménie, et de Charlotte de Bourbon, elle avait
été fiancée au fils aîné d'Amédée VIII, duc de Savoie,
qui fut depuis l'anti-pape Félix V, et dont elle épousa
le fils puîné Louis, le 1er janvier 1432. Elle eut en mariage cent mille ducats d'or de Venise.

Les ambassadeurs qui firent les premières ouvertures
étaient François de la Palud, seigneur de Varembon, et
Jean de Compey, seigneur de Gruffy. A l'arrivée de la
jeune souveraine dans ses états, le duc de Savoie donna
à Chambéry de grandes fêtes auxquelles assistèrent la
reine de Sicile, le duc de Bourgogne, le cardinal de
Chypre, le duc de Bar, le comte de Nevers, le damoiseau de Clèves, le prince d'Orange.

Louis devint passionnément épris de sa jeune femme,
qui le subjugua, dit Olivier de la Marche, par ses fiertés
audacieuses et sa merveilleuse beauté. Elle avait amené avec elle un nombre infini de Grecs et de Cypriotes,
comme plus tard Catherine et Marie de Médicis attirè-
rent en France, à leur suite, beaucoup d'Italiens. Elle
ne se plaisait qu'avec ses compatriotes, plus séduisants,
plus frivoles, moins graves, moins réfléchis que les
Savoyards qui prisent peu les qualités et les avantages
extérieurs.

« Le charme de sa parole, sa grâce naturelle, lui
gagnèrent d'abord tous les cœurs ; mais la complaisance
même de ces séductions en devint l'excès. Impatiente
de contradiction, elle se piqua d'écraser ses ennemis
plutôt que de les séduire ; maniant avec une incroyable
dextérité les affaires les plus délicates, elle s'abaissa à
de vulgaires intrigues et dépensa son génie à des riens ;
un sourire, un mot, suffisaient à lui ramener les
esprits les plus prévenus, et cependant elle ignora tou-

jours l'art d'adoucir les froissements, de guérir ces dé-
fiances cachées qui souvent tiennent en suspens les so-
lutions les plus graves. Trop indulgente à qui flattait
ses goûts, prenant l'entêtement pour de la force, se
croyant généreuse parce qu'elle était prodigue, héroïque
parce qu'elle était imprudente, elle abusa de l'affection de son époux, tint en mépris ce caractère indécis et timide, fit litière à ses favoris des dignités et des
revenus de l'État, et compromit à la fois le prince et la
nation en les rendant responsables des tempêtes que
soulevaient ses propres fautes. Anne de Chypre ne possédait ni l'austère énergie qui conduit au gouvernement de soi-même, ni cette discipline des sentiments qui
prend sa source dans la conscience du devoir. Toute à
ses frivolités, à ses intrigues, à ses rancunes, elle s'épuisa
dans une lutte sans grandeur, et ne réussit à rien pour
n'avoir écouté que son orgueil. « De toutes les femmes
dont l'activité s'exerça en Savoie, ce fut la seule dont
l'influence resta détestable, la seule dont on maudit le
nom. » (1)

Le premier ministre qu'elle choisit fut Jean de Compey, seigneur de Thorens, d'une illustre famille du
Genevois. Noble et riche, Compey indisposa contre lui
toute la cour, par son arrogance et sa présomption.
Créature dévouée du dauphin, qui devint Louis XI et qui
était alors en révolte ouverte contre son père, il s'entremit
dans l'affaire de son mariage avec Charlotte de Savoie.

L'on sait que ce mariage, tout politique, fut conclu
sans le consentement de Charles VII qui s'en montra
fort irrité. Le duc de Bourgogne, assure-t-on, avait
donné au dauphin une pension de douze mille écus à
condition qu'il épouserait Charlotte. Il est certain que
cette union fut si malheureuse que celle-ci, reléguée

(1) V. de Saint-Genis : *Histoire de Savoie.*

dans sa propre famille, y mourut, laissant un fils qui fut Charles VIII. Philippe de Comines l'appelle « pudique et fort bonne dame. »

Une conspiration fut organisée par la noblesse. Elle eut pour chef Jean de Seyssel, maréchal de Savoie: pour principaux associés les seigneurs de Varembon, de Lurieux, de Montbel, de Varax, de Chalant, de Viry, de Menthon.

Un jour, dans une chasse à laquelle assistaient Anne de Chypre et la princesse Annabelle d'Écosse, Jean de Seyssel fit à Compey une insulte publique, puis les conjurés le poursuivirent, l'attteignirent près d'une ferme, l'assaillirent et le laissèrent pour mort sur la place.

Blessé, mais vivant, Compey dénonça ses ennemis. Il présenta cette affaire au duc Louis comme un crime d'État. Les seigneurs conjurés furent aussitôt bannis, dépouillés de leurs biens, de leurs charges, de leurs dignités. Leurs châteaux furent rasés. Ils se réfugièrent en France où le roi les accueillit bient en haine de Compey, ami et complice du dauphin.

Charles VII leva une armée et marcha contre le duc de Savoie, qui lui envoya aussitôt des ambassadeurs, et vint ensuite lui-même le trouver à Feurs pour obtenir la paix, sur le conseil du cardinal d'Estouteville, évêque de Maurienne.

Il fut conclu dans cette petite ville du Forez un traité appelé par quelques historiens la *cédule de Cleppié*. Il stipulait l'évacuation par le duc du marquisat de Saluces, une indemnité considérable en compensation des frais d'armement faits par la France, la réintégration complète des bannis dans leurs fortunes, charges et seigneuries.

Le roi voulut que la ville de Turin et *deux cents* gentilshommes, *chefs d'hôtels*, se rendissent caution de ces engagements. En échange, le roi donnait sa fille Yolande à Amédée de Savoie, prince de Piémont, et ratifiait le mariage du dauphin. Des lettres patentes ducales, obtenues par les conseillers Pierre de Barres et Jean Thudert, accordèrent aux révoltés les compensations qu'ils réclamaient et le 27 mars 1455, à Chambéry, au son des cloches, après une procession solennelle, Compey se réconciliait avec ses ennemis.

A Compey succédèrent d'autres ministres, Guillaume Bolomier, chancelier de Savoie, qui fut accusé de malversations par François de la Palud-Varembon, puis Jacques de Valpergue, président du conseil souverain, destitué en 1459, rétabli en 1460, et que nous retrouvons plus en faveur que jamais, avec les d'Antioche, Saint-Sorlin, le maréchal de Seyssel, et Thomas de Sur, archevêque de Tarentaise.

Le duc Louis était monté sur le trône à trente-deux ans, en 1434, au moment de l'abdication de son père, qui se retirait au château de Ripaille. Il était simple, bon et débonnaire. Il ne fit rien de bien saillant durant son règne, si ce n'est de fonder les monastères des Célestins à Lyon, des Carmélites à Rumilly, des Cordeliers à Nice et à Turin, et de créer un sénat, cour suprême de justice, dans cette dernière ville.

Sous son règne, il se passa en Europe de grands événements : le sultan Amurat échouait devant Belgrade que défendait le voïvode de Transylvanie, Hunyade ; Charles VII arrêtait à Bourges, entre le pape Eugène IV et le clergé gallican, la pragmatique-sanction ; Jean Paléologue signait au concile de Florence un acte d'union entre les églises grecque et latine ; Coster, Guttemberg et Schœffer, commençaient leurs premiers essais d'imprimerie ; les Portugais découvraient le cap Vert et le Sénégal ; Mahomet II prenait Constantinople ; la guerre des deux Roses désolait l'Angleterre ; enfin

André Mantegna inventait la gravure à l'eau-forte.

Ce règne comptait encore beaucoup de grands hommes:
saint Laurent Giustiniani, patriarche de Venise, sur-
nommé le Père des pauvres; saint Bernardin de Sienne;
Jean Gersen, l'auteur de ce livre immortel l'*Imitation de
Jésus-Christ*; Alain Chartier, moins célèbre par ses écrits
que par le baiser que lui donna Marguerite d'Écosse ; la
poétesse Clotilde de Surville; OEneas Sylvius Piccolomini,
pape sous le nom de Pie II. En Savoie, Aymon de
Chissé, bénédictin, évêque de Nice, qui exerça une
grande influence au concile de Bâle ; Louis Allamand
de Saint-Jeoire, archevêque d'Arles, que Clément VII
béatifia en 1527 ; les cardinaux de la Palud et de Montferrat ; Guillaume Fichet, obscur prêtre du Faucigny,
qui vint à Paris, y fut recteur de l'Université, et in-
troduisit l'imprimerie en France.

Comme on le voit, ce moyen âge tant calomnié vaut
mieux que la réputation que lui ont faite des romanciers
peu scrupuleux. Cette fin du quinzième siècle faisait
pressentir la Renaissance.

Louis XI faisait l'unité française, les papes faisaient
l'unité chrétienne. L'Église marchait à la tête de la
civilisation. Chaque période amenait un progrès, chaque
lustre donnait son grand homme, chaque pays se dis-
tinguait à son tour par sa valeur et ses travaux.

Comme nous l'avons dit, Louis eut d'Anne de Chypre
seize enfants : le prince de Piémont, le roi de Chypre,
les comtes de Genève, de Romont et de Bresse, trois fils
prêtres, la marquise de Montferrat, la reine de France,
la duchesse de Milan, la duchesse de Luxembourg, la
comtesse de Dunois.

Ce résumé succinct était indispensable à la clarté des
événements qui vont suivre.

.   .   .   .

Madame Anne de Chypre, assise sur un tabouret devant

un miroir d'argent poli encadré d'une guirlande en filigrane d'or, contemplait son radieux visage.

La cameriste, ayant tressé en nattes son opulente chevelure, les enroulait, diadème splendide, autour de son front et les fixait avec des épingles de pierreries. Elle posa ensuite sur cette couronne un hennin en forme de cœur, fait de soie violette et de fils de perles, duquel retombait un voile de gaze couleur de tan, et surmonté d'un bandeau royal à fleurs de lys.

La duchesse revêtit ensuite une jupe de satin noir lamée d'or, une robe de drap d'or frisé bordée de genettes noires et un manteau de velours à longue traîne richement brodé.

Ainsi vêtue elle s'assit et attendit :

— Madame, demanda Pulchérie, faut-il introduire les seigneurs qui sont là, dans la salle d'honneur?

— Qui ? ceux qui portent sur leurs épaules les prés et les moulins de leurs pères, me débitent des compliments fades, et m'assourdissent de leurs madrigaux ? Non, qu'ils attendent. Je m'ennuie, mes filles !

— Que fera Votre Grâce aujourd'hui ? dit à son tour Bérénice. Il y a tant de divertissements qui chassent le vilain ennui.

— Parles, enfant.

— La chasse, madame. Le seigneur de Seyssel assurait l'autre jour que rien n'est amusant comme de poursuivre un cerf, par voies et par chemins, et, les chiens l'ayant coiffé, de lui plonger le couteau au défaut de l'épaule et de voir jaillir un sang vermeil de la blessure tandis que des larmes coulent de ses yeux.

— Fi ! s'écria la duchesse, indolemment. C'est un plaisir de boucher !... En vérité, Seyssel devient féroce. Il faudra que je déclare la guerre à quelque petit prince d'Italie, pour essayer sa vaillance.

— Il y a la danse, madame, reprit Pulchérie. C'est un

passe-temps fort agréable. Monsieur de Saint-Sorlin ne parle que du branle qu'il dansa, au château de Sallenove, avec la comtesse de Miolans.

— Quelle Miolans? Gilberte? Cette pauvre petite sait danser?... Ah! monsieur de Saint-Sorlin est par trop galant. Je l'enverrai chez mon gendre qui fait danser volontiers les gens au bout d'une corde de gibet.

— Oh! madame, s'écria la Grecque, effrayée de cet accent.

Bérénice vint s'agenouiller sur un coussin, aux pieds de sa maîtresse:

— Essayez, lui dit-elle, de compter vos beaux florins d'or, vos joyaux. Monseigneur le grand chancelier estime qu'il n'est rien en ce monde qui soit comparable au bonheur de contempler ses richesses. Vous en aurez pour toute une journée.

Anne sourit:

— L'avare! s'il était né dans une échoppe, il serait usurier plus rapace qu'un Juif!

— Le fait est, s'écria étourdiment Pulchérie, que voilà trois seigneurs qui sont de piètre encolure! Monsieur de Seyssel est poltron et cruel, monsieur de Saint-Sorlin, frivole plus qu'une fillette, et monsieur de Valpergue, ladre à rendre des points à Crassus. D'ailleurs, parfaits égoïstes tous les trois...

Anne se dressa, pâle et les traits contractés par une colère indigne d'elle. Elle marcha sur la pauvre jeune fille qui, fascinée par son regard, tomba à genoux et les mains jointes. La duchesse la frappa au visage, et sans prêter attention à ses sanglots, elle proféra d'une voix rauque ces paroles:

— Folle! vile servante... Ce sont mes amis, entends-tu, mes meilleurs amis? Qu'oses-tu dire! Ils sont loyaux et braves, chevaleresques, pleins d'affection et de dévouement pour moi. Ils ne m'ont jamais rien demandé:

Je leur ai donné ce que j'ai pu. Ce n'est pas assez. Ah! c'est ainsi qu'on les traite, chez moi, devant moi ! Va-t-en ! je te chasse... misérable. Ta poche est pleine d'écus, c'est Valpergue qui te les a donnés. Ce collier de corail, qui fait une ligne rouge sur ton cou, c'est à Varax que tu le dois... Ils sont tout ici ! Est-ce que je suis servie, si ce n'est par eux ? Où sont mes enfants ? Regarde ! ils m'ont tous abandonnée. On a marié mes filles, pour je ne sais quelles raisons d'État... Que deviendrais-je abandonnée, raillée, trahie, sans mes Cypriotes, sans mes amis, sans mes ministres, les seuls qui me soutiennent ?

Cette exaltation épouvantait les jeunes filles qui, tremblantes, détournaient avec effroi leurs regards. Épuisée par cet effort, Anne s'étendit sur des coussins et se mit à pleurer.

Bérénice et Pulchérie se traînèrent jusqu'à elle sur leurs genoux et la supplièrent, avec les plus tendres caresses, de leur pardonner quelques mots, prononcés sans intention malveillante, plutôt par raillerie que par méchanceté, et simplement pour obéir à la pensée secrète de leur maîtresse. Anne les embrassa, sécha leurs larmes, et soudain consolée, souriante :

— Bérénice, dit-elle, d'une voix encore altérée, je te donne mon bracelet d'améthyste. Pulchérie, souris-moi, chère enfant. Tu auras une métairie pour te payer ce maudit soufflet. Mon Dieu ! qui guérira cet ennui qui me ronge, qui me dévore ? Je souhaiterais que mon fils de Bresse vînt ici recommencer ses équipées !... Je m'occuperais du moins à le combattre !... Pauvre enfant ! on dit que le roi de France le détient en sa tour de Loches.... Vous qui savez si bien confire les fruits dans le vin de Chypre, Nicette, travaillez-y, nous lui en enverrons.

— Madame, reprit la camérière, on mène grand

tapage dans la salle, faut-il aller voir ce que c'est?

— Encore une querelle, s'écria la duchesse qui s'é-
lança vers la porte, haletante, le visage empourpré. Oh!
que Saint-Sorlin ne tue-t-il ceux qui m'outragent en
l'outrageant. C'est la voix de Valpergue.

Penchées sous les portières de brocart, elles écoutaient
toutes les trois, comme des écolières curieuses et
mutines.

La voix de Seyssel, rogue et grondeuse, retentit dans
le salon voisin.

— On a arrêté quelqu'un, dit Pulchérie, j'ai entendu
le toc-toc des hallebardes sur les dalles. Monsieur de
Chissé peut-être, ou l'un des Chalant? Le noble marquis
est si doux, pourtant! si gracieux, si bon! Il n'est rien
que monsieur le maréchal ne fasse pour servir un
gentilhomme! Et quand on ne demande pas d'argent
au seigneur chancelier, on obtient de lui tout, serait-
ce...

Un pas ferme et rapide effleura le parquet du cabinet
de la tour. La porte s'ouvrit et Jean de Saint-Sorlin,
souriant, étincelant de jeunesse et de beauté, apparut
sur le seuil :

— Oh! balbutia Anne de Chypre, en gémissant;
oh! cette tunique de couleur d'hyacinthe!... mon rêve
de cette nuit!... Fuyez, Jean! vous êtes perdu!... Vous
allez mourir!...

IV

Ce que n'eût pas voulu entendre Philippe
de Savoie.

Saint-Sorlin ne répondit que par un sourire à ces
paroles imprudentes. Il fit un signe. Pulchérie et Béré-

nice disparurent aussitôt par une porte latérale. Il conduisit alors la duchesse à son fauteuil, la fit asseoir, et s'assit à ses pieds sur les carreaux.

Anne, pâle, effarée, le considérait en silence. Elle prit à deux mains un pan de la précieuse tunique et fit de vaillants efforts pour lacérer l'étoffe qui résista. Le chevalier souriait toujours.

— Cela porte bonheur, murmura-t-elle, déchirez-la, Jean, avec votre poignard.

— Madame, ne serait-ce pas dommage ? répondit-il d'une voix caressante. Que dirait Jacques, auquel j'ai envoyé ce matin mon couturier et son mémoire, l'un portant l'autre : soixante mille florins ! Notre chancelier n'est pas accommodant en matière de finances, et j'aurais justement besoin...

Anne l'interrompit et le pria si instamment d'obéir à son caprice, qu'il fit avec la pointe de sa dague un petit trou à sa tunique.

— Il faut que vous sachiez, reprit-elle ensuite, que j'ai rêvé de vous cette nuit. Je vous voyais mort devant moi, ainsi vêtu, et le sang coulait, épais et noir, sur ces broderies... Et... je ne sais, poursuivit-elle en hésitant un peu, il me semblait que c'était moi-même qui vous avais frappé... Oh ! que deviendrais-je, si je perdais le plus héroïque de mes défenseurs ! Le jour où Valpergue, Seyssel et Saint-Sorlin ne seront plus autour de moi, ma vie sera finie. Ces peuples me détestent !... Vos châtelaines de Savoie me jalousent... Pour mes sujets, que suis-je ? une étrangère ! On me reproche assez de faire de mes amis, mes conseillers et mes ministres, et je n'ignore point qu'on ose calomnier l'amitié que je vous porte, moi qui pourrais être votre mère, Jean, et qui pourrais être la fille de Valpergue.

Elle devint très-grave tout à coup et, le menaçant du doigt, reprit d'un ton grondeur :

— C'est très-mal à vous, Saint-Sorlin, fort mal, je vous assure. Un moment j'ai pensé à vous infliger un châtiment sévère : dix jours de forteresse, un mois d'exil. Avouez que vous l'eussiez bien mérité.

— Eh ! serais-je coupable de quelque faute ? Cela tomberait mal à propos ; moi qui venais précisément vous demander...

— Vous savez bien que le cœur d'une mère pardonne tout, enfant ! même la révolte, même la haine injuste, même la calomnie !... *Povero mio !* Vous aurez soin, Jean, que l'on prépare mes équipages et vous enverrez monsieur de Seyssel en avant de cinq journées.

— En vérité, madame, je ne comprends un traître mot à tout ceci ! Vos terreurs, vos tristesses, vos colères se succèdent plus rapidement que les heures d'un jour heureux, dit Saint-Sorlin qui frappa du pied comme un écolier mutin. J'avais une plaisante nouvelle à vous aprendre. Mes créanciers veulent mettre hypothèque...

— Fi, chevalier ! reprit la duchesse, qui haussa les épaules. Hantez-vous donc les procureurs ? Vous parlez un langage de basochien famélique, et vous auriez tant de choses pourtant à me dire, hors ces billevesées de gens de chicane ! Qu'un page ou une suivante, *ohimé !* vous eussent entendu, savez-vous qu'ils auraient aussitôt pensé que je donnais audience particulière à quelque paysan grossier, me suppliant de guérir sa vache malade ? Écoutez, vous vous êtes vanté de réduire à la plus humble misère mon fils de Bresse, et de lui faire porter des chausses trouées au genou. Philippe est prisonnier du roi de France, mais il est mon fils et vous lui devez le respect.

— Eh ! madame, un lionceau qui se rebelle et voudrait mordre...

— C'est le fils de votre maître !

— Voici la première fois que vous me le rappelez, madame. Du reste, c'est à Valpergue que vos reproches s'adressent, car c'est de lui que vient le propos. Je suis de votre avis ; c'est fort sottement agir que d'insulter un absent. Pourquoi gardez-vous ce Valpergue, madame ? Il vous ruine, et quand j'ai des empêchements d'escarcelle — aujourd'hui, par exemple, qu'il faut que je rembourse à des Juifs une somme énorme, — il me renvoie en me riant au nez, et me disant que la caisse est vide. Ce n'est pas difficile, il fait couler le trésor dans ses poches ! Dites-moi, madame, pourquoi gardez-vous ce Valpergue ?

Depuis un instant la portière s'était soulevée, et sous l'ombre des draperies de brocart apparaissait la figure fine et malicieuse du chancelier, debout, écoutant, impassible et calme, cet étrange entretien. Sur ces derniers mots, il fit un pas en avant, entra dans la chambre et répondit, avec un accent dédaigneux et hautain :

— Son Altesse compte un trop petit nombre de serviteurs dévoués autour d'elle, monsieur de Saint-Sorlin, pour renvoyer le plus humble de tous, mais le plus fidèle. Ces querelles sont misérables. Elles n'intéressent que vous. Est-ce au moment où je viens de vous rendre service en faisant arrêter...

— Qui donc ? chez moi ? s'écria la duchesse en se levant, altière, irritée, à ce point que les deux ministres stupéfaits autant qu'effrayés, échangèrent un regard qui exprimait la nécessité où ils étaient de se réconcilier promptement et de faire face à l'orage d'un commun ensemble.

Le chancelier lui raconta dans tous ses détails la scène qui venait de se passer dans l'antichambre, non sans aggraver les prétendus torts des prisonniers. Il ajouta qu'il prenait la responsabilité de cette affaire, et que la duchesse aurait à décider entre ses conseillers et ceux qui ne craignaient point de manifester si hautement leur basse jalousie.

Ce mot fit sourire madame de Savoie qui, malgré son aveuglement, se rendait un compte exact de la situation, appréciait le caractère de ses amis, et n'ignorait ni les services, ni la loyauté de Montrevel, de Miolans et de Varembon.

— En vérité, conclut le chancelier, si nous ne sommes ici les premiers après vous, si notre sécurité n'est point garantie, il ne nous reste plus qu'à prendre congé de Votre Altesse. J'irais volontiers vivre dans mes terres de Piémont, jusqu'au jour où l'on sera convaincu, par l'expérience, que nous ne sommes pas des serviteurs à dédaigner. Je me soucie peu d'être comme Bolomier, jeté à l'eau avec une pierre au cou. C'est là que me conduiront ces insolents, madame, si vous ne vous interposez entre eux et...

— Et nous, acheva Saint-Sorlin, qui mit un genou en terre. Ces gentilshommes appartiennent à... à quelqu'un, poursuivit-il d'un ton plus bas et soulignant ses paroles, que le respect m'empêche de nommer. En Italie, on a ses sbires à gages : ici l'on paie des insulteurs.

— Taisez-vous, monsieur, commanda la duchesse d'une voix si sévère que Valpergue et Varax se regardèrent encore une fois, interdits. Comment voulez-vous que j'emprisonne ces gentilshommes? Un La Palud, un La Baume, un Miolans ! Ce serait à me faire lapider. Évitez les querelles, messieurs, ou si vous les cherchez, videz-les en champ-clos, la lance au poing, au lieu de vous abaisser à devenir de chevaliers, délateurs. Monsieur le chancelier, je vous ordonne d'aller immédiatement délivrer ces quatre seigneurs : ils attendront mes ordres dans l'antichambre. Vous, monsieur de Saint-Sorlin, demeurez !

Jacques de Valpergue, blême, confus, s'inclina profondément et se retira.

Il se croisa sur le seuil avec le maréchal de Seyssel, qui se présentait, les traits épanouis, la mine impertinente. Seyssel entra en homme accoutumé au meilleur accueil, mais il fut saisi d'une terreur soudaine en lisant un égarement voisin du désespoir sur les traits de Saint-Sorlin, et en voyant la colère et la souffrance qui se peignaient sur ceux de la duchesse. Le premier, debout, les sourcils froncés, les yeux baissés, livide, restait immobile comme une statue.

Anne, inflexible, les bras croisés, le regardait :

— Oh ! oh ! se dit intérieurement le maréchal, il y a du grabuge. Qu'est-ce que cette figure renversée de Valpergue ? Quelle chance j'aurais, si elle se débarrassait du même coup de ce vieux avare et de ce godelureau ! Madame, je vous demande pardon, acheva-t-il à voix haute et d'un ton impudent, il me semble que j'arrive mal à propos.

— Non, monsieur, répliqua sèchement la duchesse. Il faut en finir une bonne fois. Qu'est-ce que ces façons entre vous ? Vous donné-je le droit de vous jalouser ? Vous avez chacun votre part, et personne ne doit se plaindre. Ah ! je suis lasse, à la fin, de ces luttes ! Je ne veux plus être votre victime, compromise aujourd'hui, insultée demain, sacrifiée quand vous le voudrez, à vos ambitions et à vos convoitises. Je suis courageuse, et je m'arracherai du cœur l'amitié que je vous porte, dussé-je m'arracher aussi le cœur !...

Elle se laissa tomber sur un siége, épuisée par ce vaillant effort.

— Adieu, madame, murmura Saint-Sorlin, à demi prosterné, j'emporte votre souvenir.

Elle se redressa, inquiète, l'œil atone :

— Jean ! cria-t-elle en le voyant se diriger vers la porte, Jean, où allez-vous ?

— Eh ! madame, où voulez-vous qu'il aille ? répliqua rudement le maréchal, qui suivit Saint-Sorlin. Vous nous chassez : nous partons. C'est bien simple. Faut-il inviter François au Nez d'argent à venir vous consoler ?

Jean de Varax prit le maréchal à la gorge, tira son poignard et le lui mettant au défaut de la cuirasse, il dit à la duchesse, de la même voix triste et résignée, mais avec énergie :

— Seyssel vous a manqué de respect, faut-il que je l'abatte à vos pieds ?

Anne courut à lui et lui tendit la main. Saint-Sorlin détourna les yeux, remit lentement l'arme dans sa gaîne, et souleva la portière, sans dire un mot. Seyssel, meurtri, sourit méchamment : il comprenait quelle comédie jouait son complice.

— Monsieur de Saint-Sorlin, vous m'abandonnez ! murmura la duchesse.

— Vous m'avez jugé, madame, et condamné. Adieu ! Ah ! j'avais foi en vous, j'espérais en vous. Qui ne vous eut admirée, si radieuse et si vaillante ? Qui n'eut été charmé par votre voix mélodieuse et vos suaves paroles, harmonie céleste, qui fait penser aux chants des archanges ? Vous me chassez... J'aurais voulu perdre la vie, en vous servant de bouclier contre vos ennemis. Je serai le premier de ma famille qui mourra ailleurs qu'à la bataille... Le désespoir tue mieux que l'épée. Vous ne me reverrez plus !

Sa voix vibrante retentissait... Ses yeux étincelaient d'un feu ardent, voilés par une larme qui mouillait leur paupière. Le sourire navré qui errait sur ses lèvres, la pâleur étendue sur ses joues moites d'une légère sueur, son corps un peu affaissé, sa tête penchée sur la poi-

trine, lui donnaient quelque ressemblance avec l'Anti-
noüs antique. Le soleil se joüait sur les broderies de sa
casaque, jetant de chatoyants reflets sur l'étoffe. Les
plumes de son chapeau ondulaient, effleurant le sol.

A côté de lui Seyssel, bardé de fer, dans une pose
roide et guindée, le visage grimaçant, la moustache
hérissée, faisait l'effet d'un dogue prêt à sauter sur
l'ennemi.

Anne les considéra tous deux un instant, puis elle
vint à eux, et appuya ses mains blanches aux ongles
roses sur l'épaule du chevalier de Rhodes :

— Jean, seriez-vous assez ingrat pour m'abandonner?
lui dit-elle. J'ai fait de vous, obscur cadet, sans fortune,
un seigneur puissant et riche. Ce n'est rien. Mais je
vous ai donné plus, en reportant sur vous l'affection
maternelle que j'avais pour mes fils... Oui, vous êtes
moins encore le tout-puissant ministre si envié, moins
le conseiller toujours écouté, que l'enfant d'adoption
chéri, toujours coupable et toujours pardonné.

— Vos caprices sont des poisons qui tuent, répondit-il
doucement, en se laissant conduire vers les carreaux de
velours, sur lesquels il s'agenouilla. Je vous ai vue, en
moins d'une heure, inquiète, joyeuse, irritée, patiente,
emportée et maintenant vous voilà faible. Si nous devons nous séparer, que ce soit aujourd'hui plutôt que
demain. Je souffre. Endurer une fois encore la torture
que vous m'avez imposée serait impossible : seriez-vous
curieuse de me voir expirer à vos pieds ?... Vos bienfaits ont été au-dessus de mes mérites. Eh bien ? donnez
ma charge à Vaugrigneuse ou à Montrevel : ce sera un
ennemi de moins. Donnez mon marquisat de Saint-
Sorlin à monsieur de Bresse, qui se plaint si amèrement de n'être que votre fils : ce sera un ami de plus.
Il me restera ma place parmi mes frères de Rhodes.
J'irai les rejoindre et vous m'oublierez. J'aurai soin que

l'on ne vous dise jamais où et comment Jean de Varax
aura trouvé la suprême consolatrice : la mort.

Elle éclata en sanglots, folle de douleur. Saint-Sorlin
se mordit les lèvres. Il crut la partie perdue.

Elle pleurait. De grosses larmes, brûlantes, ruisselaient sur ses joues. Sa poitrine se soulevait, un frisson
nerveux la secouait. Lui, sombre et morne, songeait à
ce qu'il deviendrait si l'orgueil de cette femme trouvait
un jour en lui un témoin importun.

— Jean, vous ne partirez pas, s'écria-t-elle, domptant
son émotion par un effort énergique. Je ne veux pas
que tous vous me quittiez les uns après les autres. J'ai
besoin de vous pour régner... Qu'est-ce que ces misères
que je vous ai données ? Il n'y a pas de ducs à notre
cour. J'écrirai à ma fille Charlotte : elle obtiendra du
roi Louis, pour vous, une pairie que je paierai de mes
plus beaux diamants. Je vous ferai relever de vos vœux,
poursuivit-elle, s'apaisant à mesure qu'elle parlait et se
complaisant dans ces promesses. Puis vous épouserez
une de mes parentes : vous serez l'allié de Savoie.

— Ah ! dit-il, en la couvrant d'un tendre regard, vous
m'aimez encore, mère chérie... Qu'importe le reste, à
qui possède votre confiance !... Oui, je resterai, je répa-
rerai mes fautes, et ce peuple vous aimera, car nous le
ferons heureux !

— Valpergue partira, continua-t-elle, je ne veux plus
de ces vieillards chenus, édentés, qui attristent nos
plaisirs et radotent dans nos conseils. Seyssel vous
léguera son bâton de maréchal qui est trop lourd pour
son bras sénile. Votre dévouement me servira-t-il aussi
bien, Varax, quand vous serez presque mon égal ?

— Oh ! madame, je ne serai jamais que votre esclave.
Mon sang est à vous !

— Ah ! je vieillis, Varax, les années s'accumulent sur
mon front... Et que de choses il reste à faire à qui veut

paraître sans trembler au jugement de Dieu ! Les rois ont
de terribles comptes à rendre !... Aidez-moi à faire le
bien ; conseillez-moi justement... Apprenez-moi la clémence... Guérissez-moi de ces vices qui m'ont attiré la
haine de ces pauvres gens de Savoie : de ma prodigalité,
de mon orgueil, de ma frivolité, de la colère, de la vanité... Quelle mission sublime que celle d'un homme sans
cesse attaché à épargner à sa reine le plus léger remords,
à lui dicter les lois sages, à l'encourager dans le bien !...
Soyons amis, Varax, et que rien ne trouble nos cœurs !...
Amis... Varax !!...

Il resta confondu. Il s'attendait à la voir vaincue,
humiliée, déchue, prête à reprendre son existence tu-
multueuse de plaisirs et de fêtes, et il la voyait digne,
majestueuse, comprenant enfin qu'elle avait jusque-là
terni sa vie par l'inaction, par l'orgueil et les joies, et
qu'il fallait désormais se repentir, et que pour gouverner un peuple, il faut ne se point divertir, penser
aux misères d'autrui. Il cherchait un biais pour amener
l'entretien sur un terrain plus pratique, se rappelant
qu'il avait quelque faveur à mendier. Elle attendait,
surprise d'un silence qui, en cet instant, était une injure.

— Vous m'accablez ! s'écria-t-il enfin ; je ne sais
qu'admirer le plus en vous : une vertu qui m'écrase, une
beauté qui m'enchante !... Si le duc mourait !... ajouta-
t-il d'une voix si basse que la duchesse ne comprit pas
tout d'abord ces paroles fatales.

Il poursuivit, les yeux baissés :

— Bonne de Berry, devenue veuve, épousa Bernard
d'Armagnac !...

Elle le repoussa violemment.

— Bonne de Berry n'était qu'une petite-fille de
France ! dit-elle avec son accent d'orgueil indomptable.
Je suis Lusignan !... Mes aïeux ont eu pour trône le
Sépulcre du Rédempteur...

Elle alla prendre sur un meuble une merveilleuse chaîne d'or à dix tours, ciselée avec un art exquis et revint l'attacher autour du cou de Saint-Sorlin, qui la contemplait, abîmé dans une sorte d'extase, admirablement feinte.

— Prenez cette chaîne, dit-elle d'un ton grave, d'une voix lente. Elle me vient de l'empereur de Constantinople, elle a touché les reliques de Jérusalem...

— Elle pèse trois marcs et c'est le plus précieux de ses mérites, pensa Jean de Varax.

— Je l'avais promise à ma fille Marguerite : je vous la donne.

— C'est un gage? demanda-t-il en souriant.

— Non, monsieur, c'est un souvenir! Vous partirez demain pour Gênes et dans un mois vous mettrez à la voile pour l'île de Rhodes. Nous ne nous reverrons plus en ce monde, monsieur de Varax. Si Dieu rappelle à lui mon maître et mon seigneur, que j'honore et que j'aime, une cellule est préparée pour Anne de Chypre au couvent des Carmélites de Turin. Je prierai pour vous.

Il voulut parler, sa langue se colla à son palais. Son rêve s'évanouissait.

Atterré, hors de lui, il joignit les mains et les tendit vers sa bienfaitrice. Elle lui jeta un regard plein de compassion :

— Varax, une goutte d'eau fait déborder le vase, dit-elle : j'ai peur de vous! Hélas! je n'ai pas la force de vous mépriser! Adieu, partez!

Il sentit que ses jambes se dérobaient sous lui et qu'il allait tomber.

Pulchérie, effarée, se précipita dans la chambre, vit Saint-Sorlin chancelant, Anne, livide, muette :

— Madame, Madame, cria-t-elle, Monseigneur le duc a donné un soufflet à votre page Tancrède... Il vient... il est là... il me suit.

La duchesse montra la porte, du doigt, à Saint-Sorlin.

Au même instant le duc de Savoie entra.

V

Ce que pensait de lui-même et de sa femme le duc de Savoie.

A la vue du souverain dont le visage offrait la double expression d'une suprême dignité et d'une indignation violente, le marquis de Saint-Sorlin s'arrêta court, stupéfait mais non pas effrayé.

La duchesse, quelque résolue qu'elle fut, éprouva, au contraire, une vague terreur, lorsqu'elle reconnut sous l'empire de quels sentiments son mari se présentait chez elle. Elle s'arma néanmoins de courage et se prépara à conjurer l'orage en engageant elle-même le combat, tactique féminine qui réussit quelquefois. Le duc ne lui en laissa pas le temps.

Grand, chargé d'embonpoint, sans aucune grâce, d'un maintien mal assuré, Louis de Savoie était d'une laideur peu commune, désavantage héréditaire dans sa maison. Il ne ressemblait pourtant ni à son père Amédée VIII, ni à Marie de Bourgogne, sa mère. Il avait le nez bourbonnien de son aïeule ; sa lèvre inférieure avançait, donnant à sa physionomie quelque chose de débonnaire et de peu intelligent. Ses yeux bleus, à fleur de tête, son front bas, que cachaient les boucles de ses cheveux gris, massés en touffes sur les tempes et coupés carrément au-dessus des sourcils, dénotaient un esprit étroit, sans portée comme sans astuce.

On lui reprochait, en effet, une faiblesse extrême, une

timidité ridicule, qui furent la cause véritable des influences néfastes auxquelles il abandonnait la direction de ses États. Timoré, vain, parfois violent, il était en même temps fort doux, amoureux du repos, plus apte à paraître qu'à régner.

Il subissait volontiers le joug de sa femme qu'il aimait, à soixante ans, comme s'il eut été au printemps de sa vie, et celui de ses ministres qui lui épargnaient les ennuis et les soucis du pouvoir. Le dernier qu'il entendait avait raison.

Indécis, irrésolu, il balançait toujours si longtemps à prendre un parti, que lorsqu'il se décidait, le mal se trouvait accompli et qu'il n'avait même plus l'excuse de la prudence.

Les princes étrangers le traitaient avec peu d'égards ; ses vassaux, ne se sentant plus gouvernés par la main de fer qui peut seule réduire les grands à l'obéissance, ne craignaient point de se révolter contre son autorité.

Aussi fut-il malheureux comme père, comme époux, comme souverain.

Passionné pour les arts, les fêtes, les divertissements qui séduisaient son imagination trop inactive, il se consolait de ses douleurs en passant gaîment la vie à s'amuser, à l'exemple du bon roi René d'Anjou. Au lieu d'une cour de barons, de chevaliers, de capitaines, il s'entourait de bouffons, de baladins, de joueurs de flûte, de ménestrels, plus curieux de musique et de poésie, que d'études politiques sérieuses.

Quel contraste entre ce prince et son père, le conciliant, le judicieux, le pacifique, le sage Amédée qui fut l'arbitre de l'Europe, abdiqua la puissance pour faire son salut, se laissa élire pape et résigna le pontificat, lorsqu'il s'aperçut que l'on trompait sa bonne foi, pour rendre la paix à l'Église !

Mais, ce jour-là, transfiguré par une émotion dont la

cause nous est encore inconnue, il apparaissait majestueux et redoutable.

Il s'avança rapidement vers Anne, et sans lui donner
le temps de se reconnaître, il s'écria avec emportement,
d'un ton plein d'amertume et de colère, et parlant si vite
que les paroles se précipitaient, entrecoupées et sans
ordre, il s'écria, disons-nous :

— Qu'est-ce que je viens d'apprendre, Madame ? Que
la guerre est déclarée définitivement, hautement, devant tous, entre vous et moi, entre les miens et les
vôtres ? Ceci passe les bornes et j'entends m'en expliquer avec vous. L'un de vos conseillers, je ne sais qui,
Valpergue peut-être, fait arrêter chez moi, — chez moi,
Madame, qui commande seul ici, ou qui plutôt devrais
commander seul ! — de bons et loyaux gentilshommes,
l'honneur de ma cour, les premiers de ma noblesse, les
plus illustres, les plus vaillants. Quoi ! l'on fait cela ici ?
Quel crime ont-ils commis ? Sans doute ils n'auront pas
supporté avec assez d'humilité, avec assez de patience, les
quolibets, les railleries, les airs arrogants, les manières
odieuses de vos courtisans. Je les en loue. Ils sont comtes,
je les ferai marquis, je les ferai princes, pour les récompenser d'avoir plus de courage que moi et de le montrer !

La duchesse voulut l'interrompre, mais il poursuivit
avec la même véhémence et la même impétuosité :

— Est-ce à dire que je doive supporter plus longtemps que l'on me brave ? Je me révolte, Madame :
l'esclave brise ses chaînes, le prisonnier reconquiert sa
liberté. Vous avez fait de votre mari un prince bien
malheureux, le savez-vous ? De ceux que j'affectionnais
le plus, il ne reste personne autour de moi. Les plus
fidèles se sont fait chasser, ne cédant la place que lorsque je baissais le front, obéissant à vos caprices. Les
autres ont fui. Je suis donc seul. Eh bien ! c'est mon

12.

tour..... Écoutez, Madame ! Vos Cypriotes, vos courtisans, vos baladins aux paroles dorées, aux habits de
velours, je les chasse ! Vos maréchaux qui ne savent
plus tirer une épée, et dont le courage est éteint dans
l'énervation des plaisirs, je les chasse ! Votre chancelier
qui vole tout le monde, l'État, moi, vous, les pauvres,
les riches, qui lève des impôts, décide des tailles, emplit ses caves d'argent, ses bahuts, de créances arrachées
à la faiblesse, je le livre à des juges qui ne l'épargne-
ront point, je vous le jure ! Il rendra gorge d'abord, et
je donnerai ensuite à mon peuple la satisfaction de le
voir pendu comme l'ont été Pierre de la Brosse et Enguerrand de Marigny....

Accablée, Anne de Chypre se laissa tomber sur un
siége et se couvrit le visage de ses deux mains. Saint-
Sorlin se croyait sous le poids d'un affreux cauchemar.
Il vacillait, écoutant d'un air égaré ces terribles menaces
proférées avec un accent tel qu'il lui fut impossible de
douter de leur sincérité.

Le duc se tourna vers lui, le regard chargé de haine.
Son accent devint alors bref, méchant, dur ; il poursuivit :

— Et quant à monsieur, c'est autre chose !

— Ah ! s'écrie la duchesse, prenez garde à ce que
vous allez dire, Monsieur ! Vous n'irez pas, je pense,
jusqu'à soupçonner celle qui a mis la couronne royale
sur votre tête.

— Madame, ceci est la dernière querelle que nous
aurons. J'entends faire aujourd'hui ma volonté. Pour
la première fois que cela m'arrive, mettez-y quelque
bonne grâce. Monsieur de Saint-Sorlin est venu ici
pauvre comme Job. Il est marquis, baron, chevalier
de Rhodes, je ne sais quoi encore. Il a su bâtir très-
rapidement sa fortune. Je lui en fais mon compliment.
Je parie que, lorsque je suis entré, il vous demandait

quelque chose , car il demande sans cesse , n'étant jamais rassasié. Avec ce qu'il dépense en atours , on nourrirait cent familles. Mon père a pourtant fait des lois somptuaires. Cela vous étonne que je m'en souvienne si tard? Vous verrez demain : le plus douillet n'osera se vêtir que de bure... Enfin , Madame , me ferez-vous la faveur de m'apprendre par quels étonnants mérites ce cadet est devenu grand seigneur? C'est lui qui provoquait, tout à l'heure, mes braves capitaines. On me l'a dit... Tenez ! je suis honteux de m'être mis en colère à cause de lui. Est-ce que je me venge de la boue qui souille ma chaussure ?

— Monseigneur, dit hardiment Saint-Sorlin, vous avez le droit de me faire égorger à vos pieds, mais en m'insultant vous perdriez vos priviléges de prince, et le corps de la noblesse vous demanderait raison d'un acte indigne de vous.

Anne de Chypre ferma les yeux. Elle s'attendit à une horrible scène.

Une telle audace ne pouvait être châtiée que par le bourreau. Elle crut que Louis, exaspéré, allait plonger sa dague dans le sein de Jean de Varax.

Le duc fut désarçonné par ce coup inattendu. Il garda un instant le silence, puis d'une voix plus douce, avec un accent moins sévère, il reprit :

— Voilà qui me réconcilie un peu avec vous, monsieur de Saint-Sorlin. Je vous remercie de m'avoir fait sentir mon tort. C'est d'un bon sujet. Au lieu de l'échafaud, vous aurez la prison. Je vous donne deux heures pour faire vos préparatifs, car ceci doit se passer sans scandale.

— Votre Altesse me condamne sans retour ?... Dieu m'est témoin que je ne l'ai offensée que par un zèle trop ardent. J'en réfère à Madame.

Le visage de Louis se couvrit de rougeur.

Sa main se crispa sur le pommeau de son épée.

La duchesse tendit les bras vers lui, suppliante.

Il se contint alors, et d'un ton souverain il chassa Varax.

Aussitôt qu'elle fut seule avec son époux, Anne courut vers lui et se jeta dans ses bras, éplorée. Louis ressentit une délicieuse émotion, la tint longtemps embrassée. Elle se releva radieuse, et le fit asseoir auprès d'elle.

— Louis, vous souvenez-vous? reprit-elle d'un ton mélancolique. Vous m'avez aimée de toutes les forces de votre âme. Nous étions heureux. Je vous ouvrais mon cœur, vous ne me céliez aucune de vos pensées. Pourquoi êtes-vous si cruel?

— Ai-je fait un reproche qui vous soit personnel? Je sais bien que vous êtes innocente de tout ce mal qui se fait autour de vous.

— J'ai eu peur. J'ai cru que vous alliez le tuer. C'est bien mal, cher Louis, de m'épouvanter ainsi! Je souffre. Un étrange malaise mine lentement votre Anna... Me regretterez-vous, quand je ne serai plus?

— Pauvre femme bien-aimée!... vous? — Regardez mes cheveux qui blanchissent, ma taille qui s'affaisse, mes yeux qui s'éteignent... Je puis parler de mort, moi, qui ne suis bon à rien sur cette terre. Mais vous, si belle, si jeune, vous que le temps a oubliée et qui semblez être la sœur de vos filles, que parlez-vous de ces lugubres choses? Tu ne me hais point, n'est-ce pas, Anne? Hélas! j'ai fait couler des larmes de tes beaux yeux. Pardonne-moi. Il le fallait : nous avons un devoir qui nous presse, nous qui, sous notre diadème d'or, ceignons aussi une couronne d'épines!

Elle se pencha sur lui souriante :

— Je vous aime mieux ainsi, dit-elle reconquérant peu à peu tout son empire sur lui. Il nous reste de beaux jours à passer ensemble, Louis.

— Je suis vieux !...

— Qu'importe ! Effaçons le passé qui nous attriste.
Nous rappellerons notre fils de Bresse qui nous accuse
d'injustice. Je sais que cela vous fera plaisir. Eh ! mon
Dieu ! Je ressens pour lui toute l'affection d'une mère,
et je me suis repenti souvent de l'avoir éloigné de moi.
Il oubliera ses préventions. Il faudra le possessioner
richement, Louis, et le marier à quelque belle princesse.
Vous m'avez cru bien méchante ? Non. J'ai souffert
beaucoup : cela aigrit le caractère. Il y a de ma faute,
je le sais, ne dites pas non. — Écoutez, Louis, la clémence est le plus noble attribut des rois. Comptez-vous
réellement... est-ce votre intention... Ne pourriez-vous
enfin pardonner à ces gens ?

Louis fronça le sourcil.

— A Valpergue ? à Saint-Sorlin ? s'écrie-t-il. Sur ma
vie, je tiendrai ma promesse. Nous leur devons d'avoir
passé vingt années étrangers l'un à l'autre, vingt ans de
soupçons, de souffrances, d'afflictions de toutes sortes.
La noblesse est lasse de leur insolence, le peuple murmure, mes bourgeois me font des remontrances. Ils sont
repus, gorgés d'or. La justice aura son cours.

— Louis, réfléchissez. C'est un précédent fâcheux que
vous créez. Le peuple, si vous envoyez un noble à l'é-
chafaud, se réjouira de cette égalité devant le bourreau.

— Valpergue est un criminel. Dieu me demanderait,
au jugement, pourquoi j'ai permis que le crime fût
triomphant. Je vous en supplie, épargnez-moi un refus.

— Eh bien ! soit. Mais Saint-Sorlin ? Savez-vous ce
que je faisais, quand vous êtes entré, impétueux comme
l'ouragan ? Je lui disais que tout a une fin en ce monde
et que ses exigences me fatiguent. Je lui conseillais de
partir, d'aller acquérir un peu de gloire, de donner
carrière à son activité. Ne serait-il pas plus simple, au
lieu de le jeter en prison, de le renvoyer à Rhodes ? Pas

tout de suite. Ce serait un scandale, vous l'avez avoué. Il s'en irait..... dans quelques jours... On l'aurait vite oublié...

Le duc réfléchit un instant. Il lui sembla qu'il valait mieux accéder à ce désir qui conciliait tout et lui laissait le mérite de la clémence, que d'exciter de nouveaux troubles.

— Qu'il en soit ainsi, répondit-il en poussant un soupir. Ce que j'en fais est pour nous accorder, Anne, mais ne me demandez plus rien.

— Oh ! n'ayez crainte. Seulement, perdé-je le droit de conseil ? J'ai tout intérêt à vous aider par de bons avis. Il me paraît que destituer brutalement le maréchal de Seyssel serait d'une mauvaise politique. Procédez plus habilement. Accordez-lui quelques semaines de répit. Dans un mois, vous l'enverrez chercher votre fils Philippe à Chinon, à Bourges, où il se trouvera, et j'écrirai au roi de retenir Seyssel. A qui donnerez-vous le bâton ? A Miolans, c'est un preux.

— C'est parfaitement combiné, chère duchesse. Combien vous êtes plus experte que moi au maniement des affaires ! Ce coquin de Valpergue paiera pour tous. Je suis inexorable. Il mourra.

Anne lui prit les deux mains et les serra tendrement :

— C'est trop rigoureux ! dit-elle de sa voix câline. On vous taxerait de cruauté. Êtes-vous sanguinaire à ce point ? Du moment que vous mitigez la peine des autres, consentez à adoucir la sienne. Oh! je sais qu'il ne mérite ni compassion, ni respect... Il a bientôt quatre-vingts ans : faites grâce à ses cheveux blancs. A votre place je lui enlèverais sa charge de chancelier et je l'enverrais mourir dans quelque château de la vallée d'Aoste, au bout du monde. On n'en parlerait plus.

— Anne, j'ai promis.

— A qui ? à ce légiste de Chambéry que vous avez fait, je ne sais pourquoi, premier président de la chambre des comptes ? Vous le voyez, poursuivit la duchesse en souriant. Je n'ignore rien de ce qui intéresse l'État. Ce Fésigny vous est dévoué, gardez-le. C'est bien. Quant à Valpergue, il vivra. Vous ne me refuseriez pas cette grâce, Louis ? Qu'importe une promesse faite à un Fésigny qui, peut-être, convoite la charge de son ennemi ? J'ai un homme sous la main pour remplacer Valpergue.

— L'évêque de Mondovi ?

— Ne me grondez pas. Vous allez me dire : « C'est un Cypriote, un favori. » Ce n'est pas vrai. Il est probe, intègre, pieux, savant, noble de race et de cœur.

— Oh ! oh ! me nommerez-vous ce phénix ?

— L'archevêque de Tarentaise, Thomas de Sur... Vous secouez la tête ? Allons ! n'y pensons plus. Vous prendrez Jean de Compey, l'archevêque de Turin, ou Romagnan, ou Loriol, qui vous voudrez. A une condition !

— Laquelle ?

— Monsieur de Valpergue aura huit jours pour rendre ses comptes. Il restituera au trésor toutes les sommes extorquées sur nos pauvres trésors. Il fera donation de ses biens à Philippe-Monsieur dont je veux augmenter l'apanage. Cela terminé, une escorte le conduira au château Courmayeur, et je ne vous en dirai jamais plus un mot.

Louis se leva et fit plusieurs fois le tour de l'appartement. Les instances de la duchesse le gagnaient évidemment. Il ne savait pas refuser. Sa colère, trop violente pour être sincère, ne pouvait tenir contre les caresses, les sourires, les regards éloquents de sa femme. Il avait faibli, donc il était vaincu.

Il s'approcha d'une fenêtre et souleva le rideau. Il vit,

aux croisées de la salle, qui faisait retour en équerre, une foule de seigneurs qui causaient avec animation, se demandant le motif qui retenait les souverains chez eux et les forçait d'attendre là, debout, depuis deux heures, qu'il leur plût de se montrer. Dix coups sonnèrent à l'horloge du château. Il se fit un remue-ménage dans les cuisines. C'était le moment du dîner. Avant de se mettre à table, l'étiquette exigeait que les princes et la cour entendissent la messe.

— On nous attend, Madame, reprit Louis en revenant vers la duchesse. Nous sommes en retard et j'ai faim. Que ferons-nous aujourd'hui ?

—Je vais envoyer Bérénice rassurer monsieur de Saint-Sorlin, n'est-ce pas ! Monseigneur ? Faut-il que Pulchérie prévienne le chancelier qu'il n'a désormais rien à craindre. Ce courroux est dissipé, je le vois.

— Si vous le voulez bien, ma chère duchesse, nous remettrons à demain la solution de cette affaire. Je réfléchirai... gagnons du temps... nous verrons ensuite.

Aune comprit que sa cause était gagnée. Elle résolut de profiter de ses avantages et se prépara à donner un dernier assaut. Après avoir chargé ses caméristes de porter l'heureuse nouvelle au marquis et au chancelier, elle prit le prétexte de réparer le désordre de ses vêtements. En lissant ses cheveux, en disposant les plis de sa robe, elle s'exprima en ces termes :

— Ceci dit, il importe que nous mettions fin à cette discussion en réglant ce qui concerne messieurs de Montrevel, de Varembon, de Vaugrigneuse et de Miolans. Ils sont en liberté. J'en ai donné l'ordre à Jacques, et de telle façon qu'il m'a obéi sans conteste. Comme vous, je pense qu'il a agi fort légèrement en faisant arrêter ces gentilshommes.

— Alors, tout est réglé, ma femme... Allons dîner !

— Un instant. Ces loyaux, braves, illustres et fidèles
seigneurs, Monsieur, reprit Anne avec l'accent impérieux auquel Louis n'avait jamais su résister, ont cen-
suré ma conduite. Ce rôle d'agresseurs ne leur sied
nullement, pas plus qu'il ne me convient de supporter
leur censure. Je veux un exemple, entendez-vous ? La
faute est légère, le châtiment sera mince.

— Bon Dieu ! voilà que d'accusateurs, vous les
transformez en accusés.

— Eh ! s'il vous plaît que je sois bafouée par vos
serviteurs, cela ne me plaît, à moi, d'aucune façon,
monsieur. Sachez-le. Ils iront méditer dans leurs terres
sur l'inconvénient qu'il y a de trop parler. Je n'exige
pas que vous les condamniez vous-même, je m'en
charge.

— Véritablement...

Elle se mit à rire, coquettement et vint lui prendre le
bras.

— Je vous en prie, dit-elle. Il faut un exemple. Vous
êtes bon, Louis, vous me rendez fière de vous. Comme
nous serons contents, quand nous serons débarrassés des
Valpergue, des Varax, de cette méchante engeance qui
nous divisait, nous entretenait en querelles honteuses.
Vous m'accordez cette satisfaction, je le vois à vos yeux.
Pour vous en récompenser, je vais vous donner une
bonne nouvelle. Ma fille Charlotte m'envoie de Constantinople sept de ces tableaux byzantins peints sur un
fond d'or. Je vous en fais présent.

— Ah ! s'écria le duc, vous êtes charmante, ma mie.
Sept tableaux ! Je vais faire construire une chapelle
pour les y mettre. Par la Reine Blanche ! agissez comme
il vous plaira vis-à-vis de ces damerets qui n'ont
aucun respect pour leur princesse, la plus adorable du
monde !... Sept ? Etes-vous bien sûre, Anne chérie ?...
Que sera-ce ? La vie de Notre-Seigneur Jésus-Christ...

13

Ah ? pendez-les, décapitez-les, proscrivez-les, cela m'est
bien égal... Ils n'auront que ce qu'ils méritent.

Sur ces mots, le duc envoya Pulchérie ordonner au
chambellan Montbel d'ouvrir les portes, et il se rendit
dans le salon voisin, accompagnant Anne de Chypre,
triomphante, éclatante de beauté, avec la courtoisie d'un
jeune homme de vingt ans.

VI

Comme quoi le duc Louis avait fait beaucoup de bruit pour rien.

Dans l'antichambre, on se préoccupait beaucoup de
l'absence de madame la duchesse. On s'inquiétait fort
peu de Son Altesse le duc, présumant que de hautes
études sur les combats de coqs au siècle de Périclès
l'absorbaient.

Mais l'astre de cette cour s'éclipsait et l'obscurité régnait partout. L'on fut considérablement étonné lorsque
l'on vit rentrer le chancelier de Vulpergue précédant
ceux qu'il vouait, un instant auparavant, à la verge des
licteurs, en attendant la hache du bourreau.

Les vaincus triomphaient modestement. Ils reprirent
leurs places, gênés par l'attention qu'on leur accordait
et ne répondirent à aucune des questions dont on les
accabla. Un peu plus tard on vit revenir Seyssel, pâle et
défait. Ce furent aussitôt mille commentaires peu cha-
ritables, on le pense bien.

Enfin l'étonnement fut porté au comble quand le
marquis de Saint-Sorlin, visiblement abattu, sortit des
appartements privés. Ses yeux clignotaient comme s'ils
n'eussent pu supporter la lumière. Ses vêtements étaient

en désordre. En passant devant le chambellan Montbel, il le salua courtoisement. Il heurta presque du coude monsieur de Seyssel, qui s'effaça poliment, et le considéra d'un air compatissant.

—Monsieur, dit-il à Vaugrigneuse qui se trouva devant lui, je vous ai parlé tout à l'heure avec une mauvaise vivacité. Croyez que je le regrette plus que je ne le puis dire et que je vous tiens en très-haute estime.

Vaugrigneuse lui tourna le dos.

Il s'adressa alors à Miolans et répéta la même phrase, d'un ton plus respectueux. Anthelme n'y répondit que par un éclat de rire impertinent. Alors Montrevel s'avança :

— Mes amis vous traitent comme ils l'entendent, dit-il au marquis. Si vous vous en accommodez, c'est très-bien. Avez-vous jamais chassé le sanglier dans la forêt de Lompnes ? Il y a là une clairière fort propre à un combat, celle-là même où mourut le Comte-Rouge. Vous plaît-il que nous allions nous y promener, monsieur de Saint-Sorlin ?

— Je serai de la partie, ajouta François au Nez d'argent, afin que le noble seigneur marquis ne soit point privé de compagnie si, par hasard, monsieur de Montrevel venait à s'égarer. Et pour mon compte, je connais les sentiers battus, ce qui est utile quand on veut forcer la bête.

On faisait cercle autour d'eux, avec un regain d'intérêt. C'était décidément une journée à émotions. On observait la contenance embarrassée de Jean de Varax, aussi humble maintenant qu'il était arrogant, aussi timide qu'il était audacieux.

Seyssel jouissait de la déconvenue de son rival. Parmi les dames d'honneur, il s'en trouva qui essayèrent de s'évanouir, mais il aurait fallu clore la paupière et perdre le bénéfice de ce friand spectacle.

Madame de Grolée fut la plus vaillante. Elle traversa la salle dans toute sa longueur, sans se soucier des regards malicieux qui pesaient sur elle. On s'écarta pour la laisser passer, dans l'espoir d'une nouvelle péripétie. Elle se vint mettre à côté de Saint-Sorlin :

— Monsieur, lui dit-elle d'un ton bref, on connaît ses vrais amis à l'heure du danger. C'est une épreuve que vous nous imposez, n'est-ce pas ? On vous insulte et vous vous humiliez !.. Que n'ai-je une dague au côté, je vous vengerais, moi !

Soudain, le chambellan Montbel ouvrit la porte à deux battants et s'écria :

— Messieurs, entrez chez Son Altesse.

Le défilé commença. Les dames passèrent les premières, ayant à leur tête la comtesse de Varembon et sa sœur, madame de Lusignan. Elles riaient et se parlaient à voix basse, en se montrant les unes aux autres la piteuse mine de Seyssel et de Saint-Sorlin qui, tous les deux isolés, sans avoir même à leur côté un seul ami, se tenaient chacun dans un angle de la salle. Les titulaires des charges de la couronne passèrent ensuite, après avoir hésité un instant, car la préséance appartenait par droit de conquête au marquis, par droit d'étiquette au maréchal, premier dignitaire de Savoie.

Ce dernier sembla tout à coup en prendre son parti et s'avança, cherchant à se donner un maintien altier, vers la porte. Aussitôt Jean de Varax le suivit, bien déterminé à faire contre fortune bon cœur, afin de ne point paraître céder devant celui qu'il détestait le plus.

Quoique les courtisans ignorassent les scènes qui s'étaient passées chez Anne de Chypre, ils soupçonnaient une partie de la vérité et l'audace des deux chevaliers leur donna à penser qu'il ne s'agissait que d'une bouderie sans importance. Le vieux seigneur d'Oncieu en

dit quelques mots au comte de Gorrevod, qui le répéta
à ses voisins, si bien que toute la compagnie se précipita
avec empressement sur les pas des favoris et se forma
en cortége pour les accompagner.

Ce va-et-vient des opinions, des sentiments, des actes
ne saurait se comparer à autre chose qu'au flux et reflux
de la mer. A la servilité succédait la pitié, à la pitié le
mépris, au mépris la déférence profonde de vassaux
pour le suzerain. Plus d'un noble rougissait de honte,
et cependant, craignant de perdre les faveurs du maître,
se joignait au troupeau des clients.

— Ah! sur ma foi! s'écria Varembon, en remarquant
ce singulier manége, c'est à jeter sa langue aux chats.
Ils ne l'emporteront pas ainsi; en guise de protestation,
moi que Son Altesse a titré son bouffon en titre, je vais
leur servir un plat de mon métier.

Il fendit la presse, jouant des coudes sans façon,
heurtant celui-ci, poussant celui-là, et parvint jusqu'au
seuil du portail, où Seyssel et Saint-Sorlin s'étaient arrêtés et se disputaient la préséance.

Montrevel, Vaugrigneuse et Miolans escortaient François au Nez d'argent. Celui-ci prit le pas et passa, en
disant au maréchal, pétrifié d'étonnement :

— J'ai commandé une armée, monsieur le maréchal,
et j'ai dix ans de plus que vous. Monsieur de Saint-
Sorlin, mes aïeux étaient déjà barons que les vôtres
gardaient encore les bœufs d'autrui sur la montagne.
Souffrez donc que je m'accorde aujourd'hui les honneurs
que jusqu'à présent mon imbécile faiblesse vous dé-
volut.

Cette phrase, prononcée d'un ton narquois, provoqua
une hilarité universelle, et l'on franchit le seuil, pêle-
mêle, pour arriver au bon moment, car on pressentait
que tout n'était point fini.

La salle d'audience, décorée à peu près dans le même

style que l'antichambre, avec plus de richesse, offrait
un beau coup d'œil. Ces tentures de velours chargées de
broderies d'or en ronde-bosse, de fleurs, de guirlandes
et d'arabesques d'un goût exquis et de couleurs harmonieusement assorties, faisaient valoir les meubles somptueux, crédences, cabinets italiens à incrustations
de nacre, bahuts de chêne fouillés précieusement, coffres
d'ébène marquetés d'ivoire, vases de faïence au coloris
délicat, à la forme élégante, lustres et candélabres de
cuivre poli, ouvrés en Hollande.

Sur une estrade à laquelle on arrivait par trois marches couvertes de tapisseries flamandes, s'élevaient deux
fauteuils sculptés avec un rare fini, ornés de coussins
armoriés, et que surmontait un dais à pentes de drap
d'argent bleu semé de roses, dont les rideaux en damas
cramoisi étaient soutenus par des lions dorés, et que
dominaient plusieurs énormes bouquets de plumes.
Derrière les siéges ducaux, se voyait, peint sur une
bannière de soie, le pennon héraldique de la maison de
Savoie, écartelé de presque tous les écussons royaux de
l'Europe.

La foule des seigneurs se rangea en bon ordre sur les
côtés de cette salle.

Les dames vinrent se placer auprès de l'estrade.

Le soleil illuminait de ses rayons les vêtements bigarrés de mille teintes. Les pierreries chatoyaient, pris-
mes éblouissants, foyers d'étincelles. Les épées clique-
taient contre les meubles. Un murmure contenu, semblable au susurrement des flots, éveillait les échos de la
vaste salle, se mêlant au bruissement des étoffes.

Les quatre seigneurs se rapprochèrent du trône, au
premier rang, comme s'ils eussent voulu faire constater
leur présence et augmenter, par une attitude hautaine,
la colère des ministres.

Saint-Sorlin et Seyssel, évitant les regards de Louis,

se dissimulèrent, autant qu'ils le purent, derrière un. groupe de courtisans. Le chancelier, qui entra le dernier, comprit qu'il se passait quelque chose d'insolite et se glissa le long des murailles jusqu'au trône de la duchesse qu'il examina d'un air inquiet.

Anne était aussi calme, aussi indifférente que d'habitude. Personne ne se fut douté qu'elle venait de supporter une terrible lutte, d'essuyer une défaite presqu'aussitôt suivie d'une victoire. Ses traits n'en conservaient nul vestige. Les larmes qu'elle avait répandues ne se trahissaient par aucune trace. Ses yeux noirs brillaient du plus vif éclat; ses joues avaient la fraîcheur d'un pétale de rose. Un doux sourire, embellissait encore son visage

Accoudée nonchalamment sur l'appui de son fauteuil elle causait à demi-voix, d'un air aimable et gracieux, avec ses femmes, que cette apparente sérénité ne rassurait pourtant pas d'une façon complète. Elle aperçut le marquis Jean et détourna la tête.

Louis, nature moins flexible, laissait voir quels sentiments le dominaient. Absorbé par des pensées désagréables, il était assis gauchement, la tête penchée en avant, dévorant du regard, sans les voir, ceux qui passaient devant lui. Ses sourcils froncés, les rides qui plissaient son front, sa grosse lèvre projetée en avant, son teint couperosé, son costume suranné et mesquin, eussent prêté à rire, si l'apparat déployé pour cette réception et le contraste qui existait entre sa femme et lui n'eussent annoncé que des événements graves se préparaient. Il vit le chancelier debout à la gauche d'Anne, et se redressa, blême, sévère.

On attendit.

La duchesse adressa d'abord la parole à des personnes qui, jusqu'alors, n'avaient point joui de ses faveurs et que, d'ordinaire, elle ne remarquait même pas. Elle

s'enquit fort cordialement de leurs nouvelles, eut un
mot flatteur pour chacune d'elles et les laissa enchantées
de ces compliments, si contestable qu'en fût la sincérité.

— Ah! maître Guillaume Fichet, dit-elle, je me suis
fait lire vos *Rhetoricorum libri tres*. Voilà une œuvre
solide! Je prierai les révérends moines de l'abbaye d'A-
bondance de m'en faire trois copies. Vous êtes docteur en
Sorbonne? J'ai dessein de vous envoyer à Paris où votre
génie sera mis en relief mieux que chez nous. — Monsieur d'Aix, vous êtes cousin de Seyssel et avez droit à
nos faveurs. Nous vous avons nommé recteur de l'université de Turin. C'est en encourageant les arts et les
lettres que les princes gagnent un bon renom. — Les Vé-
nitiens nous envoient de très-beaux présents, et nous en
ferons une distribution équitable. — Ah! messire de
Dortans, bailli de Bressse, je crois? Je suis aise de vous
voir, car je vous sais fidèle à notre cher fils Philippe...
Madame de Chalant, madame de Chissé, je ne vois point
le seigneur Boniface ni le seigneur Pierre. Prenez-y
garde! les maris qui sont aux champs tandis que leurs
femmes demeurent à la ville, sont en mauvaise habitude...

Son regard se fixa sur Claude de Vaugrigneuse et devint tout à coup sévère. Le jeune homme fit une révérence compassée :

— Monsieur de Vaugrineuse, cria-t-elle.

Il fit quelques pas en avant de la foule :

— Il m'est revenu, poursuivit la duchesse d'un ton
dur, que l'on adopte, chez moi, les façons belliqueuses
des seigneurs français, que l'on se provoque en duel
aussi facilement, et plus joyeusement peut-être que l'on
n'inviterait une dame à danser. J'entends que l'on soit
d'humeur moins fanfaronne. Or, vous auriez donné, ce
matin, seigneur de Vaugrigneuse, un exemple perni-
cieux.

— Madame, répondit Vaugrigneuse en saluant de rechef, ce n'est pas ma faute. J'ai cru m'attaquer à un lion :
il s'est trouvé que la bête était un lièvre. Je vous demande pardon, une autre fois je chargerai mes piqueurs
d'organiser la chasse.

— Vous irez donc chasser dans vos terres, s'écria la
duchesse. Vous avez des forêts près de Nantua ?...

— Près de Belley, Madame.

— Soit. Je pense que vous y serez arrivé demain soir,
en partant dans une heure.

Le sire de Miolans ne refusera pas de vous accompagner, poursuivit-elle avec l'accent de l'ironie. Quand
on supporte ensemble la peine, on partage volontiers
le plaisir. On m'a dit que la petite Polignac, si vaine
maintenant d'être veuve d'un Miolans et comtesse, attend à Lyon que nous lui envoyions un ambassadeur
l'inviter à revenir céans. Vous reviendrez ensemble, seigneur Anthelme, et je crains si fort pour votre cousine
les fatigues du voyage, que je vous engage à ne pas
faire plus d'une lieue par jour.

— J'obéirai à Votre Altesse, riposta Miolans d'un ton
hautain. A cette condition cependant que j'emmènerai,
afin de la représenter plus dignement auprès de ma noble
cousine, tous les parents, alliés et amis de Miolans.

— Oh ! mais vous allez dépeupler notre cour ?

— Non pas, Madame, il restera à Votre Altesse, outre
ses fidèles compatriotes de Chypre, la fleur de chevalerie, monsieur de Saint-Sorlin, monsieur de Valpergue,
le parangon des magistrats, le paladin Seyssel, illustre
entre les preux. A tels maîtres, tels valets.....

Il se retira, sur ces fières paroles, suivi de Vaugrigneuse.

Pâle de colère, stupéfaite, Anne de Chypre ne sut que
répliquer à ces paroles moins courtoises qu'énergiques.
Louis, quelque docile qu'il fût à ses inspirations, ne

13.

put s'empêcher d'applaudir mentalement. Elle feignit de n'avoir pas entendu et reprit, en s'adressant à Claude de la Baume, comte de Montrevel, qui, sans attendre qu'on l'appelât, avait pris la place d'Anthelme :

— Vous aussi, monsieur, savez-vous que l'on vous accuse ?

— J'oserais demander à Votre Altesse de quel crime ? Si c'est d'avoir soutenu et encouragé dans leur action ceux que l'on vient de punir, au lieu de les récompenser comme ils le méritaient, c'est bien. Je réclame ma part dans leur châtiment, car ce qu'ils ont dit tout bas, je suis prêt à le répéter aussi haut qu'il le faudra pour que Votre Altesse l'entende.

— Silence, monsieur. Épargnez-moi des rigueurs.... qui me seraient pénibles... Vous êtes jeune, étourdi ; je serai indulgente. Au lieu de vous chasser, je vous bannis. Allez.

Montrevel s'inclina profondément et sortit, la main sur la poignée de son épée, le sourire aux lèvres, si hardi, si leste, si beau, qu'il souleva sur son passage un murmure d'admiration.

Ce fut au tour de François de Varembon. Il guettait Madame Anne de Savoie, se préparant à soutenir l'assaut.

— Il y a encore un coupable ! dit-elle. Un homme qui a des cheveux blancs, un chevalier pour lequel nous aurons quelque condescendance, car il faut que le bonhomme radote pour prendre part aux équipées des jeunes gens. Approchez, monsieur de Varembon, et soyez sans crainte : je suis certaine que vous regrettez un moment d'égarement et que vous allez donner l'accolade à ceux que vous avez offensés.

Le vieux comte devint cramoisi : cette pitié dédaigneuse le flagellait plus que ne l'aurait fait un outrage.

— Par l'hermine de la Palud ! Madame, s'écria-t-il

d'une voix frémissante, je suis prêt à soutenir ce que j'ai dit, à pied ou à cheval, avec la lance ou l'épée, contre quiconque se présentera !... Eh ! quoi ? Faut-il qu'un homme qui a voué sa vie à la défense de ses seigneurs, se laisse bafouer par des courtisans, par des ladres éhontés qui déshonorent le nom de leur père, ou salissent le blason d'aventure qu'ils ont acheté au prix de leur conscience ! Non, non, non ! Varembon est pauvre, mais il coule dans ses veines un sang qui vaut bien celui de Seyssel et de Varax ! Varembon est en disgrâce, mais il préfère à des faveurs payées, la paix de l'âme et la loyauté sans tache. Et puisqu'il se trouve en ce siècle où tout dégénère, des chevaliers qui se targuent de leurs viles rancunes, et s'abritent derrière les cottes des femmes, le vieux Varembon ne tirera plus l'épée, plutôt que de la souiller contre l'épée de ces gens-là.

Tirant alors son épée du fourreau, il la brisa sur son genou et en jeta les tronçons au pied du trône.

— Insolent !... cria la duchesse, hors d'elle-même. Seyssel, conduisez cet homme en prison !

— Je vous en épargnerai la peine, répliqua noblement François au Nez d'argent, et j'y vais seul, Madame. Vous vous repentirez de ce que vous faites-là. Moi, je vous pardonne.

Et d'un pas ferme et rapide, il suivit Montrevel qui l'attendait dans l'antichambre voisine.

Un silence douloureux accueillit cette quadruple sentence. Deux grosses larmes mouillaient les paupières du duc Louis, qui sentait, lui, combien elle était odieuse, et souffrait de voir ses meilleurs amis l'abandonner, sans même l'honorer d'un regard. Les plus braves tremblaient, les plus soumis murmuraient. L'injustice révolte les cœurs les moins honnêtes, les plus jaloux.

La duchesse fut satisfaite de l'impression produite par ce coup d'éclat sur ses partisans. Elle se persuadait que son pouvoir n'était point ébranlé, que l'on acceptait volontiers le joug despotique de sa volonté, que Louis, après une velléité de révolte, subirait plus que jamais son influence. Elle voulut pousser jusqu'au bout et, admonestant avec une sévérité mitigée par beaucoup de douceur, le maréchal de Seyssel et le marquis de Saint-Sorlin, elle leur ordonna de se réconcilier en sa présence.

Les deux ministres qui ressentaient une joie profonde de l'affront infligé à leurs adversaires et qui s'attendaient, au contraire, à être traités sans miséricorde, s'empressèrent d'obéir à la souveraine, et s'avançant l'un vers l'autre se tendirent la main.

— Vous voyez que j'avais bien raison, marquis ! dit tout haut madame de Grolée. Ce que femme veut !...

— Qu'est-ce ? interrogea la duchesse.

Jean de Varax lui apprit, en quelques mots, la démarche pleine de sympathie que madame de Grolée avait faite auprès de lui, dans cette néfaste matinée. Anne suivit d'abord son premier mouvement ; elle adressa un gracieux sourire à madame de Grolée, défit son bracelet et le lui tendit. Puis elle réfléchit. Pourquoi cette hardiesse de la part d'une femme ordinairement timide ? Quel sentiment l'inspirait ? Il sembla à la duchesse qu'une vipère la piquait au cœur... Pauvre humanité !

— Eh bien ! Madame, demanda Louis d'un ton accablé, que faisons-nous pour terminer cette journée si bien commencée. Est-ce qu'il y a encore quelque gentilhomme à punir ?

Cette phrase, prononcée avec l'accent d'une âcre ironie, Anne de Chypre feignit de ne point l'entendre.

Elle se leva et descendit lentement les marches de l'estrade, appuyée sur l'épaule de Saint-Sorlin, plus orgueilleux et plus rayonnant que jamais, persuadé qu'il était que ses plus folles ambitions avaient, dorénavant, libre carrière. Elle fit un signe à Valpergue, qui vint se placer à la droite de Louis, et à Seyssel qui la suivit, donnant le bras à madame de Grolée.

— Mesdames, dit-elle en s'avançant au milieu de la salle, il faut que je me fasse pardonner de vous avoir fait comparoir à nos Assises de haute justice. Nous réparerons ce crime de lèse-plaisir. Après la messe et le dîner, promenade sur le lac; ce sera une escadre, une flotte : la reine des nymphes, et son cortége d'ondines... Les musiciens de Monseigneur nous donneront l'aubade. En rentrant, nous tiendrons cour plénière, et jugerons chansonniers, ménestrels. Ce soir la fête sera plus belle encore. C'est à monsieur de Saint-Sorlin qu'il appartient d'improviser des merveilles.

— Madame, objecta le duc, il y a bien du travail pour moi et mes conseillers. Vous savez que de... que d'erreurs à réparer.....

— Allons ! Monsieur, s'écria la duchesse, pourquoi nous parler de ceci ? Amusons-nous, aujourd'hui. Demain, vous expédierez vos affaires. Aucun danger ne nous menace, chantons et rions. Ce serait être fou que de songer sans cesse....

—A l'avenir ! Interrompit Saint-Sorlin. Nous sommes jeunes, et, pour ma part, je veux vivre cent ans !.

VII

La conjuration se renoue.

Tandis que ces évenements se passaient au château de Thonon, il s'en préparait d'autres ailleurs et personne assurément ne se doutait du dénouement qu'aurait cette néfaste journée.

Il faut que notre lecteur veuille bien revenir sur ses pas et nous permettre de nous reporter au lever du soleil de ce même 29 mai 1462. Oubliant encore une des trois lois de la rhétorique, celle de l'unité de lieu, nous nous transporterons à quelque distance de la ville de Thonon.

Entre les rochers de Meillerie, chantés, hélas ! par Jean-Jacques Rousseau, que baignent les eaux limpides du lac Léman, et les rochers de Memise qui se rattachent aux crêtes de Bore, et que domine au delà d'une vallée, la dent d'Oche, se creuse un étroit vallon, concavité de peu d'étendue, parsemée de hameaux gités dans la verdure, au centre duquel est bâti le très-petit bourg de Thollon.

Les rochers, d'un beau gris tirant sur le roux, sont escarpés, découpés d'une manière bizarre et couronnés de buissons qui jettent sur la pierre un lacis de branchages, de lianes, d'un vert éclatant; çà et là des mousses frangent la lèvre du ravin, des plaques de lierre, au ton sombre, tapissent les anfractuosités. Partout où le vent a porté un peu de terre, c'est une gerbe de fleurs, campanules, violettes, iris aux feuilles lancéolées, saxifrages, orpins à tiges charnues comme les plantes des tropiques.

Des filets d'eau, qui sont aux cascades, ce que les cas-
catelles de Tivoli sont aux cataractes du Zambèze, se
précipitent de la cime, rebondissant d'arête en arête
et disparaissent en poussière impalpable, avant d'avoir
touché le sol.

. Que l'on suppose une des moindres pyramides de
Ghizeh chargée de bouquets et d'arbustes : c'est un
mignon jardin suspendu, moins grandiose mais plus
joli que ceux de Sémiramis à Babylone.

En bas, ce sont des bosquets : sapins noirs, jeunes
chênes, bouleaux et frênes, hêtres touffus, et çà et là,
quelques gros châtaigniers à panse rebondie, géants
séculaires qui ont nourri plusieurs générations.

Le ruisseau coule, presqu'invisible sous l'inextricable
réseau des viornes, des aubépines, des ronces. Des massifs de houx, dont les fruits, semblables à des grappes de
corail, sont sertis dans un feuillage d'un vert de mala-
chite, égayent le paysage. Puis une immense prairie,
semée de peupliers, d'yeuses, de noyers énormes, divisée en étroits domaines par des sentiers bordés de buis
sauvage, s'étend d'une colline à l'autre, étageant ses
pentes, de même que se superposent les gradins d'un
amphithéâtre.

Des panaches de fumée, ondoyant dans le ciel, s'é-
chappent du feuillage. Ce sont les hameaux cachés derrière une haie d'arbres fruitiers. Les Pesses, les Vézins,
la Prau, Loëx, Maravant, Rebou, Chez Cachat, noms
pittoresques dont le plus savant étymologiste est mis au
défi de découvrir l'origine et dont le seul défaut est de
n'avoir pas, à l'instar des lieux célébrés par Walter
Scott, la syllabe initiale *Glen*.

Au delà de la crâse, c'est un cirque de montagnes
qui se rattache à la chaîne colossale du mont Blanc,
dont les touristes font si libéralement présent à la
Suisse, pour le grand profit des aubergistes de cette

république si hospitalière..... moyennant finances.

Or le soleil se levait, comme une cavalcade composée de sept à huit personnes pénétrait dans ce coin de la terre profondément ignoré et qui semblait perdu entre les colosses qui le bornaient. Le ciel couleur d'opale se nuançait de teintes pourprées, harmonieusement fondues avec le blanc laiteux de l'horizon et les reflets orangés de l'astre naissant. Sur ce fond lumineux se découpait nettement et crûment la silhouette des montagnes encore ombreuses en certaines parties, alors que leurs sommets se doraient.

L'éternelle chanson des oiseaux voletant d'arbre en arbre annonçait le réveil de la nature. Des senteurs embaumées flottaient dans l'air ; les fleurs ouvraient leur calice ; les abeilles s'éveillaient dans les ruches ; déjà les bœufs mugissaient ; au milieu des prés, les brebis broutaient l'herbe humide de rosée, les chèvres gambadaient en bêlant, et le pasteur, se frottant les yeux, achevait à moitié endormi, son rêve commencé.

Dans le bourg de Thollon, c'était ce grand mouvement qui dénote le retour au labeur quotidien : marchands qui ouvraient leur boutique, à grands fracas, s'interpellant d'un bout de la rue à l'autre ; bouviers qui sortaient de l'étable ; forgerons battant le fer, avec un bruit retentissant, accompagné du rauque gémissement du soufflet ; menuisiers qui faisaient courir le rabot sur la planche, enlevant de longs rubans lisses ; fillettes qui chantaient, en nattant leurs cheveux ; ménagères empressées, allumant le feu dans l'âtre, en gourmandant leur chat, lequel, œil clos et s'étirant, venait se réchauffer aux premiers rayons du soleil, et lisser du bout de sa langue vermeille les poils soyeux de sa robe.

La cloche tintait allègrement. Les moins affairés couraient à l'église, dont les portes s'ouvraient, et au fond de laquelle apparaissaient les clartés tremblottantes de deux cierges, allumés pour la messe du recteur.

L'église, humble et pauvre, mais recueillie, n'avait ni tapis moelleux, ni chaises confortables; le pavé, nu ; des bancs luisant à force d'usure ; au lieu de tableaux, des fresques grossières et enfumées ; au lieu de sculptures, des figurines taillées dans le bois par un imagier naïf.

Les cavaliers qui arrivaient ralentirent le pas et se découvrirent pieusement lorsqu'ils passèrent devant la maison du Seigneur. Ils se dirigèrent ensuite vers une maisonnette qui s'élevait à quelques pas de là, coquettement couverte d'un chaume neuf, en harmonie avec ses murs de tuf jaune et ses volets bruns. Elle appartenait à un granger du seigneur de Chissé, honnête homme parti, dès l'aube, pour son champ, afin de laisser place nette aux gens qui avaient choisi sa maison pour y délibérer loin des sergents d'armes et des oreilles indiscrètes.

Ils mirent pied à terre, abandonnèrent leurs chevaux à de braves paysans accourus pour les recevoir, et pénétrèrent dans la pièce qui servait à la fois de cuisine, de parloir et de dortoir au fermier et à sa famille. Cette chambre, plafonnée de solives noircies, meublée de tables frustes, d'armoires massives, de lits grossiers n'avait qu'un seul ornement : un crucifix appendu à la place d'honneur, au dessus d'un flamard à poignée de corne.

Il y avait là tous ceux que nous avons rencontrés à l'hôtellerie de l'*Homme sans Tête*, à Genève : Boniface de Chalant, seigneur de Fenis et de la Rivière, Jacques de Chalant, seigneur d'Aymaville, François, comte de Gruyères, Antoine de la Palud, seigneur d'Ecorens, Pierre de Chissé, Pierre de la Frasse, Guillaume de la Baume, seigneur d'Irlcins. Ceux qui arrivaient étaient

Philippe-Monsieur, comte de Bresse, son fourrier Bochesel et le sire Aynard d'Entremont.

Tous avaient revêtu l'armure de guerre et portaient, afin de ne point paraître se cacher sous la visière de leur heaume, une casaque à leurs armes par dessus la cuirasse d'acier. A leurs baudriers se suspendaient l'estoc ou le glaive et la dague nommée, par antithèse, *miséricorde*. Haubergeons, jacques, cottes de mailles, reluisaient dans l'ombre.

Tous, résolus, pleins de vaillance, décidés à vaincre, sachant bien que la défaite les conduirait à la claie d'infâmie et à l'échafaud, riaient comme des fous, devisaient joyeusement et buvaient le coup du matin, dans les écuelles de terre brune du fermier de Chissé.

Philippe-Monsieur avait sur son visage les traces d'une nuit d'insomnie, l'expression des angoisses qui lacéraient son cœur. Décidé à accomplir ce qu'il croyait son devoir, il s'effrayait néanmoins de la responsabilité qu'il assumait. Morne, pâle, triste, il ne buvait, ni ne parlait, absorbé par des pensées d'un ordre supérieur. Lui seul n'était point bardé de fer. Sur ses chausses de soie noire se rabattaient les pans d'un tabart d'écarlate orné d'une croix en toile d'argent. Au lieu de gantelets, il avait des gants de peau de daim brodés d'or. A son cou brillait le collier de l'Annonciade.

— Eh bien ! que résolvons-nous ? commença Guillaume de la Baume. Sommes-nous tous ici ? Miolans, Rochechouart et Compey se font attendre. Encore une coupe de ce petit vin, messieurs, cela nous ragaillardira, nous qui avons voyagé toute la nuit.

— Il ne faut pas attendre Miolans, répondit le seigneur d'Aymaville. Il a bien fallu que l'un de nous restât au château pour nous en ouvrir les portes. Si nous arrivions après dix heures, les vautours seraient dénichés.

— Rochechouart est parti avec une douzaine d'archers,
ajouta le comte de Gruyères. Il va tâcher de pénétrer
le premier dans le repaire. En tous cas soyons exacts.

— Quant à Compey, dit à son tour Pierre de la
Frasse, il a dû partir cette nuit de sa maison-forte de la
Chapelle et tirer droit sur Maxilly où il nous attendra.
Il a trente hommes qu'il a fait venir de Genève. Tous
les chemins sont gardés.

— Sur ma foi ! s'écria soudain Antoine de La Palud,
seigneur d'Ecorens, — que l'on surnommait le petit Varembon, — je souhaite que nous ayions plus de chance
qu'hier, car il me répugnerait d'entrer de force dans le
manoir de Monseigneur. Nous ne sommes pas des pil-
lards, mais des justiciers, et c'est chose grave que de
violer la maison du maître !

Ces paroles firent une certaine impression sur ses
auditeurs. Aucun d'eux encore n'avait eu cette pensée, et
tous respectaient trop le souverain, personne sacrée,
majesté inviolable, pour ne point hésiter et trembler,
au moment d'attenter à son autorité, peut-être à sa vie.

Quelques-uns murmurèrent. D'autres, ignorant à quoi
le petit Varembon faisait allusion, le prièrent de s'expliquer.

Il leur raconta donc que la veille lui, Philibert de
Compey, Donatien de Rochechouart et quelques autres
avaient tenté d'enlever le chancelier Valpergue.

Déguisés en aventuriers allemands, ils s'étaient embus-
qués aux environs de Thonon, espérant que le hasard,
sous une forme quelconque, leur livrerait leur ennemi.
Le chancelier, fort prudent, voire pusillanime, ne sortait
jamais qu'avec la duchesse ou le duc, entourés d'une
escorte nombreuse et bien armée. Il devait cependant
aller, ce soir-là, au prieuré de Ripaille.

Il se trouva que cette excursion fut contremandée. Les
conjurés apprirent que, s'ils voulaient s'emparer du

favori, ils seraient obligés de l'aller chercher dans le château, de l'arracher des bras de Son Altesse, d'agir, en un mot, à découvert.

Ce récit mit au comble l'indécision des partisans de Philippe. Une discussion s'engagea. Les avis furent partagés.

« Lors, dit la chronique latine manuscrite de Savoie, cuidèrent leur entreprise estre rompue pource que chascun se doubtoit, aussi que plusieurs disoyent, que puisque le dict chancelier estoit au chasteau, ils n'y toucheroyent point, ce dont ledict Philippe-Monsieur fust tres desplaisant, et dict tout en pleurant que puisqu'il estoit venu jusque-là il acheveroit, en leur remonstrant que leurs predécesseurs avoient toujours bien servi la maison de Savoye, et qu'ils estoient de lasche courage. »

L'attitude du prince ébranla les plus fidèles.

— En vérité, messeigneurs, s'écria-t-il, je vous adjure de me dire si ce n'est point le devoir d'un chevalier de redresser les torts, et si, en voulant débarrasser mon pays des sangsues qui boivent le meilleur de son sang, je commets un acte coupable ! J'ai le plus profond respect pour le duc mon père, le plus tendre amour pour Madame ma mère, malgré le mal qu'ils m'ont fait... mais je n'ai que de la haine pour les misérables qui les abusent. Dites-moi si je me trompe, vous, les miroirs de la chevalerie, les modèles de loyauté ! Parlez, Gruyères; parlez, Chalant ! De quoi s'agit-il ? d'enlever ce chancelier et de le conduire sur une de mes terres où il sera jugé par ses pairs. Quelle qu'elle soit, la sentence suivra son cours.

— Monseigneur, fit observer Antoine de Varembon, si nous sommes pris, il y va de notre tête.

— Est-ce un chevalier qui me parle ainsi ? Donc, messieurs, vous êtes décidés à supporter les insolences des Cypriotes, à leur donner vos écus et à leur vendre vos services ? Très-bien ! Je vous donne congé de rentrer chez vous. Si vos épouses ont des quenouilles trop chargées, elles vous donneront des rouets et vous filerez à leur côté ! J'irai seul à Thonon, et je serai accusateur, juge et bourreau, puisque vous m'y condamnez.

Ces paroles énergiques ranimèrent la confiance des conspirateurs. Le plus grand nombre vint se ranger autour de Philippe. Les autres, émus, restèrent cependant encore indécis.

— Est-ce que vous croyez, poursuivit Philippe avec la même éloquence ardente et chaleureuse, que ce soit pour moi une partie de plaisir? Devrais-je me commettre avec des êtres aussi vils ? Non. Ce n'est point l'ambition ni la colère qui m'inspirent. C'est le dévouement que j'ai pour mon pays. C'est que je vois ce peuple pressuré, affamé, écrasé. C'est que de tous côtés, il s'élève des voix qui me crient: « Mort aux Cypriotes ! Au pilori les favoris ! » C'est que mon pays n'a plus de trésor, plus d'armée, plus de justice, plus d'influence, plus de renom, car Saint-Sorlin, Valpergue et Seyssel, infernale trinité, ont tout vendu. Vous me comprenez bien, n'est-ce pas ?

Les timides furent vaincus. S'approchant de Philippe, ils lui demandèrent grâce, et la discussion finit là, aux cris dix fois répétés de :

— Sus aux traîtres ! à la hart, les voleurs!

Il ne s'agissait plus que d'arrêter les dispositions stratégiques nécessaires, de régler minutieusement la part que chacun devait prendre à l'affaire, de déterminer le rôle de tous, afin qu'il ne pût être dit que la conspiration avait échoué, faute d'entente, ainsi qu'il en advient le plus souvent.

Pendant ce temps-là, toute la population du bourg se rassembla devant la maisonnette du fermier de Chissé. En voyant un si grand nombre de chevaux, les uns

enharnachés à la flamande, les autres armés du chan-
frein, attachés aux palissades du jardin ; en voyant les
trente ou quarante serviteurs des gentilhommes, établis
en sentinelles autour des bâtiments, ou jouant à la fos-
sette sur la place, la curiosité de tout ce petit monde fut
surexcitée.

De mémoire d'homme, jamais voyageurs de cette sorte
n'avaient franchi les bornes du petit vallon de la Memise. Aussitôt, ménagères, artisans, boutiquiers d'abandonner leur cuisine, leur atelier, leur étalage, et d'ac-
courir pour contempler à loisir pages aux livrées
splendides, écuyers à doublets de buffle, archers avec
le carquois en bandouillière, piquiers et pertuisaniers.

Les plus étranges commentaires commencèrent à cir-
culer. On parla de guerre contre le Français détesté, de
révolte des seigneurs, d'un assaut qu'il s'agissait de
donner au château de M. de Blonay, suzerain de la
contrée, d'invasion en pays suisse.

Bientôt l'on vit les gens des hameaux avoisinants se
diriger par bandes, en longues files, coupant court à
travers taillis et prairies, vers l'honnête bourg de Thollon.

Si bien qu'au bout d'une heure la chaumière fut
entourée d'une foule compacte qui s'agitait, murmurait,
parlait, criait, admirant de tous ses yeux, écoutant de
toutes ses oreilles. Si les soldats n'eussent mis le holà,
cette multitude eût envahi le jardin, puis les écuries,
puis enfin la pièce où les maîtres délibéraient.

Un frère quêteur de l'abbaye d'Abondance vint à passer. Il s'arrêta et commença d'expliquer à ses voisins les
armoiries brodées sur les vêtements des serviteurs, le
lion *de l'un en l'autre*, de Chissé, la *bande*, de Chalant,
et tous les attributs, emblèmes ou symboles.

Ce jour-là il rentra au monastère avant le coucher du
soleil, pliant sous le faix des provisions qu'il rappor-
tait, volailles, œufs, poisson, gibier et autres denrées.

Le plus pauvre avait contribué à ce fardeau. Que l'on y songe ! Grâce à lui, on connaissait maintenant le nom des seigneurs qui faisaient au granger de Chissé l'honneur de séjourner, deux heures durant, chez lui.

Aussi quand les conjurés sortirent, ce furent des acclamations, des cris de joie, vociférés par un millier de gosiers :

— Vive Chalant ! Gloire à la Baume ! Loz aux gentils barons !

Mais quand tous furent en selle et que Philippe, dont le tabart à la croix d'argent resplendissait parmi les sombres costumes de ses compagnons, prit la tête du cortége, il y eut un moment de stupeur. Ce jeune homme, beau, de noble prestance, qui maniait si dextrement son cheval de bataille et qui portait les armes ducales sur sa poitrine, inspira une ardente admiration.

Les femmes surtout ne tarissaient point en éloges.

Le moine conjectura que ce devait être un prince du sang de Savoie.

On entendit un page qui nommait, en transmettant un ordre à un piquier, le comte de Bresse, Philippe-Monsieur.

Ce nom fut répété aussitôt par toutes les bouches et ce furent de nouveaux applaudissements :

— Vive Monseigneur de Bresse ! Noël à Sans-Terre ! Qu'il devienne riche comme un roi !...

Quelques voix timides, qui ne tardèrent point à être soutenues par un concert unanime, ajoutèrent :

— Mort aux Cypriens ! les Cypriens au lac ! à l'eau ! à l'eau !

Un sourire satisfait erra sur les lèvres du prince. Il se retourna vers Antoine de Varembon qui chevauchait à ses côtés et lui dit, d'un ton à la fois amer et content.

— Vous entendez, cher d'Ecorens ! je ne le leur ai
point soufflé ! Eh bien ! allez de Chillon au mont-Cenis,
d'Yenne à Moutiers, vous entendrez partout le même
cri : « Vive Savoie ! » auquel on adjoindra ce correctif :
« Mort aux Cypriotes ! » Ce soir, tout ce peuple nous
bénira ! S'il y a crime, ses prières obtiendront de Dieu
la grâce des criminels. Mes amis, continua Philippe en
élevant la voix, rassurez-vous. Justice sera faite des
étrangers qui vous dépouillent. Restez fidèles à votre
duc, à votre pays. Savoie !... Savoie pour toujours !...
S'il ne tient qu'à moi, vous recevrez sous peu des fran-
chises communales semblables à celles des bourgs
libres, j'en engage ma parole. Et ne vous inquiétez point
de Sans-Terre, il ne veut d'autre richesse que votre
affection.

Il jeta sa bourse à la foule, imité par tous les seigneurs.

A la sortie de Thollon, ils donnèrent de l'éperon et se
dirigèrent, d'un bon pas, vers Maxilly où ils furent
rejoints par Philibert de Compey et ses trente soudards.

VIII

Où l'on retrouve Donatien de Rochechouart.

La partie du Chablais qui s'étend aux bords du lac de
Genève, au-delà de la Dranse, se nomme le pays de
Gavot et a pour capitale Evian, qui est le rival de Thonon. Le pays de Gavot adora naguères les dieux des
Celtes ; plus tard, il peupla de fées ses grottes enchantées. Il posséda une station romaine, Tauretunum,
située dans le vallon de Thollon, qui fut détruite en
l'an 564 par des rochers qui se détachèrent de la dent

d'Oche et allèrent s'engloutir dans le lac, causant une inondation qui submergea l'ancienne Lausanne. Ce petit canton se convertit au christianisme, lors du martyre de la légion Thébéenne.

L'église d'Évian fut, dit la chronique, bâtie en 331 par l'empereur Jovien, successeur de Julien l'Apostat. La ville, ayant été saccagée par le dauphin Guigues de Viennois en 1326, fut rebâtie par le comte Vert à la prière de l'empereur Charles IV qui y passa, retournan en Allemagne.

Plus heureux qu'Evian, Thonon, son voisin, n'eut pas d'histoire. Bâtie sur une éminence qui descend par une pente raide jusqu'à la grève étroite battue par lest mignonnes vagues du Léman, cette petite ville coquette et gracieuse est située au point culminant d'un admirable paysage. De beaux jardins l'entourent. Tout auprès, la colline de Concise et les côteaux d'Anthy, avec leurs châtaigniers gigantesques ; en arrière, la roche énorme qui porte les ruines du château des Allinges ; en face le lac, immense nappe d'eau bleue, au delà de laquelle on aperçoit les rives suisses, Lausanne, Morges, Vevey. Puis à l'horizon, les Alpes colossales, avec leurs cimes hérissées d'aiguilles, avec leurs glaciers étincelants qui semblent soutenir le ciel.

Aussi le proverbe populaire s'exprime en termes que l'on pourrait croire hyperboliques, et qui ne disent que la vérité :

> Qui n'a vu ni Thonon ni Ripaille,
> N'a jamais rien vu qui vaille.

La résidence des ducs de Savoie, dont il ne reste aucune ruine, puisque les Bernois la détruisirent en 1536, était non point un palais, voire une villa, mais un simple manoir.

Il s'élevait au bord extrême des rochers avec lesquels

14

se confondaient ses assises granitiques. Un fossé à fond
de cuve le séparait de la ville. Il se composait de plusieurs corps de bâtiments, environnant une cour intérieure de forme irrégulière.

Plusieurs tours, couronnées de créneaux en encorbel-
lement, ou de toits coniques d'ardoises disposées en
écaille, flanquaient chacun de ses angles. Il ne renfermait que les appartements de la famille ducale, ceux
des favoris, et les communs destinés aux serviteurs.
Les seigneurs de la cour logeaient dans les hôtelleries
de la ville, et les soldats occupaient deux maisons forti-
fiées, construites en équerre de la principale façade, en
dehors de l'enceinte.

L'architecture de ce château appartenait au style
gothique de la première époque et ne comportait ni
fleurons, ni sculptures, ni ornements. Des fenêtres à
croisées de pierre, défendues par d'énormes barreaux
s'ouvraient au premier étage et régnaient sous une rangée
de fenêtres en ogive lancéolée. Le donjon, tour carrée
massive et trapue, dominait l'ensemble. Un pont de
bois, qui remplaçait le pont-levis, conduisait au portail,
pratiqué dans un angle rentrant, entre le corps de garde
et la logette du portier.

Devant le château s'étendait une esplanade, bordée, à
droite par les casernes, à gauche par la maison du plé-
bain de Thonon et celle du syndic ou maire, au fond
par l'hôtellerie importante de *l'Écu de Savoie* que diri-
geait alors maître Joly, propriétaire du clos de la Patenerie, ancien marmiton de Son Altesse, ancien queux
du comte de Montmayeur, et propre cousin de messire
Gargassala, écuyer de Sa Majesté Louis XI, lequel
tiendra plus tard une petite place dans ce récit.

Deux singuliers monuments décoraient cette esplanade.

Le premier reposant sur deux tréteaux de pierre,
en face de la plébanie, était un cercueil creusé dans un

bloc de pierre ; le bon Comte-Rouge, autrefois, le faisait remplir, chaque vendredi de l'année, de blé et de sols d'argent que l'on distribuait aux pauvres, et il entendait y être inhumé. Il arriva que, blessé par un sanglier, dans la forêt de Lompnes, (1) il mourut à Ripaille et fut enseveli dans l'abbaye d'Hautecombe de laquelle saint Bernard disait en la voyant :

— « Tu es trop belle, Hautecombe, tu ne pourras pas subsister. »

Le cercueil d'Amédée le Rouge restait donc là, exposé aux intempéries, souvent empli par les pluies d'une eau limpide que venaient boire les chevaux des archers, parfois souillé d'immondices. Le peuple seul se souvenait des largesses du feu comte, et respectait ce tombeau.

L'autre monument, appelé la *Souche de fer*, était un tronc de chêne, énorme, enchâssé dans un mur balafré de lézardes qui attenait à l'hôtellerie.

Ce bois, que de temps immémorial on voyait là, disparaissait entièrement sous une légion de gros clous à tête taillée en facettes, disposés de façon à former des dessins bizarres. Chaque fois qu'un compagnon serrurier, forgeron, armurier, ayant séjourné quelque temps à Thonon en repartait, la coutume exigeait qu'il vint, en cérémonie, enfoncer un clou dans la souche de fer, et y suspendre des rubans que se partageaient les fillettes du voisinage.

On pense bien que maître Joly tirait volontiers vanité du hasard qui le rendait propriétaire de ce curieux monument.

Rochechouart arriva au pied de la montée de Thonon d'assez bonne heure. Douze ou quinze archers l'accompagnaient. Il en laissa quatre à l'entrée de la ville,

1. V. notre roman historique : *A Petite Cloche, Grand Son.*

dans le clos de la Patenerie, six dans une auberge de
la rue de la Croix, et garda les autres avec lui.

Au moment où il pénétrait sur l'esplanade, il y
régnait, suivant l'ordinaire, une grande animation.
Deux compagnies s'exerçaient au maniement des armes
le long des casernes. Une vingtaine d'archers, attablés
devant l'hôtellerie, buvaient et mangeaient, non sans
vociférer tous les refrains bachiques usités en pareille
occurrence.

D'autres soldats, réunis en petits groupes, jouaient
à la marelle, à cloche-pied, avec le même entrain,
les mêmes rires, le même laisser-aller que des enfants
échappés de l'école. Des bourgeois se promenaient,
charmés d'amuser leur oisiveté par ce spectacle ré-
créatif. Des écoliers, enhardis par l'exemple, se livraient aux bruyants ébats de leur âge. Des pages, des
valetons, profitant d'une heure de congé, se divertis-
saient de leur côté, se pavanant sous leurs splendides livrées, abaissant des regards dédaigneux sur
les bourgeois, distribuant maintes bourrades aux
archers.

Si bien que cet ensemble de constructions grises,
vieilles, enfumées, d'un aspect lugubre, d'ordinaire, prenait ce jour-là un air de fête, servant de cadre à ce
tableau mouvementé.

Rochechouart était déguisé en capitaine de compagnie franche : pourpoint de cuir, trousses de drap,
casquette à visière pointue ornée d'une aigrette rouge :
le tout usé, propre, ni vieux ni neuf, de couleur modeste, bien choisi pour n'être pas remarqué.

Il se glissa à travers les groupes et gagna l'hôtellerie
certain d'y rencontrer le partenaire qu'il cherchait.
Avant de rien entreprendre, il voulait se renseigner.
Il envoya deux de ses archers flâner le long des fossés
du château, afin de recueillir çà et là des bribes de

dialogues qu'ils lui répétaient textuellement, et dont il se chargeait de tirer parti.

Il vint ensuite s'attabler, avec les deux autres, et d'un ton qui indiquait une bourse bien garnie et l'habitude de se faire obéir au premier mot, il ordonna à la servante de maître Joly de leur servir trois brocs de son meilleur vin.

— Trois brocs ! s'écria un sergent aux longues moustaches, assis à la table voisine entre un petit page et un vieil écuyer dont le nez rubicond dénonçait le culte pour la dive bouteille. Trois brocs pour trois buveurs ? C'est de la présomption, sire capitaine, sous le respect que je vous dois. Je comprendrais cette quantité de liquide si vous nous aviez invités, mes amis et moi, à faire en votre noble compagnie la manœuvre du guindal.

— Eh ! sergent, si j'eusse pensé que vous m'accorderiez l'honneur de choquer votre verre contre le mien, ce n'est pas trois, mais six brocs que j'aurais commandés.

A peine eut-il achevé ces paroles, que ses trois voisins, faisant pivoter leurs tabourets sur un pied, se trouvèrent assis devant lui, les coudes sur la table.

Aussitôt les gobelets d'étain s'emplirent et la connaissance fut cimentée par ce jus de la vigne qu'apprécient la plupart des humains, et qui est un des trois moyens les plus efficaces employés à la perdition des âmes par le roi des enfers.

Pour boire avec plaisir, il faut parler beaucoup. Il n'est personne plus bavard qu'un soldat désœuvré. La conversation s'engagea sur le ton familier qu'autorisait la prodigalité du capitaine, et qu'excusait la présence du page et de l'écuyer, gens participant de la déférence qui s'accorde à leur maître. Le premier appartenait au marquis de Saint-Sorlin, le second était de la maison du maréchal.

Il ne fut pas difficile à Rochechouart de les entraîner

sur le terrain qu'il voulait aborder. Il commença par
vanter les illustres seigneurs, leurs patrons, puis il félicita les valets de s'être mis à leurs gages, tandis que
ses compagnons entretenaient le sergent de la consigne,
du service, des exercices militaires, toutes choses qui
intéressent au plus haut degré.

Rochechouart, grâce à sa taille de géant, à sa voix de
stentor, à ses manières un peu brusques, inspirait une
estime profonde au page de Saint-Sorlin, jeune homme
étourdi, imprudent et ignorant qui n'avait appris à respecter que la force brutale.

Après un échange de banalités et de lieux communs,
Rochechouart commença, d'un air d'insouciance, à ques-
tionner cet enfant qui lui apprit ce qui se disait déjà,
c'est-à-dire que le lever de Madame la duchesse n'avait
point encore eu lieu et que ses courtisans s'impatientaient à l'attendre dans l'antichambre ; que Son Altesse
le duc avait expédié la nuit précédente courriers sur
courriers ; que monsieur le chancelier ne bougeait de
chez lui sous aucun prétexte.

— Mais, demanda l'aventurier, sait-on ce que signi-
fient ces infractions aux règles...

— Puissé-je ne revoir jamais le clocher de ma paroisse,
si j'y comprends la moindre chose ! interrompit le page.
D'ailleurs, qu'importe ? Mon maître est content, je le
sais. Il m'a donné ce matin dix écus. Tout va bien tant
que durent les bonnes aubaines.

— Je connais, autant que je puis me rappeler, un seigneur bressan qui doit être céans... un certain chevalier
de Bau... de Maugrigneuse.

— De Vaugrigneuse, rectifia le page. Il est ici.

— Ne pourrais-je l'aller trouver ? Jadis, je lui rendis
quelque service, en échange de quoi je voudrais qu'il
me donnât le commandement de quelques bons garçons.
Avec votre protection, monsieur le page...

— Oh ! oh ! je ne refuse point de vous aider, camarade. Seulement, on n'entre pas au château comme cela.
C'est monsieur de Valpergue qui donne la consigne :
porte close pour tous ceux qui n'ont pas un laisser-
passer visé par son clavaire. Il y va de la mort pour qui
vous introduirait. Si vous connaissiez... Mais attendez
à ce soir, j'en parlerai à mon maître et vous verrez tout
à votre aise celui que vous cherchez, quoique, à vrai
dire, il ne puisse vous être bien utile, car son influence
est nulle. Il n'est pas de notre parti. C'est dommage !

Rochechouart, voyant qu'il fallait mettre en œuvre
d'autres moyens, laissa languir la conversation. Quand
il jugea qu'il pouvait se séparer de ses commensaux
sans exciter leur défiance, il paya l'écot et se dirigea à
pas lents vers la porte du château, comptant sur le hasard pour lui procurer les moyens d'en venir à ses
fins.

Il rôda longtemps le long des fossés, regardant avec
soin ceux qui entraient et ceux qui sortaient, accostant
archers et valets, saluant d'un air aimable les sentinelles
et frisant ses moustaches, en oisif qui s'ennuie prodigieusement, et voudrait bien se distraire.

Soudain le pas d'un cheval retentit sur le tablier du
pont. Il se retourna et vit un cavalier s'éloigner au
grand trot par la rue qui menait à la route d'Évian. Un
instant après un second cavalier, vêtu avec une grande
élégance apparut sous la voûte, traversa l'esplanade au
pas et mit son cheval au galop en débouchant sur la
route d'Anthy.

Le page de Saint-Sorlin accourut aussitôt et lui dit :

— Vous n'avez pas de chance, mon compagnon ! Vous
cherchiez monsieur de Vaugrigneuse, et le voilà qui
part... Message de Son Altesse, probablement.

— Quoi ce seigneur au pourpoint incarnadin ?

— Non, celui-là, c'est le comte de Montrevel. L'autre,

avec une casaque de drap bleu, c'est monsieur de Vaugrigneuse.

Comme Rochechouart tenait à s'éclairer sur les effets
et les causes, il s'enquit, interrogea, plaida le faux pour
savoir le vrai, de telle sorte que le page, peu endurant
de son naturel, perdit patience et se mit à lui rire au nez
avec une impertinence qui, en une autre occurrence, lui
eut attiré une correction sévère.

Mais Rochechouart, inquiet, se disait que Philippe
de Savoie, à la tête des conjurés, allait apparaître et
que, sa mission n'étant point remplie, il en pourrait
résulter de graves inconvénients. Il s'épuisait à com-
biner des plans audacieux, à inventer expédient sur
expédient, lorsqu'un troisième cavalier sortit du château.
Il reconnut Anthelme de Miolans. Il s'élança vers lui, les
bras en avant, la bouche ouverte pour lui crier d'arrêter, tant il craignait de le voir s'enfuir à bride abattue.

Miolans ne le reconnut pas et lui cria de rester au
large.

— Eh ! par ma barbe ! jura Rochechouart, cela vous
est bien facile à dire, mon cher ami. Il s'agit de rentrer,
s'il vous plaît.

— Quoi, c'est vous, Rochechouart ?

— Bien ! criez mon nom sur les toits afin que nul n'en
ignore. Où allez-vous de ce pas ? On vous attendait
à Thollon ? Voilà que Monseigneur va arriver et rien
n'est prêt. Il faut que je sois là pour lui ouvrir les portes
et il paraît que l'on n'entre plus chez Son Altesse, à
moins d'avoir une permission du clavaire de monsieur
le chancelier. C'est fort plaisant, mais je n'ai pas le
temps d'en rire. Allons ! sus, monsieur de Miolans, con-
duisez-moi et me recommandez. J'ai là cinq de mes archers, c'est plus qu'il ne m'en faut pour me prêter
appui.

— Voilà comme vous êtes ? Il n'y a qu'une petite dif-

ficulté. C'est que madame la duchesse m'envoie en am -
bassade!

— Bah! si matin? dit Rochechouart en raillant.
Tournez bride et m'introduisez dans la bergerie. J'ai
déjà vu passer deux ambassadeurs de votre espèce
allant quérir, l'un quelque liqueur merveilleuse chez
les moines d'Abondance pour la table de Valpergue,
l'autre un colifichet oublié à Ripaille par Saint-Sorlin.
Est-ce que M. de Seyssel a besoin?...

— Voilà justement, cher ami. Ces cavaliers que vous
avez vu passer sont Vaugrigneuse et Montrevel que l'on
invite à se promener hors des États jusqu'à nouvel
ordre. Et moi je vais à Lyon chercher ma cousine, sous
la condition de ne revenir que dans un mois, sauf
quelque nouveau caprice.

— On vous exile? Dites-le donc franchement.

— Non, mon ami : on nous chasse. Le pauvre François au Nez d'argent a résisté. Trop parler nuit. Il
médite sur cet adage, à l'heure qu'il est, dans un cachot
du donjon.

— Fort bien. Nous le délivrerons, la besogne terminée.

— Qu'allez-vous faire maintenant, Rochechouart?

Le géant mit une main sur la bride du cheval de
Miolans, l'autre au pommeau de sa rapière et répliqua
d'un ton très-décidé :

— Je vais sauter en croupe et vous plonger mon épée
entre les deux épaules, jusqu'à ce qu'elle sorte d'un
pied en avant, si vous ne tournez bride incontinent et
ne m'introduisez dans la demeure ci près. Par ainsi ne
me donnez pas le crève-cœur de vous embrocher comme
un oison. Il serait trop tard dans cinq minutes.

Ce dialogue avait lieu à l'extrémité du pont de bois
jeté sur la douve. Sentinelles et promeneurs contemplaient curieusement ce gentilhomme qui traitait de

pair à compagnon avec un simple aventurier, d'une mine peu rassurante.

Leur étonnement ne fit que s'accroître et devint de la stupéfaction lorsqu'ils virent le cavalier mettre pied à terre, jeter à un varlet la bride de sa monture et, passant familièrement le bras sous celui du soi-disant capitaine, rentrer sous le porche obscur du manoir.

Miolans fit appeler l'officier des archers de garde, monsieur de Dortans, allié de Vaugrigneuse, avec lequel il était en excellents termes, et lui dit :

— Mon cher, voici un de mes amis qui veut présenter une requête à monsieur le maréchal de Seyssel. Je pense que vous ne me refuserez pas de lui permettre d'attendre dans la cour que l'on revienne de la messe.

— Ah ! c'est que le maréchal n'assiste point à la messe de la chapelle, et qu'il est enfermé dans l'oratoire du chancelier avec celui-ci et monsieur de Saint-Sorlin.

— C'est charmant ! pensa Rochechouart qui prit un air ravi, on n'est pas plus aimable !... Voilà justement ce que je cherchais. Notons cette indication précieuse : elle me sera utile en temps et lieu. Vous ne sauriez croire, mon officier, poursuivit-il à voix haute, combien la requête en question m'intéresse. Il s'agit de...

— Je vous dispense de toute explication, mon brave, reprit Dortans. Miolans, dites-moi, un peu ce que signifie toutes ces allées et venues, ce va-et-vient, cet air effaré des chambellans?.. Viry d'Allemogne vient de me dire que Madame Anne a banni de sa présence trois chevaliers... Tout à l'heure Vaugrigneuse est parti en me recommandant de me fier à vous et de vous laisser faire... Varembon a pris le chemin du donjon, accompagné d'un anspessade allemand... Quel mystère joue-t-on ici ?

Miolans haussa les épaules en souriant d'un air contraint.

— Vous en verrez bien d'autres, répondit-il.

De grands cris l'interrompirent.

Une troupe de cavaliers, armés de toutes pièces, ayant à leur tête un homme vêtu d'un tabart d'écarlate coupé d'une croix blanche, débouchait à cet instant précis sur l'esplanade.

A quelques pas en arrière une centaine d'archers, de pontonniers, marchaient en bon ordre.

En un clin d'œil, la place fut déserte. Ecuyers, pages et serviteurs se replièrent sur le château. Les sentinelles, voyant les armes de Savoie briller sur les livrées, crurent que l'un des fils de son Altesse venait faire visite à son père.

C'en était un, en effet. Celui que l'on attendait le moins.

Aussitôt Miolans se jeta sur Dortans et le désarma. Rochechouart et ses archers, la dague au poing, se placèrent aux deux côtés de la porte, pour empêcher qu'on ne la fermât. Le portier, fidèle à son devoir, et voyant que toute résistance serait inutile, poussa le ressort qui faisait mouvoir la herse, et la lourde masse de fer s'abattit avec un grand bruit.

Un homme se détacha de l'escorte du prince. C'était Antoine de La Palud, seigneur d'Ecorens. Il heurta la herse de son gantelet de fer en criant d'une voix retentissante :

« Ouvrez à Philippe-Monsieur de Savoie ! »

IX

Ce que Philippe-Monsieur venait faire au château de Thonon.

La herse grinça dans ses rainures, s'enleva pesam-ment, et s'assujettit d'elle-même au moyen du contre-poids.

Philippe de Savoie, suivi des conjurés, pénétra dans la cour.

En moins de temps qu'il n'en faut pour le dire, le poste fut occupé, les sentinelles remplacées, les servi-teurs et les pages, refoulés dans les salles basses et en-fermés sous clefs.

— Ah! Miolans, c'est une trahison! murmura Dor-tans d'un ton de reproche.

Boniface et Jacques de Chalant, avec un certain nombre d'hommes cernèrent le château à l'extérieur, ne laissant aucun passage libre, et surveillant avec soin toutes les issues.

On laissa dans le préau les trente archers de Philibert de Compey qui reçurent l'ordre d'arrêter tous ceux qui tenteraient de s'échapper. Les autres gens d'armes se répandirent dans les corridors et les escaliers, sans qu'il leur fût opposé la moindre résistance.

Le château fut donc pris sans coup férir, et la réussite assurée.

Un silence de mort, la consternation, l'épouvante régnaient dans cette demeure où les plaisirs trônaient sans partage, une heure auparavant.

Le duc et la duchesse, leurs dames, leurs officiers, étaient à la chapelle. Lorsqu'on vint leur annoncer ce qui se passait, il y eut un mouvement général d'incrédulité. Il fallait aviser, sans perdre un instant.

Le conseil se réunit dans la sacristie pour délibérer. Anne envoya un messager à la recherche du chancelier et des ministres qui, ainsi que Dortans l'avait appris à Rochechouart, assistaient à la messe dans l'oratoire de Valpergue. Il va sans dire que le messager tomba aux mains des vainqueurs et qu'il lui fut impossible de remplir sa mission.

Philippe-Monsieur et les seigneurs de Compey, de la Frasse, d'Irleins, de Chissé, de Gruyères, précédés par Antoine de la Pallud-Varembon, guidés par Miolans et Rochechouart s'engagèrent, dans l'escalier principal qui remplissait une tour ventrue engagée dans l'angle le plus obtus du manoir.

Le tabart écarlate du prince flottait comme un drapeau sanglant, et servait de point de mire aux nombreux spectateurs de cette scène étrange.

On entendit résonner sur les dalles le pas lourd de tous ces chevaliers bardés de fer, puis ce bruit s'affaiblit, s'éloigna et cessa tout à coup.

Les ministres cypriotes n'avaient rien entendu, les fenêtres de la pièce où ils s'étaient enfermés s'ouvrant sur le lac, à l'extrémité des bâtiments, au plus haut étage de la tour d'Anthy, qui dominait un précipice de cent pieds de profondeur.

On les haïssait, donc il ne se trouva personne assez courageux, assez charitable pour les prévenir et les sauver.

Le prêtre, debout, achevait le Saint Sacrifice.

Seyssel et Saint-Sorlin, agenouillés sur le même prie-Dieu, attendaient impatiemment qu'il eut prononcé les derniers mots de l'Évangile selon saint Jean.

Valpergue, les bras croisés, s'absorbait dans une méditation profonde, laissant parfois errer son regard sur

15

son fils, jeune homme de seize ans, qui priait avec l'angélique ferveur de son âge.

Une lumière chaudement colorée passait à travers les vitraux, jetant sur l'autel doré des reflets de pourpre et d'azur.

Les cierges brillaient en fumant; l'odeur de l'encens et de la myrrhe flottait dans l'espace...

L'étroit couloir qui unissait à la tour d'Anthy celle où tournait l'escalier, s'emplit soudain de tumulte.

Philippe arriva devant cette porte qui le séparait, seule, de ses implacables ennemis. Une pâleur livide avait envahi ses traits, mais une résolution ferme se lisait dans ses yeux. Il fit un signe impératif.

La Palud d'Ecorens, avec une fougue irrésistible, écarta ses voisins, s'élança et heurta violemment du poing les panneaux de chêne, en criant d'une voix tonnante :

— « Ouvrez à Philippe-Monsieur !... »

Des cris de stupeur, suivis immédiatement d'un morne silence, lui répondirent. Puis ce fut un bruit de meubles que l'on renversait, d'une porte qui roulait sur ses gonds, des chuchotements, un cliquetis de verre brisé.

Antoine d'Ecorens répéta une seconde fois, d'un ton menaçant :

— « Ouvrez à Philippe-Monsieur ! »

— « M'assurez-vous ? » s'écria une voix altérée par l'effroi.

— Qui a parlé ? demanda Rochechouart.

— C'est moi, Jean de Seyssel : m'assurez-vous ?

Philippe se consulta un instant, et mettant sa bouche au niveau du trou de la serrure, il répondit :

— « Oui, vous ! » (1)

1. Les passages situés entre guillemets sont rigoureusement historiques. *Note de l'auteur.*

La porte s'ouvrit : le comte de Bresse et ses complices se précipitèrent dans la chambre.

Guillaume de la Baume et le comte de Gruyères, l'épée à la main, restèrent debout sur le seuil.

Le prêtre, vieillard vénérable, était prosterné devant l'autel. Sa chasuble de soie blanche, aux orfrois d'argent, resplendissait aux feux des cierges. L'enfant de chœur, blotti derrière le piédestal d'un candélabre, sanglotait.

Le marquis de Saint-Sorlin, les cheveux hérissés sur la tête, l'œil hagard, tremblant de tous ses membres, à demi-couché sur le prie-Dieu, semblait foudroyé.

Le fils de Valpergue, la lèvre frémissante, debout, les bras croisés sur sa poitrine, interrogeait d'un regard fier ceux qui violaient ainsi l'asile sacré.

Le maréchal froissait de ses doigts, avec un mouvement convulsif, les pages de son missel. Il baissait les yeux, humble, terrifié.

Le chancelier avait disparu.

Philippe s'avança, grave, ému.

Seyssel recula devant lui :

— Monsieur le maréchal, dit le prince, n'ayez pas peur. Ce n'est point à vous que j'ai affaire. Où est monsieur de Valpergue ?

Saint-Sorlin respira fortement. Il crut à la clémence de Philippe, et s'imagina que Valpergue paierait pour tous les favoris.

Dans l'espoir de se faire épargner en montrant une soumission passive, il indiqua du doigt une porte étroite et basse qui conduisait à la petite pièce où le chancelier s'était réfugié et derrière laquelle, frissonnant, fou de terreur, il se cachait.

Le fils de Valpergue se rua sur le marquis et le frappa au visage en vociférant :

— Lâche ! traître qui mords la main qui t'a nourri...

S'il meurt, tu mourras avant lui, vil fourbe qui n'as de gentilhomme que le nom !..

Il arracha sa dague de son fourreau, et il allait frapper, lorsque Pierre de Chissé et Philibert de Compey se jetant sur cet enfant, s'assurèrent de lui.

Donatien de Rochechouart, à son tour, s'approcha de Saint-Sorlin, dont l'attitude suppliante faisait honte et pitié à tous les témoins de son indigne faiblesse. Le marquis se redressa, plus semblable à un spectre qu'à un être humain, et comme le bâtard étendait la main pour le saisir, il s'écria d'une voix rauque, entre-coupée...

— Ah ! grâce, grâce, monsieur !... Je me rends... je me rends à merci... Allez-vous donc me tuer ainsi ? mais c'est horrible... je suis innocent, je n'ai rien fait... que me voulez-vous ?... Faites-moi juger, si vous m'accusez. Monseigneur, poursuivit le misérable en se roulant aux pieds du comte de Bresse, dites-leur de me laisser fuir. Je m'en irai loin, bien loin, au fond du monde... Vous ai-je offensé ?... Un prince chrétien pardonne et n'assassine point.

— Il juge et il condamne ! dit Rochechouart avec rudesse.

Philippe détourna la tête :

— Votre sort n'est pas fixé, murmura-t-il. Relevez-vous, Saint-Sorlin, et n'oubliez pas que vingt chevaliers nous regardent, qu'ils ressentent un amer dégoût à voir un de leurs pairs mendier sa grâce, trembler devant la mort comme une femme.

Rochechouart, assisté de Pierre de la Frasse, s'empara de Saint-Sorlin qui se débattait en poussant des cris déchirants et lui lièrent les mains derrière le dos, se servant de sa propre écharpe.

Pendant ce temps-là, Antoine d'Ecorens attaquait la porte du refuge de Valpergue.

Mais, chargée de ferrures, elle résista à tous ses efforts. Il prit un énorme banc de chêne, en guise de bélier, et se mit, aidé par Gruyères et la Baume, à la frapper à coups redoublés. Des archers survinrent. Ils employèrent la lame épaisse et courte de leurs coutelas à desceller les gonds.

Jacques de Valpergue exhalait des cris lamentables, en proie qu'il était à la plus folle terreur.

Cette scène eut attendri un cœur de pierre.

Après un assez long travail la porte céda ; un coup furieux la fit voler en éclats, et d'Ecorens se précipita sur la brèche.

Le vieillard, armé d'un flambeau de bronze, puisant dans son effroi une force et un courage surhumains, se défendit énergiquement.

Acculé au fond de son étroit réduit, il frappait à droite et à gauche, rugissant de colère comme un ours retranché dans sa tanière. Son fils, ivre de rage, le visage inondé de larmes, faisait des efforts inouïs pour s'arracher à l'étreinte de Compey et de Chissé ; il leur mordait les mains, les frappait du pied, bondissait en avant, haletait, grinçait des dents, suppliait, menaçait.

Quand ils furent las de lutter contre cet enfant, ils le firent baillonner et garotter, puis un archer l'emporta hors de ce lieu sinistre.

Bientôt le chancelier sentit les forces factices qu'il devait à la surexcitation de ses nerfs s'épuiser. Le sang coulait de son front et l'aveuglait, ses habits étaient en lambeaux. Ses jambes se dérobèrent sous lui et il tomba, vaincu, haletant, méconnaissable.

Philippe lui tendit la main pour le relever. Leurs regards se croisèrent :

— Il y a longtemps que nous ne nous étions vus, monsieur de Valpergue, dit le prince.

— Mieux eut valu pour votre honneur que nous ne

nous vissions pas aujourd'hui, répliqua le chancelier
d'un ton amer. Il en coûte parfois de manquer au respect que l'on doit aux cheveux blancs. Je souhaite que
vous l'éprouviez. Prenez ma vie, maintenant. J'ai hâte
d'en finir.

— Nous ne sommes pas des assassins.

— Que voulez-vous de moi ? Mon Dieu ! c'est la ré-
compense qu'obtiennent tant de sacrifices, tant de dévouement et de fidélité.... Monsieur de Bresse, il y aura
une heure dans votre vie où vous vous rappellerez cette
heure-ci. Alors, vous vous frapperez la poitrine...

— Allons, fourbe ! s'écria Rochechouart en lui crachant
à la face, cesse de dégoiser si impudemment, félon !

Le vieillard se redressa, furieux, terrible, majestueux, et d'un geste imposant, il écarta Donatien.
S'adressant à Philippe, exalté par la joie du triomphe,
il poursuivit :

— Tuez-moi donc, et ne me laissez pas outrager par
vos bourreaux à gages !

Sur un signe du prince, douze archers commandés
par Pierre de la Frasse entourèrent Valpergue et l'en-
traînèrent vers la porte. Il voulait parler encore ;
une main, gantée de fer, s'abattit sur sa bouche et l'en
empêcha.

— Voilà notre besogne bien avancée, reprit Rochechouart d'un air satisfait. Il reste à savoir ce que l'on
va faire de ce malingre, ajouta-t-il en désignant Saint-
Sorlin, plongé dans une telle prostration qu'il ne
s'aperçut même pas que l'on décidait en ce moment
de sa destinée. Faut-il que nous l'envoyions rejoindre le
vieux ?

— Non, l'énormité de ses crimes est telle... que le
juger serait attenter à la majesté de la justice, répartit
Philippe. Il y a des noms que sa bouche ne doit plus
proférer !

Sans doute il allait prononcer la fatale sentence, lorsqu'un nouveau personnage, vieillard à l'aspect vénérable, apparut.

Son manteau de velours violet, son camail d'hermine, la chaîne d'argent qui retombait sur sa poitrine indiquaient un haut dignitaire.

C'était en effet le grand bailli de Vaud, ancien gouverneur du prince Philippe, sur lequel on savait qu'il avait conservé une influence considérable.

Il se présenta d'un air calme, assuré, sans chercher à dissimuler en rien sa violente indignation, et marcha droit à Philippe qui lui ouvrit ses bras. Mais le bailli, lui jetant un regard sévère, se borna à s'incliner profondément devant lui.

L'intervention du bailli était due à M. de Seyssel. Profitant de l'inattention de ses gardiens, le maréchal avait pu se rapprocher de la porte et s'enfuir, un instant avant que l'on ne forçât la retraite de Valpergue. Il courut sur le champ raconter ce qui se passait au duc et à la duchesse qui, retirés dans leurs appartements, en proie à une affreuse anxiété, aux navrantes angoisses de l'incertitude, hésitaient sur le parti à prendre. Quelques amis fidèles les entouraient.

Craignant que Philippe ne se portât à quelque extrémité, le duc se décida à lui députer le bailli de Vaud.

— Monsieur de Seyssel, demanda la duchesse, étendue, mourante, sur ses coussins, qu'a-t-on fait de Saint-Sorlin ?

— Je ne sais, Madame !

— Est-il mort !... oh ! Seigneur !...

— Que Votre Altesse se rassure. Il vivait, quand je suis parti.

Le visage de Philippe-Monsieur se rembrunit lorsqu'il vit l'accueil que lui faisait celui qu'il appelait volontiers son maître chéri.

Son orgueil se révolta, son cœur se resserra, et ce fut d'un ton glacial, d'une voix brève, dont il parvenait à peine à adoucir les éclats, qu'il lui adressa la parole en ces termes :

— Puis-je savoir ce que vous venez faire ici, messire ? Veut-on me braver ? serait-ce qu'on vous envoie implorer ma clémence ? Je n'entendrai rien. Assez longtemps on m'a foulé aux pieds, dédaigné, repoussé. Je suis enfin le maître, et ce que j'ai décidé s'accomplira !

Le vieillard le laissa parler sans l'interrompre ; puis il répondit, en accentuant avec force chacun de ses mots :

— Vous vous méprenez, Monseigneur, si vous croyez que je viens ici en suppliant. Sauvegardé par mon âge et par mon caractère, je remplis une mission plus pénible. Je sers de médiateur entre un père irrité et un fils rebelle. J'apporte une grâce, je n'en demande point...

— Prenez garde à ce que vous dites ! s'écria rudement Rochechouart.

— Monseigneur, on dresse l'échafaud pour les princes comme pour les vulgaires criminels, à cette seule différence près qu'on le tend de velours noir.

Un sourire de mépris vint aux lèvres de Philippe qui repartit sur un ton de railleuse ironie :

— On croit donc que je suis encore sous votre férule, messire, et que je m'épouvanterai d'une telle menace ? Par la Croix-Blanche ! c'en est trop ! Je suis le maître et j'ai cent cinquante soldats qui m'obéissent passivement. Personne ici n'a rien à craindre de moi, personne ici ne me verra, que les coupables dont les crimes impunis m'y ont amené.

— Au nom du ciel, je vous adjure de me suivre, Monseigneur !

— A quoi bon ? ma présence ne saurait être agréable

à ceux qui vous envoient. D'ailleurs je dois être inflexible comme la loi... Que sais-je? on m'attendrirait peut-être en faveur de ceux que ma justice a condamnés !

— Voilà plusieurs fois que je vous entends prononcer ces paroles, Monseigneur, et je n'ai pu les comprendre. Quels sont les juges?

Tous les gentilshommes présents laissèrent, l'un après l'autre, tomber de leurs lèvres cette syllabe :

— Moi !

— Vous? s'écria le bailli avec un effort éloquent. Est-ce que parmi vous il y en a un qui soit sans péché et puisse jeter la première pierre? Tous, vous êtes jeunes, et je ne connais aucun de vous qui puisse, en son âme et conscience, s'ériger en vengeur. Vous obéissez à vos passions, à votre haine, à votre jalousie. Ceux que vous accusez, nous ne les laisserons pas fuir croyez-le. Ils rendront compte de leurs actes. Ils subiront la peine de leurs fautes, s'ils en ont commises. Je vous jure sur l'ordre de chevalerie que j'ai reçu, je ne veux les soustraire qu'à une aveugle fureur. Enfin, Monseigneur, continua le vieillard d'un ton suppliant, laissez-vous fléchir en songeant que ce n'est pas ainsi que vous deviez rentrer sous le toit paternel. Votre mère pleure et se désole... Votre père, au lieu de vous maudire, vous tend les bras...

— Monsieur, interrompit Philippe, violemment ému, que parlez-vous de pleurs et de malédiction ? Si j'avais le bras droit gangrené et qu'un ami véritable me le coupât, croyez-vous que je maudirais cet ami et que je pleurerais sur ce bras perdu ?... C'en est assez, vous dis-je ! Il n'y a pas eu ici de sang répandu, et c'est uniquement à cause du respect que j'ai pour la maison de mon père.

— Philippe... mon enfant... mon disciple chéri ! s'é-

cria le vieillard qui ne put jouer son rôle plus longtemps, je n'ordonne point, je prie, je n'exige pas, je
conjure! Laissez les choses où elles en sont. Gardez vos
prisonniers, vos ôtages, mais venez! venez obtenir de
votre père, qui déjà penche vers la tombe... de votre
mère, qui vous aime...le pardon sans lequel vous seriez un
damné... Que si vous refusez à l'envoyé d'écouter ses
paroles de conciliation, permettez du moins à l'ami qui
guida vos premiers pas de vous arrêter sur une pente
dangereuse, de vous montrer l'abîme et de vous crier :
« Prends garde ! la chute serait mortelle pour ton honneur ! »

Philippe fut visiblement ébranlé par cet appel chaleureux. Une ardente rougeur couvrait ses joues et son
front. La tête penchée sur sa poitrine, il écoutait, se
laissant persuader.

On n'invoque pas impunément les souvenirs du jeune
âge, on ne prononce pas sans triompher les doux noms
de père et de mère, surtout quand on s'adresse à un
cœur jeune et bon encore, si fort que le malheur l'ait
aigri.

Cependant le prince consulta ses amis.

Valpergue était déjà hors du château, en leur pouvoir. Ils tenaient Saint-Sorlin. Ces deux ôtages répondaient pour eux, car ils s'imaginaient que leur chef
faiblirait et qu'ils porteraient, eux, la peine d'une tentative avortée.

Ils lui conseillèrent d'obéir, en l'encourageant néanmoins à soutenir la lutte avec courage.

— Ah ! si Fésigny était ici !... murmura Philippe. Eh
bien ! monsieur le bailli, continua-t-il plus haut, je vous
accompagne, ne voulant point abuser de la victoire.
Allez m'annoncer.

Il se pencha vers Rochechouart qui fronçait le sourcil
d'un air mécontent et lui dit à voix basse, et complé-

tant sa pensée par un geste éloquent aussi bien que terrible : .

— Rochechouart, dépêchez ce pauvre monsieur de Saint-Sorlin !..

Il sortit suivi de la Palud d'Ecorens, de Guillaume de la Baume et du comte de Gruyères.

X

Comment Rochechouart dépêcha Saint-Sorlin et de ce qu'il advint ensuite.

Aucun des assistants n'avait entendu l'ordre que Philippe-Monsieur venait de donner à Rochechouart.

Malgré son audace et son énergie, celui-ci ne put réprimer le frisson nerveux qui l'ébranla.

On dit que les crimes collectifs n'engagent personne ; il eut consenti à tuer, lui vingtième. Etre l'unique exécuteur, remplir l'office de bourreau, c'était assumer à lui seul tout l'odieux d'un homicide, qui pour en être commandé par cette abstraction non définie qu'on nomme la raison d'État, n'en conservait pas moins un caractère infamant. Si grossière que fût chez lui la perception de ce sentiment, elle lui inspira la réflexion, puis l'hésitation.

Saint-Sorlin gisait, abattu, livré sans forces ni défense à ses ennemis.

Il considérait d'un œil hagard les péripéties qui se succédaient, comprenant à peine, défaillant, écrasé par cette chute qui le précipitait de si haut.

Il se rappelait toute son existence, son enfance joyeuse, sa jeunesse honorée; il songeait, que si deux heures plus tôt, chassé par sa maîtresse, il fût parti

ayant encore l'espoir du retour, il eût sauvegardé sa
vie, bien suprême.

Il se croyait le jouet d'un rêve, étudiait chaque mouve
ment, chaque geste, analysait les expressions fugitives qui
se peignaient sur les traits des conjurés, examinait leurs
vêtements dans les moindres détails, et par cette inexplicable aberration de l'intelligence qui fait que le condamné à mort, la tête sous le couteau, pense parfois à
la rose dont il a respiré le parfum, Saint-Sorlin criti-
quait habits et visages, se moquant de ceux-là, riant de
ceux-ci.

Le prêtre, grave et muet, sachant que son intervention
serait repoussée, attendait le moment propice pour faire
valoir ses priviléges. Agenouillé devant l'autel, il priait.

Rochechouart s'approcha lentement du marquis et, lui
tendant la main, l'aida à se relever. Puis le saluant,
avec une gravité empreinte de quelque douleur, il lui
dit, d'une voix altérée :

— Monsieur, si vous croyez en Dieu, je crois que
vous ferez bien d'élever, en ce moment, votre cœur vers
lui. Je prierai avec vous, si vous voulez.

Saint-Sorlin, ne saisisssant point le sens de ces
paroles, montra un étonnement qui parut contrarier
beaucoup Donatien. Celui-ci poursuivit, en s'adressant à
ses compagnons :

— Messieurs, faites ranger vos archers le long des
murailles, fermez les portes, gardez la fenêtre. Et vous,
mon révérend Père, veuillez dire à monsieur de Saint-
Sorlin combien je serais désolé s'il mourait sans confession, en ayant si gros sur la conscience, à ce que m'a
dit monseigneur Philippe.

Le marquis bondit vers lui, fou de désespoir, rugissant :

— Eh quoi ! vous êtes donc le tortureur, vous ?

— Je me nomme Rochechouart, monsieur, répliqua

noblement le gentilhomme. Je remplis un mandat qui ne m'est point précisément agréable, mais il m'a été confié par un homme pour lequel je tuerais ma mère, s'il me le commandait. Je vais donc lui obéir, et je vous supplie de me pardonner. Ce que j'en fais, ce n'est pas par plaisir, allez !

Quelques-uns des archers éclatèrent de rire. Le géant en prit deux au collet, ouvrit la porte d'un coup de pied et les jeta dans l'escalier, sans faire attention à leurs hurlements.

On les entendit rouler sur les marches, se choquant, se heurtant à chaque angle de la pierre.

Ceci fait, Rochechouart, toujours calme, revint.

— On doit le respect aux gens qui vont mourir ! dit-il.

Le prêtre se releva. Sa figure austère resplendissait de majesté. Il s'avança. Le marquis de Saint-Sorlin l'étreignit en criant :

— Asile ! asile ! Ah ! continua-t-il, radieux, car il espérait que nul n'oserait attenter à ce droit sacré, même pour les barbares, — vous pensiez donc que je me laisserais déchirer par vos griffes et vos dents, loups à face humaine qui faites métier d'assassins et prostituez votre épée ! Gentilshommes ?... Oui ! Gentilshommes de grands chemins à qui l'on paie un écu par once de sang versé. Je vous brave ! laissez-moi passer, ou venez me chercher, si vos mains sacrilèges ne craignent point de retomber inertes, en touchant le ministre du Seigneur !

Le prêtre vit une sombre résolution sur les fronts de ceux qui écoutaient ces paroles insensées.

— Ah ! mon fils, dit-il en pleurant, vous vous perdez sans rémission.

— Je vais réciter douze patenôtres pour le salut de votre âme, seigneur de Saint-Sorlin, dit froidement Rochechouart. C'est le temps qu'il vous faut pour avouer

vos fautes. Après quoi, je vous le jure par tous les sa-
crements! confessé ou non..., vous irez devant un tribunal plus redoutable que le nôtre.

Jean de Varax devint livide. Le prêtre, brisé par
l'émotion, s'affaissa l'entraînant dans sa chute, et se
cramponnant à la victime, afin de la protéger encore.

Écumant de rage, ivre, suant l'agonie, torturé par les
affres de l'épouvante, portée à son paroxysme, le malheureux exhala son désespoir en efforts impuissants, en
cris déchirants. Ses yeux injectés de sang jaillissaient
de leurs orbites, la bave coulait de ses lèvres contractées
par une affreuse conviction.

Les témoins de cette scène inouïe sentaient leurs cheveux se dresser sur leur tête, leur cœur palpiter sourdement.

Rochechouart, ayant achevé sa prière, se baissa, détacha le prêtre des mains qui se crispaient sur lui et
qui arrachèrent des lambeaux de l'aube de lin, mit le
pied sur la poitrine du marquis, et remit le vieillard à
Miolans et à d'Entremont qui l'emportèrent hors de ce
lieu d'horreur.

Puis, tirant son épée, il l'enfonça dans la poitrine du
malheureux Saint-Sorlin, où elle se brisa, et de sa
dague, il le frappa à cinq ou six reprises. Le sang l'inondait.

Quand il se releva, plus pâle que ce cadavre, il les
effraya tous par son aspect.

— Ainsi meurent les traîtres ! murmura-t-il d'une
voix éteinte.

— Ah ! je ne toucherai plus jamais votre main ! s'écria
Miolans, qui recula.

Aussitôt ils s'enfuirent, laissant le meurtrier seul en
présence de sa victime.

Alors, dit la chronique, Rochechouart se pencha sur
le corps de Saint-Sorlin, prit à son cou une chaîne d'or

qui en faisait dix fois le tour, et le dépouilla de tous les joyaux précieux qu'il portait.

Ce fut le signal du pillage. Les archers forcèrent les meubles et s'emparèrent de tout ce qu'ils purent trouver.

Quand il ne resta dans le sanctuaire profané qu'un cadavre sanglant et nu, ils coururent aux appartements des favoris, en brisèrent les portes à coups de hache, enlevèrent tout, bijoux précieux, vaisselle d'argent en quantité considérable, et dérobèrent chez Valpergue, la somme énorme pour ce temps, de deuxmille cinq cents écus d'or.

Quant à Rochechouart, il descendit aux écuries, choisit un des plus robustes chevaux, l'enharnacha, se mit en selle et disparut.

. . . .

. . . .

. . . .

Anne de Chypre était étendue, inanimée sur des coussins, et ses femmes s'empressaient autour d'elle.

Dix ou douze seigneurs, parmi lesquels on remarquait François de Varembon, plus irrité que les autres et que l'on retenait de force, tandis que l'horrible drame s'accomplissait à l'étage supérieur, dix ou douze seigneurs entouraient le duc Louis, assis sur un fauteuil près de la fenêtre ouverte, et qui, les mains jointes, murmurait une fervente prière.

Le tumulte continuait au dehors : dans les cours, dans les salles, partout, c'étaient des cris, des vociférations, le fracas des portes que l'on enfonçait, des meubles que l'on brisait, le cliquetis des armes, le fracas des pas résonnant sous les voûtes.

La population entière de Thonon, amassée devant le château, grondait sourdement et menaçait les gens de Philippe-Monsieur, sans savoir encore ce qui se passait dans la demeure souveraine.

Soudain, la porte s'ouvrit et le bailli de Vaud, s'effa-
çant, laissa entrer Philippe-Monsieur, que suivaient
Gruyères, La Baume et d'Ecorens.

Le vieux duc se leva, majestueux, sombre, terrible.

Il y eut un moment de silence vraiment solennel.

— Monsieur, dit enfin Louis avec une violence extrême, c'est une chose horrible que vous faites là !...
Vous êtes le premier de notre maison qui souilliez d'une
tache ineffaçable le nom d'Humbert aux Blanches-
Mains... Les os de nos aïeux doivent tressaillir dans
leur tombe, si leurs âmes bienheureuses voient de là-
haut vos ignominieux attentats !.. Ils vous répudient et
vous renient, vous, leur fils indigne... Que vous avais-je
fait ? De quel droit êtes-vous entré chez moi, sans mon
congé ? Êtes-vous vendu au roi de France, mon enne-
mi-né ? Serait-ce qu'à son exemple, vous voulez abreu-
ver de dégoûts et d'humiliations la vieillesse de votre
père ?...

— Mon père !...

— Non !.. Votre maître qui vous estime moins que le
dernier de ses sujets... Voyez votre ouvrage : Une femme,
qui vous a porté dans son sein, qui vous a nourri, et
qui meurt, tuée par vous !... Parricide !... Allons ! c'est
ma vie que vous voulez ? Frappez !.. Dieu me vengera.

Philippe, agenouillé devant Louis, les yeux baignés
de larmes, l'implorait en vain

— Ah ! cria le duc, affolé, si j'avais une épée, je vous
en percerais de mes propres mains. Il me reste le droit
de vous maudire et le pouvoir de vous chasser...

— Arrêtez ! dit Philippe qui se releva, froidement
résolu, ayant conscience de ce qu'il croyait être son
devoir. « Ce que j'ai fait, je l'ai fait pour l'honneur de
notre maison, et quand vous serez bien informé, vous
le connaîtrez et serez content de moi. »

La duchesse se souleva sur sa couche et demanda au

bailli de Vaud si l'on avait respecté la vie de Saint-Sorlin et de Valpergue.

— Monsieur le chancelier a été conduit hors du château, répondit le bailli.

— Et Varax ? insista la duchesse.

— Madame, je ne sais.

Elle voulut se lever tout à fait, mais les forces lui manquèrent. Elle s'affaissa sur les coussins, presque évanouie.

Tournant alors ses yeux allanguis vers le comte de Bresse, debout devant Louis, frémissant de colère, elle l'appela d'une voix faible :

— Philippe !...

Le jeune homme oublia tout, à cette voix si chère, si tendrement aimée. Il fut saisi d'un remords et d'un horrible frisson, quand la pensée lui vint, rapide comme l'éclair, qu'il était là depuis un instant déjà et qu'il n'avait point encore fixé un regard sur le visage de sa mère.

En la voyant abîmée dans une si âpre douleur, défigurée, vieillie par les angoisses qui, depuis une heure, la déchiraient, un sanglot monta de sa poitrine à ses lèvres et il s'abattit, prosterné, devant ce lit de souffrance d'où elle le contemplait avec un triste et doux sourire.

Elle prit de ses deux mains blanches la tête de son fils et la caressa longuement, sans parler, absorbée dans cet élan d'amour maternel.

— Cher enfant ! dit-elle ensuite... voici bien six ans que je ne t'avais vu, mon Philippe !... mon fils adoré.. c'est toi, enfin ! Pourquoi Dieu permet-il que les enfants soient parfois séparés de leur mère ? Comme tu es grand, beau et fort ? Tu as le mélancolique sourire de ma mère Charlotte de Bourbon, le regard fier de ton aïeul. Tu ne me quitteras plus, n'est-ce pas ? Je suis vieille, je sens d'étranges douleurs qui me déchirent : il faut que tu

sois là pour fermer les yeux de celle qui ouvrit les tiens
à la lumière. Philippe ! Philippe ! sais-tu que je parlais
de toi, ce matin, et que je voulais que tu revinsses,
bientôt, sans tarder...   .

Il l'écoutait avec ravissement, enchanté par ces déli-
cieuses caresses qui charment plus encore l'homme fait
que l'adolescent et qui sont un retour vers un passé à
jamais perdu. Il ne songeait plus à la cause de sa présence, au deuil qu'il apportait, à la bataille si facilement
gagnée, aux reproches d'un père courroucé.

Il oubliait de plus en plus que s'il était agenouillé,
c'était comme un coupable, et non comme un fils qui
rentre sous le toit paternel et rend un religieux hommage
à la mère bonne et dévouée de laquelle il tient la vie,
plus que la vie, la science de l'amour.

Il voulait qu'elle parlât toujours, tressaillant à sa voix
suave, à son accent pénétré de cette passion surhumaine à laquelle notre langue n'a su trouver un autre
nom que celui d'affection maternelle.

Que lui importaient maintenant favoris, exactions,
peuple oppressé, calomnies immondes ? Il voyait la seule
femme qui tînt place dans son cœur. Il l'admirait, si
noble et si belle. Il baisait ses joues pâles, il souriait à
son divin sourire, il serrait ses mains frêles dans les
siennes, durcies au contact des armes. Il redevenait l'enfant mutin, joyeux, insouciant, qui ne jugeait ni ne
souffrait, et n'aimait au monde que le guide angélique
et prudent placé auprès de lui par la main prévoyante
du Créateur.

Mais tout à coup une commotion intérieure l'éveilla.
Il s'était souvenu.

Au lieu de contempler sa mère dans tout l'éclat de sa
radieuse beauté, trônant auprès de son époux, illustre
entre toutes les reines, vénérée à l'égal de la plus puissante, il la voyait, gisant, débile, épuisée, vaincue, et

c'était à cause de lui. Son repentir alors fut aussi grand que sa faute.

Qui peut sonder les abîmes de ce pauvre cœur humain ?

— Philippe, reprit la duchesse, est-ce que tu m'aimes ?

— Comme l'image de Dieu sur la terre, ô mère chérie !

— M'aimes-tu sincèrement, de toutes tes forces, plus que tout ici-bas, sans retour ?... Oui, mon fils, je le crois, je l'espère. Écoute. Ce n'est pas toi qui as... ourdi, qui as tenté... Ce n'est pas ton esprit qui t'a inspiré ces choses ? Dis-le moi !.. Tu es bon, et puis tu n'as que vingt-quatre ans. Ce qu'il te faut, à toi, ce sont les fêtes splendides, le plaisir, la joie, la liberté ! Je le sais bien. Aussi, ne t'accusé-je pas, moi !... Pauvre enfant... On a manié ta volonté comme on pétrit une cire molle. On t'a dit : « Ces gens qui sont là-bas te volent une part de l'affection des tiens !.... Tu es pauvre, enrichis-toi : tu es humble; grandis-toi !..... » Oui, c'est cela que des amis perfides ont murmuré à ton oreille. Ils en ont menti. Pauvre, humble, le fils d'Anne de Chypre ?... J'ai eu pour dot trois trônes, il m'en reste deux. Je veux te donner le plus beau...

Philippe de Bresse, atterré, se rappela Fésigny, Chinon, les offres tentatrices de Louis XI, le complot, le crime. Il fut tenté de se lever et de s'enfuir. L'orgueil ne tarda point à reprendre son empire sur lui, le démon de l'ambition le posséda de nouveau, et il se dit en lui-même :

— Un trône?... j'ai bien fait !

Louis de Savoie pleurait. C'était grand pitié que de voir ce vieillard, tourmenté par la peine, de même que le chêne par l'orage, laisser couler ses larmes devant cent témoins, et ne penser à cette humiliation que pour pardonner à celui qui la lui infligeait.

La duchesse repoussa tout à coup Philippe et lui demanda :

— Saint-Sorlin ? pourquoi n'est-il pas ici ? me l'avez-vous tué ?

— Ma mère, je l'ignore.

— C'est la réponse que Caïn fit à Dieu après le meurtre d'Abel. Philippe, dites-moi que vous êtes inno-cent de ce crime.... Dites-moi que vos mains ne sont pas souillées de sang....

Il se tut. Le rêve finissait. La lutte recommençait. Il s'arma de courage et répondit, balbutiant ces mots :

— J'ignore ce que cet infortuné est devenu, Madame. Il vaudrait mieux me parler de vous que de lui. « Mais je vous supplie de croire que je n'ai rien fait qui ne soit à l'honneur de notre maison. Vous m'approuverez, lorsque ma conduite sera mieux connue et quand vous saurez quels motifs l'ont dirigée. »

— Ah ! malheureux, vous l'avez assassiné ! cria la duchesse en se renversant en arrière, tandis que le duc s'élançait pour la recevoir dans ses bras et que Phi-lippe, sombre et morne, s'éloignait de quelques pas.

A ce moment Aynard d'Entremont, les deux Chalant Anthelme de Miolans, et plusieurs de leurs archers, pé-nétraient dans l'appartement ducal. Le premier courut au comte de Bresse et lui dit :

— Monseigneur, les chevaux sont prêts...! Vous ne tenez pas à mener le deuil de ce pauvre monsieur de Saint-Sorlin, je présume.

Un cri déchirant l'interrompit.

Anne de Chypre par un effort de volonté, domptant le mal qui la terrassait, bondit jusqu'à Philippe :

— Et voilà de quelle façon vous mentiez ! dit-elle..... Ah ! c'est un châtiment que Dieu m'envoya lorsque je vous mis au monde, et j'aurais étouffé votre premier souffle, si j'avais pensé que vous seriez un jour ce que vous êtes !... Vous avez pris parti pour mes ennemis contre moi, je souhaite que vos fils, plus tard vous

traitent avec semblable mépris... Je ne vous connais
plus et quiconque prononcera votre nom sera banni de
ma présence, fût-ce un de vos frères, qui me sont tous
plus chers que vous. Eh bien ! oui, celui qui est tombé
sous le couteau de vos sicaires, je l'aimais, parce qu'il
était noble, chevaleresque et loyal plus qu'aucun de
vous, gentilshommes qui mettez vos cuirasses pour combattre une femme !... Cette amitié maternelle que je lui
portais, je l'avoue hautement, j'en suis glorieuse. Libre
à vous de la calomnier ! Est-ce que vous comptez les
bassesses que vous commettez ?

Philippe-Monsieur, accablé de honte, ne put en supporter davantage.

— Madame, répliqua-t-il avec un regard haineux, qui
alla chercher derrière la duchesse le maréchal de Seyssel, je ne me repens que d'une seule chose : c'est de
n'avoir point égorgé tous les loups dans leur repaire.
Je suis un justicier, Madame, et non pas un assassin.
Je combats vos amis, car c'est eux qui vous calomnient,
et vous n'avez pas de pires ennemis que vos ministres,
oppresseurs de mon pays !...

Anne, épouvantée de l'accent implacable, de la fermeté inflexible, de ce fils qu'elle venait d'accueillir avec
de si tendres caresses, fut comme foudroyée par ce suprême outrage, et s'évanouit.

Le duc Louis s'avança vers son fils et, sans le toucher, sans lui parler, l'écrasant d'un regard chargé de
mépris et de dédain, il lui montra la porte avec un geste
superbe.

Philippe mit un genou en terre.

Le duc, prompt comme l'éclair, arracha du fourreau
la dague suspendue à la ceinture de Varembon et la
brandit sur la tête de Philippe, en proférant d'un ton
étrange, ce seul mot :

— Sortez !...

Le comte de Bresse recula, franchit le seuil, et tomba entre les bras de ses amis qui l'attendaient, anxieux, dans l'antichambre.

XI

Comment le chancelier Valpergue fut conduit à Morges pour y être jugé.

Quelques instants plus tard, Philippe-Monsieur, ses complices et leurs gens quittaient la royale demeure où ils avaient apporté le malheur et le deuil. La troupe se fractionna en deux parties. Les uns se dirigèrent vers Genève, où ils comptaient arriver le soir, et d'où ils repartiraient le lendemain afin de rejoindre leur maître à Morges, les autres descendirent la pente des collines jusqu'à Saint-Disdille, petit hameau de pêcheurs, situé à l'embouchure du torrent de la Dranse, où Philibert de Compey avait fait préparer deux grandes barques.

Au village de Mulelagrand, ils retrouvèrent Pierre de la Frasse et ses douze archers, qui gardaient à vue Jacques de Valpergue.

Ils arrivèrent sur la grève au milieu du jour. A dix heures et demie, le château avait été envahi ; à onze heures, Saint-Sorlin expirait ; à midi, il ne restait aucun des conspirateurs soit au château soit dans la ville, que du reste ils traversèrent sans que le moindre cri de réprobation s'élevât sur leur passage. Quelque amour que l'on portât au duc Louis, on était las de la tyrannie des Cypriotes et des ministres. Sans approuver l'acte en lui-même, on se réjouissait de ses conséquences.

Du moment où il eut perdu de vue le donjon et les tours antiques de Thonon, le comte de Bresse parut en

proie à une excitation fébrile. Il s'enivrait de sa victoire
et repoussait les regrets qui l'assiégèrent dès qu'il l'eut
remportée.

Chissé, Compey, d'Ecorens, la Baume, qui l'accompagnaient, la Frasse et ses soldats, se reposèrent un moment
à Saint-Disdille. Ils prirent, assis à l'ombre de
magnifiques châtaigniers, le repas frugal et sans ap-
prêt que l'hospitalité des riverains leur offrit volontiers.
Philippe s'éloigna d'eux. Assis, les pieds dans le sable,
sur une pierre moussue, il s'abandonna à ses réflexions.

Un peu après midi, les barques se remplirent. Philippe monta dans la première avec Chissé, la Baume,
Compey et quelques archers qui placèrent Valpergue au
milieu d'eux. Le reste occupa la seconde embarcation.
Les voiles se déployèrent au vent, et la flottille mit le
cap sur Morges, ville située de l'autre côté du lac, dans
le pays de Vaud.

Pour que le voyage fût plus rapide, plusieurs hommes
ramèrent.

Les avirons, maniés avec souplesse, décrivaient sur
l'eau bleue, moirée de rose, étincelante comme une mer
de feu, de longues ellipses d'une teinte glauque, sur
lesquelles chatoyaient en perles brillantes les gouttelettes
qui ruisselaient du taille-lame. Sur la nappe, nuancée
de gris, jusqu'à cent pas de la rive, la réverbération du
feuillage amenait des glacis verdâtres d'un effet
admirable.

Des cygnes aux ailes d'amiante voguaient, vaisseaux
animés, sur l'onde transparente. Au loin, des voiles se
découpaient en triangle d'un roux doré sur l'azur
éclatant du ciel. Des nuées diaphanes, ondulaient en
masses blanches, le long des côtes suisses, voile unis
sant les flots au firmament.

Les conspirateurs naviguèrent pendant près d'une
heure, sans proférer une seule parole.

Valpergue, calme et digne, laissait errer son regard
çà et là, évitant de le fixer sur Philippe qui, de son
côté, détournait sa vue. Le vieillard opposait un visage
austère et grave, un maintien assuré, une contenance
majestueuse aux mépris silencieux dont on l'accablait.
Ses traits conservaient l'impression des événements de
la journée. Il appelait à lui tout son courage, et se montrait fort contre la mauvaise fortune.

Cette hauteur dans l'adversité déplut à ses ennemis.
Ils voulurent, mesquine vengeance, abaisser l'orgueil du
chancelier, le harceler par des moqueries, exciter sa
colère et s'en faire une risée.

Philibert de Compey commença l'escarmouche, et dit
en ricanant :

— Seigneur de Valpergue, vous ne vous êtes point
enquis du plus cher de vos compères, l'illustre marquis
de Saint-Sorlin ? C'est une indifférence qu'il vous par-
donnerait difficilement s'il vivait encore en ce monde
terrestre dont il fut un si bel ornement ! Croyez-vous
que nous l'ayions pendu ?

Valpergue haussa les épaules :

— Peu importe de quelle façon l'âme s'échappe ! C'est
vous qui l'avez assassiné, et non la corde ou le poignard.

— Imaginez-vous, sire chancelier, demanda Chissé
d'un ton goguenard, où nous prenons la peine de vous
conduire ? Il y a longtemps que vous ne fûtes en si
honnête compagnie. Discourez avec nous, de grâce, pour
abréger la longueur du chemin.

— Quand on possède si grand nombre d'écus neufs,
ajouta d'Écorens, et qu'on se dispose à la mort, on fait
donation de son bien aux bons drilles qui vous aident à
gagner plutôt le paradis !

L'accent du vieillard devint railleur ; il s'écria :

— C'est donc que vos gages sont trop minimes ?

Je paie si bien les valets du bourreau qu'ils ne se plaignent jamais.

Aussitôt les archers se ruèrent sur lui et le battirent :

— Ah! Monseigneur, dit-il en s'adressant à Philippe-Monsieur, traitez-moi en ennemi, mais délivrez-moi des morsures de ces chiens qui me talonnent : sont-ce là vos nobles savoyards ?...

Philippe le repoussa rudement :

— Ils valent plus que toi, répondit-il, furieux d'être arraché à ses préoccupations, et voulant faire diversion aux remords qui le rongeaient... « Traître, ribaud ! Tu voulais subjuguer le pays de Savoie au roi, je le sais bien ; mais je te ferai tant boire d'eau, que de manger il ne te souviendra. »

— « Faux chevalier ! » vociféra Pierre de la Frasse.

— « Tu ne peux échapper que tu ne meures! » ajouta Pierre de Chissé.

« Lors furent dictes et faictes audict chancellier plusieurs vilainies, écrit le chroniqueur anonyme. L'ung lui osta le cordon de son chapeau, lui osta ung sa gibessière, en laquelle estoyent les sceaux de Savoye... et aultres plusieurs grandes injures et opprobres furent faictes au chancellier.»

La traversée dura trois longues heures, pendant lesquelles on ne laissa ni paix ni trêve au malheureux vieillard, encouragé que l'on était par le déplorable exemple qu'avait donné le comte de Bresse.

Ce martyre vit enfin son terme. Le soleil ensevelissait dans un linceul de nuages orangés son orbe resplendissant, lorsque nos voyageurs abordèrent à Morges.

Valpergue n'était plus qu'un corps inerte, sans force, épuisé de fatigue.

Depuis le matin, il endurait des tortures morales

16

atroces, jointes aux souffrances physiques les plus aiguës. Il ne restait en lui rien d'humain. Ses membres,
couverts de meurtrissures, maigres et décharnés, apparaissaient sous les lambeaux de sa simarre, déchirée,
maculée de sang et de boue. Les boucles rêches de sa
chevelure s'emmêlaient, cachant son front. Ses yeux
éteints clignotaient. Ses lèvres décolorées grimaçaient
un sourire hébété.

Il trébucha lorsque, soutenu par deux valets, il mit le
pied sur la marche du débarcadère. On le hissa, on le
traîna. Il poussait de sourds gémissements, parfois un
cri, lorsqu'on le frappait trop fort.

Morges est une charmante petite cité, Genève en
miniature, assise sur le bord extrême du lac. Ses maisons coquettes s'étageaient en amphithéâtre, entourées
de massifs d'arbre feuillus et de jardins. Alors nombre
de demeures seigneuriales dressaient leurs pignons
pointus au-dessus des humbles toits plébéiens. Le
clocher de ses églises s'élançait dans les airs, terminé
par une flèche svelte.

Les constructions imposantes de son château la
dominaient. C'était un vaste bâtiment carré, flanqué
aux quatre angles de tours rondes, coiffées de toits en
poivrières, et percées de fenêtres étroites.

Philippe y conduisit aussitôt son prisonnier, qu'il fit
enfermer dans un souterrain.

Pendant que l'infortuné Valpergue goûtait un instant
de repos et réparait ses forces, le prince prit sans retard
ses dispositions pour le procès qu'il lui voulait intenter.
Il tint à s'environner des formes légales, à n'agir que
d'après les obligations de la procédure alors en vigueur.
Il manda en sa présence le procureur fiscal du bailliage
de Vaud, fit assembler les conseillers de la commune,
et les *coutumiers* de la ville, et leur ordonna de procéder
à l'interrogatoire de l'accusé. Il fallait auparavant éta-

blir la série des griefs, dresser l'acte d'accusation, constituer le tribunal.

Ce travail considérable fut fait en une seule nuit.

Infatigable, Monsieur de Bresse assista à la discussion entière, s'abstenant, sur l'invitation des magistrats, d'y prendre part, autrement que pour formuler les faits qui devaient servir de base au procès.

L'un des juges lui reprocha l'âpreté qu'il mettait à charger le chancelier.

Philippe ne lui répondit que par ces paroles qu'un grand poète (1) met dans la bouche de l'un de ses héros :

— Le prince qui néglige ou qui viole son mandat est plus criminel qu'un chef de voleurs. Cet homme a ruiné mon pays, a tramé sa perte. Qui jugerez-vous plus sévèrement de lui ou de moi ?

Le lendemain donc, les syndics, leurs assesseurs, les coutumiers, se réunirent en cour de justice.

Philippe-Monsieur la présidait, ayant François, comte de Gruyères, à sa droite, Guillaume de la Baume, seigneur d'Irleins, à sa gauche. Le procureur fiscal de Vaud remplissait les fonctions d'accusateur au nom du pays.

Valpergue fut amené à la barre par Pierre de la Frasse. A sa vue, les juges ne purent se défendre d'un mouvement de pitié. Nous transcrivons l'interrogatoire tels que les chroniqueurs contemporains l'ont écrit.

Ce fut Guillaume de la Baume qui le dirigea :

— Pourquoi avez-vous mis et mettez-vous Philippe-Monseigneur en la male grâce du roi?

— Je nie. J'ai toujours, au contraire, parlé du fils de mon maître avec la révérence que je lui dois, répliqua Valpergue. Ainsi le roi me fit consulter sur ce qu'il

1. Lord Byron, *Les deux Foscari*, acte II.

voulait l'enfermer au château de Loches et je l'en dis-
suadai. Si Monseigneur n'eût écouté de mauvais
conseillers qui mésusent de leur influence, rien de ceci
ne serait arrivé.

— Pourquoi vouliez-vous prendre, et aviez-vous effectivement pris en votre main, toutes les fortes places des
pays de Savoie et de Piémont?

— On erre sur le motif. Ces forteresses sont démunies,
en mauvais état. J'ai amassé de grandes sommes d'argent pour les restaurer. On peut trouver dans mes
comptes les dépenses faites pour acheter des canons destinés au fort de Montmélian. Je les commandai au fon-
deur du roi de France. On a tort de m'imputer des
projets que je n'eus oncques, étant trop bon serviteur
de Son Altesse.

— Ne vous êtes-vous pas vanté de rendre Philippe-
Monsieur le plus pauvre homme de son lignage et de
lui faire porter des chausses trouées au genou?

— Il est vrai, avoua noblement Valpergue. Ce sont
propos en l'air, que j'ai dits et répétés sans malice. Quel
pouvoir aurais-je eu d'exécuter une telle menace? Vieux,
ayant un pied dans la tombe...

Guillaume de la Baume l'interrompit, et poursuivit :

— Quelles alliances aviez-vous avec le marquis de
Saint-Sorlin, le seigneur de Seyssel, et le comte de la
Chambre, son fils?

Valpergue hésita à répondre. Il ne s'attendait nullement à cette question. Son esprit retors lui en montra
le danger et lui en fit comprendre toute la portée. On
voulait obtenir de lui un aveu compromettant. Il évita
le coup et répliqua :

— Monsieur le marquis de Saint-Sorlin fut mon ami
quelquefois, mon antagoniste souvent. Monsieur de
Seyssel était jaloux de mon crédit que je n'employais
point assez, à son gré, à augmenter sa puissance. Il me

disputait la préséance, se fondant sur ce que, en France, le connétable prime le chancelier, et que, en Savoie, le maréchal a rang de connétable. Ces misérables querelles avaient produit, entre lui et moi, un éloignement invincible. Je lui parlais peu. Je ne l'estimais point. Quant au comte de la Chambre, que vous en dirai-je ? Il serait ici, parmi nous, que je ne le reconnaîtrais pas.

Il essuya son front, moite de sueur, examinant l'effet que ses paroles avaient produit sur les juges.

— Est-il vrai, demanda le seigneur d'Irleins, que vous ayiez empoisonné votre père ?

— Ceux qui l'ont dit en ont menti par la gorge ! s'écria Jacques avec emportement. C'est une chose horrible que de soupçonner de pareils méfaits, et seuls en sont capables ceux qui en ont la pensée. Je vous dis non, et j'en jure sur le saint crucifix qui est en face de moi.

Philippe-Monsieur l'interrogea à son tour :

— N'avez-vous pas promis au roi de mettre tout le duché de Savoie en son obéissance, et que Monsieur mon père lui ferait hommage ?

— C'est faux. Je n'ai jamais écrit au roi. Je ne l'ai jamais vu.

— Prenez garde ! s'écria le prince.

Valpergue baissa la tête et n'osa aller plus avant.

— Louis le Onzième est un maître qu'il est mauvais de servir, continua Philippe. Si vous en voulez la preuve, la voici. Au mois de février dernier, il me dit lui-même toutes ces menées et ces machinations. C'est pour cela que vous êtes ici. Continuerez-vous à nier ?

Le chancelier se renferma dans un silence obstiné. Son système de défense, comme nous dirions aujourd'hui, tournait contre lui. Déjà les bourgeois lui étaient moins favorables. L'un d'eux, faible et crédule, lui posa tout à coup cette question singulière :

— On assure que vous avez fabriqué de la fausse

16.

monnaie dans votre château de Masin. Est-ce vrai ?

— Je suis plus riche à moi seul que vous tous ici ensemble. Quel besoin aurai-je de recourir à des moyens criminels ?

— Avez-vous fait mourir des gens ?

— Ne comprenez-vous pas, dit-il éludant adroitement cette nouvelle question, que si j'avouais un homicide, j'accuserais de complicité le duc et la duchesse qui, me conservant dans leur conseil, auraient assumé tout au moins la responsabilité de mon impunité ?... Ce sont mes ennemis qui font courir ces bruits. Permettez-moi de vous dire que vous ne m'interrogez pas raisonnablement.

— Où vont les gens d'armes du roi qui sont en Savoie ?

— A Asti, rejoindre des compagnies que monseigneur Philippe avait accepté de commander. On sait aussi bien que moi ce qu'il en est.

— Est-il vrai, dit ensuite le comte de Gruyères, que vous ayez écrit un livre avec le sang de petits enfants ?

— C'est une monstrueuse invention. On ressuscitera bientôt à mon endroit toutes les accusations portées contre le maréchal de Raiz, que je vis brûler vif à Mâchecoul, au temps du roi Charles VII. Me prend-on pour le démon ?

— On affirme que, par ce moyen, vous avez parfait plusieurs entreprises.

— C'est absurde.

— N'avez-vous pas un diable dont vous vous aidez et par le moyen duquel vous faites des princes tout ce que vous voulez ?

— S'il en était ainsi, au lieu de m'asseoir sur la sellette, je siégerais encore sur les marches du trône ! Quand monseigneur Philippe, au mépris du droit des gens, s'est emparé de ma personne, j'assistais à la messe.

Quand on commerce avec le *Mauvais*, on s'éloigne de l'Église.

On le voit, le malheureux Valpergue se défendait pied à pied avec une énergie, un courage, une présence d'esprit admirables. Il avait la riposte prompte, parlait éloquemment.

On ne fut point satisfait de ces dénégations multipliées et chacun prit à tâche de lui arracher un aveu. L'un après l'autre, ils l'examinèrent, lui présentant des questions captieuses, discutant, le pressant, plaidant le faux pour savoir le vrai. Il déploya, lui, une habileté prodigieuse et ne se laissa pas un seul instant prendre en défaut.

Philippe-Monsieur, d'abord découragé, se jeta à corps perdu dans la lutte, allant jusqu'à se compromettre lui-même en révélant ce qu'il tenait de la complaisance du roi. Il fut si hardi, que Gruyères et La Baume l'interrompirent, craignant qu'il ne leur en coûtât la vie, seulement pour avoir entendu ces dangereuses confidences.

Les débats durèrent toute la matinée et une partie de l'après-midi.

Valpergue fut inébranlable. Les juges ne se lassèrent pas.

Enfin le procureur fiscal de Vaud résuma la cause, produisit des témoignages et conclut à un ajournement, ce qui fut repoussé.

La délibération se prolongea jusqu'au coucher du soleil.

On s'appuya surtout sur ce que, déjà accusé de malversations en l'année 1458, Valpergue avait été condamné à la confiscation de tous ses biens et dépouillé de ses charges, de ses dignités ; que, réhabilité sans justification préalable, il devrait répondre de ces anciens griefs tout ainsi que des nouveaux.

Le procureur fiscal , avec un courage dont nul autre que lui n'aurait osé donner l'exemple, défendit l'accusé. Il déclara d'abord qu'un tribunal, terrifié, inféodé aux accusateurs, était incompétent et pouvait être récusé pour cause de suspicion légitime. Il objecta ensuite que cette assemblée n'avait pas le droit de punir les crimes imputés à cet homme, par le déni de justice le plus manifeste. Il ajouta enfin que celui-ci, premier ministre de l'État, arraché du palais du souverain par une violence inouïe, était sauvegardé par cette violence même qui interdisait à des ravisseurs d'usurper un mandat judiciaire.

Philippe eut la générosité de pardonner à l'imprudent magistrat, mais il ordonna de passer outre.

Il fut décidé que Valpergue serait incontinent mis à la géhenne, après quoi l'on prononcerait la sentence, qui serait exécutée sans aucun sursis, quelle qu'elle fût, et sans appel.

Philippe alla souper joyeusement avec ses amis, tandis que le vieillard, étendu sur un grabat, dans la salle même du tribunal, restait en compagnie des procureurs et des coutumiers.

XII

Comment fut mis en géhenne le chancelier de Valpergue.

Il est triste de penser que le roi de France qui abolit, dans son royaume, la torture et le servage, fut précisément celui que ses sujets condamnèrent à mort, celui que l'on représente comme un prince faible, nul, sans éclat, tandis que l'on exalte la mémoire d'Henri IV, qui laissa, malgré les magnifiques pages de Michel de Montaigne, subsister la géhenne dans toute son horreur. Au quinzième siècle, les lois pénales, excessives, mais encore moins barbares que celles édictées quarante ans plus tard par Charles-Quint, s'appliquaient dans toute leur rigueur.

La salle basse où Valpergue devait subir la question fut promptement préparée.

A la tombée de la nuit, le tourmenteur juré, sorte de colosse aux traits féroces, presque idiot, s'y présenta, escorté de ses aides.

Les juges se rassemblèrent. Philippe se fit attendre. Il revint, enfin, suivi de Gruyères et de La Baume, et ne put réprimer un frisson de terreur, lorsqu'il vit ces hommes vêtus de longues simarres noires à chaperon d'écarlate, rangés le long des murailles, luisantes d'humidité, ce bourreau brutal, aux membres musculeux saillant sous sa tunique rouge, ces apprêts hideux.

La lumière fumeuse de torches de résine éclairait cet ensemble de choses sinistres.

Valpergue, debout, au milieu du cercle, sentait son courage défaillir. Il tremblait, sachant que le plus brave ne résiste point à pareille épreuve. Il tenta une défense inutile, protesta formellement contre l'illégalité de l'arrêt qui le condamnait, et quand il ne vit autour de lui que des êtres inflexibles, gagnés eux-mêmes par une crainte superstitieuse, mais résolus à obéir jusqu'au bout aux ordres du plus fort, il se résigna et se promit de faire bonne contenance.

Cependant Philippe, ému plus qu'il ne l'eût avoué, lui demanda encore s'il confessait la vérité des accusations portées contre lui.

Valpergue persista dans ses dénégations.

Il fut livré au tortureur.

Une corde fut passée à un anneau scellé dans la voûte.

On serra avec de fortes courroies les pieds du vieillard, au préalable dépouillé de tous ses vêtements ; ses bras ramenés derrière son dos furent attachés à une barre de fer courte et carrée que l'on fixa à la corde suspendue à la voûte ; enfin une énorme pierre, emboîtée dans un réseau de chaînes, fut liée aux courroies du bas.

— Monseigneur, dit Valpergue d'une voix solennelle, souvenez-vous que vous serez jugé de même que vous m'avez jugé !

— Allez ! commanda le syndic de Morges, qui possédait cet étrange privilége d'être le seul auquel le *maître des œuvres* obéit.

Aussitôt celui-ci, aidé par ses valets, tira brusquement la corde, enleva dans l'espace le corps de la victime qui tournoya, raidi et disloqué par le poids du bloc de granit.

Sur un nouveau signe, ils le laissèrent retomber pesamment.

Le patient poussa un cri lamentable, sa face verdit, sa peau prit des tons violâtres.

— Mon Dieu !... Sainte Vierge du paradis... Saint Jacques ! venez à mon secours, gémit-il d'une voix cassée... Ah ! messieurs, vous me faites bien du mal... C'est horrible d'endurer un tel martyre !... Prenez pitié de moi, messieurs, j'ai quatre-vingts ans !...

— Alors, avouez que vous êtes coupable de ce qui vous est reproché, s'écria La Baume. Mort diable ! ajouta-t-il en se tournant vers Philippe, et tirant sa longue moustache, allons-nous en, monseigneur. Ce n'est pas ici la place de chevaliers !

Valpergue oublia l'atroce douleur qui le pénétrait jusque dans les moelles :

— Innocent, je suis ! Innocent, je mourrai ! dit-il d'un ton ferme.

Le cruel supplice recommença une seconde, puis une troisième fois.

Les cheveux du vieillard, de gris étaient devenus blancs. Il vomissait le sang et respirait à peine.

Les juges ne cachaient plus leur indignation, quelques-uns pleuraient.

Le médecin, pauvre mire de village, déclara que la vie de la victime ne tenait plus qu'à un fil.

Lorsque Valpergue sortit de son évanouissement, il balbutia d'une voix faible les paroles suivantes qui furent ardemment écoutées :

— Madame la duchesse envoie hors du pays son trésor. Je vais vous dire comment, implorant la seule grâce de mourir en paix, là, dans ce coin... Elle a acheté trente fromages de Chantemerle.., les a creusés, les a remplis de plaques d'or, de lingots, de joyaux et de pierreries, et en a chargé sept ou huit mulets qu'elle envoie à madame de Luxembourg sa fille, sous prétexte de lui faire un présent de fromages.

— Où rejoindrions-nous la caravane ? demanda la Baume.

— Les mulets doivent être, à cette heure, du côté de Gex.

— Chien ! cria Philippe, furieux, dis-nous que tu es coupable !

— Non, ce serait mentir. Achevez-moi.

On donna une quatrième secousse. L'effet en fut si terrible que Valpergue, dompté par la souffrance, laissa échapper un aveu.

Aussitôt on reprit, question par question, le premier interrogatoire, en ravivant ses plaies chaque fois.

Le chancelier n'avait plus la force de réagir contre sa propre faiblesse. Il lui restait à peine un souffle de vie. Il se vit abandonné de Dieu et des hommes. Il avoua tout.

Rappelons-nous, d'ailleurs, qu'il avait, en effet, trahi son pays et son prince, conspiré l'asservissement de la

Savoie, pillé le trésor, désorganisé l'administration, pressuré le peuple, et que l'on a de fortes raisons de croire qu'il faisait fabriquer de la fausse monnaie chez lui, à Masin.

Le comte de Bresse triomphait. Il s'empressa de faire écrire par le greffier un procès verbal détaillé de tout le procès. Ensuite il ordonna que l'on emportât le malheureux vieillard, brisé, pantelant, déchiré, dans son cachot, et que le médecin lui prodiguât les soins nécessaires.

« Les coutumiers furent d'opinion, écrit le chroniqueur anonyme, et dirent au prince que le chancelier avait gagné à mourir et qu'on le jettast au lac. »

La sentence rendue en bonne et due forme, Philippe-Monsieur se retira.

Les autres conjurés venaient d'arriver. Ils apprirent bientôt les événements de cette triste journée.

L'un d'eux ne tarda point à repartir, chargé d'arrêter à Gex les mulets expédiés par la duchesse Anne et de les ramener à Genève.

L'un des Chalant reçut la mission d'aller à Chambéry informer Guy de Fésigny du dénouement tragique de la conspiration. Le reste se prépara à assister à la fin de Jacques de Valpergue.

Voici la lettre que Philippe écrivit à Fésigny :

« Mon bien bon ami,

« Je vous mande que nous avons pleinement réussi dans notre entreprise, et qu'il ne nous reste plus qu'à en déterminer les conséquences nécessaires.

« J'ai le regret de vous apprendre que monsieur de Saint-Sorlin, s'étant pris de querelle avec notre ami Rochechouart, en a reçu un coup de dague qui a mis fin à ses jours, aventure d'autant plus déplorable que ledit Saint-Sorlin, avait, paraît-il, reçu le jour même le titre de maréchal.

« Quant à monsieur de Valpergue, la rumeur publique vous apprendra probablement qu'il s'est noyé par accident. N'en croyez rien. J'ai trouvé ici des légistes très-judicieux, lesquels m'ont remontré que la singularité du crime se devait punir par la singularité du supplice. Vous comprendrez assez que ces raisons m'ont paru suffisantes. Il reste quelques oiseaux à mettre en cage, comme eut dit le roi Louis onzième. Soyez persuadé que la besogne sera parachevée sous peu. Il serait bon que vous vinssiez me voir, car j'aurais plus que jamais besoin de vos lumières.

« La présente n'étant à d'autres fins, je me signe votre très-affectionné

PHILIPPE. »

Cette lettre écrite, le prince descendit aux étages inférieurs et se fit conduire à la prison qu'occupait le chancelier.

C'était une chambre éclairée par un étroit soupirail à fleur d'eau, creusé dans les fondements de l'édifice, un peu au-dessous du niveau du lac. Un mauvais lit de bois grossier, deux escabelles la meublaient. L'humidité y suintait de toutes parts. Sur les dalles couraient des myriades d'insectes.

Valpergue, étendu sur son grabat, reposait, n'osant remuer ses membres endoloris de peur de raviver leurs plaies. Depuis qu'il était là, sa pensée lui présentait sans cesse le même objet. Sa mémoire le ramenait malgré lui vers les crimes de sa vie. Il essayait vainement de diriger l'une et l'autre sur des souvenirs moins pénibles, il se débattait, il blasphémait, il maudissait ennemis, bourreau, se maudissait lui-même, et toujours, quels que fussent ses efforts, il murmurait ces mots qu'il lui semblait lire en traits de feu sur les murailles de son cachot :

17

« *Peccatum meum contrà me est semper !* »

Alors il fermait les yeux, s'abîmait dans une réflexion profonde, et quand il s'éveillait, comme d'un songe, son esprit lui représentait ce verset du psaume :

« *Quoniam iniquitatem meam ego cognosco, et peccatum meum contrà me est semper.* »

Il s'obligeait alors à réciter les versets précédents et suivants, mais il ne pouvait se les rappeler et répétait les paroles vengeresses, frémissant à la fois de honte et de colère, écoutant les remords qui troublaient sa conscience, et se repentant.

La nuit s'avançait.

Il prévoyait qu'on se hâterait d'en finir avec lui, parce qu'il était un embarras. Il ne put néanmoins se familiariser avec l'idée de la mort. Il caressa l'illusion d'un salut impossible.

Cette vague espérance flatta son imagination si active et si puissante. Déjà il formait le plan de la vengeance qu'il prétendait exercer contre ses juges, lorsque la porte s'ouvrit et qu'il vit apparaître Philippe-Monsieur.

Une émotion inexprimable contractait les traits du prince. Il s'approcha lentement de Valpergue, élevant au-dessus de sa tête une lanterne qu'il portait à la main et le considéra longuement.

— Eh bien ! dit-il enfin, d'un ton qu'il affermit le plus qu'il pût, nous voici donc face à face, comme j'ambitionnais vous voir, seigneur de Valpergue : vous en bas, moi en haut ! Vous fîtes, je crois, pareil rêve. Il n'a pas tenu à vous qu'il ne fût réalisé. J'ai été le plus fort. Il faut que vous vous soumettiez à cette loi, qui est la meilleure, disent les piémontais.

— Il est préférable d'être vaincu ainsi que je le suis, que vainqueur ainsi que vous l'êtes. L'honneur est de mon côté.

— Vous rétractez donc vos aveux ?

Le chancelier haussa les épaules :

— Nous sommes sans témoins, dit-il d'un ton superbe, je puis donc parler. La torture délierait la langue d'un muet ; baser une condamnation sur les révélations qu'elle arrache est inique. Il y a une réforme importante à introduire dans la procédure. Mais j'ai mérité mon châtiment.

— Je vous sais gré de me le dire, s'écria Philippe, j'avais la conviction absolue de mon droit. Vous l'affermissez, je vous en remercie.

Une courte pause suivit ces mots que le prince prononça avec un accent chaleureux autant que sincère.

Valpergue reprit ensuite :

— Vous venez sans doute m'annoncer ?... Il eut mieux valu commencer par là. Vous m'eussiez épargné d'horribles souffrances.

— Oui, répondit Philippe en pâlissant, le moment suprême est venu. Il faut vous y préparer, Valpergue.

— Sitôt ? Que je puisse au moins dormir cette nuit !

— Vous dormirez du sommeil dont on ne s'éveille jamais.

— Ah ! dit le vieillard, qui poussa un faible soupir, c'est dommage ! En vérité, j'aurais voulu voir le soleil encore une fois... le ciel bleu... les fleurs !... Chétifs que nous sommes ! tout nous échappe au moment où nous y pensons le moins. Nous travaillons, nous luttons contre le monde, contre nos amis, nos ennemis, contre nous-même ; nous recherchons la gloire les richesses... et tout aboutit là. Savez-vous qu'il s'est fait en moi un étrange changement depuis hier ? Avare, orgueilleux, ambitieux ?... Aujourd'hui peu me chaut !... Tenez ! je donnerais tous mes trésors, pour qu'on écrase l'araignée qui grimpe le long de mes jambes, et que je ne suis pas assez fort pour chasser.

Philippe n'en croyait point ses oreilles, tant ce langage dans la bouche de Valpergue l'étonnait profondément. Il ne concevait rien à ce calme extraordinaire, à cette parfaite quiétude, à cette franchise dénuée d'artifice. Le prisonnier lut cette impression sur son visage.

— Quand on soulève la pierre du tombeau pour s'y ensevelir, dit-il, on voit et l'on sent autrement que lorsque l'on se fie en l'avenir. Ainsi, monseigneur, vous ne le croiriez pas ? Je vous pardonne de bon cœur et ne ressens à votre égard que ce sentiment qui fait dire par le joueur battu à son adversaire qui triomphe : « Bien joué ! » Bah ! j'ai perdu la partie. C'est bien ! Vous me feriez grâce, je n'accepterais point. Une vie telle que là mienne, monseigneur, doit être couronnée par une mort qui ne soit point vulgaire. M'avez-vous du moins choisi un supplice convenable ? Je suis comte de Masin...

— Monsieur, vous me confondez ! balbutia Philippe... Quel homme êtes-vous donc ? Quoi ! broyé, suant la plus douloureuse agonie, vous raillez avec la même liberté d'esprit...

— C'est que je suis d'un temps où les hommes étaient des géants, reprit le vieillard. Mais vous ne me répondez pas ? insista-t-il.

— Mon conseil vous condamne à être noyé.

— Comme Bolomier ? s'écria vivement Valpergue... Soit ! C'est expéditif. On veut qu'il ne reste rien de moi, pas même des cendres. J'aurai une page dans l'histoire, cependant. Vous y figurerez aussi. L'on jugera entre nous deux.

Le prince n'osa répondre. Il baissa la tête.

— Dans combien de temps ? demanda Valpergue.

— A minuit : dans une heure.

— Il paraît que vos juges sont pressés. Tant mieux ! Les plus à plaindre sont ceux qui restent... Et puis j'ai trop vécu. Monseigneur, puisque nous voici redevenus amis, laissez-moi vous parler comme si j'avais eu ce titre depuis que je vous connais. La parole des mourants a quelque autorité. J'apprécie la force de votre volonté, votre énergie, votre honnêteté. J'oublie que je suis votre victime... J'ignore votre but véritable, je vous estime assez pour ne point le suspecter. Mon opinion est que vous règnerez tôt ou tard. Il s'agit d'abord d'achever ce qui est commencé. En rester là, serait faire supposer que vous avez peur. Quand vous aurez obtenu la victoire complète, ayez la paix. Vous traiterez de puissance à puissance. Votre père est vieux. Votre mère est morte: elle ne survivra pas à Saint-Sorlin, son unique affection, une affection pure et chaste, monseigneur, je vous le jure !... Votre frère aîné est moine. Les autres ne comptent pas...

— Monsieur, vous m'offensez, interrompit Philippe, si vous croyez que j'agissais contre vous sous l'impulsion d'un sentiment de vulgaire ambition. J'ai plus de grandeur d'âme.

— Écoutez mes conseils, vous vous en trouverez bien. Si vous épousez une princesse étrangère ne laissez venir avec elle, chez vous, aucun de ses compatriotes, serait-ce un de ses proches, une amie, une nourrice, un page. On disait en Savoie « La plaie des Grecs ! » En second lieu, gouvernez vous-même. Ayez un seul maréchal, et que ce soit une dignité inamovible. Prenez votre chancelier dans le clergé, parmi les prêtres pauvres et de naissance obscure. N'ayez ni premier ministre, ni favori !

— Continuez, monsieur, dit Philippe intéressé au plus haut point et qui s'émerveillait de ce que ce vieillard, condamné à mourir par lui, au lieu de le maudire lui faisait du bien.

— C'est tout. Ah ! vous connaissez, m'a-t-on dit, un certain Fésigny ?

— Oui, c'est mon ami.

— Je souhaite que vous ne régniez que quand il sera
mort !...

Le prince comprit qu'il n'avait plus qu'à se retirer,
mais comment prendre congé ? Ce n'était point facile. Il
ne considérait Valpergue ni comme un ennemi ni
comme un vaincu.

Dans cette dernière entrevue, le beau rôle appartenait
au criminel.

Philippe était trop jeune et trop inexpérimenté pour
en apprécier la grandeur, pour en saisir toutes les déli-
catesses. Il eut un élan de générosité et s'approcha du
vieillard, la main tendue en lui disant d'un ton ému,
avec un accent mélancolique :

— Adieu, monsieur ! nous ne nous reverrons que là-
haut !

— Monseigneur, adieu !... pardonnez-moi comme je
vous pardonne, et n'oubliez jamais que, seuls devant
Dieu, nous avons échangé des paroles qui ont été salu-
taires pour vous et pour moi.

— Ne voulez-vous pas prendre vos dispositions !

— Mes biens seront confisqués... C'est à vous de laisser du pain à ma famille.

— La fortune est périssable !... ce n'est pas ce que je
veux dire.

— Ah ! oui, envoyez-moi un prêtre... Ensuite, faites
que ceux qui m'accompagneront soient plus doux que
vos compagnons ordinaires. Un outrage nouveau me
serait sensible. Adieu ! adieu !

Philippe, frissonnant, s'élança vers la porte, l'ouvrit
et disparut. L'atmosphère pesante de ce cachot l'étouffait.
Il avait horreur de lui-même.

Il regagna, frappé de vertige, son appartement. On
lui demanda ses ordres, il les donna d'une façon brève,
incohérente, puis renvoyant tous ses gens, il s'enferma
seul.

Lorsque Valpergue se retrouva dans la solitude, environné de ténèbres, avec cette pensée qui martelait son cerveau : « Dans une heure, tu seras rayé du nombre des vivants, ton cadavre aura l'eau pour linceul, » un sombre désespoir s'empara de son âme.

Il tenta vainement de réagir contre cette faiblesse et de récupérer son courage. Cependant, un effort énergique parvint à en dompter la manifestation extérieure.

Bientôt le prêtre vint le réconforter par les sublimes consolations que la religion prodigue aux agonisants.

Prosterné auprès de la couche funèbre, le ministre de Dieu recueillit la confession du condamné, exalta son repentir, et ce fut comme une aurore boréale, resplendissant dans une nuit d'hiver, qui rayonna dans ce caveau infect, lorsque les paroles sacramentelles s'échappèrent, lentes et solennelles, des lèvres du prêtre : « *Absolvo te.* »

Alors ces deux hommes, ayant rempli chacun leur devoir, liés désormais par une communauté de pensée qui ne durerait qu'un instant et serait néanmoins, pour l'un, ce moment de sérénité parfaite que l'on cherche sans le trouver jamais, pour l'autre, un pieux souvenir, alors ils se mirent à causer des choses de l'autre monde, des espérances éternelles du chrétien, de sa fin, de son jugement, des impénétrables desseins du Très-Haut.

Le prêtre, pourtant, défaillait en accomplissant son auguste mission, la nature a ses droits qu'elle ne saurait perdre. Mais Valpergue, oubliant la terre, entrevoyait les cieux.

XIII

Andesmo !

Un peu après minuit, Jacques de Chalant et Pierre de Chissé pénétrèrent dans le cachot du chancelier, et lui annoncèrent que le fatal moment était venu.

Le premier le revêtit d'une robe de velours noir à grands plis, afin de cacher les vêtements en lambeaux qui couvraient à peine sa nudité.

— Vraiment, répéta Valpergue d'un ton de regret, j'aurais voulu que ce fût le jour. Veuillez me coiffer d'un chaperon, monsieur de Chissé : la nuit est fraîche.

Il se leva, soutenu par les deux seigneurs, embrassa le prêtre, qui pleurait, et dit, en dialecte piémontais, ce seul mot :

— « Andesmo ! »

Ce qui peut se traduire, affaibli, par ceci : « Allons ! »

Le funèbre cortége monta lentement les quelques marches d'un escalier croulant de vétusté, sortirent du château par une poterne secrète et gagnèrent le rivage.

Deux bateaux accouplés l'y attendaient.

La victime, le confesseur, un sergent de justice montèrent dans l'une, Chalant et Chissé, dans l'autre. Il resta sur le rivage quelques soldats qui portaient, au bout de longues piques, des fagots de copeaux résineux enflammés qui répandaient une lueur rougeâtre.

Un silence solennel régnait. Une obscurité compacte enveloppait la nature. Des nuages noirs s'interposaient entre le ciel et la terre ; seulement, à travers une échancrure frangée d'une auréole argentée, filtrait un rayon de lune qui venait s'allonger en traînée lumineuse sur les flots du Léman.

Les fanaux y reflétaient leur blafarde clarté. Derrière les nacelles frêles se creusait un sillage phosphorescent.

Ces oppositions de lumière crue et d'ombre épaisse, ces feux, qui n'éclairaient rien, offraient un spectacle étrange que le plus aguerri n'eut pu contempler sans terreur.

Morges, le château, masse énorme, aux contours confus, s'étalait sur le rivage, semblable à un monstre colossal, accroupi sur le sol.

Tout à coup un son vibrant, sonore, prolongé, retentit, fendant l'espace. Les cloches tintaient le glas des trépassés, lugubre mélopée.

Valpergue s'entretenait doucement avec celui qui l'assistait à cette heure suprême.

A deux cents pas de la rive, Chissé fit signe aux rameurs d'arrêter.

Deux d'entre eux allumèrent des torches. L'eau apparut calme et limpide comme un miroir, de la couleur du cristal fumé.

— C'est donc ici !... dit le condamné en jetant un regard sombre sur l'abîme.

Il se mit à genoux et pria, tête nue.

Quand il se releva, sur un signe de Chissé, le sergent le dépouilla de sa robe de velours qu'il donna au confesseur, de son justaucorps et de son pourpoint que les rameurs se partagèrent. Le vieillard tremblait.

— C'est de froid ! dit-il avec un sourire triste. Messieurs, poursuivit-il en s'adressant aux gentilshommes qui frémissaient de terreur, je vous demande pardon pour le scandale que j'ai donné. Dites à monseigneur de Bresse qu'il se souvienne... Je meurs justement.

17.

Le sergent le garotta étroitement et le chargea des chaînes de fer qui devaient le couler à fond. Le confesseur l'embrassa de nouveau, puis il s'éloigna et passa dans la barque où étaient Chalant et Chissé :

— Mon Dieu ! mon Dieu ! cria Valpergue en poussant un cri déchirant.

Et comme le sergent hésitait à accomplir son infâme besogne, il reprit :

— Andesmo !

Il y eut un bruit sourd, l'eau rejaillit en clapotant, écuma, bouillonna, redevint unie.

Les barques s'éloignèrent à force de rames (1).

. . . .

. . . .

. . . .

En 1366, le conseil de comte Vert avait condamné Philippe de Savoie, frère du prince d'Achaïe, à être noyé dans le lac d'Aveillane pour s'être allié aux ennemis de l'État.

En 1446, Guillaume Bolomier, bourgeois bressan, chancelier de Savoie, convaincu d'imposture, de concussion, d'abus d'autorité, subit le même supplice dans le lac de Genève.

1. « Ainsi périt Jacques de Valpergue, seigneur de Masin, grand-chancelier de Savoie, dit le marquis Costa dans sa monographie des *Seigneurs de Compey*. Ses ennemis l'accusèrent d'avoir honteusement trafiqué de la justice et vendu au roi de France les intérêts de son pays ; mais ces imputations flétrissantes furent peut-être exagérées par la haine; car la tradition historique qui laisse planer ces graves soupçons sur la mémoire du chancelier, ne peut les appuyer sur aucune preuve positive. On doit lui reprocher cependant d'avoir accepté de Louis XI des bienfaits trop suspects ; ce monarque perfide, qui ne donna que pour corrompre, lui prodiguait les marques de la plus extraordinaire affection : il le créa successivement chambellan à sa cour, garde-des-sceaux, chef de son conseil, et lui assigna, à différentes reprises, des pensions considérables. »

Les favoris finissaient mal en ce temps-là ! Qui ne se souvient de la fin tragique de tant de parvenus renversés par l'ingratitude, les conspirations, le hasard, le plus souvent encore par leurs propres fautes : Enguerrand de Marigny, le chancelier de Latilly, Raoul de Presle, Gérard de la Guette, Pierre Frémy, Jacques Cœur ? La liste en est longue.

. . . .

Deux jours après l'exécution du chancelier, Philippe-Monsieur quitta Morges et se dirigea sur Genève, suivi de tous ses amis, les Chalant, Chissé, La Baume d'Irleins, Gruyères, Aynard d'Entremont, Anthelme de Miolans, Pierre de la Frasse, auxquels étaient venus se joindre La Baume de Montrevel, Vaugrigneuse, Compey, et plus de cinquante autres gentilshommes du pays de Vaud, de Chablais, de Genevois et de la Bresse.

Outre l'escorte nombreuse de pages, d'écuyers, d'archers, de serviteurs qui accompagnaient ces chevaliers, une petite armée de six cents hommes d'armes, recrutés en Allemagne, grossissait le cortége du prince. C'était, au total, une troupe de mille individus. Philippe, s'il le voulait, pouvait porter la guerre civile dans les États de son père.

Genève avait alors pour évêque Jean-Louis de Savoie, qui encore enfant, possédait les prieurés de Payerne, de Contamines et de Nantua, la commanderie de Saint-Antoine et Saint-Dalmace, portait les titres de protonotaire apostolique, d'administrateur perpétuel des abbayes d'Yvrée, de Canobe, de Staffarde, de Saint-Oyen de Joux.

Il avait succédé à son frère Pierre de Savoie, abbé de Verceil, qui, évêque de Genève à huit ans, archevêque de Tarentaise à quatorze, mourut à dix-huit ans. L'histoire ne dit pas de quelle mort.

Thomas de Sur, Cypriote, qui avait obtenu de la duchesse

Anne l'abbaye de Caramagne et l'archevêché de Tarentaise, qui lui donnait rang de prince du Saint-Empire,
administrait le diocèse de Genève. Il habitait le palais
épiscopal avec deux de ses parents, Hector et Pierre
d'Antioche.

Le but de Philippe était de s'emparer de ces trois
favoris subalternes, et de s'en faire des otages. Il regrettait fort d'avoir laissé échapper Seyssel qui l'eut
garanti de la colère d'Anne de Chypre.

Il s'avança donc sur la vieille cité, précédé d'une renommée formidable, recevant sur son passage de nom-
breuses ovations, se conciliant les paysans des villages,
les habitants des bourgs, par ses manières affables, sa
mâle beauté, ses promesses.

A Rolle on lui éleva un arc de triomphe, le *magister*
lui fit un discours latin, les jeunes filles lui jetèrent des
fleurs.

A Nyon, il reçut un messager qui arrivait de Lyon
et lui portait une lettre de la comtesse de Miolans.
Gilberte lui disait qu'elle avait appris, d'un courrier expédié par Louis de Savoie à Louis de France,
les événements de Thonon, qu'elle applaudissait à
son œuvre, à son succès.

Philippe fit donner quinze écus au messager, lui en-
joignant de repartir dans le plus bref délai sous peine
de la hart. Il conserva la lettre, pièce à conviction qui
peut-être un jour à venir, mériterait d'être produite.

A Versoix, il rencontra messieurs de Vufflens, de
Corbière, de Sacconay et le commandeur de Compesière
qui lui amenaient deux cents cavaliers et bon nombre
de fantassins.

Si bien qu'en arrivant devant Genève il possédait une
véritable armée, capable d'inspirer des inquiétudes à un
souverain plus ombrageux et plus puissant que le duc de
Savoie.

Une foule immense disséminée dans les vergers et sur les hauteurs, des Pâquis à Chambéry, attendait Philippe-Monsieur et ses partisans.

Comme il entrait dans les faubourgs, il vit venir à lui beaucoup de gens à pied, qu'acclamait la multitude. C'était une députation ayant pour chef Amblard de Viry, abbé d'Abondance, et composée de bourgeois, de moines et de prêtres. Elle venait, de la part du duc Louis, prier le prince de regagner son apanage sans traverser Genève. On y craignait des troubles sérieux.

La réponse de Philippe au dignitaire ecclésiastique se borna à ces mots significatifs, articulés d'une façon qui n'admettait pas de réplique :

— « La ville n'a cause de s'effrayer, nul de mes gens n'y fera déplaisir ou dommage. C'est affaire au berger que de chasser le loup de la bergerie! »

Il se rendit tout droit au palais épiscopal, tandis que moitié de ses gens s'emparait de la garde des portes, l'autre moitié l'accompagnant pour lui prêter main-forte. L'archevêque Thomas de Sur et les d'Antioche s'étaient retranchés dans une tour. Philippe leur envoya un parlementaire qui leur posa des conditions catégoriques : se rendre à merci ou fournir une caution de vingt mille écus d'or.

Les Cypriotes se récrièrent devant de telles exigences, mais assurés qu'on ne leur ferait ni grâce ni merci, ils préférèrent subir les chances d'une captivité, comptant sur l'appui du roi de France.

Jacques de Chalant, seigneur d'Aymaville, les conduisit incontinent au château de Monts où ils furent traités avec les égards dus à leur rang, mais étroitement surveillés.

Monsieur de Bresse et ses partisans ne séjournèrent à Genève que quelques heures. Après s'être reposés, avoir bu et mangé copieusement aux dépens des citoyens,

ils sortirent par la porte de Cornavin et, par Ferney,
gagnèrent Gex, petite ville, chef-lieu d'un baillage
enclavé dans les domaines apanagers du comte Philippe,
qui s'y installa, déterminé à y établir son quartier-
général et le centre de ses opérations.

Sur ces entrefaites, la famille ducale et la cour, ne se
croyant plus en sûreté en Savoie, se rendirent à Genève.

Le duc Louis avait immédiatement remplacé Jacques
de Valpergue par Jean de Compey, évêque de Turin,
qui n'exerça la charge de chancelier que pendant quelques jours. Il notifia, sans délai, au roi de France, aux
Ligues Helvétiques, à l'empereur, ce que l'on nommait
déjà l'échauffourée de Thonon, et prit ses dispositions
pour soutenir la guerre contre ceux qu'il taxait de
rébellion.

Louis était fort irrité contre son fils. Sans la prudence
de Compey, qui l'en dissuada, il l'eut mis au ban de la
duché et l'eut fait juger par contumace. On lui conseillait
de tenter un accommodement, il exila aussitôt ceux qui
plaçaient leur intérêt propre avant celui du souverain
en l'invitant à une démarche qui compromettait son autorité.

Une maladie de langueur, causée par le chagrin et
l'épuisement complet des forces conduisait lentement
Anne de Chypre au tombeau.

Depuis la fatale journée de Thonon, elle n'avait quitté
sa chambre que pour monter dans la litière qui la trans-
porta jusqu'à Genève où, dès son arrivée, elle se mit au
lit.

Elle ne dit pourtant à personne ce qu'elle pensait
de ces événements; le nom de Philippe ne vint pas une
seule fois sur ses lèvres. Elle eut, on le remarqua, de
longs et fréquents entretiens avec le prêtre qui disait
la messe devant Saint-Sorlin, le jour de sa mort, et

avec celui qui assistait Jacques de Valpergue durant son supplice.

Les trésors de la duchesse étaient tombés aux mains des émissaires du prince. Quelques-uns de ses amis furent d'avis qu'il les détînt afin de parer aux frais de la guerre, proposition qu'il repoussa avec indignation.

Comme, depuis que Louis habitait Genève, on y faisait bonne garde, il écrivit aux syndics de cette ville une lettre par laquelle « yl les prioit luy octroier entrée et sortie, leur promettant de noutrager personne sur sa foy (1). » Le duc fut consulté et déclara qu'il se refusait à toute entrevue avec ce rebelle.

Les magistrats signifièrent donc au prince qu'il eut à rester chez lui, et que s'il usait de violence, on lui résisterait. Chissé, qui servait d'intermédiaire entre les deux partis, appela à son aide l'habileté politique. Il alla trouver en secret quelques-uns des syndics, leur représenta que le dessein de monsieur de Bresse était à l'avantage du duc et du leur, qu'il s'engageait à respecter la paix, à s'en retourner dans le délai fixé par les conventions, de telle sorte que trois d'entre eux lui promirent d'ouvrir une porte.

Au jour dit, Philippe se présenta, n'ayant pour escorte que trois de ses gentilshommes. Derrière lui venaient sept mulets chargés des objets précieux soustraits par la duchesse.

La ville entière dormait encore. L'aurore soulevait à peine les voiles de la nuit.

Le prince vint frapper à la porte du couvent des Cordeliers de Rive, où logeait le duc. Le tourier, éveillé en sursaut, accourut et demanda quel personnage osait le déranger à cette heure matinale.

— C'est Philippe-Monsieur de Savoie, répondit le

1. BONIVARD : *Chroniques de Genéve.*

prince en feignant la colère, et si tu ne m'ouvres l'huis
sur-le-champ, je te vais tuer tout roide.

Épouvanté de cette menace, le serviteur ouvrit.

Philippe lui mit aussitôt le poignard sur la gorge et
se fit conduire à l'appartement ducal où il arriva sans
que personne eut fait mine de l'arrêter.

Le duc dormait. Son camérier, étonné de cette visite
inattendue, l'éveilla et le prévint que son fils, monsieur
de Bresse, réclamait audience immédiate.

Louis, après réflexion lui dit :

— « Ouvre-lui, de par le diable ! »

Philippe, en entrant se mit à genoux, et, dans cette
humble posture, souhaita le bonjour à son père :

— Dieu te donne mauvais jour et mal an, je ne te
demandais pas ! s'écria Louis d'un ton débonnaire qui
contrastait singulièrement avec cette apparente mauvaise humeur.

Sur ces mots, ils s'embrassèrent, furieux l'un et
l'autre d'être obligés à reconnaître les droits du sang,
alors qu'ils avaient tant de griefs à se reprocher mutuellement, et qu'une guerre imminente les menaçait
tous deux.

Que se passa-t-il dans cette entrevue ? C'est ce que
nul chroniqueur contemporain n'a pu nous apprendre. Il
est néanmoins probable que Philippe tenta de se justi-
fier et qu'il révéla dans ce but, à son père, les particula-
rités que celui-ci ignorait. Quoiqu'il en soit, l'entretien
se termina par une reprise d'hostilités. Les trésors res-
titués, Philippe remonta à cheval, fort mécontent, et
repartit pour Gex.

Des pourparlers s'engagèrent.

Le prince d'Orange s'y entremit.

L'on apprit bientôt que le roi de France, charmé d'un
côté, que l'influence des Cypriotes n'existât plus, que
la Savoie fut divisée par des partis, que le pouvoir

ducal fût compromis, regrettait de l'autre son ami le
chancelier Valpergue qui était en passe de lui donner
Gênes et par lequel il espérait obtenir des agrandisse-
ments au nord de l'Italie.

Ces négociations durèrent deux mois. On pardonnait
volontiers à Philippe que, du reste, il était impossible
d'envoyer devant des juges. Mais on voulait qu'il cessât
de protéger ses complices et qu'il révélât où se cachait
Donatien de Rochechouart, qui n'avait plus reparu depuis le meurtre de Saint-Sorlin.

A ces propositions, Philippe répondait que son honneur lui défendait une trahison ; qu'il promettait de se
conformer « à ce que les trois estats en appointeraient »,
et que l'on devait se contenter de cette concession.

Il fut donc résolu par les conseillers ducaux, sous
l'influence de Guy de Fésigny, alors président de la
chambre des comptes, que l'on convoquerait à Genève
les États-Généraux.

Cette assemblée se réunissait en Savoie pour la troisième fois. La première, en 1319, sous le comte Édouard
le Libéral, avait eu pour objet de mettre un frein à
l'inexorable rapacité des Juifs ; la seconde, en 1329,
régla l'ordre de succession au trône et établit la loi sa-
lique en déclarant : « que par une ancienne coutume
du pays de Savoie, les filles ne succédaient jamais à sa
couronne, pendant qu'il y avait des mâles, et que les
États de Savoie ne tomberaient jamais de lance en quenouille. »

Nous ne devons pas oublier de dire que Louis, ayant
fait rechercher ceux des syndics qui avaient facilité l'accès de Genève à Philippe-Monsieur, en fit accrocher un
au gibet, pour l'exemple.

Ensuite il supprima les foires commerciales, un des
principaux éléments de la prospérité de la ville, à laquelle ce châtiment sévère parut trop rigoureux. ⸙

Vers la fin de septembre les députés du clergé, de la noblesse, du tiers-État commencèrent à arriver. Déjà les dignitaires de la couronne, les titulaires des charges de la cour, les chefs militaires entouraient le duc. Chaque province envoyait ses représentants.

Louis XI, les ligues helvétiques, le duc de Milan, Dunois se mêlaient à toutes les intrigues, soutenant, suivant l'occurrence, l'un ou l'autre parti, employant force espions et force agents, dans l'espoir de profiter de ce conflit.

Philippe voyait le nombre de ses partisans augmenter chaque jour. Il jouissait de son triomphe, en ambitieux et en enfant. Tenir si grande place dans le monde, sans avoir encore barbe au menton, lui semblait glorieux.

Le comte de Montmayeur et sa nièce, définitivement rentrés en grâce, comptaient parmi ses plus ardents détracteurs.

A plusieurs reprises, la belle veuve de Miolans avait voulu persuader à la duchesse Anne de lui confier un rôle dans la comédie qui se jouait : celui de Dalila auprès de Samson d'abord, celui de Judith auprès d'Holopherne, ensuite, lorsqu'il ne lui resta aucun espoir de subjuguer Philippe, et d'en faire un marchepied à son orgueil. La duchesse, étonnée de cet acharnement qu'elle s'expliquait mal, lui témoigna un tel dédain que sa haine s'en accrut.

Un jour, le comte de Bresse, enfermé dans sa chambre de retrait, s'occupait à rédiger le mémoire justificatif qu'il comptait adresser aux États-généraux.

Il y consignait les détails relatifs à ses entretiens mystérieux avec le roi de France, à ses relations avec la noblesse de Savoie, évoquant tous ses souvenirs, afin de ne rien oublier.

Un peu fatigué par les veilles, par les préoccupations

de toutes sortes, par ses conférences répétées avec les envoyés secrets de ses alliés, il travaillait lentement.

Il achevait un des paragraphes les plus importants de ce document curieux que la Réforme, sans doute, a détruit comme tant d'autres, lorsque son fourrier Bochesel, qui jouissait des immunités accordées aux favoris, entra sans avoir été annoncé, et lui dit avec un air effaré :

— Ma foi ! monseigneur, voilà bien quelque trois mois que vous n'avez eu de ses nouvelles ! Il revient enfin ! Et savez-vous ce qu'il nous apprend ?

— Non ! dit Philippe en souriant. Parles, Bochesel, mon ami.

— Les États ont délibéré, et sont d'avis d'adresser à Son Altesse des remontrances pour la supplier de mettre hors de sa cour les Cypriens et les Cypriennes, et de vous pardonner.

— Ah !... c'est mieux que je n'aurais pensé. Et maintenant que tu m'as répété le message, dis-moi le nom du messager

— Par ma foi, je l'oubliais ! Monseigneur, c'est monsieur de Fésigny.

— Comment ! Fésigny, et tu me tiens là à bavarder... Cours, qu'il vienne. Fésigny, mon Dieu ! Il me manquait celui-là !

— Me voici, monseigneur ! s'écria la voix incisive et railleuse du vieux magistrat. J'arrive à temps : monsieur de Bochesel allait m'accuser de félonie !

XIV

Tout est bien qui finit bien, dit le proverbe.

Après un échange de caresses et de caresses amicales qui se prolongea assez longuement, Fésigny aborda sans préambule, l'objet de sa visite.

Il venait en ambassadeur plutôt qu'en ami.

Il commença par approuver Philippe et le féliciter d'avoir si bien exécuté le plan concerté entre eux. Il apprit de la bouche de son ami tous les détails de l'affaire de Thonon et du supplice de Valpergue à Morges.

Ce récit terminé, il engagea l'entretien :

— J'ai une mission à remplir près de vous, dit-il. Je m'en suis chargé, d'abord, parce que c'était une occasion de vous voir et ensuite pour que vous écoutiez mon conseil.

— Eh bien ! Fésigny, je vous écoute.

— Voici. Par un phénomène dont on voit de rares exemples, madame la duchesse Anne se sent prise pour vous d'une recrudescence d'affection. Ne vous récriez pas : je sais d'avance tout ce que vous allez me répondre. Vous seriez dans le faux. Ce sentiment est aussi profond que sincère. Votre mère avait de l'amitié pour Saint-Sorlin, elle ne l'estimait pas. Faiblesse indigne, c'est vrai !... D'abord irritée, elle n'a point tardé à comprendre, en fine politique, en femme supérieure, que vous la tiriez d'une situation intolérable.

— Voilà bien des subtilités, mon cher Guy !

— Non. C'est le cœur humain : un abîme !... Elle veut s'assurer que votre intention n'est point de changer l'ordre de succession au trône... Le duc, votre père, subit toujours son influence. Clouée sur un lit de douleurs, elle lui dicte ses volontés, et il obéit.

— En somme, que veut-on de moi ?

— Que vous m'accompagniez à Genève pour poser les bases d'un traité de paix. Les principales conditions sont celles-ci : exil des Cypriotes, amnistie pleine et entière pour vous...

— Et les miens ?... interrompit vivement le comte de Bresse.

— On vous a nommé seul, répliqua Fésigny en baissant les yeux.

— C'est une générosité de mauvais aloi, reprit le prince d'un ton ironique. Si l'on s'imagine que je me séparerai de serviteurs fidèles de qui j'ai reçu tant de preuves d'un vrai dévouement, l'on s'abuse. Et qui me garantit d'ailleurs que ce n'est pas un prétexte pour s'assurer de ma personne et me retenir prisonnier ?

— Le comte de Montmayeur et l'évêque de Turin répondront de vous corps pour corps.

Philippe, suivant sa coutume, réfléchit quelques instants avant de répondre, et reprenant la parole :

— Si vous étiez moi, et que je fusse vous, iriez-vous, Fésigny ?

Un sourire effleura les lèvres du président :

— J'attendais cette question, dit-il. Je suis venu pour vous empêcher de partir, au cas où il vous aurait pris fantaisie de suivre les inspirations de votre cœur au lieu d'écouter la voix de la raison. Puisque l'on fait le premier pas vers vous, c'est que l'on reconnaît que vous êtes redoutable. Temporisez, vous obtiendrez...

— Rien, interrompit encore Philippe. Je connais Madame ma mère. Un refus suffira à l'exaspérer. Cette tentative échouant, elle ne me pardonnera jamais de l'avoir forcée à s'humilier devant moi. C'est juste, je l'avoue. Si mon fils se révoltait contre moi, je ne le reverrais de ma vie.

— Donc, reprit le président, vous refusez ?

— Oui. Présentez ce refus comme une absolue nécessité. Je veux traiter à distance, par ambassadeur. Mes conditions sont les suivantes : l'expulsion complète des favoris, la réforme des abus et des prodigalités qui ruinent l'État, l'examen rigoureux des comptables des deniers publics. Dans un autre ordre d'idées, je veux deux mille écus d'or pour la rançon de l'archevêque de Tarentaise, le comté de Beaugé pour moi, enfin la certitude qu'aucun de mes amis ne sera inquiété pour m'avoir servi... Pour le reste, acheva le prince en soulignant ses paroles d'un sourire significatif, nous verrons... quand mon frère Amédée portera l'anneau de Saint-Maurice.

L'orgueil et la joie rayonnaient sur le visage de Fésigny.

Cette fermeté, cette énergie du prince étaient son ouvrage. Le disciple s'élevait à la hauteur du maître; peut-être le dépassait-il dans la hardiesse de ses conceptions et de ses espérances.

Le président rencontrait enfin, en Philippe, l'âme loyale et fière, le politique redoutable, l'esprit intelligent et droit qu'il cherchait. Il eût dicté ces paroles qu'elles n'eussent pas exprimé plus clairement sa propre pensée.

— Telle sera donc la réponse, dit-il, que je porterai à Madame la duchesse Anne. Seulement, réfléchissez, monseigneur, que tôt ou tard on acceptera vos propositions et qu'alors il faudra conserver cette altière dignité qui vous sied si bien, et savoir tomber avec grâce...

— Tomber !...

— Oui, qui transige, cède, et qui cède, tombe! En politique, il faut avoir l'inflexibilité d'une barre de fer. Heureusement, c'est le fils qui se soumettra, et non le chef de parti.

Sur ces mots, la conférence fut rompue, et les deux amis, oubliant les préoccupations d'un ordre élevé, s'entretinrent cordialement de sujets moins sérieux.

Philippe s'aperçut que Fésigny avait perdu quelque chose de sa railleuse gaieté, de son insouciance du péril, et voulut en savoir la raison.

Le nom de Gilberte de Miolans fut prononcé. Le vieillard dévoila au jeune homme la haine fatale qui s'enracinait avec tant de force dans son cœur et contre laquelle il luttait de toute la force de sa volonté sans parvenir à les dominer.

Ni l'un ni l'autre ne prévoyaient le dénouement affreux que devait avoir cette haine insensée que rien ne justifiait et qui était née subitement, comme naît une autre passion, aussi inextinguible, aussi profonde, aussi dangereuse.

Fésigny n'osait s'avouer à lui-même cet étrange sentiment, qui exerçait depuis quelques mois une influence absolue sur toutes ses actions.

Il ne cherchait nullement à l'analyser ; il n'en appelait ni à sa raison, ni à son esprit. Du jour où il avait vu, pour la première fois, la comtesse de Miolans, il l'avait haïe, instinctivement. Il la redoutait comme une ennemie, et il se gardait contre elle, agité des plus funestes pressentiments.

Le même jour, le président de la chambre des comptes quitta Gex, et revint à Genève.

La duchesse, étonnée que l'on osât résister si longtemps à son autorité, offensée dans sa majesté de souveraine et dans son affection maternelle, imputa à la maladresse de Fésigny l'insuccès de sa mission.

Le duc émit timidement l'avis qu'un homme d'épée réussirait peut-être là où un homme de robe n'avait pas réussi.

On convint donc de députer à monsieur de Bresse un

chevalier qui parlerait au nom de la noblesse, et l'on choisit le seigneur de Viry comme le plus capable de mener à bien cette nouvelle tentative.

Philippe-Monsieur reçut Viry avec cette affabilité, ces manières insinuantes et persuasives qui lui captivaient l'esprit et le cœur de tous ceux qui l'approchaient. Il déploya toutes ses séductions, se montra courageux, ferme, habile, soutint chaleureusement la cause de ses complices afin de prouver qu'il les protégeait et les aimait, au lieu de les considérer comme des instruments de sa politique.

— Vous comprenez, monsieur de Viry, dit-il, que je ne puis abandonner au courroux de je ne sais quels piètres ministres des gentilshommes qui me sont attachés par une fidélité à laquelle je n'ai, par ma situation, aucun droit. Car enfin, il faut bien le dire, ils sont venus à moi comme à un libérateur. Ils sont les premiers de la noblesse ; ils portent les noms les plus illustres de ce pays. Chaque jour il s'en présente de nouveaux, sollicitant l'honneur de combattre sous ma bannière. De l'autre côté, au contraire, à l'exception de quelques-uns qui m'approuvent, au fond du cœur, ce sont les favoris et ceux qui supportent leur tyrannie honteuse, au mépris de leurs aïeux et de leurs blasons.

Viry voulut interrompre et protester contre des allégations qui semblaient s'adresser à lui, mais Philippe ne lui laissa pas le temps d'exhaler son ressentiment et poursuivit :

— Vous-même, seigneur de Viry, m'estimez-vous si peu que vous me blâmiez d'avoir mis un terme à un état de choses qui rendait la cour de Savoie la risée de l'Europe ? En définitive, quel est mon crime ? De quoi suis-je coupable ? J'ai fait tuer monsieur de Saint-Sorlin qui allait se vantant partout qu'il était le véritable souverain de Savoie, que son pouvoir n'avait aucune

limite, et qu'il réduirait mes frères et moi à la misère...
N'ajoutait-il pas que notre maison avait assez régné, et
que la Savoie appartenait aussi bien au roi Louis XI
que le Dauphiné, le Bourbonnais et l'Auvergne ? Ah !
que celui qui aurait supporté cela sans se plaindre me
jette la première pierre !... J'ai fait condamner Valpergue, un voleur qui pillait les finances, un faux-
monnayeur, un magistrat prévaricateur qui vendait la
justice, un traître qui complotait de livrer au roi de
France les plus belles de nos provinces. Est-ce que l'un
et l'autre ne méritaient pas la mort, dites ?

Le prince plaidait sa cause avec tant de chaleur que
Viry, déjà prévenu en sa faveur et persuadé que le châtiment des Cypriotes avait été juste, ne put s'empêcher
de l'approuver du geste et de la voix.

— Quelles sont mes exigences ? poursuivit Philippe,
s'animant de plus en plus. J'ai demandé pour moi le
comté de Baugé ? Eh bien ! je renonce à cette prétention.
Je ne veux rien. Quant à la rançon de Thomas de Sur
et des sires d'Antioche, c'est autre chose. Ils paieront les
frais de la guerre. Je veux que l'on renvoie Seyssel, et les
Babin, et tous les Grecs. Est-ce qu'il n'y a pas en Savoie
d'assez bonne noblesse pour former au souverain une
cour brillante ? Je veux que les peuples cessent d'être
pressurés. C'est agir dans l'intérêt de ma maison. C'est
faire, surtout, acte de prince chrétien.

— Monseigneur, je l'avoue, je ne sais que répondre à
de si belles raisons.

— Eh bien ! Viry, au lieu d'être contre nous, soyez
avec nous.

— Je ne le puis. Chargé d'un mandat, je ne dois pas
trahir ceux qui me l'ont confié. Cependant, je ne vous
combattrai pas. Aussitôt après avoir répété à Son Altesse
tout ce que vous m'avez fait l'honneur de me dire, je me
retirerai en mon château de la Perrière, et ne prenant

8

parti ni pour l'un ni pour l'autre, je serai neutre. Mes
vœux, monseigneur, vous accompagneront.

— Tenez ! à votre considération, je veux réduire mes
prétentions. Dites simplement au duc que je me soumettrai à la décision, quelle qu'elle soit, de l'assemblée
des États.

Viry porta cette réponse à la duchesse et se retira
dans son château, comme il l'avait promis.

Philippe tenait trop à se l'attacher pour accepter cette
neutralité. Il fit tant qu'il parvint à vaincre ses scru-
pules, et sa cause eut un adhérent de plus.

Les États soutenaient ouvertement le parti du comte
de Bresse. Il supplièrent le duc d'acquiescer au vœu
général en chassant les Cypriotes d'abord, en pardon-
nant ensuite à son fils.

De guerre lasse, Louis y consentit, à la condition que
Philippe et ses amis viendraient nue-tête et à genoux,
en public, lui demander pardon. Philippe se soumit à
donner ce dernier gage de la pureté de ses intentions.

La cérémonie de la réconciliation fut fixée au 9 no-
vembre 1462.

Ce jour-là, dès le matin, une foule immense affluait à
Genève. Les rues regorgeaient de paysans arrivant des
villages d'alentour. Les artisans, armés des outils de
leurs métiers, rangés sous la bannière de leur corporation, les écoliers et leurs maîtres, les bourgeois, les marchands se dirigeaient tous vers la place des Cordeliers.

Il va sans dire que les femmes se mêlaient en grand
nombre à cette multitude, car pour tout au monde
la moins curieuse n'eût point voulu manquer le spectacle. Elles cheminaient par groupes, fort animées, pé-
rorant sans trêve ni relâche, commentant chacune à sa
façon la décision de messieurs des États, se querellant
parfois avec cette âpreté de langage particulier au sexe
faible.

On profitait de cette occasion pour mener grand tapage et quelques-uns songeaient déjà à soulever ce que l'on appelait une « émotion populaire » seule manifestation de son pouvoir que connût alors le peuple prétendu souverain.

La place des Cordeliers, entourée de hautes maisons à pignons pointus, était encombrée de spectateurs. A chaque fenêtre, à chaque lucarne, se pressaient dix ou vingt personnes ; au rebord des toits se suspendaient des grappes d'êtres vivants ; partout enfin où le pied pouvait s'appuyer, la main s'accrocher, il y avait un homme ou un enfant.

Une triple haie de hallebardiers et de piquiers s'étendait le long des murailles du couvent, résidence momentanée du duc de Savoie.

Plusieurs nobles dames et de galants cavaliers s'accoudaient sur la balustrade des balcons, regardant avec une insouciance dédaigneuse la foule qui grondait au-dessous d'eux.

Parmi ces châtelaines, on reconnaissait la comtesse de Miolans, vêtue de velours blanc, malgré la rigueur du froid, en signe de réjouissance. Une écharpe aux couleurs de Valpergue et de Saint-Sorlin flottait sur son corsage, rattachée par des nœuds de crêpe noir.

Des huées méprisantes avaient accueilli son apparition. Dames et seigneurs, s'éloignant d'elle, ratifièrent ainsi le verdict injurieux prononcé par mille voix.

Son oncle, Jacques de Montmayeur, créé la veille maréchal de Savoie en remplacement de Jean de Seyssel, exilé et disgracié, vint la rejoindre et la salua respectueusement, comme pour la venger.

Il portait la cuirasse damasquinée, le casque à panache rouge et bleu, et un tabart à ses armes, *d'argent à l'aigle de sable, armée et lampassée de gueules*, avec cette devise brodée en lettres d'or : DES ONGLES ET DU BEC.

Derrière lui apparurent le nouveau chancelier, les autres dignitaires, et sur le dernier plan, Guy de Fésigny, dont le regard ardent alla chercher au premier rang la veuve de Miolans, qui n'avait point encore daigné le reconnaître. Il s'isola des personnages qui l'entouraient et resta absorbé dans une muette contemplation.

Soudain un grand mouvement se fit, la foule ondula, s'ouvrit, laissant un large passage à une troupe de cavaliers qui s'avançaient précédés d'un homme, à l'attitude sévère et digne, vêtu de deuil, nu-tête et sans épée.

C'était Philippe-Monsieur, suivi de ceux que la loi nommait ses complices. On les accueillit par d'enthousiastes acclamations, des vivats répétés, qu'ils feignirent de ne point entendre.

— Louange au défenseur des libertés publiques! vociféraient les uns.

— Gloire au justicier! criaient les autres.

Le front de Philippe se rembrunit. Il jeta un regard triste sur Fésigny qui le saluait et, se tournant vers la multitude, il fit un geste qui commandait le silence.

On murmura, mais on obéit. Ce jeune homme avait ce don, rare chez les princes d'aujourd'hui, d'imposer le respect.

Cependant le duc n'arrivait pas.

Ils demeurèrent ainsi près de vingt minutes, dans une situation humiliante, exposés à la curiosité de trois ou quatre mille personnes. Chissé, La Baume et les autres frémissaient de colère et d'impatience. Ils voyaient dans ce retard une offense calculée, et s'en plaignirent amèrement. Afin de les soustraire au contact de la multitude, Philippe les engagea à le suivre dans l'église où tous entrèrent aussitôt.

Quelques instants plus tard on entendit les tambours battre, les trompettes sonner une fanfare.

Les portes du couvent s'ouvrirent et le duc Louis parut. Il était pâle, abattu, fatigué, soucieux, honteux du rôle que les nécessités politiques lui imposaient. La couronne ducale à feuilles d'ache ceignait son front ; le manteau de velours amaranthe, doublé d'hermines, et semé de croix fleuronnées d'argent, se drapait en plis somptueux sur ses habits de satin vert.

Les conseillers, les officiers de sa maison et quelques chevaliers l'entouraient. L'on avait préparé sur la plate-forme du perron, couverte de tapis, le fauteuil à dosseret du prieur des Cordeliers.

Le duc s'y assit, ayant Montmayeur à sa gauche, le chancelier et Fésigny à sa droite.

Le prince d'Orange et le comte de Romont allèrent chercher à l'église Philippe et ses gens.

Le comte de Bresse marchait le premier, appuyé sur le bras de son frère. Une émotion extraordinaire se peignait sur son visage ; de grosses larmes perlaient à ses paupières ; ses mains tremblaient.

Ses amis le suivaient, indifférents en apparence et cherchant à se donner un maintien assuré.

— Loz à Philippe-Monsieur ! cria la foule. A bas les Cypriens et les Cypriennes !

Fésigny se pencha vers le duc que ces cris firent tressaillir, et prononça d'un ton solennel ces quelques mots :

— *Vox populi, vox Dei*, monseigneur !

A ce moment les rebelles s'agenouillaient. Philippe resta debout un instant, puis il mit un genou en terre et murmura d'une voix étouffée ces paroles, arrêtées d'avance par les médiateurs.

— Mon très-honoré et très-redouté seigneur et père, en mon nom et au nom des gentilshommes qui m'ont aidé et vous supplient avec moi, je requiers de votre miséricorde pardon et merci, vous assurant que je déteste les choses qui ont été accomplies...

18.

- Il ne put continuer. Ce protocole froid et sec le blessait au vif. Sa sensibilité, excitée par la vue de son père qui partageait l'humiliation infligée à son fils, déborda et ses larmes coulèrent en abondance.

Louis voulut mettre un terme à cette scène cruelle. Il répondit sur-le-champ, sans attendre la fin du discours convenu :

« — A la requête de la duchesse, ma femme, qui est fort malade, et aussi de mes bons parents et amis, et de mes bons alliés et amis, les Ligues d'Allemagne, qui m'en ont prié et requis, je vous pardonne à vous tous, et à chacun de vous. »

Il acheva ces mots en sanglotant, se leva, et tendit les bras à Philippe qui s'y jeta et l'étreignit avec tendresse aux applaudissements de tous ceux qui assistaient à ce touchant spectacle.

Les conjurés vinrent ensuite l'un après l'autre embrasser le duc.

Les cloches sonnaient à toute volée, la ville se pavoisait de drapeaux et de branches de sapin ; l'on allumait partout des feux de joie (1).

La cérémonie terminée, monsieur de Bresse exprima le désir de voir sa mère. Le duc lui répondit que sa présence lui serait pénible en un tel moment et pourrait mettre sa vie en danger, mais que le lendemain ou le surlendemain, il le conduirait lui-même à la duchesse.

---

1. Nous tenons à rappeler que toutes les péripéties du drame que nous venons de raconter sont absolument historiques, pour ainsi dire dans leurs moindres détails. Nous avons puisé les éléments de notre récit dans un grand nombre de monographies relatives au quinzième siècle, mais surtout dans un manuscrit qui est conservé aux Archives de Cour, à Turin (STORIA DELLA REAL CASA, *categoria* 3ᵉ, Storie Particolari, masso X, n° 1), et dont l'auteur paraît avoir été le contemporain des événements qu'il décrit.

Fésigny s'approcha du prince et le félicita de son courage et de sa résignation :

— Le premier pas est fait, lui dit-il, il reste à accomplir le principal. Mais auparavant il faut choisir vos armes et connaître vos ennemis. Savez-vous quelles influences ont obtenu de Son Altesse qu'elle exigeât de vous cette humiliation publique dont le bon sens populaire a, d'ailleurs, fait justice.

— Non, répondit Philippe, mais je tiens ceux qui m'ont condamné à ce supplice pour de mauvais conseillers et de lâches ennemis, et je les poursuivrai à outrance.

Fésigny l'entraîna sur le perron, et lui montra debout, radieuse, insolente, la comtesse de Miolans, encore parée des couleurs de Valpergue et de Saint-Sorlin.

— Voyez, dit-il c'est cette femme, cette femme que je désigne à votre vengeance, parce que je vous aime et que j'aime mon pays autant que je la hais !

XV

Un camée historique.

Anne de Chypre se mourait de langueur. Le chagrin, la douleur, avaient broyé cette frêle organisation déjà atteinte par des souffrances antérieures, par les travaux et les soucis du gouvernement, par les ingratitudes, les illusions perdues, les déceptions.

Cette nature poétique, délicate, s'était désenchantée de la vie. N'y trouvant plus qu'amertume et dégoût, elle avait épuisé la coupe, espérant trouver au fond, dans la lie, un poison mortel. Elle quittait ce monde sans regret, abandonnée de ses enfants, sans amis, sans consolation si ce n'est celle de l'amour stérile de son époux. Elle voyait s'évanouir tous ses rêves, et bénissait la main qui la frappait, reconnaissant qu'elle avait mésusé de sa puissance, et que le châtiment compensait la faute.

Les événements dramatiques accomplis sous ses yeux au château de Thonon, la révolte de son fils, l'exécution du plus cher de ses conseillers, elle se rappelait tout avec angoisse, et sa conscience lui reprochait alors d'être elle-même la cause de son propre malheur.

Genève et la cour étaient dans la consternation. Nul ne prévoyait ce dénouement funèbre. Le silence régnait dans les rues de la vieille cité, on oubliait tout ressentiment devant la majesté de la mort.

A chaque autel, dans chaque église, on célébrait des messes pour demander à Dieu de recevoir miséricordieusement l'âme de la souveraine et de rendre moins cruel son passage de cette vie mortelle à la redoutable éternité.

Aux issues du couvent, demeure austère qui abritait ses derniers moments, veillaient ces gardes qui sont impuissants contre la mort.

Une foule de courtisans, effarés, muets, inquiets de l'avenir, errait dans les corridors et les antichambres.

Là, on jugeait déjà les actions de la princesse agonisante, et plus d'une oraison funèbre fut prononcée que son auteur n'eût point osé répéter autrement qu'à huis-clos.

Quelques-uns manifestaient une douleur vraie, mais le plus grand nombre affectait une affliction trop exagérée pour être sincère. Les femmes pleuraient, alors qu'il se trouvait là quelqu'un à qui ces larmes de commande pussent faire impression.

En un mot, l'on escomptait des sentiments que la faveur paierait, tôt ou tard, argent comptant.

La duchesse, étendue sur un lit somptueux, sous un baldaquin à courtines de brocart, dont les teintes cramoisies jetaient sur son visage décharné des reflets roses, n'était plus que l'ombre d'elle-même.

Ses cheveux d'un blond doré, maintenant tigrés de mèches grises, s'éparpillaient sur l'oreiller en boucles épaisses ; ses yeux caves, cerclés de bistre, dont le regard hautain faisait jadis courber devant elle les plus grands et les plus fiers, se recouvraient d'une taie qui en voilait tout l'éclat. Les mains, d'une couleur de cire, s'appuyaient mollement sur les draps en désordre. Elle contemplait sans cesse un crucifix, appendu à la muraille sous un dais sculpté.

Une jonchée de fleurs d'automne couvrait le plancher. Des cierges allumés dans les candélabres et les torchères répandaient leur odeur fade et leur clarté tremblotante dans cette chambre d'agonie.

Anne venait de recevoir la suprême joie du chrétien : la visite de Dieu, le viatique sacré qui donne la force pour le voyage dont on ne revient jamais.

A ce moment elle eut un sourire navré. Ce qui restait en elle de la femme s'envola ; elle ne ressentit plus rien des infirmités morales inhérentes à l'être humain ; l'âme vacillait dans son enveloppe matérielle, prête à regagner le ciel, à conquérir son immortalité.

Il n'y avait, dans la pièce, que la dame d'honneur en service, un chambellan de quartier et un moine en prière.

Anne s'agita faiblement sur sa couche.

— Madame de Menthon, demanda-t-elle, mon fils de Bresse est-il là ?

— Dans la salle voisine, Altesse, avec monseigneur le duc.

— Veuillez l'appeler, je vous prie.

Philippe, un instant après, entra, dominé par une violente émotion.

Il s'arrêta près du seuil, considérant, morne et sombre, ce lugubre appareil, ce lit semblable à un catafalque, ces lumières sans éclat, respirant cet air lourd, malsain, chargé de parfums. Puis il s'inclina profondément.

— Venez, Philippe, reprit la duchesse.

Quand il fut debout auprès d'elle, les yeux baissés, livide, tremblant, elle souleva sa main décharnée et la lui tendit en essayant de sourire.

— Philippe, dit-elle, vous avez bien fait de venir ; il m'eût été cruel de partir sans vous avoir donné ma bénédiction maternelle... Enfant, vous êtes au printemps de la vie et vous êtes homme déjà... Il n'est rien que le cœur d'une mère ne puisse pardonner.

— Oh ! ma mère, sanglota le prince en s'affaissant au pied du lit, j'ai été bien coupable envers vous...

— Non, si vous avez cru agir pour le bien de l'État. Mais oublions de tels souvenirs. J'ai voulu, Philippe, que tu me dises, toi-même, à cette heure solennelle qui précède celle où nous nous quitterons pour ne nous revoir qu'au ciel, que tu me dises si tu respecteras les droits de tes frères...

— Sur mon honneur, ils n'ont rien à craindre de moi.

— Ce n'est pas assez, reprit-elle avec force, jurez-moi que vous ne tenterez jamais de les dépouiller de leur héritage légitime.

Il étendit la main vers le crucifix et répondit simplement :

— Je vous le jure, ma mère !

Une expression de contentement se répandit sur les traits de la duchesse, un sourire presque joyeux effleura ses lèvres.

— Je meurs tranquille, dit-elle, tu ne mentirais pas à une mourante ! Songe que cette promesse est sacrée et que Dieu vengerait le parjure. Cher enfant, poursuivit-elle en caressant la chevelure bouclée de son fils, nous nous revoyons après de cruelles angoisses. Il t'a fallu bien du courage !... Il me faut, à moi, bien de la résignation ! Nous aurions pu vivre si heureux, si aimés, les uns près des autres, dans ce pays béni que Dieu confiait à notre sollicitude... Ah ! les rois ont une couronne d'épine sous leur diadème d'or et ils paient chèrement ce vain honneur d'être les premiers parmi les hommes ! Ai-je eu le temps d'être mère, moi ? Si l'on savait...

— Ma mère, dit Philippe qui pleurait, me pardonnerez-vous ?

— Tu es le sang de mon sang, la chair de ma chair, et tu me parles ainsi ? Oui, je te pardonne, au nom de Celui dont le sang divin a racheté nos crimes. Je te bénis et te supplie de consacrer à servir ton maître ton activité, ta bravoure et ton intelligence... Adieu, mon fils !... adieu !... Porte un baiser suprême à ceux de tes frères qui, moins heureux que toi, ne peuvent m'assister à cette heure suprême... Adieu !... au revoir.

Philippe se pencha sur elle, et elle noua ses deux bras autour de son cou, l'embrassant et couvrant ses joues et son front de baisers.

Cette étreinte dura longtemps, mais soudain le jeune homme, accablé par tant d'émotions successives, s'évanouit et se laissa glisser, masse inerte, sur la litière fleurie.

D'une voix entrecoupée de sanglots, et si faible qu'on l'entendait à peine, Anne dit au chambellan :

— Monsieur de Montbel, emmenez-le et priez mon mari de venir.

Quand le duc fut entré, elle fit signe à ceux qui étaient là de les laisser seuls.

Elle attira Louis près d'elle et le fit asseoir sur le lit. Le vieillard, désespéré, ne pouvait même point pleurer.

Des mouvements fébriles, une ardente rougeur qui empourprait ses joues, des convulsions qui contractaient
ses lèvres mi-closes, les sourdes palpitations de son
cœur, battant à se rompre, accusaient une douleur par-
venue à son paroxysme.

Il jeta un long regard, pénétré d'amour, sur la malheureuse femme; sa poitrine se gonfla, ses dents se
heurtèrent, il essaya vainement de prononcer quelques
mots et ne put qu'exhaler un gémissement rauque.

Elle fut touchée de cette vive affection qui survivait à
tant de querelles. Elle lui prit la main tendrement et
murmura d'une voix qui allait toujours s'affaiblissant :

— Louis, vous avez été le meilleur des époux, vous
m'avez environné d'un amour constant, inébranlable...
Je n'ai pas rempli tous mes devoirs envers vous. J'aurais
pu vous rendre plus heureux et mieux reconnaître vos
soins... J'ai été faible... Je vous ai trop souvent rendu
l'esclave de mes caprices, je vous ai mal conseillé et
c'est à cause de moi que votre vieillesse est troublée par
des désordres dont je suis l'unique fauteur... Hélas! je
m'en repens, Louis, et je ne veux mourir qu'après vous
avoir dit que je vous aime, qu'après avoir reçu votre
pardon...

Sa respiration s'échappait, sifflante, oppressée.

Le duc se pencha sur elle, péniblement, appuya ses
lèvres sur son front brûlant, et soudain éclata en sanglots.

Anne lui sourit doucement.

— C'est bien, dit-elle, je suis contente... Fi de ce
monde, qu'on ne m'en parle plus ! Sainte Vierge Marie,
recevez mon âme en paix.

Elle poussa un cri aigu.

L'agonie commençait.

Tous les seigneurs de la cour, les dames, les officiers,
la foule des serviteurs de toute classe, furent introduits

par le chambellan dans la chambre funèbre. L'on ouvrit en même temps les portes du couvent et l'ordre fut donné aux gardes de laisser entrer quiconque se présenterait.

Tandis qu'au dehors, le glas retentissait annonçant à toute la contrée qu'un grand de la terre allait paraître devant Dieu, cent voix psalmodiaient autour de la moribonde.

Philippe serrait la main de sa mère dans les siennes. Le vieux duc, renversé en arrière sur un siége, haletait, épiant le moment fatal.

Tout à coup Anne se redressa brusquement :

— Jean !... cria-t-elle, Jean !... ils vont t'assassiner... Jésus !... mes enfants... Louis... O mon Jésus, miséricorde !

Un sourire d'une douceur ineffable se joua sur sa bouche, elle s'étendit lentement, reposa sa tête sur les coussins, l'inclina vers l'épaule, et ce fut tout.

L'âme s'envolait, abandonnant ce cadavre.

On emporta le duc évanoui.

Philippe ferma pieusement les yeux de la morte, pria un instant auprès d'elle, et se relevant, sortit suivi de toute la cour.

Il ne resta auprès du lit que les moines et quelques femmes.

En traversant l'antichambre, le prince se rencontra face à face avec la comtesse de Miolans.

Elle portait encore sur l'épaule l'écharpe aux couleurs des Cypriotes.

— Ah ! dit-elle en arrêtant Philippe au passage, Madame a donc rendu son dernier soupir, que vous vous enfuyez si précipitamment? Voilà à quoi vos complots ont abouti, Monseigneur ! Honte sur vous, fils rebelle qui avez tué votre mère !

Il y eut un mouvement d'effroi lorsque l'on vit mon-

19

sieur de Bresse se ramasser sur lui-même, prêt à bondir sur cette femme qui lui infligeait un si cruel outrage.

Il se contint pourtant et s'approchant de Gilberte :

— Prenez garde, madame! lui dit-il avec un sang-froid terrible, il a poussé des griffes au lionceau...

— Je vous défie ! interrompit-elle. Soyez donc assez lâche pour oser porter la main sur moi !...

Il s'approcha davantage encore, et lui arrachant l'écharpe, avec un geste de brutalité sauvage, il s'écria :

— Quiconque se pare de ces couleurs est l'ennemi de ma maison ! Si vous n'étiez point une femme, ceci épargnerait une corde au bourreau !...

Une main se posa sur son bras. Il se retourna et vit Fésigny, debout devant lui, pâle de colère et qui lui dit avec un accent de menace qui l'effraya, si brave qu'il fût :

— Et cette même écharpe, après avoir servi à cette femme, vous étranglerait par le cou jusqu'à ce que mort s'ensuivît, Monseigneur !

— Fésigny ! s'écria Philippe, êtes-vous devenu fou ?

— Non, répondit le vieillard en désignant Gilberte. Je ne veux pas qu'on la tue : je la réserve au bourreau !

. . . .

Anne de Chypre fut ensevelie avec l'habit de saint François dans le couvent des Cordeliers. La voix grave des cloches, sonnant dans toutes les paroisses, annonça aux peuples ce trépas inattendu.

« Le scribe des syndics de Chambéry a réuni dans le même article de dépense le salaire payé au clerc de Saint-Léger pour avoir sonné les cloches en réjouissance de la paix et tinté les glas funèbres pour la mort de la princesse. »

Un beau livre à faire — mais qu'on ne fera peut-être jamais — serait une étude de l'influence des femmes dans l'histoire du monde. Depuis notre mère commune, Ève, la femme a été le mobile de bien des actions criminelles, comme souvent aussi, se rappelant quel rôle Dieu lui a assigné dans la création, elle a été l'ange consolateur, l'ange sauveur.

L'histoire de France nous apprend combien l'influence des femmes s'est fait puissamment et diversement sentir sous chaque règne de la monarchie. A côté de Geneviève, de Clotilde, de Radegonde, se trouvent Frédégonde, Brunehilde, Falstrade et Gersuinte ; à côté de Blanche de Castille, Isabeau de Bavière ; puis Jeanne d'Arc, Marie d'Anjou, Jeanne Hachette qui, vierges guerrières comme reine timide, font d'un fantôme de roi un roi véritable, chassent l'Anglais de la France et font flotter sur les trois léopards renversés les trois glorieuses fleurs de lys de Charles V.

Qui ne se souvient, en Bretagne, de la *bonne Duchesse*, Françoise d'Amboise ?

Anne de Chypre, d'un caractère altier, orgueilleux, jaloux, d'une coquetterie sans égale, aimait la louange,

mais préférait la flatterie. Elle avait l'instinct de tout
ce qui est beau, la passion de l'imprévu.

Sèche, nerveuse, versatile, changeante dans ses affections, se lassant de tout, épuisant les jouissances, re-
cherchant les fantaisies étranges, elle imposait un joug
pesant à tous ceux qui faisaient l'objet de ses caprices.

A peine arrivée au pouvoir, elle s'entoura des Cypriotes qui l'avaient accompagnée et chassa de leurs
places les seigneurs de la cour de Savoie, qu'elle rem-
plaça par des Grecs. Le trésor fut en peu de temps dila-
pidé par de folles prodigalités. Bals, tournois et festins
se succédaient continuellement. Les jeunes seigneurs
de Savoie se piquèrent d'émulation, abandonnèrent
leurs manoirs et vinrent dissiper leur fortune sous les
yeux de leur souveraine. On les vit alors, comme dit le
joyeux Brantôme, « porter sur leurs épaules les prés et
les moulins de leurs pères. » Elle distingua d'abord
Compey qui, au fameux tournoi de Marcossey, s'était
présenté dans la lice, vêtu d'une robe d'orfévrerie brodée
de perles, monté sur un cheval caparaçonné de cendal
blanc et suivi de pages « vestus de sa devise qui étoit
robe rouge à une manche bleue. »

Quant il eut été chassé par la noblesse, elle donna sa
confiance à Valpergue, à Saint-Sorlin, dont nous venons
de conter l'histoire lamentable. Cette femme eut une
influence néfaste sur son époque, et l'on peut l'accuser
d'avoir provoqué les troubles et les agitations qui se
succédèrent en Savoie pendant la seconde moitié du
XIVe siècle et toute la durée du XVe.

Il nous reste à demander pardon à notre lecteur d'avoir
introduit tant de digressions historiques dans ce récit.
Mais qu'il veuille bien considérer que si nous lui offrons
humblement une distraction intelligente, nous enten-
dons qu'elle lui soit profitable. Il nous est donc permis
d'empiéter à de rares intervalles sur le domaine de Clio,

d'y glaner quelques faits et d'en rechercher la philosophie. Nous y trouvons cet avantage de faire comprendre mieux les caractères et la portée de nos personnages.

Mais on nous demandera ce qu'il advint de la comtesse Gilberte de Miolans, de son oncle Montmayeur, et du vieux Fésigny ? On nous fera observer que notre récit n'a pas de dénoucment, et que nous abandonnons, au milieu de la carrière, bon nombre de nos personnages. Ceux de nos lecteurs que les aventures des uns et des autres ont intéressés, les retrouveront, mêlés à un effroyable drame, dans la deuxième partie de ce roman, qui a pour titre : LE MARÉCHAL DE MONTMAYEUR.

FIN.

TABLE DES MATIÈRES

—

DEUXIÈME PARTIE

LES CYPRIOTES.

212. — Abbeville. — Typ. et stér. Gustave Retaux

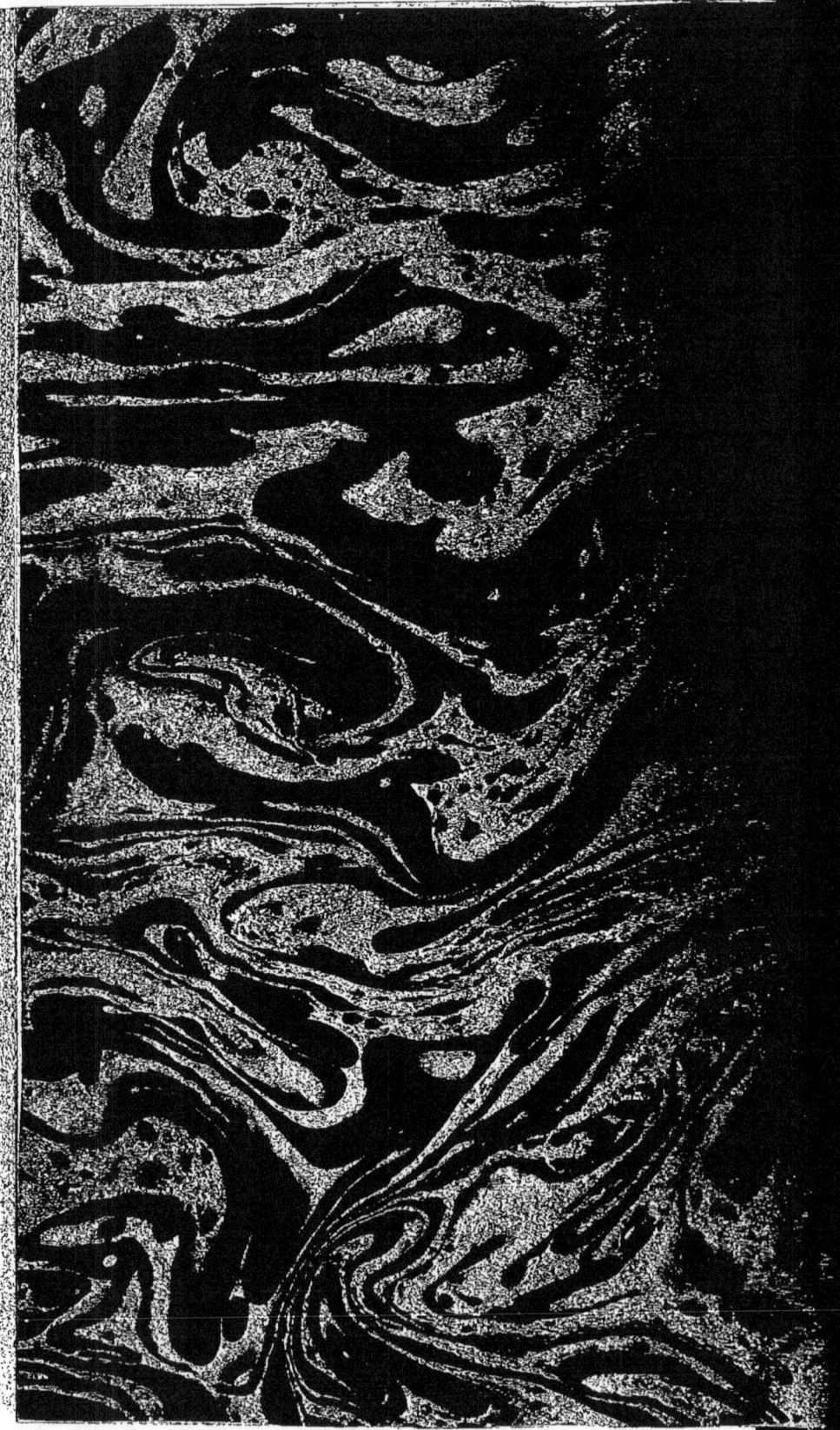

www.ingramcontent.com/pod-product-compliance
Lightning Source LLC
Chambersburg PA
CBHW070331030726
47505CB00004B/1160